Maren Vivien Haase

LIGHTS OF DARKNESS

AF289278

MAREN VIVIEN HAASE

LIGHTS
OF
DARKNESS

GOLDEN OAKS BAND 2

Roman

blanvalet

Sollte diese Publikation Links auf Webseiten Dritter enthalten,
so übernehmen wir für deren Inhalte keine Haftung,
da wir uns diese nicht zu eigen machen, sondern lediglich auf
deren Stand zum Zeitpunkt der Erstveröffentlichung verweisen.

Penguin Random House Verlagsgruppe FSC® N001967

2. Auflage
Originalausgabe 2023 by Blanvalet in der Penguin Random House
Verlagsgruppe GmbH, Neumarkter Str. 28, 81673 München
Copyright © 2023 by Maren Vivien Haase
Dieses Werk wurde vermittelt durch die
Langenbuch & Weiß Literaturagentur.
Redaktion: Melike Karamustafa
Umschlaggestaltung und -motiv: www.buerosued.de
Gestaltung Golden-Oaks-Logo: Felix Würkner
DK · Herstellung: sam
Satz: Uhl + Massopust, Aalen
Druck und Bindung: CPI books GmbH, Leck
Printed in the EU
ISBN 978-3-7341-1163-1

www.blanvalet.de

Liebe Leser*innen,

dieses Buch enthält potenziell triggernde Inhalte.
Deshalb findet sich auf S. 441 eine Triggerwarnung.
Achtung: Diese enthält Spoiler für das gesamte Buch.
Wir wünschen allen das bestmögliche Leseerlebnis.

Maren Vivien Haase und der Blanvalet Verlag

*Für alle, die die Sterne in der Finsternis sehen
und daran glauben, dass ihr Strahlen selbst
die dunkelste Nacht erhellen kann*

PLAYLIST

Just Friends – Ally Barron

I Would – Connie Talbot

All of the Stars – Ed Sheeran

Yellow – Emmit Fenn

Die Alone – FINNEAS

Golden – Harry Styles

that way – Tate McRae

anything 4 u – LANY

marjorie – Taylor Swift

Swim Good – Dermot Kennedy

Almost Lover – A Fine Frenzy

Look After You – The Fray

A.M. – One Direction

Anywhere But Here – Hilary Duff

Save Tonight – Tom Speight & Lydia Clowes

I'm Not Ok – RHODES

An Evening I Will Not Forget – Dermot Kennedy

It'll Be Okay – Rachel Grae

Into Dust – Mazzy Star

Unstable – Justin Bieber feat. The Kid LAROI

All I Am – Jess Glynne

KAPITEL 1

FRANKIE

Licht an.

Meine Fingerspitzen lagen zittrig auf dem Lichtschalter, während ich darauf wartete, dass die Neonröhren im kleinen Mitarbeiterraum hinter der Backstube der Reihe nach ansprangen. Eine nach der anderen erhellte den Raum und ließ meinen Puls langsam wieder in einem geregelten Rhythmus schlagen.

Rasch lief ich zu meinem Schließfach aus dunkelgrünem Metall, das mich an meine Highschool-Zeit erinnerte. Nachdem ich mich in meine von Kopf bis Fuß weiße Bäckereiuniform geworfen hatte, schloss ich meinen Rucksack und meine Klamotten ein, band meine roten Haare zusammen und lief schließlich nach vorne in die Backstube.

Der ganze Raum war in den köstlichen Duft von frisch gebackenen Croissants, Vanille und Schokolade gehüllt, während im Hintergrund irgendein französischer Song dudelte. Andere Musik spielte mein Chef Mathieu in seiner französischen Bäckerei nämlich nicht. Kurz nachdem ich vor ungefähr eineinhalb Jahren hier meinen Aushilfsjob angetreten hatte, hatte ich für meine Musikwahl mächtig eins auf den Deckel bekommen. Aber wer hätte ahnen können, dass Mathieu nicht auf Taylor Swift stand?

»Frankie? Ich hab den Teig für die Baguettes schon vorbereitet, du musst sie nur noch formen«, kam es von meiner Kollegin Eve.

Eve war Ende dreißig und trug ihr mittelblondes Haar nur ein paar Zentimeter lang. Vom dauernden Stirnrunzeln hatte sie schon einige Falten davongetragen, so richtig fröhlich hatte ich sie noch nie gesehen. Dennoch mochte ich sie sehr und kam, trotz ihrer meist abweisenden Art, gut mit ihr klar. Gerade drückte sie ein paar Knöpfe der Knetmaschine, die lautstark brummte und in einer der hinteren Ecken der Backstube neben dem großen silbernen Ofen mit den verschiedenen Ebenen stand, in dem bereits ein paar Tartes vor sich hin buken. Sie war gelernte Bäckerin und das hier schon seit Ewigkeiten ihre Hauptaufgabe – die Arbeit in der Backstube und sich um die ganzen technischen Dinge zu kümmern. Anders als ich verfügte sie über jahrelange Erfahrung als Bäckerin, während ich erst nach und nach die verschiedenen Techniken lernte. Dafür war ich bei den organisatorischen Dingen und im Umgang mit den Kunden eine größere Hilfe.

Ich liebte es, mit Menschen in Kontakt zu sein, mich mit ihnen zu unterhalten und ihnen mit unseren Backwaren ein Lächeln aufs Gesicht zu zaubern. Eve war lieber für sich und versteckte sich hier hinten, machte, was Mathieu ihr auftrug, und verstand etwas von dem, was sie tat. Ursprünglich hatte ich den Job nach dem Highschool-Abschluss nur angenommen, weil ich nicht die geringste Ahnung gehabt hatte, was ich mit meinem Leben anfangen sollte … Na ja, aktuell war ich auch nicht viel schlauer. Aber bis mir etwas einfallen würde, jobbte ich hier. Damals hatte Mathieu händeringend eine Aushilfe gesucht, weil seine letzte umgezogen war, außerdem stimmte die Bezahlung. Und umgeben von Backwaren konnte man doch nur glücklich sein, oder? Auch wenn das hier nur eine Überbrückung sein sollte, legte ich mich dennoch immer ins Zeug – letztlich machte es mir ja auch Spaß, und ich konnte vollkommen abschalten, wenn ich meine Hände mit Mehl bestäubte und sie im Teig vergrub.

»Alles klar, dann leg ich direkt los.« Ich wusch mir schnell die Hände und lief dann rüber zum langen Holztisch, auf dem um die zwanzig kleine Teighaufen darauf warteten, von mir in Form gebracht zu werden. Bis auf die französische Musik und die Maschinen, die rumorten, war es still. Mein Blick huschte nach links zur Tür, die nach vorne in den Laden mit Café führte und offen stand. Um diese Uhrzeit – es war erst kurz nach fünf – war es dort noch stockduster. Immerhin öffneten wir für Kundschaft erst in ungefähr zwei Stunden. Ich konzentrierte mich wieder auf meine Arbeit, bestäubte die Arbeitsfläche und meine Hände mit Mehl und schnappte mir einen der Teighaufen. »Mathieu ist noch nicht da? Oder hat er sich wie die Ratte aus *Ratatouille* hier irgendwo versteckt? Hoffentlich nicht im Ofen, könnte ungemütlich werden.«

Eve schnaubte. »Ne, der ist noch nicht da. Vorhin hat er mir noch 'ne Nachricht geschickt, dass er etwas später kommt.«

»Vielleicht hat er ja verschlafen.«

»Möglich.« Sie zuckte mit den Schultern und wandte sich wieder der Maschine zu.

Ich knetete weiter die kleinen Teighaufen, faltete sie von allen Seiten immer wieder ein. Mit den Fingerspitzen fuhr ich an den Längen entlang, rollte sie etwas und wackelte damit leicht hin und her, damit aus dem Klops später ein Baguette werden konnte. Von der Mitte angefangen, formte ich den Teig zu den Enden hin spitzer, dann legte ich das erste Exemplar auf das Knettuch und machte mit dem nächsten weiter. So fuhr ich fort, knetete und formte. Selbst die Musik und die Geräusche der Maschinen blendete ich irgendwann aus und spürte, wie mein Körper zur Ruhe kam. Es machte Spaß und entspannte mich, außerdem konnte ich nicht genug von dem köstlichen Duft bekommen, der …

Dunkelheit.

Hitze kroch mir den Hals hinauf. In meiner Brust hämmerte es, und in der nächsten Sekunde rauschte es in meinen Ohren. »Eve?« Meine Stimme brach, während sich in meiner Kehle ein Kloß bildete. »Ähm, was …«

»Oh, Mist. Das ist schon der zweite Stromausfall heute Morgen. Vorhin, kurz bevor du gekommen bist, gab es auch schon einen.«

Mir kochte das Blut durch die Adern, und ich verkrampfte meinen gesamten Körper. Hitze. Noch mehr Hitze. Meine Finger zitterten, und sofort schossen mir Gedanken durch den Kopf, die ich verdrängen wollte.

»Francine, spar dir das Versteckspiel, ich finde dich sowieso!«
Eine unsichtbare Schlinge legte sich um meine Kehle und schnürte mir die Luft zum Atmen ab. Hinter meinen Lidern brannte es.

Ich hörte, wie Eve herumwerkelte. »Müsste sicher gleich wieder …«

Licht.

Der dunkle Schleier um mein Herz löste sich auf. Ich atmete die Luft aus, die ich die letzten Sekunden angehalten hatte, und schloss für einen Moment die Augen.

»Ah, schau, da ist er wieder«, murmelte Eve und klatschte in die Hände. »Dann muss ich jetzt das Ding hier noch mal neu programmieren. Hoffentlich war's das für heute.«

»Hoffe ich auch«, flüsterte ich und schlug die Lider wieder auf.

Auch wenn sich mein Puls mit jedem Wimpernschlag normalisierte, war ich noch meilenwert davon entfernt, wirklich entspannt zu sein. Meine Finger hatten sich in den Teig gebohrt wie in einen Stressball. Nur dass sich das arme zukünftige Baguette nicht ausgesucht hatte, von mir zerknautscht zu werden.

Meine verkrampften Muskeln lösten sich nach und nach. Ich atmete durch. Es war nur ein kurzer Stromausfall, wie es ihn oft genug in Golden Oaks gab. Nichts Neues, wenn man in dieser Kleinstadt aufgewachsen war.

Das Licht ist wieder an. Alles ist beim Alten und gut und super und klasse und toll und …, zählte ich in Gedanken immer weiter irgendwelche Adjektive auf, um mich davon zu überzeugen, dass es mir gut ging.

Meine Finger zitterten noch etwas und fühlten sich kalt an, während ich mich daranmachte, den zerquetschten Teigklumpen zurück in seine Ursprungsform zu bringen. Ich setzte ein Lächeln für Eve auf und vertiefte mich er-

15

neut in meine Arbeit, die mir half, abzuschalten und jegliche Probleme zu vergessen.

Solange das Licht anblieb, ging es mir gut. Solange das Licht an blieb, fühlte ich mich sicher.

Eine halbe Stunde verging, bis vorne die Glocke an der Tür zu hören war und die Lampen im Laden aufflammten. Kurz darauf kam ein groß gewachsener Franzose mit klimperndem Goldschmuck nach hinten zu uns gehetzt. Sein braunes Haar trug Mathieu wie immer nach hinten gegelt, die tiefen Falten auf seiner Stirn verhießen nichts Gutes. In der Regel war er ziemlich umgänglich, aber auch streng und etwas garstig mit einem guten Kern. Er schälte sich aus seiner dunkelgrünen Jacke und guckte so grimmig, als ob ihm jemand die Geheimzutat für seine Eclairs geklaut hätte.

»Bonjour«, wünschte ich ihm auf Französisch einen guten Morgen, weil ich wusste, wie gerne er das mochte. Vielleicht besänftigte ihn das ja ein bisschen.

»*Bon?* Nichts an diesem Tag ist *bon*, Mademoiselle Francine. Nichts. *Rien.*« Er warf theatralisch die Hände in die Luft und schüttelte den Kopf.

Mathieu, unsere kleine Diva.

Ich seufzte und warf Eve einen Blick zu, den sie mit einem Augenrollen erwiderte. Auf ihrer Miene zeichnete sich Ahnungslosigkeit ab.

»Können wir dir bei irgendwas helfen?«, tastete sie sich an unseren Chef heran, der jedoch, ohne auf ihre Frage einzugehen, in sein Büro verschwand und die Tür hinter sich zuknallte.

»Oh-oh.« Ich verzog das Gesicht. »Hoffentlich ist es nichts Schlimmes.«

Schon ging die Tür wieder auf, und Mathieu kam mit großen Schritten auf uns zu. Die Augen geweitet, die Hände in die Seiten gestemmt. »Francine, Eve? Auf ein Wort.«

Eigentlich mochte ich es nicht, wenn mich die Leute Francine nannten. Ich stellte mich jeder Person als Frankie vor. Das klang cooler, und ich konnte mich damit viel besser identifizieren. Vor allem aber löste der Klang meines eigentlichen Namens ein mulmiges Gefühl in meiner Magengegend aus. Aber da Mathieu selbst nach einem Dutzend Hinweisen nicht damit aufgehört hatte, ihn zu benutzen, hatte ich mich bei ihm irgendwann damit abgefunden.

Rasch legte ich ein fertig geformtes Baguette auf das Knettuch, klopfte mir die Mehl-Hände an der Schürze ab und lief zu ihm und Eve rüber. »Alles in Ordnung?«, erkundigte ich mich und legte fragend den Kopf schief.

»Ich habe gestern Abend einen Anruf bekommen und die ganze restliche Nacht damit verbracht, die nächsten Wochen zu planen. Meinem *père* geht es nicht gut, er liegt im Krankenhaus. Mein Flug nach *Nice* geht heute Nachmittag.«

Damit meinte er nicht *nice* wie »toll, großartig, super«,

sondern *Nice* wie »Nizza«. Nizza in Südfrankreich, was definitiv nicht hier im idyllischen Golden Oaks, Connecticut, lag.

Crap.

»Oh, nein«, sagte ich und presste die Lippen aufeinander. »Das tut mir leid, Mathieu. Ich hoffe, es ist nicht allzu schlimm.«

»Ja, das hoffe ich natürlich auch«, fügte Eve mit re-

17

gungsloser Miene hinzu und nickte. »Wie lange besuchst du deinen Vater?«

»Deshalb will ich mit euch beiden sprechen. Ich weiß leider nicht, wann ich wieder hier sein werde. Natürlich hoffe ich, dass es ihm bald besser geht und ich in zwei, drei Wochen zurückfliegen kann, aber das ist nicht sicher.« Er hielt inne und blickte zwischen Eve und mir hin und her. »In der Zeit müsst ihr das Le Petit Pain am Laufen halten, *mes chères.*«

Ich riss die Augen auf. Oh Gott. Die Kombination daraus, dass ich noch nicht so viele Erfahrungen gesammelt hatte, wir sowieso schon unterbesetzt waren und das eine Menge Verantwortung bedeutete, ließ etwas in meinem Magen Samba tanzen. In meinem Kopf spielten sich im Bruchteil einer Sekunde jegliche Horrorszenarien ab, die eintreten konnten: Explosionen. Überflutung. Bürgerkrieg der Baguettes, die sich ihr Dasein als Backware so nicht vorgestellt hatten. Macarons, die zum Leben erwachten und uns in den Ofen steckten, um ausufernde Partys feiern zu können. Wilde Dinge standen uns bevor.

»Eve, du kümmerst dich hauptsächlich ums Backen und alles, was hier hinten in der Backstube passiert, während Francine die allgemeine Leitung übernehmen wird.«

Mir klappte der Kiefer herunter. »Wie? Also … ähm … Ich soll den Laden leiten?« Hatte er getrunken? Ich hob mein Kinn und schnüffelte unauffällig in seine Richtung, doch alles, was mir in die Nase stieg, war der typische Geruch seines Rasierwassers. Er schien also tatsächlich bei Sinnen zu sein, auch wenn seine Worte eher darauf hindeuteten, dass er die letzten Stunden ein paar Schnäpse gezischt hatte.

»*Oui*, Eves Stärke liegt klar im Backen. Du greifst ihr natürlich unter die Arme, aber vor allem sollst du dich um die Büroarbeit, den Verkauf, Bestellungen und so weiter kümmern und dafür sorgen, dass alles nach Plan läuft.«

»Soll mir recht sein«, murmelte Eve gelangweilt.

Ein hysterisches Lachen schwappte über meine Lippen. Das konnte doch nicht sein Ernst sein. Klar, einerseits war ich stolz, dass er mich fragte, aber andererseits war das eine echte Herausforderung. »Bist du dir sicher? Eve arbeitet doch schon viel länger hier.«

»Ich bin mir sicher. Da du noch nicht so viel Erfahrung bei der Zubereitung hast, dafür aber gut mit den Kunden umgehen kannst, wird das deine Aufgabe sein. Aber Eve, schau bitte trotzdem darauf, dass Francine auch regelmäßig backt. Nicht, dass sie vergisst, wie man ein *pain au chocolat* zubereitet.«

»Mach ich.«

Ich lockerte meine Schürze etwas, weil mir heiß geworden war. Ich sollte für die nächsten Wochen die Bäckerei leiten, obwohl ich es nicht mal schaffte, mein eigenes Leben in den Griff zu bekommen? Wenn das mal keine Ironie des Schicksals war.

»Außerdem wird in vier Tagen, also ab Montagmorgen, *mon neveu* Nicolas einspringen und euch ein wenig Arbeit abnehmen. Der hat gerade sein Studium abgebrochen, um ab Herbst etwas anderes zu studieren, und sucht nach einem Aushilfsjob. Durch seine Adern fließt französisches Blut, weshalb er euch bestimmt gut beim Zubereiten und Verkauf helfen kann. Er sollte sozusagen von Haus aus ein Naturtalent sein.«

Mathieu hatte uns immer wieder von seinem Lieblings-neffen erzählt, der anscheinend auch ab und zu im Laden vorbeisah, Kontakt hatte ich allerdings noch nie mit ihm gehabt. Er war immer vorbeigekommen, wenn ich frei ge-habt hatte, aber da Mathieu oft von ihm schwärmte, hatte er uns jeden Besuch auf die Nase gebunden. Er war in meinem Alter, und wenn er mit Mathieu verwandt war, dann hatte er vielleicht tatsächlich ein wenig Ahnung von französischem Gebäck, so wie unser Chef behauptete. Zumindest hoffte ich das.

»Er ist ein Goldjunge und wird euch bei allem helfen, ihr werdet ihn lieben. Trotzdem übertrage ich hiermit die Verantwortung dir, Francine. Du hast das Sagen, solange ich fort bin. Kann ich mich auf dich verlassen?«

Ich schluckte meine Bedenken hinunter und nickte. »Auf jeden Fall. Wir kriegen das hin. Flieg du zu deinem Dad und kümmere dich gut um ihn, damit es ihm bald besser geht.« *Und du so schnell wie möglich wieder hier bist*, fügte ich in Gedanken hinzu.

»*Oui, oui.* Ich habe ein Notizbuch mit allen wichtigen Infos vorbereitet, das kannst du gleich haben. Wenn es Probleme gibt, ruft mich an. Ich vertraue euch beiden und Nicolas. Enttäuscht mich nicht.«

Meine Brauen huschten nach oben, und ich versuchte, die Fassung zu wahren, während in mir die pure Panik tobte. Ich sollte die Bäckerei leiten. Ich. Frankie Davis, einundzwanzig Jahre, die sich nicht mal traute, Ker-zen anzuzünden aus Angst, das Haus abzufackeln. Die nächsten Wochen würden definitiv interessant werden.

»Frag nicht«, begrüßte ich meine beste Freundin Tatum, als ich nach Feierabend aus der Bäckerei auf die Straße trat, wo sie auf mich gewartet hatte. Ihr dunkelbraunes, fast schon schwarzes Haar trug sie heute gewellt, wobei sie die vordere Partie zu einem kleinen Knoten hochgesteckt hatte. Ihre nicht allzu freundliche Miene war mir nur allzu vertraut, doch sobald sie mich sah, hoben sich jedes Mal ihre Mundwinkel, und ihr grummeliger Gesichtsausdruck verschwand. Nach all den Jahren war ich es gewohnt, dass sie immer so aussah, als wollte sie einem den Hals umdrehen. Aber wenn man sie etwas besser kannte und mit ihr sprach, dann merkte man recht schnell, dass sie einer der liebsten Menschen auf diesem Planeten war. Manchmal vielleicht etwas zynisch, aber im Grunde war das auch nur einer dieser Schutzmechanismen, von denen wir doch alle einen hatten. Jeder Mensch auf seine eigene Art und Weise. »Alles klar? Du siehst so grumpy aus, Tate.«

Sie seufzte und winkte ab. »Ja, ich hatte nur gerade eine Therapiestunde, war nicht besonders schön heute.«

»Oh«, entgegnete ich und presste die Lippen aufeinander, doch schon schüttelte sie den Kopf.

»Passt schon. Ich weiß ja, dass es mir hilft.«

Seit einigen Wochen ging meine beste Freundin aktiv ihre Probleme an, worüber ich sehr froh war. Auch wenn es ihr an Therapietagen nicht besonders gut ging, wussten wir, dass sie auf dem richtigen Weg war. In ihrer Vergangenheit hatte sie schlimme Erfahrungen machen müssen, die sie nun glücklicherweise endlich aufarbeitete.

»Und jetzt zu dir, Franks …« Mit den Händen in den

Taschen ihres braunen Mantels sah sie mich mit großen Augen an. »Was ist los?«

»Frag nicht.«

»Das sagtest du bereits«, entgegnete sie, jetzt grinsend.

Ich verzog das Gesicht. »Erstens: Aufgeschmissenheits-Level dreitausend, zweitens ...«

»Das Wort existiert doch gar nicht.«

»Dann existiert es jetzt, Schlaubi Schlumpf.« Ich musste lachen, zog meine gefütterte Jeansjacke etwas enger, da es ziemlich frisch war, und hakte mich bei ihr unter, als wir die Straße entlang Richtung Stadtmitte liefen.

Jetzt, Anfang April, blühten schon an jeder Straßenecke kleine Blumen, und auch die Bäume ergrünten von Tag zu Tag mehr. Golden Oaks zelebrierte jede einzelne Jahreszeit, und auch wenn ich mich noch mehr auf den Sommer freute, liebte ich trotzdem den Frühling. Den süßen Duft der Blüten und Bäume, der vom Wald am Stadtrand herüberflog, konnte fast nichts übertreffen. Abgesehen von frisch gebackenem Karottenkuchen vielleicht.

»Zweitens?« Tatum warf mir einen Seitenblick zu, während wir ein paar Boutiquen und unsere Lieblingspizzeria passierten.

Ich seufzte. »Mathieus Vater liegt im Krankenhaus, deshalb ist er vorhin nach Nizza abgezwitschert. Und jetzt rate mal, wer in seiner Abwesenheit die Leitung des Le Petit Pain übernehmen soll.«

Ihre Augen weiteten sich. »Na ja, wenn du so fragst, wird es bestimmt nicht Eve sein, die sich hinter den Maschinen versteckt, sobald jemand reinkommt.«

Ich hob einen Finger in die Luft und tat so, als ob ich eine Glocke läutete. »Ding, ding, ding. Die Kandidatin hat hunderttausend Dollar gewonnen. Was machen Sie mit Ihrem Gewinn, Miss Sullivan? Ihre Weltreise? Noch fünf weitere Hunde adoptieren?«

»Franks! Es ist doch super, dass er dir vertraut und Verantwortung überträgt, sieh es als Lob für deine Arbeit an.«

»Ich weiß. Es ist nur … eben *ziemlich viel* Verantwortung. Vor allem, da der Aushilfsjob ja eigentlich nur als Überbrückung dienen soll, bis ich weiß, was ich wirklich mit meinem Leben anfangen will … Aber ja, ich werde das schon irgendwie hinbekommen. Eve kümmert sich hauptsächlich ums Backen, das ist gut. Als Mathieu mir vorhin sein Notizbuch mit den ganzen Infos gegeben hat, habe ich kurz darüber nachgedacht, was wohl passieren würde, wenn er zurückkommt und der Laden abgebrannt und bankrott ist und obdachlose Opossums dort ihr Revier markiert haben und niemanden in die Ruinen der Bäckerei lassen, um sie wieder aufzubauen. Oder vielleicht finden dort dann Hahnenkämpfe statt, aber mit Waschbären, und die tragen Masken wie die Ninja Turtles oder …«

Tatum lachte auf. »Okay, stopp.« Sie klopfte mit der Faust sanft gegen meinen Kopf. »Hallo? Ist da noch ein wenig Verstand drin? Hallooo-hooo?«

Jetzt musste ich auch lachen. »Das ist 'ne Frage, die ich mir jeden Tag stelle. Sobald du die Antwort kennst, sag mir Bescheid.«

Einige Stadtbewohner kamen uns entgegen und grüßten uns freundlich, was wir erwiderten.

»Was? Heute ohne Sherlock?«, rief uns Penelope zu, die das Blossom Roast, ein Café hier auf der Hauptstraße, führte; damit spielte sie auf Tatums Hund an.

Tatum schüttelte lächelnd den Kopf. »Der chillt gerade bei meinen Eltern und futtert Leckerlis, bis er platzt.«

»Sag deinen Eltern schöne Grüße, bis bald.« Penelope, die in der Tür ihres Cafés stand, hob noch mal die Hand, und wir liefen weiter.

»Bis dann«, erwiderte Tatum, und ich grinste sie an.

Dann wandte sich meine beste Freundin wieder mir zu. »Ich bin mir sicher, dass du das hinbekommst. Vielleicht wirkt es auf den ersten Blick etwas viel, aber das schaffst du. Du hast Eve, du hast mich, du hast die anderen. Wir können dir helfen, falls die Opossums Widerstand leisten und dich anfauchen. Dann fauchen wir gemeinsam zurück.«

Wir prusteten beide erneut los, dann nickte ich. »Danke, Girl.«

Ein warmes Gefühl breitete sich in mir aus, weil ich wusste, dass ich mich auf sie verlassen konnte. Ich war wirklich froh, Tatum zu haben. Vor über vier Jahren hatten wir uns im Literaturkurs kennengelernt, nachdem sie neu an meine Highschool gekommen war, um ihr altes Leben hinter sich zu lassen. Als mir aufgefallen war, dass sie in den Pausen mein Lieblingsbuch *Clockwork Angel* verschlang, war mir klar gewesen, dass wir Freundinnen werden mussten. Zwar hätte ich sie damals in meiner Aufregung über meine Lieblingscharaktere der Buchreihe fast gespoilert (wirklich nur fast!), aber seitdem waren wir mit jedem Tag mehr zusammengewachsen und inzwischen viel mehr als beste Freundinnen. Sie unterstützte mich immer, war für mich da, genauso wie ich für sie.

Einige Minuten später erreichten wir unser Ziel: das Golden Hour. Jetzt, am frühen Abend, war in der einzigen und ziemlich coolen Bar von Golden Oaks, die in einer ruhigen Seitenstraße lag, schon etwas los. Wir überquerten den Parkplatz, auf dem bereits einige Autos standen, und liefen auf den Bungalow mit der dunklen Holzfassade zu. Unweit anderer kleiner Restaurants hatten Tatums Freund Dash und einer meiner besten Freunde, Tyler, sich ihren Traum erfüllt und eine Bar eröffnet, die nach Feierabend und auch am Wochenende Treffpunkt für Jung und Alt in unserer kleinen Stadt war. Ich war so stolz auf Ty, und auf Dash natürlich auch.

In meinem Bauch kribbelte etwas, und ich musste lächeln. Es war immer eins meiner Tages-Highlights, hier vorbeizukommen und Ty zu sehen.

Von drinnen drangen die Klänge eines Hip-Hop-Songs nach draußen. Vor einem Jahr wäre es noch ein Ding der Unmöglichkeit gewesen, mit Tate an einen Ort zu gehen, an dem es laut war. So wie ich hatte auch sie mit Dingen aus ihrer Vergangenheit zu kämpfen. Doch anders als ich ging sie diese Dinge mittlerweile mithilfe ihrer Therapie an, und ihre Angst vor lauten Geräuschen schwand mit jedem Tag ein wenig mehr. Auch wenn ich mir keine Sorgen mehr um sie machen musste, hatte ich trotzdem nach wie vor ein Auge auf sie. Denn wer wusste besser als ich, dass einen die Geschehnisse der Vergangenheit schneller wieder einholen konnten, als man vielleicht dachte.

»Die Shots gehen auf mich«, sagte Tatum, als wir die

25

schwere silberne Tür aufzogen und eintraten. »Die hast du heute sicher nötig.«

Ich schnaubte. »Dagegen kann ich nichts einwenden.«

Sofort stieg mir eine Geruchsmischung aus Tequila, Bier und Zitrone in die Nase. Der Song wechselte gerade zu einem von Russ, aber die Musik war so leise gedreht, dass man sich gut unterhalten konnte. Einige Leute bewegten sich auf der Tanzfläche und unterhielten sich, während die meisten der Tische schon besetzt waren und einige weitere Gäste am Holztresen standen und ihre Bestellungen aufgaben. Der Betonboden und die grauen Wände, durch die hier und da Backsteine brachen, gepaart mit den Holzmöbeln, verliehen der Bar einen coolen Industrial-Vibe.

Mein Blick huschte wieder zur Bar. Fiona, eine gute Freundin von mir und Tys Mitbewohnerin, stand gerade dahinter und mixte ein paar Drinks, während Dash ihr etwas erzählte. Und ein paar Meter daneben: Tyler.

Wärme kroch mir den Hals hinauf, während meine Mundwinkel nach oben zuckten. Ich fing an zu lächeln. Das tat ich jedes Mal, wenn ich diesen Kerl sah – seine braunen Haare, die ihm wellig und an manchen Stellen lockig in die Stirn fielen, die liebevollen Augen in der gleichen Farbe und seine Grübchen, die immer dann hervortraten, wenn er ins Schmunzeln geriet. Der graue Sweater mit einem dezenten Print umspielte seinen athletischen Oberkörper und passte gut zu der verwaschenen Jeans, die er an den Knöcheln etwas hochgekrempelt und zu der er weiße Nikes kombiniert hatte. Mein Herzschlag beschleunigte sich sekündlich.

»Pass auf, sonst sabberst du noch«, flüsterte mir Tatum ins Ohr.

Ich blinzelte ein paarmal und schloss meinen Mund wieder. Tate wusste, dass ich seit Anbeginn der Zeit mehr als freundschaftliche Gefühle für Tyler hatte, und zog mich nur zu gerne damit auf. Mittlerweile waren es stolze sieben Jahre, und der Kerl hatte natürlich keinen Schimmer davon.

»Hey!« Lachend stieß ich ihr meinen Ellenbogen in die Seite und bemerkte, wie Ty plötzlich zu uns herübersah. Er sagte noch kurz etwas zu dem Gast neben ihm, klopfte ihm auf die Schulter und kam anschließend zu uns rübergelaufen.

»Ich geh dann mal zu Dash«, raunte mir Tatum zu, kurz bevor Ty vor uns zum Stehen kam. »Viel Spaß mit Montgomery, du Lustmolch.«

KAPITEL 2

TYLER

»Heeey, alles klar?« Ich zog Frankie in die Arme, hob sie ein Stück vom Boden und wirbelte sie herum, bis sie aufschrie. Mit unserem Größenunterschied von gut zwanzig Zentimetern war das keine Schwierigkeit. Sofort umspielte ihr süßer Duft nach Vanillegebäck meine Nase.

»Hey, ich bekomme keine Luft mehr. Lass mich runter, du Rollmops!«, keuchte sie.

Ich setzte sie wieder ab, und sie lachte, wobei ihre grünen Augen aufleuchteten. Ihre Wangen waren leicht gerötet, was die Sommersprossen darauf noch mehr zur Geltung brachte. Sofort musste ich grinsen, ihr Lachen steckte mich jedes Mal an, weil sie von Natur aus einer der fröhlichsten Menschen war, die ich kannte.

»Ein Rollmops also?«

»Klar. Für einen normalen Mops reicht es nicht, der wäre zu süß für dich.«

Ich verzog gespielt entrüstet das Gesicht und schüttelte den Kopf. »Pff, ich bin ja wohl der Süßigkeitenladen in Person, ich bitte dich.« Mit meinem Spruch konnte ich ihr ein Lachen entlocken, und ich musste noch breiter grinsen.

Frankie und ich kannten uns schon seit Ewigkeiten. Genauer gesagt seit gut sieben Jahren, als wir bei einem Football-Spiel unserer Highschool nebeneinandergesessen und festgestellt hatten, dass Marvel-Filme zu unserem Leben gehörten wie Schlaf und Essen. Tja, und seitdem hatte sich unsere Freundschaft immer mehr gefestigt, und dieser Wirbelwind mit den roten Locken und dem guten Herz war nun nicht mehr aus meinem Alltag wegzudenken.

»Hast du das schon mit 50 Cent geklärt, Candy Shop?«

»Klar. Der sieht das wie ich. Oh, warte …« Ich hob die Hand, um ihr etwas Mehl aus den Haaren zu streichen. Ihr Haar fühlte sich weich an, und im nächsten Moment war das weiße Zeug schon verflogen. »So. Perfekt!«

Ihre Lippen öffneten sich, als ob sie etwas sagen wollte. Sie hielt kurz inne, dann murmelte sie schließlich: »Ähm, danke.«

»Na klar.« Ich legte ihr locker einen Arm über die Schultern und führte sie zum Tresen. »Wie geht's dir so?«

»Ganz gut«, sagte sie und warf mir einen Blick von der Seite zu. »Rate mal, wer die nächsten Wochen das Le Petit Pain schmeißen wird.«

»Was …?«

»Mathieu muss zu seiner Familie nach Südfrankreich, und in seiner Abwesenheit regiere ich das Königreich der Tartes und Macarons.« Sie kicherte und biss sich dann auf die Lippe, als ob sie auf einmal verunsichert wäre.

»Hey, megacool, dass er dir da so vertraut. Glückwunsch!« Ich drückte sie an mich, dann kamen wir am Tresen an, und ich ließ sie los.

»Danke, Ty.« Sie schenkte mir ihr wärmstes Lächeln. »Es wird vermutlich superanstrengend, und ganz eventuell – na ja, wohl eher ziemlich sicher – werde ich heillos überfordert sein, aber irgendwie wird das schon.« Sie lehnte sich gegen das dunkle Holz der Bar und trommelte mit den Fingern auf der Oberfläche herum.

»Du kriegst das hin. Wenn das jemand schafft, dann ja wohl du, da hab ich keinen Zweifel.«

»Sei still, sonst werde ich noch rot.«

»Du meinst noch röter als sowieso schon? Ich glaube, mein Überfall hat dir tatsächlich die Luft zum Atmen geraubt.«

»Ähm …« Ihre grünen Augen weiteten sich etwas, dann lachte sie und ließ den Blick zu Fiona schweifen, die gerade ein Bier zapfte. »Ja, sicher. Träum weiter.«

»Kommst du zurecht oder brauchst du Hilfe?«, wandte ich mich meiner Mitbewohnerin und Barfrau zu.

»Alles gut, gerade passt es«, erwiderte Fiona, strich sich eine ihrer pechschwarzen Strähnen hinters Ohr und nickte Frankie zu. »Hey Frankie, wie geht's?«

»Guuut. Kannst du mir bitte …«

»Zwei Tequilas bringen«, vervollständigte Tatum ihren Satz und lehnte sich in der nächsten Sekunde neben ihr gegen den Tresen.

»Kommt sofort.«

»Guter Start in den Abend«, kommentierte mein bester Kumpel Dash die Shot-Wahl der Mädels, gab Tatum einen Kuss auf die Schläfe und legte dann den Arm um ihre Taille. »Ich würde ja mittrinken, aber zumindest noch ein paar Stunden sollte ich den vorbildhaften Barbesitzer mimen und seriös bleiben.«

»Ha!« Tatum lachte auf. »Den kauft dir doch sowieso niemand ab.«

Die beiden waren seit letztem Herbst zusammen. Auch wenn es am Anfang etwas kompliziert gewesen war – immerhin war Dash Tatum mit seiner andauernd laut aufgedrehten Musik und dem ganzen Geplapper, wenn es ruhig wurde, mächtig auf die Eierstöcke gegangen –, ergänzten sie sich perfekt. Ich freute mich für meinen besten Freund und gönnte auch Tatum ihr Glück von Herzen. Es war schön, jemanden zu haben, den man über alles liebte.

»Hier, viel Spaß mit dem Teufelszeug.« Fiona schob die zwei Tequilas, Salz und Zitronenscheiben über den Tresen.

»Ich verstehe bis heute nicht, warum Tequila dein Lieblingsshot ist, Tate«, murmelte Frankie und schnappte sich ihr Glas.

»Schmeckt lecker, und durch die Zitrone ist es auch supergesund.«

Ich schnaubte. »Absolut. Sollte man jeden Morgen zu sich nehmen, damit man gesund in den Tag startet.«

»Meine Rede.« Tatum zuckte mit den Schultern, dann setzten die Mädels an, tranken den Shot, leckten sich das Salz vom Handrücken und bissen in die Zitronenscheibe.

»Uuuäääh.« Frankie kniff die Augen zusammen und schüttelte sich, während Tatum nicht mal mit der Wimper zuckte. »Das ist doch abartig. Wenn du nicht meine beste Freundin wärst, würde ich das echt nicht in mich reinkippen.«

Dash grinste und klopfte seiner Freundin anerkennend auf die Schulter. »Noch mehr?«

»Von mir aus …«

»Nein, ich bin jetzt schon am Limit«, kicherte Frankie und winkte ab. »Ich vertrage doch so gut wie nichts. Der hier war genug für den ganzen Abend.«

Ich lachte. »Stimmt. Außerdem musst du bestimmt wieder früh raus, oder?«

Sie nickte. »Gegen vier, um fünf fange ich im Le Petit Pain an.«

»Ist mir echt jedes Mal aufs Neue ein Rätsel, wie du so früh aufstehen kannst. Ich glaube, ich würde nicht mal meinen Wecker hören.«

»Liegt aber vermutlich auch daran, dass du dir regelmäßig die Nächte um die Ohren schlägst«, warf Dash ein, und ein besorgter Ausdruck legte sich auf sein Gesicht.

»Möglich.« Mein Blick huschte von einem meiner Freunde zum nächsten. Ich musste schnell das Thema wechseln, bevor wir mal wieder auf meine schlaflosen Nächte zu sprechen kamen. »Und wie war euer Tag so? Franks hat schon berichtet, dass sie jetzt der Big Boss der Bäckerei ist.«

»Was? Wie?« Auf Dashs Gesicht zeichnete sich Verwirrung ab. »Was ist mit dem Franzosen?«

»Mathieus Dad ist krank, daher muss er für ein paar Wochen nach Südfrankreich, und in der Zeit kümmere ich mich um den ganzen organisatorischen Kram. Oder versuche es zumindest.«

»Du wirst das richtig gut machen«, erwiderte Tatum und stupste sie in die Seite, doch auf Frankies Gesicht zeichnete sich Skepsis ab. »Wehe du sagst uns nicht Bescheid, wenn wir dir helfen können.«

Ich nickte. »Falls du jemanden suchst, der sich durch

euer Angebot probiert, bin ich sofort zur Stelle.« Als Frankie wieder lächelte und gleichzeitig amüsiert die Augen verdrehte, zuckte ich mit den Schultern und legte die Unterarme auf dem Tresen ab, um mich dagegen zu lehnen. »Du weißt doch, dass wir immer für dich da sind.«

»Yes, auf jeden Fall«, stimmte mir Tatum zu, und Dash nickte.

»Danke, Leute, wirklich.« Sie lachte. »Wird schon schiefgehen. Aber gut zu wissen, dass ein paar Knechte darauf lauern, von mir ausgebeutet zu werden.«

»Nichts da, Ty knechtet mich hier in der Bar schon genug«, kam es von Dash, woraufhin ich die Augenbrauen hob und ihn angrinste.

Dash und ich waren Geschäftspartner und zugleich beste Freunde, die Arbeit machte also jeden Tag ultraviel Spaß – selbst wenn es stressig wurde. Immerhin lebten wir unseren Traum von einer eigenen Bar, den ich schon seit Jahren hatte. Zum Teil war das ganz sicher auch durch die Serie *How I Met Your Mother* gekommen, und nachdem ich vergangenes Jahr meinen Abschluss in Wirtschaft an der Golden Oaks University gemacht hatte, war ich das Projekt angegangen. Ich hatte mir den Arsch aufgerissen, um das hier zu erreichen. Einige Wochen vor der Eröffnung war mein bester Freund Dash mit eingestiegen, weil er als Großstadt-DJ kürzertreten wollte und einige Dinge hinter sich hatte lassen wollen, die er mit der Zeit dort verband. Und jetzt standen wir hier und lebten unseren Traum. Klar, wir befanden uns noch ganz am Anfang, aber an manchen Tagen glaubte ich selbst nicht, dass diese Bar wirklich Dash und mir gehörte. Das Golden Hour war gut angelaufen, besonders nach Feierabend kamen hier Leute jeden Alters aus unserer Kleinstadt zusammen, um den Tag ausklingen zu lassen, und an den Wochenenden war noch mehr los. Das alles mit meinem besten Freund gemeinsam zu machen war sozusagen die Kirsche auf der Sahnetorte. Manchmal kam es natürlich auch zu Unstimmigkeiten, aber am Ende einigten wir uns immer auf einen Kompromiss, oder einer von uns lenkte ein. Ich hatte das Gefühl, dass die Arbeit unsere Freundschaft noch ein wenig mehr hatte stärken können; und die Tatsache, dass Dash nun auch richtig zufrieden mit seinem Leben war, mit seiner Vergangenheit Frieden geschlossen hatte und eine glückliche Beziehung führte, sogar seit einigen Wochen ein eigenes Apartment in der Stadt hatte, freute mich umso mehr für ihn.

»Klar, jemand muss es schließlich machen«, sagte ich zu Dash. »Und wenn es Tatum nicht tut, ist das wohl meine Aufgabe.«

»Na, wenn das so ist, dann muss ich mal durchgreifen. Kann ja nicht sein, dass mir nachgesagt wird, dass ich meinen Freund in Watte packe«, sagte Tatum und streckte Dash die Zunge heraus. »Was stand bei euch heute so an?«

»Heute Mittag waren ein paar DJs, Bands, Sängerinnen und Sänger da, um sich vorzustellen und zukünftige Auftritte zu besprechen, die im Laufe der nächsten Monate stattfinden.«

»Jep, die waren echt krass. Dafür mussten wir dann noch den Plan erstellen, und anschließend hatte ich einen Termin mit einem Vertreter, der uns mit seinen brandneuen Getränken beliefern will«, fügte ich hinzu. Ich griff in die kleine Keramikschüssel, die vor mir auf dem Tresen stand, und warf mir ein paar Erdnüsse in den Mund. »Die müssen wir aber erst noch testen, um zu entscheiden, ob wir sie auf die Liste setzen. Ist so 'ne Mischung aus Eistee und Dr Pepper. Ziemlich süß. Mal gucken, ob das zu uns passt.«

»Süß klingt genau nach meinem Geschmack«, sagte Frankie und schnappte sich ebenfalls ein paar Erdnüsse.

»Ist mir vollkommen klar«, erwiderte ich und hob einen Mundwinkel. »Wir sind nicht umsonst so lange beste Freunde, weißt du?«

Ihr Blick huschte zu mir, und sie lächelte. Wärme erfüllte meinen Brustkorb. »Klar weiß ich das, Ty.« Dann sah sie wieder weg und widmete sich einer weiteren Handvoll Erdnüsse.

»Wenn wir alle Sorten durchprobiert haben, stell ich dir 'ne Flasche zur Seite, okay?«

Sie nickte. »Mach das. Im Gegenzug bring ich dir eine deiner liebsten Tartes mit.«

»Oh, die mit …«

»Schokolade, yes.«

Ich grinste. »Ich freu mich schon.« Die Tartes aus der französischen Bäckerei waren mein absolutes Lieblingsdessert, und natürlich wusste Frankie das und brachte mir immer wieder welche mit – jedes Mal das Highlight meines Tages.

Wir hingen noch ein wenig zusammen an der Bar ab; Dash und ich unterhielten uns währenddessen hin und wieder mit ein paar Gästen und tauschten uns mit ihnen über die Getränkekarte aus.

»Wann bist du morgen hier?«, fragte mich Dash irgendwann, als wir etwas abseits der Mädels standen. »Wir müssen noch mal die Acts durchgehen, die sich heute vorgestellt haben.«

Ich schob die Hände in die Taschen meiner Jeans und überlegte. Mein Blick huschte zur Wanduhr – es war mittlerweile schon fast acht –, dann zur Tür, die gerade aufging und durch deren Spalt ich draußen die Dunkelheit erkennen konnte. »Ähm … Ich denke, so um zwei. Passt das?«

»Geht es auch früher? Tatum und ich sind zum Lunch im Diner verabredet.«

»Hmm …« Früher bedeutete auch, früher aufzustehen. Irgendwann killte mich der Schlafmangel noch, aber wenn ich ehrlich zu mir selbst war, wälzte ich mich sowieso nur im Bett herum, bis der Wecker klingelte und ich in einen neuen Tag starten musste. »Okay, dann um zwölf? Oder eins?«

»Halb eins ist gut.«

Ich nickte, sah wieder zur Uhr und atmete aus. Etwas Schweres legte sich auf meine Brust, je länger ich hier blieb und die Dunkelheit draußen voranschritt. Jede Minute, die ich verpasste, fühlte sich falsch an. »Ich mach mich dann so langsam auf den Weg. Du und Fiona habt ja alles im Griff.«

Dashs rechte Augenbraue zuckte nach oben. »Ty, gehst du …«

An den Ort, zu dem ich muss – komme, was wolle.

»Jap. Du weißt, ich muss das tun …« Ich winkte ab und holte meine Jeansjacke aus dem Büro, zog sie über und blickte noch mal zur Uhr.

Ich verabschiedete mich rasch von Fiona, dann lief ich

rüber zu Tatum und Frankie, die sich über Tates Hund Sherlock unterhielten.

»Ich wette, ich kann ihm beibringen, deine Kamera auf seiner Nase zu balancieren«, sagte Frankie gerade, als ich bei ihnen ankam. Ihr Blick wanderte zu mir. »Gehst du?«

Ich nickte. »Ja, ich hab noch zu tun. Viel Spaß euch!«

Tatum kniff die Augen zusammen und musterte mich. »Was machst du heute denn?«

»Ich muss mich um ein paar Sachen kümmern. Ihr wisst schon, dies, das ...«

Wow, Ty, deine Ausreden waren auch mal besser.

»Bestimmt ein Booty Call. Oder er braucht eine Pause von uns«, rief Fiona in unsere Richtung.

»Ich tippe darauf, dass er den Mond anheult oder alternativ ein paar Hälse blutleer saugt. Wobei ich nicht weiß, ob du eher ein Edward- oder ein Jacob-Typ wärst.« Tatum legte den Kopf schief, und ich schnaubte.

»Ich hab doch diesen Onlinekurs zum Thema Gastronomie belegt, dafür muss ich ... ein paar Aufgaben erledigen.«

Ich hasste es, meine Freunde zu belügen. Heute wie auch an den etlichen anderen Abenden in den letzten Jahren. Während der Unizeit hatte ich immer erzählt, dass ich nachts viel besser lernen und den Stoff aufnehmen konnte, und alle hatten es mir abgekauft. Doch seit ich meinen Abschluss in der Tasche hatte, musste ich mir andere Ausreden einfallen lassen, warum ich seit drei Jahren oft verschwand, wenn die Nacht anbrach. Inzwischen hatte es sich zu einer Art Running Gag entwickelt, darüber zu spekulieren, was ich in diesen Nächten trieb. Ich ließ meinen Freunden ihren Spaß. Besser, sie malten sich irgendwelche absurden Szenarien aus, als dass sie die Wahrheit kannten.

Frankie umarmte mich zum Abschied und musterte mich neugierig. »Schade, dass du schon losmusst. Ich hoffe, du hast noch einen schönen Abend, Ty.«

»Den wünsche ich dir auch, Franks. Und sorry, dass ich jetzt abhaue. Aber wir sehen uns morgen oder Samstag?«

Ihre Miene hellte sich auf. »Auf jeden Fall. Ich freu mich.«

»Ich mich auch.« Ich zwinkerte ihr noch mal zu, dann verabschiedete ich mich von den anderen und lief zum Ausgang, zog die Tür hinter mir ins Schloss und atmete die frische Luft ein.

Dunkelheit.

Mein Magen zog sich zusammen. Ich wusste, wohin ich zu gehen hatte. Ich hoffte mit jedem Mal, dass die Dunkelheit in meinem Herzen irgendwann weichen würde. Wenn ich daran dachte, was dort draußen auf mich wartete, wollte ich mich eigentlich schwerelos fühlen. Schwerelos unter den Sternen. Doch stattdessen schlossen sich Fesseln um meine Knöchel, die mich aufhielten. Davon abhielten, mein Leben zu leben. Dennoch hatte ich die Hoffnung, dass es irgendwann womöglich besser werden und das bittere Gefühl in meiner Magengegend verschwinden würde.

Ich schob die Hände in die Jackentaschen, während ein düsterer Schauer meinen Rücken hinablief und ich hinein ins Dunkel trat.

KAPITEL 3

FRANKIE

»*Fünf Gründe, warum Monica und Joey aus* Friends *zusammen sein sollten* – ha!« Ich lachte auf und schlug mir die Hand vor den Mund. »Wer hat denen denn auf den Kopf gekackt?«

»Ins Hirn geschissen, Frankie.« Tatum schüttelte grinsend den Kopf und lehnte sich ein Stück zu mir herüber, um einen Blick auf den Bildschirm meines Laptops zu erhaschen, wo ich gerade durch YouTube scrollte.

»Mein ich doch. Die passen null zusammen. Rachel und Joey, ja! Monica und Joey, ne, ne, ne. Das kommt mir nicht in die Tüte.« Ich strich mit meinen Fingern über das Touchpad, um mich dem Ende der Seite zu nähern, während sich Tatum wieder ihrem Buch über Fotografie widmete.

Nachdem sie bei sich zu Hause im Bed and Breakfast ihrer Eltern, der Chestnut Flower Lodge, ihre Arbeit beendet hatte, war sie herübergekommen, um bei mir zu übernachten. Wenn mein Dad auf Geschäftsreisen und ich deswegen allein im Haus war, verbrachte ich die

Nächte oft bei ihr oder sie bei mir. Mein Vater arbeitete schon seit Urzeiten als Berater für verschiedene Unternehmen in der Finanzbranche, war ziemlich erfolgreich und musste daher gefühlt alle paar Tage in eine andere Stadt innerhalb des Landes reisen. Wir telefonierten recht selten, da er häufig bis spät in die Nacht arbeitete, und schickten deswegen meist nur kurze Nachrichten hin und her. Es tat nach wie vor weh, so oft alleine zu sein, da ich ihn echt vermisste, andererseits hatte ich mich mittlerweile daran gewöhnt.

Mein Zimmer war schon immer einer meiner liebsten Rückzugsorte gewesen, was aber auch daran lag, dass ich es im Laufe der letzten Jahre so oft umgestaltet hatte, bis ich rundum glücklich damit gewesen war. Ich liebte die Lichterkette, die sich über unseren Köpfen von Bettpfosten zu Bettpfosten spannte und wie ein Sternenhimmel aussah. Zudem hingen dort und auch am rustikalen Holzregal mit den Fotoalben, Liebes- und Fantasy-Romanen und Backbüchern künstliche Efeugirlanden, und die Wände hatte ich im Anflug einer schlaflosen Nacht mit Magazincovern, Polaroids, Postkarten und Schallplatten tapeziert. Mein Skateboard mit dem Pinguin – ich war definitiv kein Profi, aber hin und wieder versuchte ich, ohne größere Unfälle damit von A nach B zu kommen – lehnte neben der Holzkommode, worauf ein paar Bilder meiner Mom standen. Ich vermisste sie jeden Tag, und manchmal kam mir der Gedanke, dass es wohl nie besser werden würde. Sie war nun schon seit sechzehn Jahren tot; ich war sehr froh, zumindest ein paar Jahre mit ihr gehabt zu haben, aber es machte mich jedes Mal aufs Neue unglaublich traurig, darüber nachzudenken, dass sie die großen Ereignisse in meinem Leben wie meinen Schulabschluss, den ersten Liebeskummer und alles, was noch auf mich wartete, nicht miterlebte. Sie war an Krebs gestorben, als ich fünf Jahre alt war, und mit ihr auch das Gefühl, eine liebevolle Familie zu haben. Immer wieder schaute ich mir die Fotos von ihr an und schwelgte in Erinnerungen.

In meinem Zimmer herrschte ein organisiertes, buntes Chaos, um es mit Tys Worten zu sagen. Auf dem Boden stapelten sich Bücher und Filme, Pflanzen und auch hier und da ein paar Sweatshirts, die ich irgendwann noch waschen oder zurück in die Kommode legen sollte. Na ja, und abgesehen vom Sternenhimmel über meinem Bett hatte ich überall im Zimmer weitere subtile Lichtquellen verteilt, da ich meine Deckenbeleuchtung etwas ungemütlich fand. Eine Stehlampe hinter dem beigen Lesesessel, meine Nachttischleuchte, kleine Lampen, die Lichtkegel an die Wand warfen, und noch mehr Lichterketten. Hauptsache, ich konnte die Dunkelheit verscheuchen wie eine alte Erinnerung, die mir immer wieder aufs Neue Angst einjagte.

Jetzt saßen Tatum und ich auf meinem Bett, mit dem Rücken gegen das Kopfteil aus Holz gelehnt. Erst hatte ich ihr ein bisschen von meinem ersten Tag als Boss in der Bäckerei berichtet – es war ganz okay gewesen, eigentlich wie immer, da die großen Aufgaben wie die Abstimmung mit den Lieferanten oder die Planung unserer Specials erst im Laufe der nächsten Tage anfallen würden. Anschließend hatte sie sich in ihr Buch aus Fotografietechniken vertieft, und ich war in einen Strudel von YouTube-Videos zu meinen Lieblingsserien gefallen, hatte eins nach dem anderen über meine liebsten Charaktere und Pärchen angeklickt und war schließlich bei *Friends* gelandet.

»Bin gleich wieder da«, sagte Tatum plötzlich und rollte sich vom Bett, um ins Badezimmer zu verschwinden.

»Mhm, alles klar.« Ich wischte wieder über das Touchpad und klickte mich durch ein paar Videos. Noch mehr über *Friends*, weitere über andere Serien und welche, die einfach nur dem Serientitel ähnelten.

Wie du Freunde findest, So merkst du, ob du toxische Freunde hast und Freundschafts-Tests waren nur einige davon, bis …

Ich kniff die Augen zusammen und musterte den nächsten Titel.

So schaffst du es bei Männern aus der Friendzone – fünf Tipps, die garantiert helfen!

Ob ich das mal anklicken sollte? Der Cursor huschte über das Vorschaubild des Videos, auf dem eine hübsche Frau in meinem Alter sowie der Begriff »Friendzone« – in Großbuchstaben und durchgestrichen – abgebildet war. Ich biss auf der Innenseite meiner Wange herum und dachte an Ty. Wir waren schon so lange befreundet, dass er mich vermutlich gar nicht als potenzielle Freundin sah. Für ihn war ich sein Kumpel, auch wenn *ich* ihn nie nur als solchen betrachtet hatte.

»Ach, scheiß drauf. Kann ja nicht schaden.« Im nächsten Moment klickte ich das Video an, und das braunhaarige Mädel vom Vorschaubild ploppte auf meinem Bildschirm auf.

»Hey Boys and Girls! Heute verrate ich euch meinen

sicheren Fünf-Schritte-Plan, wie ihr es bei jedem Typen garantiert aus der Friendzone schafft.«

Oh Gott ... Was schaute ich mir da zur Hölle an? War ich so tief gesunken?

Jap. Bin ich. Kein Zweifel.

Also lauschte ich weiter, wie die junge Frau mit dem Selbstbewusstsein eines Weltstars von ihren Erfahrungen berichtete. »Als Erstes solltest du unbedingt cool wirken. Sei total relaxed. Nichts darf dich aus der Ruhe bringen, darauf stehen Kerle ...«

Während sie weitersprach, schnappte ich mir mein abgegriffenes Notizbuch vom Nachttisch und notierte alles, was sie sagte. Vielleicht war dieser Plan Müll, vielleicht war es nur ihr selbstbewusstes Auftreten, das mich überzeugte, diesen Schritt zu wagen. Daran zu glauben, dass diese Methode möglicherweise klappen könnte.

»Was zur ...?« Tatum war in der Tür aufgetaucht« und schüttelte ungläubig den Kopf, als sie auf mich zulief.

»Ähm, es ist nicht so, wie es aussieht.«

»Dann schaust du dir also nicht irgendwelche Ratschläge an, um Männer zu verführen?« Skeptisch hob sie eine Augenbraue und setzte sich wieder neben mir aufs Bett.

»Puh, also ... ja, so könnte man es schon nennen, aber eigentlich wirkt das alles sehr gut recherchiert. Vermutlich auch mit wissenschaftlichen Studien und ...«

»Kann ich dich nicht mal zwei Minuten alleine lassen, ohne dass du dir so 'nen gequirlten Mist reinziehst? Girl, das brauchst du doch gar nicht.«

Ich stoppte das Video und zuckte mit den Schultern. »Doch, irgendwie schon. Du weißt doch genauso gut wie ich, dass Ty mich nur als gute Freundin sieht. Und wenn ich will, dass sich was ändert, muss ich andere Geschütze auffahren. Dieses Video … Keine Ahnung, aber vielleicht hilft es mir ja dabei, ihn merken zu lassen, dass ich cool bin und wir total gut zusammenpassen; und möglicherweise entwickelt er dann auch Gefühle für mich oder sieht zumindest erst mal, dass ich mehr bin als nur sein *Bro*.«

Tatum seufzte und legte den Arm um mich. Es war das leidige Thema, das immer wieder aufkam. Ty. Meine Gefühle für ihn, die er (bisher zumindest) nicht erwiderte. »Franks. Er weiß, dass du cool bist. Alle wissen das, weil du ungefähr der beste Mensch bist, der auf diesem Planeten existiert. Und wehe, du stellst das irgendwann infrage, nur weil Montgomery nicht auf dich steht.«

»Ich weiß ja, dass ich super bin. Aber ich will, dass Ty mich eben auf dieser anderen Ebene wahrnimmt und in mir eine Frau sieht, auf die er stehen könnte. Ich will das angehen. Jetzt. Ich meine, dieser Plan aus dem Video könnte ja womöglich klappen. Ist einen Versuch wert.«

»Du könntest mit ihm darüber sprechen. Dann brauchst du auch dieses Video nicht.«

Ich lachte auf. »Ha! Ja, sicher. Ne, ne, ne, das wird nicht passieren, und das weißt du auch. Ich hab zu große Angst, dass es dann superpeinlich zwischen uns wird, er meine Gefühle nicht erwidert und unsere Freundschaft zerbricht. Wenn ich ihm ganz subtil Hinweise gebe, könnte es aber klappen. So nach und nach baue ich die im Alltag ein, und schwupps, ist er unsterblich in mich verliebt.«

»So wie ich Ty kenne, glaube ich, dass er es verstehen

würde und es nicht seltsam zwischen euch wäre. Und selbst wenn … dann wüsste er es zumindest. Und vielleicht merkt er dann auch, dass er eigentlich auf dich steht.«

»Das traue ich mich nicht. Wenn ich nur daran denke, so ein Gespräch mit ihm zu führen … Oh Gott, da dreh ich durch vor Aufregung. Ne, ich kann das nicht.« Ich schüttelte den Kopf. »Weißt du, ich bin nicht so naiv zu denken, dass das ganz sicher klappen wird und das Video die Antwort auf all meine Fragen ist, aber vielleicht kann es mir helfen, ein paar Dinge zu wagen, die ich vorher noch gar nicht auf dem Schirm hatte. Es motiviert mich, okay? Und du kennst mich – wenn ich motiviert bin, dann kann mich nichts aufhalten.«

Sie nickte. »Ich halte das zwar für keinen deiner besten Pläne, aber wenn du das wirklich durchziehen willst, helfe ich dir.« Sie betätigte die Leertaste meines Laptops, und das Video lief weiter.

»Danke, Tate.«

Ich machte mir noch ein paar Notizen, und als der Bildschirm schwarz wurde, fasste ich meinen Schlachtplan zusammen.

Wie ich der Friendzone entkomme!
1. Lass dich von nichts aus der Ruhe bringen.
2. Zeig ihm, was für eine sexy Queen du bist.
3. Er muss nicht alles über dich wissen, also sei mysteriös.
4. Auch andere haben Interesse an dir, zeig ihm das.
5. Koch für ihn und mach ihm deutlich, dass du auch das draufhast.

»Da ist er hin, der Feminismus, für den wir so lange gekämpft haben. Nicht mehr existent.« Tatum lachte und schlug sich die Hände vors Gesicht. »Das ist doch kompletter Schwachsinn.«

»Nur ein wenig. Du musst es mit einem Augenzwinkern betrachten. Ich glaube, die Aktion könnte witzig werden und ...«

»Für mich auf jeden Fall – wenn ich dir dabei zusehe.«

»He, lass mich ausreden.« Ich grinste. »Und vielleicht klappt es ja zumindest ein bisschen. Ich klammere mich an jeden Hoffnungshalm. Der Plan dient ja nur zur Orientierung, ich bring meinen eigenen Frankie-Flavour mit rein.«

»Mhm, das glaub ich. Also gut, ich bin gespannt. Wann legst du los?«

Ich überlegte und tippte mir dabei ans Kinn. »Morgen. Unser Filmabend. Frag doch Dash, wenn du ihn siehst, ob er und Ty dazukommen wollen. Dem guten Stuterich wird Hören und Sehen vergehen.«

»Stuterich? Meinst du vielleicht Hengst? Betitelst du Ty ernsthaft als Hengst? Oh, Frankie ...«

»Das klingt besser und hat nicht so einen toxisch maskulinen Unterton.« Ich lachte auf, ballte meine Faust und reckte sie in die Luft. »Morgen ist der Tag der Tage. Ich erobere Tylers Herz. Let the games begin.«

»Was schauen wir als Erstes an? Irgendwelche Vorschläge?« Tyler klickte sich auf dem Fernseher durch Netflix, während Dash und Tatum die Pizzakartons, die der Lieferant gerade gebracht hatte, auf meinem Couchtisch ablegten.

»Mich darfst du nicht fragen, von mir bekommst du immer die gleiche Antwort«, entgegnete ich und lehnte mich grinsend zurück ins Polster des dunkelgrünen Sofas.

»Ja zu Marvel, nein zu Weihnachtsfilmen im April.«

»Komm schon, Ty, die sind Balsam für die Seele.« Ich klimperte übertrieben mit den Wimpern. »Die gehen einfach immer.«

Ich liebte weihnachtliche Filme und schaute sie – zum Leidwesen meiner Clique – das ganze Jahr. Die Harmonie darin, die Liebe und die Hoffnung erwärmten jedes Mal mein Herz. Zudem versetzte ich mich beim Schauen in die Charaktere hinein und stellte mir vor, wie schön es wäre, in so einer liebevollen Familie aufzuwachsen und zu leben. Ich biss die Kiefer aufeinander. In diesen Momenten vermisste ich meine Mom unfassbar. Mit ihr hatte ich als Kind auch immer Weihnachtsfilme gesehen, doch dann irgendwann … nicht mehr.

»Keine Weihnachtsfilme, Frankie«, riss mich Dash aus meinen Gedanken und ließ sich dabei neben Tatum auf die Couch gegenüber von mir und Ty fallen.

»Okay, von mir aus.« Ich richtete mich ein Stück auf und sah wieder herüber zu Ty, der nicht mal einen halben Meter von mir entfernt saß. Der typische Geruch von seinem zitronigen Aftershave, das ich so gerne mochte, tanzte um meine Nase, und ich wollte am liebsten noch näher zu ihm rücken. Heute trug er den dunkelgrünen Sweater, der ihm viel zu gut stand.

»Wir könnten auch den neuen Film mit Kevin James angucken«, warf Tatum ein.

»Wäre eine Idee.« Ty nickte, dann wandte er sich mir zu. »Was denkst du?«

Ich musste den Plan verfolgen, den ich mir vorgenommen hatte. Heute war es Zeit für den ersten Schritt: *Lass dich von nichts aus der Ruhe bringen.*

Sei cool. Sei cool. Sei cool.

Rasch schnappte ich mir etwas Popcorn, das ich vorhin in eine kleine Schale gefüllt und auf dem Beistelltisch platziert hatte, dann zuckte ich mit den Schultern. »Klar. Oder den mit Jason Statham. Action, Mord und Totschlag gehen doch immer. Gib mir Blut, gib mir Eingeweide, easy.«

War das womöglich etwas zu dick aufgetragen? Aus dem Augenwinkel bemerkte ich, wie Tatum die Lippen aufeinanderpresste, um ihr Lachen zu unterdrücken. Okay, also wohl wirklich zu viel des Guten.

Einer von Tys Mundwinkeln hob sich, und er musterte mich amüsiert. »Alles klar, Black Widow. Sag Bescheid, wenn du deinen ersten Cage Fight hast, den will ich nicht verpassen.«

Ich schnaubte. »Ach, ich besorg dir sogar 'nen Platz in der ersten Reihe, Baby.«

Baby? Oh Gott … Das war jetzt eindeutig too much. Und Tyler sah das wohl auch so, denn er kniff die Augen zusammen, schüttelte den Kopf, wandte sich ab, warf mir noch mal einen ungläubigen Blick zu und widmete sich schließlich wieder der Filmauswahl.

»Gut, dann wird's wohl was mit Action – extra für Frankie natürlich.«

»Perfekt«, entgegnete ich lässig und schaute kurz zu Tatum und Dash rüber.

Während meine beste Freundin immer noch mit einem Lachen kämpfte, geriet auch der ehemalige Großstadt-DJ ins Schmunzeln. Am liebsten hätte ich selbst über mich und meine dummen Sprüche gelacht, doch dann wäre Ty wohl aufgefallen, dass etwas nicht mit rechten Dingen vor sich ging.

Nachdem wir noch ein paar andere Filme durchgegangen waren, entschieden wir uns Tatum zuliebe für einen mit Ryan Reynolds. Obwohl sie in Therapie war und dadurch besser mit lauten Geräuschen klarkam, wollten wir es nicht übertreiben.

»Pizza steht bereit, Licht an, Getränke hab ich hier. Dann kannst du den Film starten, Bro.« Ty kam gerade mit vier Flaschen aus der Küche zurück und stellte sie auf dem Tisch ab. Dann ließ er sich neben mir aufs Polster sinken, während Dash auf Play drückte. Er rückte noch ein Stück näher zu mir, sodass sich unsere Oberschenkel berührten, und lächelte mich an. »Du musst gleich unbedingt das neue Bier probieren, das wir auf der Karte haben. Könnte dir schmecken.«

Ich nickte und versuchte mir nicht anmerken zu lassen, dass mein Herz aufgeregt herumhüpfte. »Mach ich.«

Während der Film anlief, ließ ich den Blick noch mal rasch durchs Wohnzimmer huschen. Die Deckenlampe und auch ein paar der indirekten Lichter brannten, also konnte ich mich getrost zurücklehnen und den Film genießen. Ich wusste zwar, dass gerade die Jungs viel lieber im Dunkeln schauten, aber selbst wenn ich gewollt hätte, hätte das vermutlich nur eine panische Frankie zur Folge gehabt. Bis auf Tatum kannte niemand den genauen Grund für meine Angst vor dem Dunklen – und dabei sollte es auch bleiben. Ich wollte nie wieder darüber sprechen, denn es verfolgte mich sowieso schon genug.

Als wir unsere Pizzen verdrückt hatten und Ryan Reynolds gerade über den Bildschirm sprang und uns zum Lachen brachte, spürte ich plötzlich, wie sich ein Ellenbogen in meine Seite bohrte.

»Schau mal«, flüsterte mir Ty ins Ohr. Als sein heißer Atem meinen Hals streifte, breitete sich unwillkürlich eine Gänsehaut auf meinen Armen aus. Gott sei Dank trug ich einen übergroßen Hoodie, sodass er es nicht mitbekam. Er nickte in Dashs Richtung. »Der ist schon vor zehn Minuten eingepennt.«

Ich folgte seinem Blick und entdeckte einen schlafenden Dash mit offenem Mund, den Kopf ans Polster gelehnt. Vermutlich war er kurz davor zu sabbern. Ich musste grinsen und wandte mich wieder Ty zu, dessen Gesicht nur Zentimeter von meinem entfernt war. Hitze stieg in mir auf.

Cool bleiben, Frankie. Cool bleiben.

»Zehn Dollar, wenn du es schaffst, in seinen Mund zu treffen«, flüsterte ich und hielt ihm die Schüssel mit dem Popcorn hin.

Er geriet ins Schmunzeln, woraufhin seine Grübchen zum Vorschein kamen. »Eine Woche Freigetränke, falls *du* es schaffst.« Dann blähte er seine Nasenlöcher auf. Das tat er immer ganz unbewusst, wenn er einen Witz riss oder versuchte, lustig zu sein.

Jeder von uns lud sich die Hand mit Popcorn-Munition voll, und abwechselnd warfen wir damit auf Dash, in der Hoffnung zu treffen. Als Tatum es merkte, fuhr sie sich nur kopfschüttelnd übers Gesicht und verfiel in ein leises Lachen.

»Oh, crap!« Ich zuckte zusammen, als ich mit voller

Wucht Dashs Auge traf und dieser daraufhin langsam seinen Mund schloss und den Kopf bewegte. Er öffnete die Augen, dann sah er an sich herunter und wieder zu uns.

»Was …?«

Sein ganzer Schoß und Oberkörper waren mit Popcorn übersät; es sah fast so aus, als ob er in einen Schneesturm geraten war. Ty krümmte sich vor Lachen, in das ich einfiel und dem sich auch Tatum anschloss.

»Wow, euer scheiß Ernst?«

Ich ließ mich gegen das Rückenteil der Couch fallen und konnte gar nicht mehr aufhören zu lachen. »Sorry, aber das musste einfach sein.«

»Ja, Mann, das war ein gefundenes Fressen – im wahrsten Sinne des Wortes.« Plötzlich spürte ich Tylers warmen Körper an meiner Seite, als er sich auch wieder zurück ins Polster sinken ließ. Sein Lachen ebbte etwas ab, doch sein Körper bebte immer noch.

»Ruhe jetzt da drüben, ich will den Film weiterschauen«, herrschte Dash uns gespielt böse an.

»Du meinst, du willst dein Nickerchen fortführen?« Tatum tätschelte ihm den Oberschenkel, dann widmeten wir uns wieder dem Film.

Ich musste kichern. Solche Abende mit meinen Freunden liebte ich über alles. Keine Ahnung, ob es mir heute so gut gehen würde, wenn ich ihre Unterstützung die letzten Jahre nicht gehabt hätte.

Nach einer Weile bemerkte ich, wie Ty neben mir hin und her wackelte und dann ein Stück tiefer sank. Im nächsten Augenblick lehnte er seinen Kopf an meine Schulter, und ich verkrampfte für einen kurzen Moment.

Cool bleiben, Frankie!

Ich atmete unauffällig aus, dann lockerte ich meine Muskeln und zog ein Bein in den Schneidersitz, sodass sich unsere Oberschenkel noch mehr berührten als sowieso schon. Mit jeder Sekunde beschleunigte sich mein Herzschlag, obwohl es eine ganz normale Situation zwischen uns war.

Wie oft hatten wir schon auf diese Weise dagesessen und Filme geschaut? Unzählige Male.

Und wie oft war mir dabei fast das Herz aus der Brust gesprungen? Jedes. Einzelne. Mal.

Ich genoss es, neben ihm zu sitzen, seinen Körper an meinem zu spüren und seinen Duft einzuatmen. Auch wenn mein Puls eskalierte und meine Wangen vermutlich die gleiche Farbe hatten wie meine Haare, versuchte ich mich zu entspannen und den Moment auszukosten.

Wenn er mich doch auch nur so sehen würde wie ich ihn.

Stopp! Kein Selbstmitleid und dafür mehr Einsatz, ermahnte ich mich. Ich war auf dem richtigen Weg. Ich hatte einen Plan. Ich würde es schon noch schaffen, ihn dazu zu bringen, sich in mich zu verlieben. Irgendwann würde er merken, was er an mir hatte.

Als der Film zu Ende war, räumte Dash die leeren Pizzakartons und Flaschen in die Küche. Tatum folgte ihm und zwinkerte mir an der Tür über die Schulter hinweg zu.

Ob ich meine beste Freundin über alles liebte? Ein dickes fettes Ja.

»Bist du müde, oder schaffst du noch einen Film?«, fragte Ty und richtete sich langsam auf. Seine dunklen

Haare waren verwuschelt und am Hinterkopf leicht eingedrückt.

»Ich bin eigentlich noch fit und bereit für die nächste Runde. Wobei Dash vorhin schon wieder eingenickt ist. Der ist heute echt nicht zum Filmschauen zu gebrauchen.« Ich lachte, woraufhin Ty grinsen musste.

»Stimmt auch wieder. Du bist wieder alleine, oder? Wie lange ist dein Dad denn dieses Mal weg?«

Ich seufzte leise. »Er ist noch ungefähr zwei Wochen in Portland und Seattle, dann kommt er für ein paar Tage nach Hause, bevor er wieder auf Geschäftsreise im Süden unterwegs ist.«

Tys braune Augen füllten sich mit Wärme, und er nickte. »Wenn du nicht alleine sein willst ... du weißt schon, wegen der Dunkelheit und so ... oder mal Abstand von Tatum brauchst, kannst du auch bei uns in der WG abhängen. Aber das weißt du ja. Und falls was ist, irgendwelche Einbrecher oder so, dann rufst du mich sofort an.«

»Du meinst, bevor ich die Polizei kontaktiere, wähle ich deine Nummer?« Ich lächelte ihn an. »Warum auch nicht ...«

»Klar! Ich meine, wer hat denn vor ein paar Jahren den Fuchs verjagt, der sich Zugang zu deinem Haus verschafft hat? Hm?« Er hob das Kinn und grinste selbstgefällig. »Der war auch ein Einbrecher.«

»Aber ein flauschiger, das ist ein Unterschied.«

»Das heißt, falls jemand einbricht und derjenige eine flauschige Körperbehaarung – also Bart und so was – hat, dann würdest du mich vor der Polizei anrufen?«

»Ty!« Ich schnaubte und warf vor lauter Verzweiflung die Hände in die Luft. »Du bist unmöglich.«

»Und doch kriegst du nicht genug von mir«, sagte er, kicherte und legte seinen Arm um meine Schultern, um mich an seine Brust zu drücken und dabei mit der anderen Hand durch meine Haare zu wuscheln.

»Tyyy! Hör auf«, flehte ich ihn lachend an und wand mich aus seinem Griff. Dann fuhr ich mir durch meine roten Locken und funkelte ihn gespielt böse an. »Du Ratte!«

»Erst ein Rollmops, dann eine Ratte … Was für ein Tier bin ich morgen?«

»Führst du etwa 'ne Liste über die Begriffe, die ich dir um die Ohren pfeffere?«

»C'mon, Frankie, ich merke mir alles, was du sagst.« Er legte den Kopf schief und betrachtete mich.

Jedes Mal, wenn er mich so ansah, wollte ich meine Arme um seinen Nacken schlingen und ihn küssen. Und jedes Mal, wenn ich daran dachte, tat ich es nicht.

Hitze breitete sich in meinem Körper aus. *Cool bleiben*, erinnerte ich mich an meinen ursprünglichen Plan für den heutigen Abend, der wohl besser hätte laufen können.

»Will ich dir auch geraten haben«, wisperte ich und blickte ihm direkt in die Augen. Alles in mir kribbelte. Ich musste etwas tun. Zeit schinden, mir etwas einfallen lassen, damit er noch länger blieb.

»He, Ty? Du kannst auch gerne hier übernachten, wenn du müde bist und nicht mehr nach Hause fahren willst. Ich meine … Wir könnten noch den dritten *Thor* rewatchen. Lust?«

KAPITEL 4

TYLER

Mein Blick huschte weg von Frankies Augen zur goldenen Uhr an der Wand. Es war bereits kurz nach elf. Tatum und Dash klapperten in der Küche mit Tellern herum. So gerne ich noch bleiben und mit ihr Filme schauen wollte – ich konnte nicht.

»Lass uns das verschieben, okay? Musst du nicht sowieso früh raus, wegen der Bäckerei?«

Sie winkte ab. »Ach, kein Stress, alles gut. Dann verschieben wir das, easy peasy lemon squeezy.« Sie zog einen Mundwinkel nach oben und starrte auf ihre Finger, mit denen sie am Saum ihres übergroßen Hoodies herumspielte. »Stimmt schon, ist echt besser, wenn ich bald schlafen gehe. Wird morgen wieder ziemlich anstrengend.« Ich meinte, für einen kurzen Moment Enttäuschung in ihren Augen aufflackern zu sehen, doch vermutlich irrte ich mich.

»Und da will ich dich doch nicht um deinen Schlaf bringen«, erwiderte ich und zuckte mit den Schultern. »Wie lief es denn jetzt die letzten Tage in der Bäckerei? Ist dieser Typ, der Neffe von Mathieu, schon aufgetaucht?«

Sie schüttelte den Kopf. »Montag ist sein erster Tag. Bin mal gespannt, wie er drauf ist. Und sonst … ähm … Bis auf ein paar Kleinigkeiten lief es eigentlich ganz okay bisher.«

»Kleinigkeiten?« Ich zog eine Augenbraue nach oben und nahm noch einen Restschluck aus meiner Bierflasche.

»Ich sag mal so … Wenn man davon absieht, dass ich vorgestern vergessen habe, den Laden abzuschließen, und dann noch mal hinmusste, passt das alles schon. Immerhin hab ich die Bäckerei noch nicht abgefackelt.«

»Glaub an dich, Frankie!« Ich legte den Kopf schief und musterte sie. In ihrem riesigen Pulli wirkte sie noch kleiner als normal, und auf ihrem Gesicht breitete sich Sorge aus. »Du machst das schon. Es kann nur gut werden, wenn Frankie Davis die Leitung hat.« Mit einem Lächeln auf den Lippen kniff ich sie in die Seite, um sie zum Lachen zu bringen. »Nur wenn man Fehler macht, kann man dazulernen und wachsen, das weißt du doch. Das gehört zum Leben dazu. Mathieu ist erst ein paar Tage weg, da ist es doch logisch, dass noch nicht alles rundläuft.«

Sie nickte, wirkte von meinen Worten aber noch nicht allzu überzeugt. »Ich will alles richtig machen und Mathieu nicht enttäuschen, das ist alles. Was ist, wenn Eve auch noch ausfällt und der Neffe plötzlich kündigt, weil er sich von mir nichts sagen lassen will? Dann stehe ich alleine da und …«

»Quatsch! Ich springe dann ein und backe die ganzen Eclairs und Baguettes. So eine Schürze würde mir super stehen.«

»Genau, Tyler. Wer's glaubt.« Sie lachte auf und verdrehte die Augen.

Dann legte ich meine Hand auf ihr Knie und drückte es für einen kurzen Moment. »Natürlich mach ich das. Ich würde alles für dich tun, Franks, ist doch klar.«

Ihre Augenbrauen huschten nach oben, und sie hielt inne. Gerade als sie die Lippen öffnete, um etwas zu sagen, wurde sie von Tatum und Dash unterbrochen, die aus der Küche zurück ins Wohnzimmer kamen. Sie wandte rasch den Blick ab, wobei ich mich fragte, was sie eigentlich hatte sagen wollen. Frankie war schon immer die Entertainerin unserer Freundesgruppe gewesen. Sie lachte viel und verbreitete gute Laune, wirkte auf den ersten Blick, als ob sie von Haus aus mit einem großen Selbstvertrauen ausgestattet worden war. Doch in manchen Momenten kam ihre unsichere Seite zum Vorschein, die sie menschlich machte und mir zeigte, dass sie kein Roboter war. Ich wusste, dass auch sie mit Dingen aus ihrer Vergangenheit zu kämpfen hatte. Ihre Mom war schon früh gestorben und ihr Vater selten da, hinzu kam die Angst im Dunkeln, die sie belastete. Allerdings akzeptierte ich auch, dass sie darüber nicht mit mir sprechen wollte, sondern Tatum in diesen Momenten für sie da war. Mir war nur wichtig, dass sie nicht alles in sich hineinfraß. Denn wenn jemand wusste, was für Schäden das anrichten konnte, dann war das ich.

Ich drückte noch mal ihr Knie, anschließend erhob ich mich von der Couch. »Okay, Leute, ich pack's. Ist schon spät, und da Dash dauernd eingepennt ist, schaffen wir sowieso keinen zweiten Film.«

»Alles klar, wir bleiben vermutlich auch nicht mehr

lange, oder?« Dash wandte sich seiner Freundin zu, die daraufhin Frankie einen Blick zuwarf.

»Noch ein bisschen, aber nicht mehr allzu lang, jap.«

Ich verabschiedete mich rasch von den beiden, zog mir meine Jeansjacke über, dann brachte mich Frankie zur Tür.

Draußen herrschte dunkle Nacht.

»Guuut. Dann sehen wir uns morgen oder so«, sagte Frankie. Sie blickte kurz durch die offen stehende Tür in die Dunkelheit und spielte dabei am Sonnenanhänger ihrer goldenen Kette herum.

»Genau. Ich drück dir die Daumen, dass morgen alles gut läuft.« Ich zog sie in eine Umarmung und hob sie ein Stück vom Boden an, bis sie kicherte. Dann setzte ich sie wieder ab. »Gute Nacht, Franks.«

»Gute Nacht, Ty.« Sie musste schmunzeln.

Ich zwinkerte ihr noch mal zu, dann versenkte ich die Hände in den Taschen meiner Jacke und trat über die Schwelle nach draußen. Die frische Luft erfüllte meinen Brustkorb mit neuem Leben. Es war etwas kühl, aber das war nicht weiter schlimm. Vom Himmel funkelten mir Sterne entgegen. Mit schnellen Schritten überquerte ich den Weg durch Frankies Vorgarten, stieg in meinen dunkelroten Jeep, auf dessen Ladefläche noch ein paar kaputte Bretter lagen, die ich schon lange entsorgt haben wollte, und fuhr die Straße entlang. Alles war ruhig, hier und da brannte in den Wohnhäusern noch Licht, doch die meisten hatten sich vermutlich schon schlafen gelegt. Als ich an der Kreuzung am Ende der Straße ankam, die links zu meiner Wohnung führte, bog ich rechts ab und fuhr weiter. Und weiter. Und weiter. In die Nacht hinein.

Ich fuhr und fuhr und fuhr. Den Hügel hinauf, um die sich windenden Kurven und entlang der Felder, bis keine Laterne am Wegrand mehr zu sehen war und kein Licht mehr die Dunkelheit durchbrach, bis auf den hellen Mond und die Sterne, auf die ich geradewegs zusteuerte. Und irgendwann. Da hielt ich an. Parkte mein Auto am Rand der Wiese und stieg aus.

Mein Herz schlug schneller, als ich mich dem kleinen Felsen näherte, hinaufkletterte und die Aussicht über Golden Oaks in mich aufsaugte. Der Wald, Felder, Läden und Wohnhäuser, die Brücken und der See, von dem ich wusste, dass er sich zwischen den Bäumen verbarg. Und darüber die Sterne und der Mond, die über alles wachten.

»Heute hast du mich aber lange warten lassen.«

Ich blickte sie entschuldigend an. »Sorry. Aber jetzt bin ich ja hier.«

Ein Lächeln umspielte Laurens Lippen, als ich mich neben ihr auf den kalten Stein sinken ließ. Ein mulmiges Gefühl machte sich in meiner Magengegend breit.

Sie strich sich eine ihrer dunkelblonden Strähnen aus dem Gesicht und schob sie hinters Ohr, während sie die schwarze Jacke enger zog und wieder nach vorne zur Stadt blickte. »Wo warst du?«

»Bei Frankie, wir haben mit Tatum und Dash abgehangen und 'nen Film geschaut. Pizza gegessen und so. Dash ist tausendmal eingeschlafen, und wir haben versucht, mit Popcorn in seinen Mund zu treffen.« Ich lachte, und sie wandte sich mir zu.

In ihrem Blick spiegelte sich eine Mischung aus Sehnsucht und Zuneigung. »Ich hab dich vermisst«, sagte sie leise.

»Ich dich auch.«

Sie sah wieder weg. »Erzählst du deinen Freunden von mir? Immerhin würden sie dann mal erfahren, wie besonders das ist, was wir haben.«

»Ich weiß nicht, Lauren. Ich halte es für keine so gute Idee, wenn die anderen davon erfahren würden ...« Ich presste meine Lippen aufeinander und atmete schwer aus.

Diese Treffen mussten unser Geheimnis bleiben, auch wenn es an manchen Tagen unglaublich hart war, allen etwas vorzulügen. Doch ich wusste auch, was passieren würde, wenn meine Freunde oder meine Eltern davon erfuhren.

»Ich wünschte, wir könnten uns öfter sehen«, flüsterte sie und zog ihre Beine an, schlang ihre Arme um die Knie und legte ihren Kopf an meiner Schulter ab. Ich spürte ihre Wärme und atmete den Duft ihres herben Parfüms ein.

»Öfter als jetzt? Wir sehen uns doch fast jede Nacht.«

»Na klar, jeden Tag den ganzen Tag.« Sie lachte, und mein Herz blieb kurz stehen. Die vertrauten Lachfältchen um ihre Augen wurden sichtbar, die ich schon seit etlichen Jahren kannte.

»Das wäre tatsächlich ziemlich cool, aber dann wäre das hier«, ich zeigte erst auf mich, dann auf sie und wieder auf mich, »vermutlich nicht mehr unser kleines Geheimnis.«

»Stimmt auch wieder. Und solange wir uns regelmäßig sehen, bin ich glücklich. Vorausgesetzt, du hältst dein Versprechen. Aber ich weiß, dass ich mich da auf dich verlassen kann.« Sie zeigte ein Lächeln, das ich erwiderte, auch wenn es ein mulmiges Gefühl in meiner Magengegend verursachte.

»Ich bin glücklich, wenn du's bist.«

Sie nickte. »Das hast du damals auch immer gesagt. Und ich habe immer …«

»Und du hast immer gesagt, dass du nur glücklich sein kannst, wenn ich dir bei unserem nächsten Treffen dein Lieblingseis mitbringe.« Ich grinste. »Erdbeere mit ganz vielen Zuckerstreuseln.«

»Wenigstens eine Sache, bei der immer auf dich Verlass war«, flüsterte sie.

Ich versteifte mich an ihrer Seite. Mein Herz pochte schneller.

Als sie bemerkte, was sie mit ihren Worten in mir ausgelöst hatte, warf sie mir einen entschuldigenden Blick zu. »Sorry, so meinte ich das nicht, aber …« Sie nahm meine Hand und drückte sanft zu. »Vergiss es einfach wieder, in Ordnung?«

Ich nickte. Dann atmete ich aus und sah ihr geradewegs in die Augen. Ihre Augen, die ich seit elf Jahren so gut wie meine eigenen kannte. Sah all die Erinnerungen, die sich in ihnen spiegelten und in mir Wärme auslösten, nur um im nächsten Wimpernschlag von einer unbändigen Kälte verdrängt zu werden. Meine Kiefer mahlten, während ich langsam ein- und ausatmete. Nur in diesem Moment lebte, der Lauren alles bedeutete. Ich spürte ihre Nähe, ihren Atem, der wie ein eisiger Schauer über meinen Rücken huschte.

»Vergessen fällt mir schwer, aber ich versuch's.«

»Gut.« Lauren lehnte sich wieder zurück und grinste mich verschmitzt an. »Und wenn du beim nächsten Mal auch wieder pünktlich bist, ist es noch besser.«

»Ist nicht immer leicht, wenn man sich eine Ausrede ausdenken muss.« Ich zuckte mit den Schultern.

Sie sah mich ernst an. »Unsere Treffen sind alles, was ich noch habe. Du bist meine Priorität, Ty.« Ihr Blick verdunkelte sich. »Ich hoffe, das bin ich auch für dich.«

Ich nickte. »Klar. Schon immer. Das weißt du doch. Nach allem, was wir hinter uns haben, ist das wohl das Mindeste.«

»Tut trotzdem gut zu hören.«

Gerade als ich ihre Hand nehmen wollte, hauchte sie mir einen Kuss auf die Wange, stand auf, sprang vom kleinen Felsen und lief ein paar Schritte über die Wiese. Sie schloss die Augen, atmete die Nachtluft ein und wieder aus, öffnete sie wieder und blickte hinauf zu mir. »Was? Kommst du nicht runter zu mir? Hier hat man auch 'ne gute Aussicht.«

Ich schüttelte den Kopf, dann sprang ich auf die Wiese, ließ den Blick über unsere Kleinstadt schweifen. »Stimmt. He, Lauren?«

»Ty?«

»Was denkst du gerade?«

»Was ich denke?« Sie sah mich an, öffnete die Lippen und überlegte. »Dass ich ziemlich froh bin, dich zu sehen. Und hier zu sein. Mit dir. Auch wenn es kompliziert ist, weiß ich, dass ich mich auf dich verlassen kann und du mich nicht noch mal hängen lässt. Immerhin hast du es versprochen.«

Ich lief auf sie zu. In die Dunkelheit, in der nur sie und ich existierten. Diese Nacht und jede andere, die ich mit ihr verbrachte.

KAPITEL 5

FRANKIE

»Sind die Madeleines fertig?«

Ein Klappern. »Gib ihnen noch so fünfzehn Minuten.«

Ich lief von der Schwelle der Backstube wieder zurück zum Thekenbereich, wo eine Kundin wartete. Eigentlich hätte der Verkauf heute Nicolas' Job sein sollen, aber der ließ an diesem Montagmorgen noch auf sich warten. »Mrs. Wilson? Leider gibt es momentan noch keine Madeleines frisch aus dem Ofen. In fünfzehn Minuten wären welche fertig, aber die hier hinten sind auch frisch, von vor ein paar Stunden. Oder wollen Sie noch mal eine Runde drehen und später wiederkommen?«

Die Frau mit den hellgrauen Haaren und der spitzen Nase schüttelte den Kopf. »Nein, nein, lieber nehme ich jetzt welche mit.«

»Alles klar.« Ich packte ihr ein paar Madeleines in die Papiertüte. »Darf es sonst noch was sein?«

»Zwei Eclairs und eins von den Baguettes.«

»Natürlich«, entgegnete ich, machte ihre Bestellung fertig und reichte sie ihr über den Tresen.

»Danke, Frankie. Schönen Montag noch.« Sie zahlte, ich verabschiedete mich noch, dann verließ sie das Le Petit Pain und trat zurück auf die Straße.

Ich ließ den Blick durch die Bäckerei gleiten. Meine Bäckerei. Na ja, okay, zwar nur für die nächsten Wochen, aber ein bisschen Boss-Attitude musste ich ja entwickeln, um mir diese Rolle selbst abzukaufen. Fake it til you make it – oder so.

Der Verkaufsraum mit angeschlossenem Cafébereich war superharmonisch und schön in lichten Tönen eingerichtet. Heller Dielenboden, eine gläserne Eingangstür mit kleiner Glocke, eine cremefarbene Theke mit schwarzen Akzenten. Die Kunden liebten die große Auswahl hinter der Scheibe; von Eclairs über Macarons und Tartes bis hin zu Petit Fours boten wir alles an, was das Gebäckherz höherschlagen ließ. Hinter der Ablage mit dem Süßkram standen auf Regalen an der Wand mehrere Körbe mit Baguettes und Brioches, daneben lagen verschiedene Brotsorten; auf schwarzen Schiefertafeln dazwischen waren die Angebote der Woche notiert. Manchmal boten wir auch verschiedene Kuchen und Torten an, aber das war eine Grauzone für Mathieu – immerhin waren die nicht typisch französisch, verkauften sich aber trotzdem außerordentlich gut.

»Frankie?« Adam, ein Kerl Mitte fünfzig, der im hinteren Teil der Bäckerei an einem der weißen Metalltische saß, winkte mich zu sich.

Rasch durchquerte ich den Raum und blieb neben ihm stehen. Mein Blick huschte von Gesicht zu Gesicht. Mit ihm am Tisch saßen noch vier weitere Personen, die sich gerade ungerührt unterhielten und miteinander tuschelten.

»Na, wenn du meinst, Catherine ... Ich kann mir trotzdem nicht erklären, wieso seine Frau jetzt plötzlich morgens in die Yoga-Stunden kommt, wo sie doch so viel mit ihrem Job zu tun hat. Auf meine Nachfrage hat sie mir nicht ...« Als sie mich wahrnahm, brach Susan den Satz ab. »Oh, hey, Frankie.«

»Hey, kann ich euch noch was bringen?«

Die Tratschrunde von Golden Oaks hielt gerade ihren inoffiziellen Wochentreff ab. Die beiden Männer und die drei Frauen um die fünfzig saßen jedes Mal am selben Tisch, bestellten immer das Gleiche und blieben für ziemlich genau zwei Stunden, um den neusten Gossip der Stadt auszutauschen.

»Für Richie und mich bitte noch Cappuccinos«, sagte Adam lächelnd, dann bestellten sich Catherine, Susan und Steph ebenfalls einen Koffeinnachschub, und ich zog wieder ab, um alles fertig zu machen und zum Tisch zu bringen.

Anschließend bediente ich noch ein paar Kunden an der Theke, bis sich der Laden wieder etwas leerte. Gerade als ich nach hinten zu Eve gehen wollte, um nach den Madeleines zu sehen, betrat ein Kerl mit hellbraunen Haaren den Laden und grinste mich frech an.

»Hey, ich bin Nicolas, der Neffe von Mathieu. Du musst Francine sein, oder?«

»Hi.« Ich sah demonstrativ zur Uhr. Mittlerweile war es halb elf, eigentlich hätte er um neun hier sein sollen. Ich kniff die Augen zusammen und musterte ihn genervt. »Ja, das bin ich. Du kannst mich aber Frankie nennen.« Noch mal ein Blick zur Uhr. »Es ist halb elf. Wieso kommst du erst jetzt?«

Das charmante Grinsen auf seinen Lippen verbreiterte sich. Er sah wirklich gut aus, recht groß und sportlich gebaut, strahlend weiße Zähne (Notiz an mich: nach Zahnpastamarke fragen!), ein markantes Gesicht, das mich ein bisschen an das von Timothée Chalamet erinnerte – aber vielleicht bildete ich mir das auch nur ein, weil der auch Franzose war und mein Hirn manchmal seltsame Verknüpfungen anstellte. So hatte ich meinen Spanischlehrer aus der Highschool immer mit dem gestiefelten Kater aus *Shrek* verglichen, bis mir das mal vor seiner Nase herausgerutscht war. Ab da war er nicht mehr ganz so gut auf mich zu sprechen gewesen.

»Du kannst die Uhr lesen.« Nicolas legte den Kopf schief. »Super.«

So ein überheblicher Vollpfosten … Ging es dem noch gut? Aber okay, wenn er so einer war, konnte er sich warm anziehen. Da half ihm sein Zahnpastalächeln auch nicht mehr.

Ich verschränkte die Arme vor der Brust. »Also, warum kommst du erst jetzt?«

»Ach so, ich dachte, das ist nur eine ungefähre Uhrzeit, zu der ich hier sein soll. Ich hatte ja keine Ahnung, dass ihr das so genau nehmt.«

Puh … Ich atmete tief durch. Hoffentlich verstand er dafür vom Bäckerei-Alltag genauso viel wie Mathieu und konnte uns gut unter die Arme greifen.

»Okay, dann war das wohl ein Missverständnis. Wenn ich dir ab jetzt Zeiten nenne, dann sei bitte immer eine Viertelstunde früher hier, damit du dich noch fertig machen kannst, Nicolas.«

»Alles klar. Übrigens … Wenn ich dich Frankie nennen

darf, dann darfst du mich auch Nick nennen.« Er zwinkerte mir zu und setzte ein charmantes Grinsen auf.

Oh hell no! Auch wenn er wirklich heiß war, machte er doch den Eindruck einer eingebildeten und überheblichen Flitzpiepe.

»Schön.« Ich kniff die Brauen zusammen und musterte ihn. »Du hast sicher superviel Erfahrung mit französischem Gebäck, oder? Was ist dein Spezialgebiet? Croissants? Baguettes? Pain au Chocolat? Macarons?«

»Ne, ne. Ich hab bisher noch nie in 'ner Bäckerei gearbeitet. Ich ess das Zeug immer nur. Hab gerade mein Wirtschaftsstudium abgebrochen und will ab Herbst lieber Sport studieren. Daher bin ich meinem Onkel ganz dankbar, dass ich hier in der Zwischenzeit ein bisschen Kohle scheffeln kann.«

Innerlich schrie ich. Äußerlich versuchte ich mir nicht anmerken zu lassen, dass meine Hoffnungen und der Glaube daran, dass er uns vor dem Abgrund im Baguetteteig bewahren könnte, mit einem Mal verpufften. Was hatte sich Mathieu nur dabei gedacht, ihn einzustellen, wo der scheinbar absolut nichts mit Backen am Hut hatte?

»Okay, okay, okay, okay. Klingt … vielversprechend.« Ich seufzte. »Dann kann ich dich vermutlich nur hier vorne oder für Auslieferungen einsetzen. Das kriegst du hin, oder?«

»Och, wenn du mir zeigst, wie man das Zeug backt, schaff ich das. Wird schon nicht so schwer sein.«

Er ist Mathieus Lieblingsneffe. Er ist Mathieus Lieblingsneffe. Er ist Mathieus Lieblingsneffe. Sei nett zu ihm, sonst wirft dich Mathieu möglicherweise raus.

Ich riss mich also zusammen und lächelte ihn an. »Ist tatsächlich gar nicht mal so einfach und bedarf langer Übung. Gerade bei Croissants gibt es eine spezielle Technik, und na ja … Wenn mich Mathieu dabei noch nach eineinhalb Jahren mit Adleraugen überwacht, bezweifle ich, dass er dich nur in die Nähe des Teigs lassen würde.«

Er zuckte mit den Schultern, und ein Grinsen flatterte über seine vollen Lippen. »Mal sehen, was die Zeit so bringt.«

»Mhm«, murmelte ich. »Ich kann dir gleich alles zeigen. Du brauchst dann noch eine Schürze und …«

»Wann kann ich denn Pause machen?«

»Pause? Du hast bisher nicht mal angefangen zu arbeiten.«

»Aber Pausen sind wichtig, ich sollte mich ja nicht gleich in der ersten Woche überarbeiten. Ich glaube nicht, dass mein Onkel das gutheißen würde.« Er verzog seine Mundwinkel wieder zu einem verschmitzten Lächeln.

Da spielte er sie also aus. Die Onkel-Karte. Die Ihr-tanzt-nach-meiner-Pfeife-weil-ich-Mathieus-Neffe-bin-Karte. Meine Beherrschung dagegen tanzte Conga. Hitze kroch mir den Hals hinauf, während ich übertrieben freundlich lächelte. »Das können wir gleich noch alles besprechen. Du wirst dich schon nicht überarbeiten, versprochen.«

»Das hoffe ich doch. Aber solange wir beide zusammenarbeiten, kann es nur 'ne gute Zeit werden.« Noch mal zwinkerte er mir zu. Hatte er irgendwas im Auge, oder warum tat er das die ganze Zeit? Egal … Er half uns, den Laden am Laufen zu halten. Und wahrscheinlich war er gar nicht so übel und ich nur ein wenig gestresst.

Ich bedeutete ihm mit einer Handbewegung, dass er mir nach hinten in den Mitarbeiterraum folgen sollte, wo ich ihm sein Schließfach und anschließend den Rest der Bäckerei zeigte. Auch wenn er nicht sonderlich interessiert wirkte, hatte ich nach wie vor einen Funken Hoffnung, dass er sich als französisches Naturtalent herausstellte. Mit ganz viel Fantasie und Daumendrücken vielleicht.

Gegen Nachmittag, kurz vor Ende meiner Schicht, klingelte plötzlich die Glocke an der Tür, und ein bekanntes Gesicht trat ein.

»Franks! Wie läuft's?« Tatums braune Augen strahlten pure Wärme aus, als sie vor der Theke zum Stehen kam und mich angrinste.

»Ganz gut«, entgegnete ich und klopfte mir die mehligen Hände an der Schürze ab. »Und bei dir?«

»Auch. Ich dachte, ich statte dir einen kleinen Besuch ab, weil ich mit meiner Arbeit schon fertig bin und wir uns außerdem nicht oft genug sehen.«

»Du kommst immer wieder auf die besten Ideen.« Ich grinste. »Wie war dein Tag bisher so? Die Arbeit im B&B?«

»Gut. Heute musste ich mich um ein paar neue Gäste kümmern, die Hilfe bei der Tagesplanung gebraucht haben. Zu welchen Orten sie sollen und so. Und danach war ich noch mit Sherlock im Wald und hab hinten am Golden Lake ein paar tolle Fotos machen können. Perfekt für den neuen Beitrag mit Frühlings-Reisetipps für die Umgebung, der diese Woche online gehen soll.«

Tatum fotografierte für ihr Leben gern. Es war ihre

große Leidenschaft, und ab Herbst wollte sie sogar hier an der Golden Oaks University Fotografie studieren. Ihr Traum ging in Erfüllung, weil sie sich überwunden hatte, die Hindernisse, mit denen sie bisher zu kämpfen gehabt hatte, aus dem Weg zu schaffen. Eins nach dem anderen fegte sie einfach beiseite. Nun gut, nicht unbedingt einfach. Aber zumindest Schritt für Schritt. Sie war mein Vorbild. Und momentan arbeitete sie neben den Aufgaben im Bed and Breakfast ihrer Eltern – der Chestnut Flower Lodge – noch an dem supercoolen Blog für die kleine Pension, auf dem sie ihre Fotos postete und Beiträge für Touristen und Stadtbesucher verfasste.

»Hört sich nach einem gelungenen Tag an. Und nachher gehst du noch zu Dash?«

Sie nickte. »Seit er seine eigenen vier Wände hat, ist es auch nicht mehr so seltsam, bei ihm zu übernachten.«

Anfangs hatte Dash bei Tatum im B&B ein Zimmer angemietet, erst vor ein paar Wochen hatte er sich eine eigene kleine Wohnung in Golden Oaks genommen.

Ich lachte auf. »Stimmt. Deine Eltern.«

In diesem Moment hörte ich ein Geräusch rechts hinter mir. Ich drehte mich ein Stück und warf Nick einen Seitenblick zu. Er kümmerte sich gerade darum, das frische Gebäck in der Auslage zu platzieren. Den ganzen Tag hatte er mich schon angeflirtet, und gerade war ich ganz froh, mal meine Ruhe zu haben.

Tatum musterte Nicks Rücken, bevor sie mich mit einem fragenden Ausdruck ansah und mit den Lippen ein tonloses »Ist er das?« formte.

Ich nickte. »He, Nick?«

»Moment«, antwortete er, legte ein paar Macarons in

ein Körbchen und drehte sich dann zu uns um. Im Bruchteil einer Sekunde beäugte er meine beste Freundin von oben bis unten. »Hey.« Dann sah er mich erwartungsvoll an. »Was gibt's?«

»Es ist gerade nicht wirklich was los. Du hältst hier die Stellung, solange ich Tatum ein bisschen Gesellschaft leiste, okay? Falls es Probleme mit der Kasse gibt, bin ich gleich zur Stelle.«

»In Ordnung. Ich hab hier sowieso noch zu tun.«

Ich lief um die Theke herum und umarmte meine beste Freundin. Dann setzten wir uns an einen der kleinen Tische im hinteren Teil der Bäckerei, von wo ich Tür und Theke im Blick hatte, damit ich gegebenenfalls wieder zurück an die Arbeit konnte, falls Nick meine Hilfe brauchte.

»Der ist süß«, flüsterte Tatum und nickte in seine Richtung.

Ich verzog das Gesicht. »Joa. Ist okay. Sieht ganz gut aus, aber ist ein bisschen anstrengend.«

»Sind das nicht alle Männer?«

»Wahre Worte.« Ich musste schmunzeln. »Erst kam er zu spät, dann hat sich rausgestellt, dass er nichts mit der Arbeit in einer Bäckerei am Hut hat. Er spielt sich dauernd auf, weil er Mathieus Lieblingsneffe ist, und nutzt das ein bisschen aus, glaube ich.«

»Klingt tatsächlich ein wenig anstrengend. Wirf ihn raus.«

»Tatum!« Ich schnaubte.

»Okay, okay … Geht nicht. Du brauchst seine Hilfe, er ist mit Mathieu verwandt … blablabla … Ist er denn wenigstens sonst nett?«

»Geht so. Er flirtet mit mir, aber vielleicht macht er das nur, um länger in die Pause oder früher gehen zu dürfen.«

»Uh, Frankie. Vielleicht ist er ja doch was für dich. Ein bisschen Ablenkung von Ty würde dir nicht schaden.« Sie funkelte mich verschmitzt an. »Wir haben noch gar nicht über den Filmabend gesprochen.«

»Das stimmt.« Ich presste die Lippen aufeinander und überlegte. »War nicht wirklich erfolgreich.«

»Nicht?«

»Hmm. Ich wollte cool auf ihn wirken ...«

»Du meinst noch cooler, als du sowieso schon bist, was nahezu unmöglich ist?«, fiel mir Tatum ins Wort und klimperte mit den Wimpern.

Ich verdrehte grinsend die Augen. »Ja. Kaum zu glauben. Aber irgendwie hat es nicht so ganz hingehauen, glaube ich. Es war zu wenig. Ich muss härtere Geschütze auffahren.«

»Oh Gott ...«

»Ich mein's ernst.«

»Aber wie war denn der Abend für dich? Hast du von seiner Seite irgendwelche Signale empfangen?«

Ich schüttelte den Kopf. »Alles war wie immer. Ich habe zwar versucht, ein bisschen entspannter und lockerer zu sein, zum Beispiel als es um den Film ging, aber ... das hat er vermutlich nicht bemerkt.«

»Weißt du auch wieso?«

»Hm?«

Ihre Augenbrauen huschten nach oben. »Weil du sowieso schon locker und cool bist, Franks. Du musst dich nicht für Ty verstellen.«

»Ich verstelle mich nicht für ihn, ich versuche mich nur zu optimieren.«

»Bist du Optimus Prime?«

»Optimiert der sich auch?«

Sie lachte. »Keine Ahnung. Dachte nur, weil er so heißt.«

Ich prustete los, und Tatum schloss sich mir an. »Du glänzt mal wieder mit vorzüglichem Halbwissen. Dafür lieb ich dich.«

»Gleichfalls.« Sie grinste und fuhr sich über den Ärmel ihres dunkelroten Pullovers. »Also schließen wir daraus, dass der Plan Müll ist und du ehrlich zu Ty sein solltest?«

»Ne, daraus schließen wir eher, dass ich beim nächsten Mal noch mit der Schaufel draufhauen muss.«

»Du meinst eine Schippe drauflegen?«

»Haargenau.« Ich schnalzte mit der Zunge. »Diese Woche treffen wir uns doch mit den anderen am See. Da versuche ich noch mal mit meiner unendlichen Coolness zu punkten.«

»Damit der See einfriert? Der ist doch gefühlt erst vor drei Wochen aufgetaut.«

»Wir verstehen uns.« Grinsend klopfte ich ihr auf die Schulter. Dann lehnte ich mich zurück. »Ach, mal sehen. Ich will es probieren. Der Filmabend war gut zum Aufwärmen, aber jetzt geht die Schlacht erst richtig los. Der Kampf um den Thron. Um Leben und Tod.«

»Alles klar, Daenerys Targaryen. Sag Bescheid, falls ich meinen Drachen Sherlock mitbringen soll. Ich weiß allerdings nicht, ob der das so angenehm findet, wenn du auf ihm reitest. Und Flügel hat er leider auch keine.«

»Dafür einen recht flauschigen Schwanz. Damit kann

er definitiv punkten. Aber auch nur, weil er ein Hund ist. Als Mensch wäre das wohl eher abschreckend.«

Tatum seufzte und lachte dann. »Wie auch immer. Tu mir trotzdem einen Gefallen, Franks, okay?«

»Welchen denn?«

Sorge breitete sich auf ihrem zierlichen Gesicht aus. »Sei einfach vorsichtig. Ich will nicht, dass du am Ende verletzt wirst. Klar, ich bin da, um dich vor jedem Unheil abzuschirmen, aber … manchmal schaff ich das leider auch nicht.«

Ich nickte. »Ja, ich weiß. Und ja, ich pass auf mich auf. Das wird schon.«

»Dash könnte auch mal mit Ty quatschen …«

»Vergiss es, Tate. Vergiss. Es. Niemals lass ich zu, dass sich Adams einklinkt. Es reicht schon, dass er überhaupt weiß, dass ich auf Ty stehe. Der soll schön seinen Mund halten, sonst verprügle ich ihn mit …«

»Einem alten Baguette, ich weiß. Und er auch.« Sie kicherte, und ich musste wieder grinsen.

»Gut! Dann kann ja nichts schiefgehen.«

KAPITEL 6

TYLER

Die Nachmittagssonne stahl sich durch die Zweige der umliegenden Bäume und brachte die Seeoberfläche zum Glitzern. Inmitten des Waldes befand sich unser Lieblingsspot, um im Frühling und Sommer abzuhängen: der Golden Lake. Hier und da hatten sich ein paar Stadtbewohner einen Platz rund um den See gesichert und Decken, Handtücher oder Klappstühle aufgebaut. Es war zwar noch lange nicht so warm, dass man es nicht ohne Abkühlung im Wasser aushielt – eher im Gegenteil –, aber ein paar von uns gehörten wie jedes Jahr zu denen, die als Erste im April die Badesaison einläuteten. Egal, wie kalt es noch war.

»Ty? Wirfst du mir mal 'ne Coke rüber?«

»Klar, Bro«, entgegnete ich, holte eine Dose aus der Kühltasche und warf sie meinem Mitbewohner Chase zu. »Sonst noch jemand?«

Während Fiona den Kopf schüttelte, nickte ihre Freundin Jenn. Sie war für ein paar Tage zu Besuch. Wir kannten uns alle noch von der Highschool, und seitdem waren die beiden schon ein Paar. Während Fiona hiergeblieben war, um Grafikdesign an der Golden Oaks University zu studieren, hatte Jenn einen Studienplatz in Harvard ergattern können. An manchen Tagen fiel es Fiona leichter, von ihrer Freundin Jenn getrennt zu sein, als an anderen. Ich war für Fiona da, wenn sie Jenn vermisste und sich ausheulen wollte, daher wusste ich auch, dass sie nach ihrem Abschluss in ein paar Monaten auf dem schnellsten Weg Richtung Boston ziehen wollte.

Im Gegensatz zu Fiona mit ihren langen schwarzen Haaren trug Jenn ihre in einem hellblonden kurzen Bob. Die beiden saßen auf einer karierten Decke neben mir und konnten die Finger nicht voneinander lassen.

Ich reichte Jenn eine Dose, und sie bedankte sich.

»Was macht Harvard? Solltest du nicht gerade in irgendeinem Vorlesungssaal sitzen und krasse Websites bauen oder irgendwas programmieren?«, spielte Chase auf Jenns Studium an.

Sie zog die Schultern nach oben und verzog ertappt das Gesicht. »Eigentlich schon. Aber ich hab Fiona vermisst, und da ich mit dem Lernen und den ganzen Projektarbeiten gut vorankomme, dachte ich mir, ich mach einen kurzen Abstecher in meine Heimatstadt.«

»Wie jetzt? Nur Fiona? Was ist mit uns?« Chase presste gespielt entrüstet die Lippen aufeinander.

»Du fehlst mir natürlich am meisten, Chase. Ich freu mich schon auf deine Geburtstagsparty morgen!« Sie lachte, woraufhin Fiona sich ihr anschloss und ihren Kopf auf Jenns Schulter ablegte. »Und wie läuft's bei dir?«

Chase lehnte sich auf der Decke zurück und stützte

sich auf seinen Handflächen ab. »Ich bin so gut wie fertig. Nach dem Abschluss hoff ich dann eine Stelle in einer renommierten Sportleragentur zu bekommen. Gerade durch meine ganze Football-Erfahrung wäre das der Hammer.« Momentan lag er in den Endzügen seines Sportmanagementstudiums. Er spielte schon seit seiner Kindheit Football; zwar hatte es nie zum Profi gereicht, aber gut war er trotzdem.

»Wir drücken dir alle die Daumen!« Frankie grinste, als sie, Tatum und Dash neben uns stehen blieben. Tatum hatte ihren Hund Sherlock dabei, der eine Mischung aus allen möglichen Rassen war, helles Fell hatte und mir bis zum Oberschenkel reichte. Er wedelte vergnügt mit dem Schwanz, während er uns alle beschnüffelte und sich ein paar Streicheleinheiten abholte.

Rasch begrüßten wir die vier, dann breiteten Tate und Dash eine Decke aus, und Frankie setzte sich zu mir. Ihre roten Locken trug sie heute offen, etwas Mehl blitzte mal wieder zwischen den Strähnen hervor, aber das gehörte inzwischen zu ihr wie das fröhliche Grinsen, die grünen Augen, die sie gerade noch hinter ihrer dunklen Sonnenbrille mit den kleinen runden Gläsern versteckte, und die Offenheit, die sie ausstrahlte. In ihrer Gegenwart fühlte man sich einfach wohl; sobald ich sie um mich hatte, hob sich meine Laune. Sie war einer dieser Menschen, deren bloße Anwesenheit ausreichte, um einen schlechten Tag in einen guten zu verwandeln.

Nachdem sie sich im Schneidersitz neben mich gesetzt hatte, strich sie sich ihr knallgelbes T-Shirt glatt, auf dem ein paar Sonnenblumen abgebildet waren und zu dem sie eine weite Jeans und ihre Vans kombiniert hatte. Da sie diese fast immer trug, waren sie mittlerweile schon ziemlich abgewetzt. Trotzdem sahen sie gut an ihr aus. Wir bezeichneten ihren Style immer als gechilltes Skater-Girl, das nicht wirklich skaten konnte.

»Ich hoffe, du warst noch nicht ohne mich schwimmen«, sagte sie und lächelte mich an. Dann nahm sie ihre Sonnenbrille ab und schob sie sich ins Haar. Ihre Wangen waren von der Sonne leicht gerötet.

»Quatsch. Ich hab natürlich auf dich gewartet, Franks. Wie jedes Jahr. Es ist zwar noch saukalt, aber das muss einfach sein.«

»Gut. Also … Ich meine … Du hättest auch schon gehen können. Wäre kein Ding gewesen. Alles easy.«

Ich zog die Brauen zusammen und verkniff mir ein Lachen. »Alles easy? Letztes Jahr hättest du mich dafür geteert und gefedert.«

»Ach, ganz locker, Montgomery.« Sie zuckte betont lässig mit den Schultern, schloss die Augen und wandte das Gesicht Richtung Sonne.

»Geht's dir gut? Hast du irgendwas geraucht?«

»Nö. Mir geht's super. Alles ganz geschmeidig … wie ein Stück angeschmolzene Butter.«

Hier stimmte etwas nicht. Das war nicht meine Frankie. Witzig ja, aber nicht das Mädchen, das nervös wurde, wenn die Dunkelheit anbrach, und wild mit den Händen gestikulierte, wenn die Aufregung sie überkam. Seit wann machte sie einen auf überlocker? Klar, sie war schon immer recht entspannt gewesen, aber das hier war way too much. Vielleicht war ich zu vertieft in die Arbeit in der Bar gewesen, um es zu merken, aber da war etwas anders. Ich konnte es noch nicht wirklich zuordnen …

Möglicherweise meinte sie so sein zu müssen, weil sie jetzt die Bäckerei leitete und entspannt rüberkommen wollte? Was es auch war, ich würde es schon noch herausfinden.

»Wie war's bei der Arbeit?«

»Gut. Der Neffe von Mathieu arbeitet jetzt schon seit ein paar Tagen bei uns und springt auch gerade für mich ein. Ich kann ihn nur mit zwanzig Stoßgebeten auf die Kunden loslassen, aber irgendwie muss es ein paar Stunden ohne mich gehen, sonst hab ich gar keine Freizeit mehr. Allerdings frag ich mich echt, was sich Mathieu dabei gedacht hat, ihn einzustellen. Mit der Zeit wird das hoffentlich. Daumen drücken.«

»Dann hat er nicht so krasse Bäcker-Skills wie sein Onkel?«

»Ne, so gar nicht. Er hat heute an einer der Maschinen rumgespielt, bis sie den Geist aufgegeben hat; der ist wie ein kleiner Junge. Eve musste dann erst mal alles händisch machen. Und Madeleines hat er mit Eclairs verwechselt und falsch in die Auslage gelegt. Wenn das Mathieu wüsste. Wobei … der vergöttert ihn ja anscheinend so oder so.«

»Das klingt alles andere als hilfreich, Franks. Und diese … ähm … Ich glaube, die hätte ich auch vertauscht.«

»Ach, Ty, Madeleines sind doch diese kleinen Sandtörtchen mit Mandeln, du weißt schon. Ich hab dir mal welche mitgebracht. Oh, warte …« Im nächsten Augenblick kramte sie in ihrem Rucksack herum, und eine kleine Papiertüte mit dem geschwungenen Logo des Le Petit Pain kam zum Vorschein. Sie reichte sie mir und grinste.

»Hier. Sind zwar keine Madeleines, aber sie schmecken dir vermutlich trotzdem.«

Mein Mundwinkel zuckte nach oben, und ich nahm ihr die Tüte aus der Hand, öffnete sie und holte eine der kleinen Schokotartes heraus, die ich so gerne mochte. »Oh, mega! Danke. Die muss ich gleich, nachdem wir schwimmen waren, verdrücken.« Ich wuschelte ihr kurz durch die Haare, und sie kreischte auf.

»Ty! Hör auf.« Sie lachte und schüttelte den Kopf. Dann versteckte sie ihr strahlendes Lächeln wieder hinter einer Mauer aus gespielter Gleichgültigkeit. »Und ... kein Ding. Hab ich gerne gemacht. Also ... Falls sie dir schmecken, super. Wenn nicht, dann nicht. Alles locker.«

»Du weißt doch, dass das mein Lieblingsdessert ist, Frankie.«

»Oh, echt? Muss ich vergessen haben.« Wieder blickte sie in Richtung Sonne.

Aus dem Augenwinkel fiel mir auf, wie Tatum das Gesicht in den Händen verbarg. Es sah so aus, als ob sie aus ihrer besten Freundin auch nicht so richtig schlau wurde.

»Sagst du mir jetzt, was mit dir los ist?«

»Was soll sein, Montgomery?«

»Na ja, du tust, als ob dir alles egal ist. Machst einen auf easy peasy, alles locker ... So bist du sonst nie.«

»Keine Ahnung, wovon du sprichst. Aber hey ... Menschen ändern sich, weißt du?« Ihr rechter Mundwinkel zuckte nach oben.

Was führte sie im Schilde?

Ich seufzte. »Wenn du meinst, aber ...«

»Hey, wollten wir nicht schwimmen gehen? Uns ein bisschen abkühlen?«, fiel sie mir ins Wort.

Ich schaute zum glitzernden See, auf dem vereinzelt Leute mit Luftmatratzen herumpaddelten, von denen sich die wenigsten ins Wasser trauten. Immerhin war es noch arschkalt.

»Willst du? Es ist alles andere als warm, aber wenn du Lust hast, komm ich mit.«

»Locker! Noch jemand?«

»Viel zu kalt jetzt im April, vergiss es«, kam es von Chase, und auch die anderen wirkten nicht sonderlich begeistert. Fiona zog sogar sofort ihre Strickjacke enger.

Frankie sprang auf und fing an, sich aus ihrem Shirt zu schälen. Darunter trug sie einen dunkelblauen Triangelbikini mit Glitzer, der stark mit ihrer hellen Haut kontrastierte. Er stand ihr richtig gut. Ich ließ meinen Blick über ihren Oberkörper gleiten, wandte aber rasch den Blick ab, als ich bemerkte, dass sie zu mir sah. Unwillkürlich schüttelte ich den Kopf und stand auf, um mir mein graues Shirt auszuziehen.

Nachdem wir unsere restlichen Klamotten losgeworden waren und nur noch unsere Badesachen anhatten, nickte ich in Richtung See. »Kann's losgehen?«

»Was für 'ne Frage.« Ein Lächeln legte sich auf Frankies Lippen, dann rannte sie los und ich ihr hinterher.

Als wir unten am Steg ankamen, setzte sie sich an die Kante und ließ sich von dort ins Wasser plumpsen. Ich folgte ihr mit einem Kopfsprung, dann tauchte ich wieder auf, schüttelte meine Haare und fuhr hindurch, bevor ich ihr entgegenschwamm. Auf ihren Schultern hatte sich eine Gänsehaut gebildet.

»Schon ein bisschen kalt, findest du nicht?«

Der untere Teil ihrer Haare schwebte durchs Wasser,

während ihr Kopf trocken blieb. Sie grinste mich an. »Ach, nur die Harten kommen in den See.«

»Die Harten kommen in den Garten meinst du, oder?«

»Na ja, ist das hier ein Garten oder ein See, Muchacho?«

Ich lachte auf und schwamm in einem Kreis auf dem Rücken um sie herum. Die Sonnenstrahlen kitzelten in meiner Nase. »Definitiv ein See.« Dann stoppte ich hinter ihr und zwickte sie sanft in die Seiten.

Mit einem Quieken fuhr sie erschrocken zusammen. »Ty!«

Ich ärgerte sie einfach zu gerne. Also drehte ich sie im Bruchteil einer Sekunde zu mir herum, packte sie an den Hüften und hob sie hoch. Natürlich würde ich sie nicht mit voller Wucht über den ganzen See werfen wie Thor seinen Hammer, aber so ein bisschen Adrenalin hatte noch niemandem geschadet. Auch nicht Frankie Davis.

Sie umklammerte meine Handgelenke und strampelte lachend mit den Beinen, trat mir leicht in den Bauch. »Nein, stopp! Lass mich runter! Ty, ich mein es ernst!«

»Sonst was?« Ich lachte und hob sie noch ein Stück höher, woraufhin sie gegen meine Oberarme boxte.

»Sonst tunke ich dich gleich so lange, bis du Fischfutter bist. Wirklich!«, kreischte sie und versuchte, ihre Füße auf meine Schultern zu kriegen, allerdings scheiterte sie kläglich, verlor das Gleichgewicht und kippte nach hinten.

Bevor sie ins Wasser platschte, hielt ich sie fester und ließ sie dann wieder langsam heruntergleiten, sodass ihr Kopf nicht unter Wasser geriet. Ihre Hände glitten an meine Schultern, ganz vorsichtig, um Halt zu suchen.

Unsere Blicke trafen sich, als wir auf Augenhöhe waren, und ich musste schmunzeln.

»Du willst mich also tunken, Davis? Bist du dir sicher?« Sie blinzelte mehrere Male und starrte mich an. Wassertropfen perlten über ihre helle Haut, während sich ihre Lippen öffneten. Rasch schüttelte sie den Kopf. »Ich bin Tunkmeisterin auf Olympia-Niveau. Mit mir willst du dich nicht anlegen!«

»Ach?« Meine Brauen huschten erwartungsvoll nach oben, dann ließ ich sie los und wir entfernten uns ein Stück voneinander. Auf ihrem Gesicht machte sich ein Anflug von Unsicherheit breit, der im nächsten Moment von sich nähernden Stimmen fortgeweht wurde.

»Wenn du so gut tunken kannst, dann probier das gerne mal bei mir aus«, kam es von einem schwarzhaarigen Typen in unserem Alter, der auf uns zuschwamm und den Blick nicht von Frankie löste. Durchs Wasser erkannte ich, dass er breite Schultern hatte. Er grinste aufgesetzt charmant in Frankies Richtung. »Aber dann gehst du *mit mir* auf Tauchgang.«

Was war das denn für 'ne Flachpfeife …

Frankies Blick huschte von ihm zu mir, dann biss sie ihre Kiefer aufeinander und lächelte den Dude an. »Klar, easy.«

Oh, no. Nach all den Jahren Freundschaft wusste ich, dass Frankie nie ins Wasser sprang oder untertauchte. Niemals. Unter der Wasseroberfläche war es dunkel. Zu dunkel für Frankie. Eigentlich bekam sie in solchen Momenten Panik und tat alles Menschenmögliche, um nicht unter Wasser zu geraten. Was sollte also dieses Getue? Wollte sie den Kerl beeindrucken? Hoffentlich nicht.

Sie hatte jemand Besseren verdient als diesen dahergeschwommenen Breitmaulfrosch.

»Ich glaub, ich geh mal raus, kommst du mit?«, fragte ich sie, erntete jedoch nur ein Schulterzucken.

»Ich glaube, ich bleib noch kurz. Muss meine Energie ein bisschen beim Schwimmen rauslassen.«

»Alles klar.«

Als der Typ sich ihr weiter näherte, verkrampfte ich mich kurz. Ich kannte sie gut genug, um zu wissen, dass das in einer Katastrophe enden könnte. Frankie und Dunkelheit waren keine gute Kombination. Aber sie war alt genug, um selbst zu entscheiden, was sie tat. Dennoch setzte ich mich dicht ans Ufer, statt zurück zu den anderen zu gehen, um ein Auge auf sie zu haben.

Während sich Frankie auf den Rücken drehte und die Sonne ihr Gesicht kitzeln ließ, verwickelte sie der Kerl in ein Gespräch. Ich spitzte die Ohren, verstand jedoch kein Wort, da sie zu weit entfernt waren. Es wirkte so, als ob er sie anflirtete. Sein Blick huschte immer wieder zu ihrem Dekolleté, und dann grinste er sie an. Hoffentlich stieg sie nicht wirklich darauf ein, mit ihm auf Tauchgang zu gehen, bei ihrer Angst im Dunkeln war das absolut keine gute Idee. Ich wusste nicht viel darüber, warum sie sich davor fürchtete, aber dennoch versuchte ich, sie nicht in Situationen zu bringen, in denen diese Angst sie übermannen könnte. Vor einigen Jahren hatte ich sie mal danach gefragt, allerdings hatte sie nur herumgedruckst und war ganz blass geworden, worauf ich das Thema nicht mehr angesprochen hatte. Ich akzeptierte, dass sie nicht darüber reden wollte. Immerhin ging es mir mit bestimmten Dingen ähnlich. Dennoch hoffte ich, dass sie mir eines Tages vielleicht davon erzählen würde.

Der Kerl im Wasser kam ihr noch ein Stück näher und streckte die Arme nach ihr aus. Sofort biss ich meine Kiefer aufeinander und beobachtete die beiden. Es wirkte so, als ob er sie tatsächlich mit sich unter Wasser ziehen wollte, doch sie zeigte ihm nur den Vogel und schwamm davon.

Er musterte sie noch eine Weile, während sie aus dem Wasser kam und auf mich zulief. Auf ihren Lippen lag zwar ein Lächeln, doch sie zitterte am ganzen Körper, und ich hatte eine dumpfe Ahnung, dass es nicht an der Kälte lag.

»Alles okay? Was wollte der Kerl?«, fragte ich beiläufig, als sie sich neben mich ins Gras sinken ließ.

»Ach, nur ein bisschen herumalbern, aber wurde mir dann ein bisschen viel, als er mich unter Wasser … äh … ziehen wollte.« Als ich ihr tief in die Augen sah, konnte ich dort einen Anflug von Angst ausmachen. »Aber alles easy, Ty.«

Gott, dieses dämliche »Alles easy«-Getue ging mir gehörig auf die Nüsse, vor allem, weil ich wusste, dass sie es nur spielte. Keine Ahnung, was in sie gefahren war.

»Gut, dass du da nicht mitgemacht hast. Der Typ wirkt nicht besonders vertrauenserweckend. Sicher, dass alles in Ordnung ist?«

»Jap, alles gut.« Ihr Blick huschte zu mir, dann öffneten sich ihre Lippen, als wollte sie etwas sagen, doch sie entschied sich dagegen und zuckte nur mit den Schultern.

Ich rückte ein Stück zu ihr und legte die Hand hinter ihrem Rücken auf dem Gras ab, sodass meine Haut ihre streifte. Sie fühlte sich ganz kalt an. Gänsehaut kroch über ihre Arme, als sie mich anlächelte.

»Du kannst ruhig zugegeben, wenn nicht alles okay ist. Das weißt du, oder?«

Sie nickte, während ihr Blick zwischen meinen Augen hin und her huschte. Ich bildete mir ein, ihren Herzschlag zu hören und wie er immer schneller wurde. Aber vermutlich war das nur Einbildung. »Klar weiß ich das. Jetzt geht's mir gut.«

»Sehr gut! Das will ich hören.« Ich grinste sie an, dann stand ich auf und zog sie mit mir nach oben.

Gemeinsam erreichten wir wenige Sekunden später wieder die anderen.

»Und war's schön warm?« Dash grinste uns frech an, woraufhin ich schnurstracks zu ihm rüber lief und ihn – nass, wie ich war – kräftig umarmte. »Hör auf, Mann! Ey, du hast sie nicht mehr alle.«

»Tja, Pech gehabt. Und nein, das Wasser war nicht warm. Aber nur die Harten kommen in den See, oder Franks?«

Sie war gerade dabei gewesen, in ihrer Tasche zu kramen, und hob den Kopf. »Aber hallo.« Dann schaute sie sich um. »Ich muss kurz zum Parkplatz. Ich Dödel hab mein Handtuch im Auto liegen lassen. Gleich wieder da.« Sie sprang auf.

Ich schnappte mir mein Handtuch und trocknete mich ab. Während die anderen sich wieder in ein Gespräch vertieften, schaute ich Frankie hinterher.

»Alles gut?«, fragte Tatum und stupste mich mit dem Ellenbogen in die Seite. Ich hatte gar nicht gemerkt, dass sie aufgestanden war.

Ich nickte. »Ja, schon. Nur … Ist dir auch aufgefallen, dass Frankie heute ein bisschen seltsam ist?«

»Seltsam? Was meinst du?«

»Ach, ich … ich weiß nicht. Vielleicht hab ich es mir auch nur eingebildet. Vergiss es.«

Tate unterdrückte ein Grinsen, woraufhin ich sie fragend musterte. »Was ist?«

Sie schüttelte den Kopf. »Nichts, nichts.«

Ich schaute rüber zum Parkplatz, wo Frankie gerade die Autotür verschloss, ihr grünes Handtuch in der Hand und … Der komische Kerl aus dem See ging auf sie zu. War er ihr zum Parkplatz hinterhergelaufen? Misstrauisch zog ich die Brauen zusammen und versuchte an Frankies Gesichtsausdruck abzulesen, was los war.

»Kennst du den? Den Kerl da bei Frankie, meine ich.«

Tatum schüttelte den Kopf. »Nö. Noch nie gesehen.«

Der Typ mit den schwarzen Haaren kam ihr etwas näher und ließ sie nicht durch. Frankie trat von einem Bein aufs andere; sie wirkte zwar so, als ob sie die Situation mit ihren schlagfertigen Sprüchen gut handlen konnte, allerdings sah ich sogar von hier aus, dass sie sich unwohl fühlte. Wieder versuchte sie irgendwas mit einem Schulterzucken abzutun und an ihm vorbeizukommen, jedoch erfolglos.

Tatum fixierte ihn und brummte: »Was will der Pavianarsch von ihr? Ey, ich mach ihn kalt, wenn er …«

»Ich kümmere mich darum«, fiel ich Tatum ins Wort, ließ sie stehen und flitzte rasch zu den beiden rüber.

Frankie verdrehte bei irgendeiner Aussage die Augen und wirkte alles andere als hilflos. Und doch wollte ich nicht, dass sie heute in eine dumme Situation geriet, aus der sie es dieses Mal vielleicht nicht mehr herausschaffte. Einfach, weil sie manchmal zu nett war.

»Hey, Franks, alles cool bei dir?« Mit großen Schritten näherte ich mich den beiden, blieb neben ihr stehen und warf ihr einen fragenden Blick zu.

Frankie nickte. »Schon okay, ich hab alles im Griff.«

»Du hast sie gehört, Mann.« Der Dreikäsehoch verschränkte die Arme vor der Brust und leckte sich über die Lippen. Gott, was für ein Spaten. »Kannst uns alleine lassen, wir haben noch was vor.«

»Ich glaube nicht«, entgegnete Frankie mit gefasster Stimme. »Ich hab dir jetzt schon mindestens zehnmal gesagt, dass ich kein Interesse an dir habe. Was ist daran so schwer zu verstehen?«

Der Typ stand also auf Frankie. Komische Situation ... Ja, sie war toll, umwerfend, einer der besten Menschen, die ich kannte, und noch dazu süß. Aber in all den Jahren hatte ich nie mitbekommen, wenn irgendein Kerl Interesse an ihr gehabt hatte. Objektiv betrachtet war sie wirklich hübsch und hatte eine tolle Ausstrahlung, aber sie war eben ... Frankie. Das Mädchen mit der spitzen Nase und dem Lachen, das oft lustiger war als der Witz. Die sich im Sommer oft genug mit Eis vollkleckerte und darauf pfiff, was Leute über ihre weiten Outfits sagten, die sie in der Regel in den Männerabteilungen kaufte.

»Zieh ab, Kleiner.« Frankie kniff die Brauen zusammen und funkelte den Typ an.

»Ach, Mädel, jetzt chill doch mal!«

»Ich glaube, sie hat dir schon gesagt, dass sie kein Interesse hat.«

Der Kerl wandte sich mir zu. »Wer bist du eigentlich? Ihr Aufpasser?«

In einer Kurzschlussreaktion legte ich rasch den Arm um ihre Schultern und zog sie an meine Seite. »Nope, ihr Freund.« Keine Ahnung, warum ich das gerade gesagt hatte. Aber vielleicht lag es auch daran, dass einige von uns Kerlen erst lockerließen, wenn sie hörten, dass ein Mädel schon vergeben war – aus Respekt dem anderen Mann gegenüber, weil ein einfaches »Nein« der Frau ja nicht ausreichte. Was für eine dämliche Welt …

Frankie versteifte sich neben mir, doch nach wenigen Sekunden schlang sie ihren Arm um meine Hüften und lehnte sich an mich. Meine Hand wanderte an ihrer Seite, ihre nackten Kurven entlang, und ich musste schmunzeln. Sie trug immer noch nur ihren Bikini und ich nur meine Badehose. Haut an Haut. Zwar war es im See eben auch so gewesen, aber das hier … das war anders. So wie sie sich im nächsten Moment an mich schmiegte, um dem Kerl zu zeigen, dass sie zu mir gehörte … In meiner Magengegend flatterte etwas.

»Pff, bestimmt.« Der Typ schüttelte ungläubig den Kopf.

Auch wenn ich ihm nichts zu beweisen hatte, verspürte ich den Drang, etwas zu tun. Etwas, das ihn verjagte, aber trotzdem nicht zu weit ging. Alles in mir kribbelte, als ich eine Hand an Frankies Wange legte, meine Finger in ihren Haaren vergrub, mich zu ihr herunterbeugte und ihr immer näher kam. Immer näher und näher. Mein Herz schlug schneller, als ich spürte, wie ihre Hände zitternd über meinen Oberkörper glitten. Ich saugte ihren süßen Duft in mich auf, stand vollkommen unter Strom bei jedem weiteren Atemzug – bis ich meine Lippen sanft auf ihre Haut legte und ihr einen Kuss auf den Mundwinkel hauchte. Ganz nah an ihrem Mund, so nah, dass ich mich fragte, wie es wohl sein mochte, sie richtig zu küssen. Sie drehte sich ein Stück, sodass ihre Lippen meine streiften und sich etwas in mir regte. In meiner Brust. Etwas, das ich bisher selten gefühlt hatte. Vor allem noch nie bei Frankie.

Als ich mich wieder von ihr löste, starrte sie mich mit offenem Mund an. Sie ließ die Hand an meiner Brust entlangwandern, nahm sie jedoch weg, sobald ich mich aufrichtete. Stark blinzelnd räusperte sie sich und krallte sich mit der anderen Hand wieder in meine Seite.

Ich schaute zu dem Kerl, doch alles, was ich von ihm sah, war seine Rückenansicht, während er fluchend abzog. Anscheinend hatte das hier ausgereicht, um ihn endlich loszuwerden.

Im nächsten Moment holte mich die Realität ein. Was war das? Ich stand hier mit meiner besten Freundin, hatte ihr nur helfen wollen, und jetzt fühlte sich das alles ganz komisch an. Seltsam. Anders.

»Ähm, danke, Ty«, sagte sie schließlich und löste sich von mir. Ihre Wangen glühten, und auf ihrem Dekolleté hatten sich rote Flecken ausgebreitet, die sie bekam, wenn sie nervös war.

Ich starrte sie an. »Klar«, flüsterte ich. »Freut mich, wenn ich dir helfen konnte.«

»Jap. Ich hab ihm schon die ganze Zeit gesagt, dass er mich in Ruhe lassen soll, aber wie einige Typen so sind, ziehen sie natürlich erst ab, wenn sich jemand als der Freund ausgibt.« Sie schaute weg, zu den anderen, dann wieder zu mir, und in ihren Augen konnte ich so was wie Hoffnung erkennen.

»Ich entschuldige mich für alle Typen, die so drauf sind.« Ich verzog das Gesicht, und als Frankie ein Lächeln zeigte, musste ich grinsen. »Ich weiß, dass du es auch ohne mich geschafft hättest. Aber wofür hast du mich denn sonst?«

Ich dachte wieder an das Gefühl, das ich für einen kurzen Moment in meiner Magengegend gespürt hatte und nicht zuordnen konnte. Dieses Flattern. Verdammt, was hatte das zu bedeuten? Und wie sich ihre Haut unter meinen Händen und an meinen Lippen angefühlt hatte. So weich und vertraut und zugleich … Stopp. Was waren das für Gedanken? Ich schüttelte den Kopf. Nein, nein, nein. Das lag vermutlich nur daran, dass es ungewohnt war, Frankie mit einem Typen zu sehen, der offensichtlich auf sie stand. Für mich war sie immer nur Frankie gewesen. Meine beste Freundin. Und das würde sich niemals ändern. Sie war die Beste, ich konnte mich auf sie verlassen, und wir würden bis zu unserem Lebensende gute Freunde sein. Das war alles. Ganz sicher. Ganz, ganz sicher.

Und dennoch bekam ich für den Rest des Abends und bis tief in die Nacht ihren süßen Vanilleduft und die grünen Augen voller Hoffnung nicht mehr aus meinem Kopf.

KAPITEL 7

FRANKIE

»Hältst du das wirklich für eine gute Idee, Frankie?«

»Hatte nie eine bessere, wenn du mich so fragst.« Breit grinsend tauchte ich das Mascara-Bürstchen erneut in die Wimperntusche und knallte mir noch eine Ladung auf die Wimpern.

Ob sich schon mal jemand mit so einem Ding das Auge ausgestochen hatte? Falls nicht, würde ich sicher die Erste sein. Konnte sich nur noch um Minuten handeln.

Normalerweise war ich nicht der Mensch, der sich dauernd schminkte. Na ja, eigentlich so gar nicht. Ich feierte jede Person, die krasse Make-up-Looks trug und ihr Gesicht in ein Kunstwerk verwandelte, aber ich war ganz einfach zu faul dafür, mich täglich anzupinseln. Und außerdem vergaß ich im Laufe des Tages immer, dass ich geschminkt war, fuhr mir übers Gesicht, und schwupps – alles verschmiert. Ich überließ das daher lieber den Menschen, die nicht so ein Siebhirn hatten wie ich.

Doch heute war das anders. Heute war der Tag, an dem

ich mir entweder das Auge mit einer Mascara-Bürste auf-
spießte oder Tyler Montgomery mit meinem aufpolierten
Antlitz um den Finger wickelte. Eine Alternative kam gar
nicht erst infrage.

»Okay, okay.«

Ich warf ihr einen besorgten Blick zu. »Wenn du lieber
zu Hause bleiben willst, ist das vollkommen in Ordnung,
ja?«

Sie seufzte und schüttelte den Kopf. »Nein, nein. Ich
komme mit. Ein Schritt nach dem anderen, aber aktuell
komme ich mit der Lautstärke immer besser zurecht. Das
wird ein schöner Abend, und wenn du und Dash bei mir
seid, fühl ich mich sicher.«

»Na klar. Sobald du gehen willst, sag Bescheid, okay?«

»Mach ich. Aber Franks ... brauchst du noch Hilfe bei
irgendwas?«

»Du meinst, abgesehen von meiner Existenz? Ne,
passt. Danke.«

Tatum schnaubte und fing an, ihr Make-up in ihr
Schminktäschchen zu packen, das ich überall auf dem
Boden vor dem großen Spiegel in ihrem Zimmer verteilt
hatte, das sie im Vintage-Stil eingerichtet hatte.

Ich musterte noch mal mein Spiegelbild – meine roten
Haare, die ich offen trug und in denen heute zur Abwechslung mal kein Mehl zu finden war, das Make-up,
das meine grünen Augen zum Strahlen brachte, und den
dunkelroten Lippenstift, der ganz gut zu meinen Haaren
passte – dann stand ich auf. Statt einen meiner XXL-
Sweater und eine Mom-Jeans mit Vans anzuziehen, hatte
ich mich heute mal im Kleiderschrank meiner besten
Freundin bedient und mich für ein schwarzes langärme-

liges Spitzenoberteil entschieden, das ich mit einer engen schwarzen Hose und Boots von Tatum kombiniert hatte. Es war etwas weiter ausgeschnitten und brachte meine Brüste super zur Geltung – wobei das vermutlich eher an dem Push-up-BH lag, den ich drunter trug.

Um Gottes willen, was tat ich hier eigentlich … Mein Puls raste.

»Tate, irgendwie seh ich aus wie ein Clown.«

»Wo ist deine rote Nase?« Sie schnipste mit den Fingern, als ob ihr die Antwort einfiel. »Ah ja, die kommt erst später, wenn du Alkohol getrunken hast.«

Ich lachte auf und schlug mir die Hände vors Gesicht, versuchte aber, das Kunstwerk auf meinem Gesicht nicht zu verwüsten. »Das ist doch lächerlich, oder?«

»Franks … Wenn du dich mit dem ganzen Make-up und den Klamotten nicht wohlfühlst, dann kannst du dich auch wieder abschminken und umziehen, das weißt du, oder?«

»Ja, schon. Ich … Ich fühl mich nicht unwohl, es ist nur … anders. Ich meine, guck mal, zwischen meinen Brüsten kann ich locker ein Bierglas einklemmen.« Ich grinste und wackelte mit meiner Oberweite hin und her, woraufhin Tatum in ein Lachen verfiel. »Ich zieh das durch. Weißt du, Ty hat mich immer nur als die Frankie mit den gechillten Klamotten gesehen, die sich nicht schminkt und alles andere als sexy ist.«

»Du weißt aber schon, dass er dich auch in deinen normalen Sachen sexy finden kann, oder? Alles eine Ausstrahlungssache.«

»Ja, aber er ist diese Freundschafts-Frankie gewohnt, und wenn ich ihm heute die heiße Frankie präsentiere, betrachtet er mich vielleicht aus einem anderen Blickwinkel. Das hat das Girl im YouTube-Video auch gesagt. Punkt zwei: *Zeig ihm, was für eine sexy Queen du bist. Ich muss heute flirten! Und Punkt drei: Sei mysteriös!*«

Tatum schüttelte amüsiert den Kopf. »Solange du davon überzeugt bist, dass du das machen willst, steh ich hinter dir. Aber dir muss bewusst sein, dass er dich auch heiß finden muss, wenn du ungeschminkt mit Fettflecken auf dem Pulli und Penner-Dutt auf dem Sofa liegst.«

»Ich weiß, ich weiß.« Ich hob beschwichtigend die Hände. »Aber dieser halbe Kuss am See gestern ... Der hat mir Hoffnung gemacht. So hat er mich noch nie angesehen. Klar, er hat mich nicht auf den Mund geküsst, um dem Deppen zu beweisen, dass er mein Freund ist, aber zumindest auf den Mund*winkel*. Unsere Lippen haben sich berührt. Gestreift! Und vermutlich wollte er mich nicht mit einem richtigen Kuss überrumpeln.«

»Stimmt schon, das war echt süß von ihm.« Tatum überlegte und zog sich währenddessen ihre Boots an. »Könnte schon sein, dass er Interesse an dir hat und es sich nur noch nicht eingestanden hat.«

Ich nickte. »Es lief echt gut am See. Also erst nicht so, aber dann schon. Und ... der Kuss ... Tate, ich hab das Gefühl, ich bin auf dem richtigen Weg. Und wenn mir das Video mit den Friendzone-Tipps dabei helfen kann, ihn dazu zu bringen, mich anders zu sehen, dann zieh ich das weiter durch. Vor allem heute Abend. Es ist Chase' Geburtstag, Ty wird da sein, ich werde mit ihm flirten. Jap, das werde ich tun. Wie sagte 50 Cent so schön: *Get in his pants or die tryin'*.«

Tatum prustete los. »Ich bin mir relativ sicher, dass er

das nicht gesagt hat, Franks. *Get rich or die tryin'* war es wohl eher. Aber hey, mach das zu deinem neuen Mantra, vollkommen legitim.«

Ungefähr zwanzig Minuten später enterten wir das Golden Hour, das heute für Chase' Party reserviert war. Auf der Tanzfläche standen schon ein paar von seinen Uni-Freunden, und neben der Bar war ein kleines Büfett mit Snacks aufgebaut. Im Hintergrund lief ein Song von G-Eazy, während einige Leute an den Tischen saßen und sich unterhielten und wieder andere an der Bar standen.

Nachdem Tate und ich dem Geburtstagskind gratuliert hatten, verschwand sie, um nach Dash zu suchen. Ich schaute mich im Raum um und entdeckte Tyler an einem der Tische, gerade im Gespräch mit einem Typen, mit dem er zur Highschool gegangen war. Doch bevor ich meinen Plan in die Tat umsetzte, musste ich mir etwas Mut antrinken. Daher steuerte ich die Theke an, hinter der eine von Tys und Dashs Aushilfen stand und gerade ein paar Drinks mixte.

»Hey Abby, alles klar?« Ich lächelte sie freundlich an und lehnte mich gegen den Tresen. »Zwei Wodka-Shots, bitte.«

»Hi. Yes, immer. Gut siehst du aus, Frankie!«

»Danke«, entgegnete ich und schob mir eine Strähne hinters Ohr.

Nicht mal eine Minute später standen die zwei Shots vor mir; ich stürzte sie mir nichts, dir nichts hinunter und fühlte mich wie neugeboren. Oder zumindest redete ich es mir ein, denn anders würde ich mein Vorhaben wohl niemals angehen.

»Okay, okay, okay. Angriff«, murmelte ich vor mich hin, um mir selbst Mut zu machen, dann lief ich auf Ty zu. Er saß noch immer am Tisch, machte allerdings gerade Anstalten aufzustehen.

Wieso sah er so gut aus? Heute trug er über dem weißen Shirt ein offenes dunkelblaues Hemd und dazu eine beige Hose. Seine Haare waren verwuschelt, und in seinen Augen lag dieser warme, offene Ausdruck, der einem das Gefühl gab, sich einfach fallen lassen zu können.

Als er mich bemerkte, legte sich sofort ein Lächeln auf seine Lippen, und seine Grübchen traten hervor. Dann wanderte sein Blick im Bruchteil einer Sekunde über meinen ganzen Körper und wieder nach oben zu meinem Gesicht. Er legte den Kopf schief und die Stirn in Falten. Sofort trat mir Hitze in die Wangen, und ich fragte mich, ob ich mich hier gleich zum kompletten Vollhorst machen würde oder ob ich zumindest noch ein bisschen ernst zu nehmen war.

»Frankie Davis? Verstecken Sie sich irgendwo hier drin?«, sagte er mit sarkastischem Unterton und schnaubte, dann hob er mich in eine Umarmung. Sein angenehmer Duft umspielte meine Nase, und ich musste grinsen.

»Klar. Ich dachte nur, ich probiere mal was Neues aus.«

Er setzte mich ab und legte den Kopf schief. »Sieht man.«

»Wow, Ty, noch netter geht es nicht, oder?« Ich lachte und trat von einem Bein aufs andere.

»Sorry. Ist nur so ungewohnt. Aber sieht ... gut aus. Anders.« Mit gerunzelter Stirn schob er seine Hände in die Hosentaschen. Für einen kurzen Moment flackerte sein Blick zu meiner Brust und dann wieder nach oben in meine Augen. »Willst du was trinken?«

Noch mehr Alkohol? Kann heute Abend nicht schaden.

»Gerne. Mixt du mir was Leckeres?«, erwiderte ich und versuchte, den Augenkontakt mit ihm zu halten, dabei ein bisschen zu grinsen. Aber nicht zu sehr. Auch nicht zu wenig. Gerade richtig, um flirty zu sein. Gott, war das kompliziert …

»Für dich doch immer.« Ty nickte in Richtung Bar, und ich folgte ihm.

Während er sich hinter dem Tresen daranmachte, irgendwelche Getränke zusammenzumischen, lehnte ich mich mit den Unterarmen gegen die andere Seite. Auf der ganzen Theke standen kleine Schüsseln mit Erdnüssen und Knabberkram verteilt. Mein Magen knurrte. Rasch schnappte ich mir ein paar Erdnüsse, warf eine in die Luft, um sie mit dem Mund aufzufangen.

»Respekt, gut gefangen«, kommentierte Ty, während er weitermixte.

»Danke, danke. Hab meine Technik über die Jahre perfektioniert.« Ich grinste und nahm wenig später mein türkisfarbenes Getränk entgegen. »Danke.«

»Klar.« Er hob einen Mundwinkel. »Hast du Chase schon gratuliert?«

Ich nickte und nahm einen Schluck von dem süßen Getränk, das nach einer Mischung aus Ananas, Rum und Kokos schmeckte. Darin steckte so ein Schirmchen, und eine Kirsche hing auch am Glas. »Jap, vorhin, als Tate und ich angekommen sind. Mmmhhh … Was ist das für ein Drink? Der schmeckt gut.«

Ty trocknete sich die Hände an einem Geschirrtuch

ab, dann trat er um den Tresen herum, um sich auf den Hocker neben mir zu setzen. »Ach, so eine Swimmingpool-Kreation. Schmeckt's?«

»Total. Da will man direkt reinspringen und seine Bahnen ziehen.«

Er schnaubte. »Kannst es ja mal probieren. Ich organisier dir dann 'nen Strohhalm als Schnorchel.«

»Perfekt! Vielleicht finde ich ja auch noch ein Korallenriff oder ein versunkenes Schiff. Nein! Eine versunkene Stadt, in der du eine zweite Bar eröffnen kannst, und dann werde ich Bürgermeisterin und …«

»Immer mit der Ruhe«, erwiderte er grinsend. »Aber ja, meine Stimme ist dir bei der Wahl sicher, Franks.«

»Du weißt eben, was gut ist.« Ich lächelte ihn an und nahm noch einen Schluck. Dabei probierte ich mich an einem phänomenalen Wimpernschlag. Doch irgendwie verhakten sich dabei meine oberen und unteren Wimpern, und als ich versuchte, sie wieder zu öffnen, funktionierte es nicht so ganz wie geplant. Sie hingen fest.

Verdammte Mascara! Ich wusste doch, dass du der Ursprung allen Übels bist.

»Alles okay?«

»Mhm, jap, alles unter Kontrolle.«

Ich blinzelte einige Male und verzog das Gesicht, um sie wieder zu lösen, doch nichts half. Mit einer raschen Bewegung hob ich die Hand, wobei ich jedoch mit voller Wucht gegen mein Glas stieß und ein Schluck in meinen Ausschnitt schwappte. Kühl ergoss sich die blaue Flüssigkeit über meine Haut, und ich betete dafür, dass es nicht abfärbte und ich später als neues Mitglied der Schlumpf-Familie willkommen geheißen wurde.

»Crap!«

»Oh, Mist. Warte …« Ty sprang auf, hetzte um den Tresen und kam einige Sekunden später mit ein paar Servietten in der Hand zurück. In der Zeit hatte ich mich wenigstens um mein Wimpern-Problem kümmern können. »Hier«, sagte er und reichte sie mir.

»Danke«, murmelte ich und wischte mir das Getränk von der Haut. Überall klebte es, und in mir kam das Gefühl auf, dass der Abend nicht so gut lief wie geplant.

»Kann ich dir noch bei was helfen?«

Ich blickte auf und sah in ein besorgtes und leicht irritiert dreinschauendes Gesicht. »Nein, schon okay. Aber danke. Ich glaube, ich geh mal in den Waschraum.« Schnell nahm ich noch einen riesigen Schluck, stellte dann das Getränk ab und lief rüber zu Tatum. Ich hakte mich bei ihr unter und zog sie wortlos mit zur Toilette.

»Was …«

Glücklicherweise waren wir dort drin allein. Ich schloss die Tür hinter uns und lehnte mich gegen eins der Waschbecken. »Mein Plan … ist lückenhaft.«

»Lückenhaft?« Tate verschränkte die Arme vor der Brust und musterte mich.

»In der Tat, Mademoiselle Sullivan.«

»Wie viel hast du bisher getrunken, Franks?«

Ich tippte mir nachdenklich ans Kinn. »Nur zwei Shots und so 'nen blauen Drink, wo ich ein paar Bahnen drin ziehen wollte.«

»Oh, oh.« Sie seufzte. »Dann läufts mit Ty nicht ganz so gut wie gedacht?«

»Dauernd geht irgendwas schief. Ich bin eine einzige Lachnummer.«

»Bist du nicht! Ich glaube, es hackt. Also ehrlich, Frankie … Wie lautet der aktuelle Punkt auf deinem Plan noch mal? Irgendwas mit Queen und mysteriös, und guess what? Das bist du sowieso! Egal, wie das mit Ty läuft.«

»Zeig ihm, was für eine sexy Queen du bist.«

»Ganz richtig«, erwiderte sie ernst. »Du bist eine sexy Queen, Frankie! Sprich es mir nach … Ich bin eine sexy Queen.«

»Das mach ich ganz sicher nicht.«

»Oh, doch! Jetzt. Sofort! Du brauchst das.«

»Ich brauche mein Bett und Schokolade.«

»Mehr Einsatz!«

Oh Gott, wenn das so weiterging, konnte ich mich nicht mehr zusammenreißen. Sobald meine beste Freundin etwas beschwipst war, hielt sie gerne überzeugende Pep-Talks, die mich jedes Mal dazu brachten, lachend zusammenzubrechen.

»Das bringt doch nichts.«

»Klar bringt das was, also …« Sie griff nach meinen Schultern und wirbelte mich herum, sodass ich nun mein Spiegelbild anblickte. »Ich bin eine sexy Queen!«

»Tate …«

»Guck dich an, ob im Gammel-Look oder in diesem Aufzug. Du bist hot wie eine Chilischote!«

Ich starrte mich an. Ja, ich sah heute gut aus. Ich war zufrieden mit mir und fand mich toll.

»Ich bin hot wie eine Chilischote«, murmelte ich und fixierte mich im Spiegel.

»Lauter. Ich bin hot wie eine Chilischooooote!«

Etwas lauter wiederholte ich ihre Worte. »Ich bin hot wie eine Chilischote!«

»Und jetzt mit mehr Überzeugung!«

Ich räusperte mich, dann atmete ich tief ein und aus und brüllte: »Ich bin hot wie eine Chilischote!«

»Woohoo!« Tatum gab mir ein High Five. »Das ist meine beste Freundin, Ladies and Gentlemen. Und was machst du jetzt? Du gehst nach da draußen und lebst, wie eine heiße Chilischote leben würde.«

Adrenalin flutete meine Adern. »Und ob ich das mache.« Bevor die Wirkung ihres Pep-Talks wieder nachließ, straffte ich meine Schultern und marschierte mit ihr nach draußen. »Den Rest schaffe ich alleine, danke, Tate«, flüsterte ich und nickte in Dashs Richtung.

»Okay, aber falls noch was ist, gurr einfach wie eine Taube, dann bin ich sofort zur Stelle!«

Ich nickte und steuerte die Bar an. »Abby? Krieg ich noch mal so 'nen Meerestrunk?«

Sie grinste. »Einen Meerestrunk?«

»Dieses blaue Zeug, wo eine versunkene Stadt drin ist.«

»Wie viel hast du heute schon getrunken? Soll ich dir nicht lieber was ohne Alkohol bringen?«

»Zwei Shots und dieses blaue Zeug.« Ich wippte auf den Füßen vor und zurück und nahm aus dem Augenwinkel wahr, wie Ty gerade vom Büfett herübergeschlendert kam.

»Sicher? Vielleicht nicht doch Wasser? Oder Coke?«

»Nein, nein, nein!« Ich tat im nächsten Moment so, als ob ich meine imaginäre Peitsche schwang und sie nach Abby knallen ließ. »Das reicht uns nicht!«, brüllte und zitierte ich Marshall aus meiner Lieblingsszene aus *How I Met Your Mother*.

Völlig entgeistert blickte sie mich an. Da hatte wohl jemand nicht die erste Episode der fünften Staffel gesehen und hielt mich jetzt für eine komplette Psychopathin.

»Alles gut, ich kümmere mich darum«, schaltete Ty sich lachend ein und drückte kurz meine Schultern. »Ganz ruhig. Ich mix dir ja noch einen. Aber davor trinkst du bitte dieses Glas leer.« Er füllte eins mit Wasser und reichte es mir. »Wir wollen ja nicht, dass du morgen nicht aus dem Bett kommst.«

Ich gab mich geschlagen und stürzte das Wasser in einem Zug hinunter, dann nahm ich den blauen Drink entgegen, den mir Ty in der Zeit zubereitet hatte. Wieder thronten darauf ein Schirmchen und eine Kirsche. »Danke, Ty, du bist der Beste!« Ich nahm einen großen Schluck, schmeckte jedoch nur Ananas und Kokos. Dann setzte ich das Glas ab und fixierte ihn. »Da ist was anderes drin. Der schmeckt nicht so wie vorhin, als ich reinspringen wollte.«

»Ich hab keine Ahnung, wovon du sprichst«, entgegnete er schmunzelnd. Mit einer fließenden Handbewegung warf er sich das Geschirrtuch über die Schulter und musterte mich eindringlich.

Ich trank noch etwas. »Hast du etwa den Alkohol weggelassen?«

Wie ein gottverdammtes Unschuldslamm lächelte er mich an, dieser Verräter. »Würde ich niemals tun, Frankie. Du kennst mich.«

Ich kniff die Augen zusammen und überlegte. War vielleicht besser so, dass ich nicht noch mehr Alkohol zu mir nahm. Trotzdem musste ich die hotte Chilischote zum Vorschein bringen. Was konnte ich nur tun? Da fiel mir plötzlich die Kirsche auf meinem Drink auf. Wie sie da herumbaumelte und nichts Böses im Sinn hatte. Ich schnappte sie mir am Stängel und wirbelte sie um meine Finger.

»Hey, Ty?«

»Hm?«

Sollte ich es tun? Jetzt? Hier? In all den Filmen und Serien schafften es die heißen Menschen immer, Kirschstängel im Mund mit der Zunge zu verknoten. Das bedeutete anscheinend, dass man gut küssen konnte. Ich wollte es mehr als alles andere ausprobieren und Ty zeigen, dass ich es draufhatte. Dass meine Zunge in seinem Mund Salsa tanzen würde. Oh, yeah!

»Wetten, ich schaffe es, diesen Kirschstängel mit meiner Zunge zu verknoten?«

»Ich glaube nicht, dass das so eine gute Idee … Frankie?«

»Zu spät«, brabbelte ich, den Stiel schon zwischen den Lippen. Das konnte ja nicht so schwer sein. Und wenn ich es hinbekam, würde das Ty sicher ein wenig beeindrucken.

Sein Kiefer klappte herunter, während ich mit geschlossenem Mund meine Zunge hin und her bewegte, den Stiel herumschob und hoffte, dass es klappte. Oben, unten, rechts, links, alle Richtungen. Und im Kreis. Höchste Konzentration.

Oh. Nein.

Oh nein, nein, nein, nein, nein.

Meine Augen weiteten sich. Ich bekam keine Luft mehr. Meine Hände wanderten an meinen Hals, und ich versuchte zu husten, um den Stängel aus meiner Luftröhre zu bekommen. Ich wollte nicht sterben. Nicht heute. Und vor allem nicht an diesem dummen Kirschen-stiel. Meine Augen tränten, während ich nicht mehr als ein gequältes Röcheln von mir gab.

»Luft ... Ich ...« Noch mehr Röcheln. Und Husten. Und Mit-dem-Tod-Ringen.

Ty riss die Augen auf und sprintete um den Tresen herum zu mir. »Ganz ruhig, ähm ... warte ... Husten!« Er klopfte mir auf den Rücken. Erst vorsichtig, doch als er merkte, dass es nichts brachte, immer stärker.

Ich röchelte immer noch. Hitze stieg in mir auf, und ich schaute mich hilflos um, als Tyler sich plötzlich hinter mich stellte, die Arme um meine Mitte schlang und immer wieder ruckartige Stöße ausführte. Und dann ... löste sich das Mist-Teil und flog in hohem Bogen auf den Tresen. Ich sank in Tylers Griff nach unten, doch er hielt mich fest und half mir wieder auf die Beine.

Betretene Blicke von allen Seiten.

Oh Gott ... Das war mein Ende. Zwar war ich dem Tod von der Schippe gesprungen, jedoch nicht der un-fassbaren Peinlichkeit, die mich mit jeder Sekunde mehr und mehr erfüllte.

»Alles okay? Geht's dir gut?« Mit großen Augen starrte er mich an und wartete darauf, dass ich etwas sagte.

»Ähm ... ja.« Ich biss mir auf die Lippe und wandte den Blick ab.

Aus dem Augenwinkel nahm ich wahr, wie Abby den Stiel entsorgte und über die Theke wischte. Konnte sich der Boden bitte einmal auftun? Danke.

»Sicher? Brauchst du was zu trinken? Dieses Mal ohne Kirsche vielleicht?« Er grinste und entlockte mir damit zumindest ein kleines Lächeln.

»Hm, ja … ähm … vielleicht ein Wasser.«

»Kommt sofort«, rief Abby, und ich nickte ihr dankbar zu.

Ty ließ sich neben mich auf den Hocker sinken. »Oh, Frankie … Bitte mach das nie wieder, okay? Was sollte das?«

»Ne, ne. Keine Angst. Ich … lass das ab jetzt lieber.«

Ob ich gerade fast an einem dummen Kirschenstiel krepiert war, Ty mich retten musste und der Stängel quer durch die Luft geflogen war? Jap. Das Highlight wäre noch gewesen, wenn er in einem Getränk gelandet wäre. Wie unangenehm konnte ein Abend eigentlich sein?

Ich fasste mir an die Stirn und schüttelte den Kopf. Ich hatte mich vor Ty bis auf die Knochen blamiert. Super. Ganz toll. Jetzt fand er mich sicher richtig attraktiv.

»Mach dir keinen Kopf«, sagte er und legte einen Arm um meine Schultern, drückte mich. »Das passiert den Besten. In Filmen schneiden die das nur immer raus.«

KAPITEL 8

TYLER

Ich wälzte mich von einer Seite auf die andere. Durch den kleinen Spalt im Fensterladen fiel ein Sonnenstrahl ins Zimmer und erhellte den Raum etwas. Mein Wecker hatte noch nicht geklingelt, also war es zu früh, um aufzustehen. Ich schloss die Augen wieder in der Hoffnung, mir würden noch ein paar Stunden Schlaf gegönnt. Heute stand einiges auf der Agenda: Termine mit Getränkelieferanten und – noch wichtiger – Aufräumen. Davor wollte Dash mich hier abholen. Mein Kopf dröhnte ziemlich, was vermutlich von Chase' Party letzte Nacht herrührte.

Gerade als ich wieder eindöste, ertönte das penetrante Klingeln meines Weckers, und ich zuckte zusammen. Ich stöhnte genervt auf, tastete auf der Matratze nach meinem Handy, schaltete den Ton aus und versuchte, die Augen zu öffnen, um nach meinen Benachrichtigungen zu sehen. Das harte Licht brannte mir fast schon die Netzhaut weg.

»Ne, ne, ne …« Ich sperrte das Display rasch wieder und legte das Handy neben mir ab.

Nach weiteren gut zwanzig Minuten riss ich mich

zusammen und stand schließlich auf. Immerhin war es schon elf Uhr. Nachdem ich schnell im Bad gewesen und unter die Dusche gesprungen war, lief ich rüber in unsere große Wohnküche.

Ein mittelgroßer Raum mit einer zusammengewürfelten Küche, die Fiona vor einiger Zeit mit ein paar Pflanzen und Bildern etwas aufgehübscht hatte; ein Esstisch und ein großes beiges Sofa sowie Sitzsäcke und andere Wohnzimmermöbel luden zum Abhängen ein. Es war gemütlich und doch nicht allzu perfekt. Jeder von uns Mitbewohnern – Fiona, Chase und ich – hatte irgendetwas in die Wohnung mitgebracht. Chase die Sitzsäcke, Fiona ihren orientalischen Teppich unter dem Sofa, und ich hatte für die Sideboards und Regale gesorgt. Alles ein wenig durcheinander und doch irgendwie stimmig.

Ich gähnte und ließ mir einen schwarzen Kaffee aus der Maschine, ohne den ich morgens (oder auch sonst) nicht funktionierte – aber nur mit zwei Teelöffeln Zucker. Die beste Kombination. Dann setzte ich mich damit an unseren Esstisch und scrollte durch Instagram und meine Benachrichtigungen sowie die unseres Bar-Accounts. Außer mir war niemand zu hören. Vermutlich schliefen die beiden Pappnasen noch.

Der vergangene Abend war wild gewesen. Gute Musik, gute Stimmung, gute Leute. Und einiges an Snacks und Alkohol. Ich musste schmunzeln, als mir einfiel, wie Frankie sich gestern an dem dummen Kirschenstiel verschluckt hatte. Zum Glück war es nicht komplett eskaliert – einen Luftröhrenschnitt hätte ich mir nicht zugetraut, den Heimlich-Griff hatte ich beim letzten Erste-Hilfe-Kurs kurz vor der Bar-Eröffnung noch geübt.

Dieses Mädel ... In letzter Zeit benahm sie sich echt seltsam. Es kam mir auch so vor, als ob sie mit mir flirtete, aber vielleicht bildete ich mir das nur ein und interpretierte zu viel in ihr Benehmen hinein. Aber was, wenn nicht? Wärme stieg in mir auf, doch ich verwarf den Gedanken wieder. Bestimmt erlaubte sie sich nur einen Spaß mit mir.

Ich nahm einen Schluck Kaffee, während mein Daumen übers Display huschte und den Chat mit Frankie öffnete, dann begann ich zu tippen.

Guten Morgen, Schnapsdrossel. Ich hoffe, du bist auf dem Heimweg nicht erstickt?

Dann wechselte ich in den Gruppen-Chat unserer Clique, wo Tatum heute Nacht noch ein paar Fotos von der Party reingeschickt hatte. Oh, wow ... Dash mit mindestens dreißig Strohhalmen im Mund, Chase oben ohne auf dem Tresen tanzend und ein Foto, auf dem Frankie und ich zu sehen waren. Ich hatte einen Arm um ihre Schultern gelegt und sie ihre Arme um meinen Oberkörper geschlungen. Wir grinsten beide so breit wie Kermit. Ich zoomte näher heran und musste lächeln. Dieser kleine Wirbelwind war eine echte Bereicherung für mein Leben.

Genau in diesem Moment ploppte am oberen Displayrand ihr Name auf.

Morgen, Ty :) Frag nicht ... Hab's nur knapp überlebt. Danke noch mal, dass du mir das Leben gerettet hast!

Ich schnaubte amüsiert, dann nahm ich noch einen Schluck und tippte eine Antwort.

Gern geschehen. Wäre doch schade, wenn dich so eine kleine Kirsche dahingerafft hätte.

Wo du recht hast, Montgomery. Eine Frage ...

Hau raus!

Auf einer Skala von Wrecking Ball bis Britney Spears 2007 ... Wie hart bin ich eskaliert?

Ich prustete los und überlegte. Sie hatte gut einen vorgelegt und einige von uns zum Lachen gebracht – inklusive sich selbst. Das war einer der Gründe, warum ich Frankie so mochte: Sie konnte über sich selbst lachen, und es machte ihr rein gar nichts aus, sich auch mal aufzuführen wie der letzte Depp.

Ich warte immer noch auf eine Antwort und bekomme langsam Angst, wenn du noch länger überlegen musst.

Okay, okay. Nicht gerade easy bei so einem breiten Spektrum. Ich tippe mal auf Justin Bieber, der sich auf der Bühne übergeben hat.

Omg no no no ...

Hahaha nein, nein, alles gut. Oder ...?

Ty!

Keine Panik, das hast du ausgelassen, aber sonst warst du gut dabei :D

Jag mir doch nicht so einen Schrecken ein, du Elendiger!

Sorry, Cutie! Wie geht's dir denn heute Morgen?

Sagen wir so: Ging schon mal besser. Aber ich lebe (mehr oder weniger). Und bei dir?

Müde und ein bisschen Kopfschmerzen. Aber sonst gut. War echt witzig gestern, hab mir gerade mal die Fotos im Gruppen-Chat angeschaut. Chase war der Hammer!

Hahaha ja! Das war vielleicht eine Nacht.

Eins muss ich dich aber noch fragen. Bereit?

Ahhhhh crap! Nein! Bäckerei. Ich muss los, die kriegen nichts ohne mich gebacken.

Haha ok, dann hab nen schönen Arbeitstag, Franks!

Darauf erhielt ich keine Antwort mehr, sie ging direkt offline. Da das Gespräch etwas abrupt geendet hatte, würde ich später vielleicht mal bei ihr in der Bäckerei vorbeischauen.

Mit einem Lächeln auf den Lippen sperrte ich das Display und trank meinen Kaffee aus. In meiner Magengegend flatterte etwas, aber bestimmt lag das daran, dass ich vollkommen ausgehungert war. An was auch sonst?

Ich lief rüber zur Küchenzeile und toastete mir ein paar Scheiben Brot, bestrich sie mit Frischkäse und wollte mich gerade zurück an den Tisch setzen, als es an der Tür klingelte. Rasch stellte ich den Teller ab und betätigte den Schalter zum Öffnen der Tür des Gebäudes – wir lebten in einem Haus mit drei Wohnungen –, und nur wenige Momente später marschierte mein bester Freund herein.

»Hey, Mann, was geht?«

»Morgen, bin grad am Frühstücken. Willst du auch was?« Ich hob die Brauen und nickte zum Toast, dann kam Dash auf mich zu, und wir schlugen ein.

»Ne, passt, danke. Ich hab vorhin schon mit Tate gegessen.« Während ich mir meinen Teller schnappte und rüber zum Sofa lief, mich dort aufs Polster sinken ließ, machte er es sich in einem der beigen Sitzsäcke bequem.

»Wie fertig bist du?«, fragte ich lachend und biss in meinen Toast.

Er blähte die Wangen auf. »Geht eigentlich. Ich hab heute Nacht noch richtig viel Wasser getrunken, daher sind die Kopfschmerzen einigermaßen erträglich. Aber du solltest mal Tatum sehen.« Er grinste. »Die Arme ist nach dem Essen direkt wieder im Bett verschwunden.«

»Und du bist nicht bei ihr geblieben, um sie zu versorgen? Da hat sie ja einen tollen Freund«, gab ich sarkastisch zurück.

Er warf eins der Kissen nach mir, und ich wich gekonnt aus. Statt mir traf er einen der Bilderrahmen an der

Wand, der sogleich herunterfiel. Zum Glück zersprang er nicht, sondern landete nur auf dem weichen Sofa. Ich schnaubte und schüttelte den Kopf.

»Sie hat mich ehrlich gesagt weggeschickt. Glaub mir, mit der willst du es nicht aufnehmen, wenn sie verkatert ist. Schon beim Aufwachen hat sie mir ihre fiesen Sprüche um die Ohren gehauen.« Seine Mundwinkel zuckten nach oben. »Aber ich bin das ja schon gewohnt und liebe es, wenn sie zu einem kleinen Giftzwerg wird.«

»Ihr zwei habt euch echt gefunden.«

Tatum und Dash waren ein wahres Traumpaar. In den letzten Monaten hatte sich die Beziehung der beiden weiterentwickelt, und sie waren noch mehr zusammengewachsen. Wenn Tatum nicht in der Bar (oder bei Frankie) abhing, verbrachte sie superviel Zeit mit Dash in seiner neuer Wohnung, die nur ein paar Straßen entfernt von unserer WG lag. Auch die Therapie zeigte bei beiden Wirkung, mit jedem Tag wuchsen sie ein wenig über sich hinaus. Ich war echt froh, dass Dash sich dazu durchgerungen hatte, sich eine Therapeutin zu suchen, um seine Vergangenheit aufzuarbeiten.

»Ja, irgendwie schon.« Er grinste. »Und du bist auch fit?«

»Fit wie ein Turnschuh, Bro. Wie immer.« Ich zuckte mit den Schultern. »War schon nice gestern. Heute muss ich definitiv langsamer machen.«

»Heute Abend hast du ja sowieso frei. Gehst du zu … ähm … du weißt schon?«

Ich schob mir den letzten Rest meines Toasts in den Mund und kaute extra lange, um etwas Zeit zu schinden. »Mhm.«

Dash wusste von Lauren. Er war zwar erst letztes Jahr hergezogen und hatte das damals – im Gegensatz zu Frankie und den anderen aus der Clique – nicht selbst miterlebt; aber was er wusste, wusste er von mir, daher verstand er es eher, als es die anderen verstehen würden. Ich konnte nicht mit ihnen darüber reden, selbst wenn ich gewollt hätte. Da war eine innere Schranke in mir, die immer wieder herunterfiel, sobald ich kurz davor stand, mich zu öffnen. Es ging einfach nicht.

Misstrauisch hob er eine Braue. »Das machst du echt oft.«

»Jep.« Ich wandte den Blick ab, stand auf, um den Teller zur Spüle zu bringen. »Tut mir gut.«

»Bist du dir sicher? Ich meine, nach allem, was du mir erzählt hast …«

»Ich will nicht darüber reden, okay?«, fiel ich ihm ins Wort. »Lass uns das Thema wechseln. Die anderen sollen es nicht mitbekommen, wenn sie in die Küche kommen, Mann.«

»Ty … Denkst du nicht, die anderen würden es verstehen? Ihr seid Freunde.«

Ich biss die Kiefer aufeinander und schüttelte den Kopf.

»Denk drüber nach. Ich will nur dein Bestes.«

Ich nickte und lief wieder zum Sofa rüber, ließ mich darauf sinken und fuhr mir durch die noch leicht feuchten Haare. »Danke. Wirklich. Aber …«

Erwartungsvoll hob er sein Kinn und schaute mich an.

Nein. Ich konnte nicht weiter darüber sprechen. Es war zu gefährlich. Alles. Wenn es weitere Menschen wüssten, würde es das nur noch komplizierter machen. Alles würde den Bach runtergehen und …

»Ich bin froh, dich zu haben«, sagte ich stattdessen und meinte es auch so.

Er atmete aus und lehnte sich im Sitzsack zurück. »Geht mir auch so.«

Und dann tauchte da wieder dieses zierliche Gesicht vor meinem inneren Auge auf, das mich jedes Mal aufs Neue zum Lachen brachte. »Hey, kam dir Frankie gestern auch irgendwie komisch vor?«

»Komisch? Was meinst du?«

Ich wiegte den Kopf hin und her. »Ihr Outfit, das ganze Make-up und …«

»Aber sie sah doch gut aus, oder findest du nicht?«, fiel er mir ins Wort.

»Ja, klar. Aber das tut sie ja auch sonst, dafür muss sie sich nicht so rausputzen. Warum hat sie das überhaupt gemacht?«

»Hast du mal mit ihr darüber gesprochen? Vielleicht gibt es ja einen Grund, den sie dir verrät.«

»Ich hab vorhin kurz mit ihr geschrieben und wollte sie fragen, aber dann musste sie los in die Bäckerei. Vermutlich spreche ich sie später mal drauf an.«

»Tu das.« Er kniff die Brauen zusammen. »Wieso machst du dir überhaupt so einen Kopf deswegen? Es ist … doch nur Frankie. *Oder?*«

»Ja, ähm … Ich hab mich nur gewundert. Beim See, da hat dieser … dieser Kerl sie dumm angemacht und … Ach, vergiss es.«

»Ty?«

»Dash?«

»Spuck's aus.«

Ich verzog das Gesicht und kratzte mich am Hinterkopf. »Nein, es ist dumm. Ich … Es war eine seltsame Situation.«

»Was meinst du?«

»Ich wollte ihr doch helfen und hab mich als ihren Freund ausgegeben. Und halte mich für verrückt, aber … es hat sich gar nicht mal so übel angefühlt. Aber, nein, das ist seltsam und unangebracht, und niemals, nope, niemals wird das eintreten.«

»Gar nicht mal so übel? Nett.«

Ich grinste. »Du weißt, was ich meine.«

»Denkst du, du stehst auf sie?« Seine Augen weiteten sich.

»Nein! Um Gottes willen. Das … Das geht nicht! Wir sind beste Freunde. Und … einfach nein. Quatsch. Niemals. Es ist *Frankie*.«

»Mhm …«

»Was?«

»Ich denke nur, dass es vielleicht mal Zeit wäre, sich auf was Neues einzulassen, Mann. Und wenn du auf Frankie stehst, dann ist das doch 'ne feine Sache.«

Nein.

Jetzt, wo Dash es aussprach, konnte ich nur den Kopf schütteln. Da war nichts anders zwischen uns. Vermutlich war ich nur etwas verwirrt gewesen oder hatte einen Sonnenstich gehabt, keine Ahnung. Frankie und ich waren Kumpels. Mehr nicht. Abgesehen davon, dass sie mir wahrscheinlich eins mit dem Baguette überziehen würde, wenn ich jemals versuchte, bei ihr zu landen (was ich definitiv *nicht* vorhatte, nur rein hypothetisch!), war es falsch. Und außerdem war da noch Lauren … Ich hatte ihr etwas versprochen, und daran musste ich mich halten.

»Ich lasse mich auf nichts Neues ein, Dash. Und auf Frankie steh ich auch nicht. Vergiss einfach, was ich gesagt habe. Das war der Restalkohol, der aus mir gesprochen hat. Keine Ahnung, woher diese Gedanken kamen, also … versprich mir, dass du Tatum und Frankie nichts sagst. Das … Das hat nämlich nichts zu bedeuten. Alles wie immer.«

»Bro …«

»Bitte, tu mir den Gefallen, okay?«

Er nickte. »Von mir aus.«

Es hatte nichts zu bedeuten. Frankie und ich waren Freunde. Lauren war meine Priorität. Dabei blieb es.

Schon wieder tauchte Frankies Gesicht in meinem Kopf auf. Doch so schnell es erschienen war, so schnell war es verschwunden. Von einem anderen in die Flucht geschlagen.

KAPITEL 9

FRANKIE

»Bin da. Was ist passiert?« Völlig außer Atem stürmte ich in die Bäckerei, wo gerade Nick hinter der Theke stand und neue Eclairs auf der Ablage platzierte. »Eve?«

Er warf mir nur einen fragenden Blick zu, als Eve im Türrahmen zur Backstube auftauchte.

»Sorry, dass ich dir deinen freien Tag klaue, Frankie. Aber ohne dich läuft es hier vorne einfach nicht.« Sie kniff die Brauen zusammen und musterte ihren neuen Arbeitskollegen abschätzig, der mit dem Rücken zu ihr stand.

»Was ist denn los?« Mein Puls raste, meine Haare waren ein einziges Vogelnest, und ich war mir ziemlich sicher, dass ich noch Zahnpastareste im Mundwinkel hängen hatte.

»Ich weiß echt nicht, was du hast. Jeder macht mal Fehler«, schaltete sich Nick ein und fixierte sie.

»Aber die Kunden anzumeckern, weil sie nicht das kaufen, was du ihnen empfiehlst, und alle möglichen Backwaren durcheinanderzubringen, mal ganz zu schweigen von den Zigaretten in der Backstube, ist nicht gerade unerheblich.«

Ach du Scheiße.

»Bitte was?« Ich fasste mir an den Kopf. Gott, wenn das so weiterging, brauchte ich erst mal eine Woche Urlaub, wenn Mathieu wieder da war. Oder wohl eher einen Monat, ein Jahr ... ein Leben lang.

»Kommt vor, ist doch kein Ding.«

Der Kerl hatte sie eindeutig nicht mehr alle.

Im Stechschritt lief ich an ihm vorbei und raunte ihm ein »Mitkommen!« zu. »Hey, könntest du kurz vorne die Stellung halten, ich muss da was klären«, wandte ich mich an Eve.

Sie nickte nur und stiefelte nach vorne, während Nick mir in Mathieus Büro folgte. Mit klopfendem Herzen lehnte ich mich gegen die Schreibtischplatte und starrte ihn an. »Du hast die Kunden beleidigt? Und in der Backstube geraucht?!«

»Beleidigt würde ich es nicht nennen. Ich hab ihnen nur klargemacht, dass ich Mathieus Neffe bin und mehr Ahnung von Gebäck habe als sie. Und, na ja, dass sie da mal lieber auf meine Meinung hören sollten. Und das mit den Zigaretten ... Es war nur eine. Also keine Panik.«

»Meintest du nicht, du hast zuvor noch nie in einer Bäckerei gearbeitet?«

»Ja, aber ...«

»Beweisführung abgeschlossen«, unterbrach ich ihn mit sarkastischem Unterton und schüttelte den Kopf. »Außerdem haben Zigaretten in der Bäckerei nicht das Geringste zu suchen. Die kannst du in deiner Pause im Hinterhof rauchen. Du arbeitest für deinen Onkel, ich vertrete ihn momentan und … ab sofort bist du nett zu den Kunden, machst, was sie sagen, und hältst dich mit deinem Halbwissen gefälligst zurück. Verstanden?!«

»Aber …«

»Kein Aber. Wieso muss es immer ein Aber geben?« Ich warf theatralisch die Hände in die Luft und spürte, wie mein Puls sich wieder beschleunigte. Ich wollte doch nur in mein warmes Bett und ein paar Folgen *The Office* schauen, mehr nicht. Das war alles, was ich mir von diesem Tag erhofft hatte, und anscheinend nichts, was ich heute bekommen würde.

»Du siehst heiß aus, wenn du wütend bist«, entgegnete Nick und kreuzte die Arme vor der Brust. Auf seinen vollen Lippen lag ein charmantes Grinsen, das mich erst recht zur Weißglut brachte.

»Nicolas! Ich bin deine Vorgesetzte, also hab mal ein bisschen Respekt! So kann das echt nicht weitergehen … Welche Kunden waren es denn? Dann kann ich vielleicht Schadensbegrenzung betreiben und ihnen ein paar Macarons oder so vorbeibringen.«

»Eve hat sie alle auf 'ne Liste geschrieben, die kann ich dir gleich geben.«

»Eine *Liste*? So viele Namen?«

»Reg dich nicht auf, alles halb so schlimm«, erwiderte Nick und zuckte mit den Schultern.

»Das ist doch echt … Und was war mit dem Vertauschen irgendwelcher Backwaren?«

»Hab nur ein paar Madeleines und Petit Fours durcheinandergebracht und dann noch ein paar der Tartes, aber zu meiner Verteidigung: Die sehen echt ähnlich aus.«

Ich seufzte. »Mhm. Gut. Super. Ganz toll. Eve sollte

gleich wieder nach hinten in die Backstube, ich checke vorne alles durch. Sobald die Backwaren beim richtigen Schild liegen, siehst du sie dir an und prägst sie dir ein. Im Mitarbeiterraum liegt auch ein Ordner mit Bildern, oder du googelst. Mach, was du willst, aber heute Nachmittag kannst du alles zuordnen.«

»Um wie viel Uhr ist denn heute Nachmittag?«

Mir entfuhr ein genervtes Stöhnen. »Wenn ich aus der Mittagspause wieder da bin. Sagen wir gegen drei. Passt das in deinen Terminplan?«

»Ich muss mal schauen, ob das ...«

»Das war eine rhetorische Frage. Ich glaub echt, es hackt ...«

»Oh.« Er sah sich ertappt um, dann nickte er und wandte sich zur Backstube.

Vielleicht war ich etwas harsch gewesen, aber ich war dafür verantwortlich, dass genau so etwas nicht passierte. Mathieu würde mir den Kopf abreißen, wenn er zurückkehrte und erfuhr, dass wir ... nein, dass sein *geliebter Neffe* seine Stammkunden vergrault hatte. Ich war heute sowieso schon mit dem falschen Fuß aufgestanden, und jetzt kam Nick auch noch mit solchen Aktionen um die Ecke. Aber jeder durfte mal einen grumpy Tag haben, vor allem, wenn der vorangegangene Abend ein einziges Desaster gewesen war. Ein Desaster, das ich zu verdrängen versuchte. Daher verließ ich rasch das Büro, stiefelte in den Mitarbeiterraum und machte mich für die Arbeit fertig. Meinen freien Tag konnte ich vergessen.

Den ganzen Mittag über versuchte ich zu retten, was zu retten war. Sortierte die Backwaren neu, packte kleine Tüten mit ein paar unserer Spezialitäten und brachte sie bei den Kunden vorbei, die Nick verärgert hatte. Hoffentlich konnte der Knilch zumindest die ganzen Begriffe zuordnen, wenn ich wieder in die Bäckerei kam.

In meiner Mittagspause hing ich zu Hause ab, um ein kleines Nickerchen zu machen. Als ich auf dem Sofa fläzte, piepte plötzlich mein Handy und signalisierte eine neue Nachricht von meinem Dad.

Alles klar bei dir? Steht das Haus noch?

Ich presste die Lippen aufeinander. Wenn mein Dad beruflich auf Reisen war, hörte ich manchmal tagelang nichts von ihm. Und wenn, dann schickte er meist nur kurze Nachrichten. Sein Fokus lag ganz klar auf seiner Karriere und weniger auf … mir.

Ich seufzte, fuhr mir übers Gesicht und tippte dann eine Antwort.

Jap, alles super. Und bei dir?

Wie immer. Nächste Woche sehen wir uns, ich komm für ein paar Tage nach Hause.

Meine Mundwinkel huschten nach oben, und ich richtete mich ein Stück auf.

Ich freu mich schon!

Ich starrte auf das Display, wartete auf eine Antwort, doch er ging offline. Sofort verknotete sich mein Magen. Seit etlichen Jahren beschränkte sich unser Kontakt auf das Mindeste. Ich wusste, dass er mich liebte, aber auch, dass es ihm unfassbar schwerfiel, Zeit mit mir zu verbringen oder auch nur mit mir zu telefonieren. Ich schob seine fehlende Anwesenheit und sein Desinteresse an meinem Alltag darauf, dass er bei meinem Anblick, beim Klang meiner Stimme immer an Mom denken musste. Es riss die alten Wunden auf. In gewisser Weise verstand ich es – und ich hatte mich ein Stück weit daran gewöhnt, so schrecklich das klang. Andererseits machte es mich immer wieder aufs Neue traurig, dass wir uns seit Moms Tod so voneinander entfernt hatten, nicht nur räumlich, sondern auch emotional. Deswegen war es schön, ihn bald wiederzusehen, auch wenn er sich offensichtlich weniger darauf freute als ich.

»Reicht das?« Nick schaute mich erwartungsvoll an, nachdem er soeben jegliche Backwaren auswendig aufgesagt hatte.

»Ist in Ordnung«, erwiderte ich und stemmte die Hände in die Hüften.

»In Ordnung?« Sein Mundwinkel hob sich. »Ich wusste fast alles, bis auf diese Opern-Torte, die es hier sowieso nie gibt.«

»Sag niemals nie.«

»Komm schon, krieg ich nicht mal ein kleines Lob von Miss Frankie Davis?« Er zwinkerte mir zu und fixierte mich mit seinen dunklen Augen.

Flirtete er mit mir? Bitte nicht. Aber verdammt, er war wirklich heiß anzuschauen …

»Von mir aus. Du kannst jetzt das, was du sowieso hättest können sollen. Klasse.« Von dem Kerl ließ ich mich doch nicht aus dem Konzept bringen. Mit seinen gemeißelten Kieferknochen und dem französischen Schlafzimmerblick ...

»Hör zu«, sagte er und legte den Kopf schief. »Das war echt eine dumme Aktion von mir heute Morgen. Kann ich es wiedergutmachen?«

»Indem du deinen Job ab sofort richtig ausführst, ja, vielleicht.«

»Nein, ich will es bei dir wiedergutmachen, Frankie.«

Ich seufzte und wollte ihm gerade sagen, dass er dann mal schön kündigen sollte, verkniff es mir aber lieber. Auch wenn er ein Depp war, brauchte ich seine (ab jetzt hoffentlich produktive) Unterstützung. »Mach deinen Job richtig, dann ist es okay für mich.«

»Ich würde dich gerne zum Essen einladen. Wie sieht's nächste Woche bei dir aus?«

»Ähm ...« Völlig überrumpelt starrte ich ihn an. Und dann ... machte es Klick.

Der nächste Part des Friendzone-Plans: *Auch andere haben Interesse an dir, zeig ihm das.*

Ich überlegte. Was sprach dagegen, mich nächste Woche mal mit ihm zu verabreden? Womöglich in einer Bar, in der Ty uns (natürlich ganz zufällig) sehen würde?

»Wir wär's stattdessen mit Drinks in eine Bar? Aber nur freundschaftlich. Mehr ist echt nicht drin.«

War es falsch? Vielleicht ein bisschen. Aber ich spielte Nick schließlich nichts vor, sondern machte von vornherein klar, dass ich nichts von ihm wollte. Freundschaftlich. Aber das wusste Ty ja nicht. Ein mulmiges Gefühl machte sich in mir breit, doch ich drängte es rasch beiseite. Vielleicht half es tatsächlich, ihn ein wenig eifersüchtig zu machen – oder ihm dabei zu merken, dass es durchaus Männer gab, die Interesse an mir hatten.

»Gerne. Ich freu mich drauf.«

Ich verzog die Lippen zu einem diabolischen Grinsen.

»Ich mich auch, Nick. Ich mich auch.«

Mit ein paar Baguettes im Gepäck steuerte ich nach Feierabend die Chestnut Flower Lodge an. Die Sullivans hatten für den heutigen Abend ein Barbecue für alle Gäste geplant und mich ebenfalls eingeladen. Leckeres Essen und liebe Menschen? Die beste Kombination.

Schon von Weitem hörte ich Sherlock im Garten bellen, und als ich durch das hölzerne Gartentor in den kleinen Vorgarten trat, sprintete er sofort auf mich zu.

»Ahhh, ich hab dich vermisst, du flauschiges, kleines, na ja, eigentlich großes, süßes Etwas«, flirtete ich eine Runde mit ihm, während ich sein Hinterteil kraulte. Dann zog er zufrieden ab, und ich steuerte die breite Holzveranda an.

Kaum dass ich durch die Eingangstür getreten war, stieg mir köstlicher Grillduft in die Nase. Tatums Dad hatte wohl schon angefangen, die Steaks zu brutzeln. Wenn ich Tourist in dieser Stadt gewesen wäre, hätte ich sofort ein Zimmer bei den Sullivans gebucht. Abgesehen davon, dass ich diese Familie teilweise mehr liebte als meine eigene, war das gesamte Haus supergemütlich eingerichtet. Frische, helle Wandfarben, gepaart mit antiken Möbelstücken und vielen Pflanzen, und deckenhohe Bücherregale im Wohnzimmer, wo man es sich auch auf der Couch vor dem Kamin gemütlich machen und in den Garten blicken konnte. In allen Zimmern hingen Foto-

grafien von Golden Oaks, die Tatum geschossen hatte –
ich war so stolz auf sie.

»Hallo, hallo, hallooo?«, rief ich laut durch den Flur.

»Garten«, ertönte Tatums Stimme, und ich steuerte auf
die Terrasse zu.

Meine beste Freundin hatte es sich auf einem der
Holzstühle am Gartentisch gemütlich gemacht. Berge
an Schüsseln waren darauf verteilt. Beim Anblick der
Steaks, Salate, Dips und des Fingerfoods lief mir das
Wasser im Mund zusammen. Am Tisch saßen zehn
Leute – neben den Gästen, die sich munter unterhielten
und lachten, auch Tatum und ihre Eltern. Als sie mich
erblickte, musste sie sich sofort ein Grinsen verkneifen,
und ich wusste genau, wo es herrührte.

»Spar es dir, okay?« Ich presste die Lippen aufeinander.
»Lass uns nicht darüber reden, bitte.«

»Mal sehen, ob ich das zulassen kann. Der Abend war
schon …«

»Ruhe auf den billigen Plätzen.« Bei ihr angekommen,
drückte ich sie kurz und wandte mich dann rasch den
anderen Menschen zu. »Hey zusammen!«, begrüßte ich
Tatums Eltern und die Gäste und reichte dann Nancy,
Tatums Mutter, die Baguettes.

»Danke, Frankie. Du bist ein Schatz. Mach's dir bequem, Essen kommt sofort.« Sie grinste mich an. »Wie
geht's dir?«

»Gut, alles super. Ich habe vor Kurzem einen neuen
Liebesroman gelesen, der dir gefallen könnte. Ich bringe
ihn das nächste Mal mit«, erwiderte ich lächelnd.

»Das hört sich toll an, danke, Frankie.«

»Na klar«, sagte ich und ließ mich auf den Stuhl neben

Tatum plumpsen. »Wie geht's dir? Hast du wenigstens gut geschlafen?«

»Geht so. Zu kurz. Heute Morgen ging es mir richtig übel, das glaubst du echt nicht. Ich hab Dash zur Sau gemacht und mich dann wieder schlafen gelegt. Der Arme.«

Ich lachte auf. »Typisch. Aber deshalb liebt er dich doch.«

»Mhm. Besser so für ihn.« Sie musste schmunzeln.

»Hier, Frankie. Lass es dir schmecken.« Tatums Dad reichte mir einen Teller mit einem Steak, den ich mir sofort mit Salat und Kartoffeln vollschaufelte.

»Daaanke! Guten Appetit euch allen«, sagte ich in die Runde und erntete zustimmendes Gemurmel.

»Wie war's bei der Arbeit?«, fragte Tatum schließlich und schob sich eine vollgehäufte Gabel in den Mund.

»Frag nicht.«

»Frankie, das sagst du immer, und du weißt doch jedes Mal ganz genau, dass ich dann erst recht frage.«

Ich stöhnte gequält auf und stocherte auf meinem Teller herum, versank noch weiter im Gartenstuhl, sodass ich von außen betrachtet vermutlich wie ein schlecht gelaunter Shrimp aussah, der kurz davor stand, in einen Topf mit kochendem Wasser geworfen zu werden. »Ich hätte eigentlich meinen freien Tag gehabt, aber Nick hat nur Mist gebaut, und dann hat Eve angerufen und gesagt, dass ich unbedingt kommen und das regeln muss. Der Bro hat die Kunden angepöbelt, Backwaren vertauscht, und allein für seine Existenz würde ich ihn gerne einsperren. Dieses nervige Etwas. Tja, und fünf halbe Herzinfarkte später sitze ich jetzt hier.«

Sie schlug sich die Hand vor den Mund. »Oh Gott. Das klingt ja übel. Und das auch noch mit einem Kater?«

»Jap. Der ist auch ein bisschen vorhanden. War schon schlimmer, aber … na ja, ich hatte mir den Tag einfach anders vorgestellt.«

»Shit. Hast du schon Sherlock gestreichelt? Das hilft bei mir in der Regel.«

Ich grinste. »Ja, fühl mich auch schon ein bisschen besser.«

»Ist immer Balsam für die Seele.« Ein zufriedenes Lächeln huschte über ihre Lippen.

»Nick und ich treffen uns übrigens nächste Woche auf ein paar Drinks«, erwähnte ich ganz beiläufig und nahm einen Schluck Orangenlimonade.

Tatums Kiefer klappte herunter. »Ihr … Was?«

»Er will wiedergutmachen, was er verbockt hat, und ich will Ty ein bisschen eifersüchtig machen. Wehe, du verurteilst mich dafür!«

»Oh, Frankie … Aber okay, tu, was du nicht lassen kannst.« Sie schüttelte schmunzelnd den Kopf. »Bin gespannt, ob es hinhaut und was du danach zu berichten hast.«

»Ich auch, glaub mir …«

Ich konnte noch immer nicht fassen, dass ich das wirklich brachte, aber vielleicht würde es ja gar nicht so schlimm werden … Trotz allem schien Nick eigentlich ganz okay zu sein.

»Ihr Süßen, wollt ihr noch was vom Grill?«, kam es von Tates Mutter, die ihrer Tochter von hinten die Arme um den Hals schlang und sie drückte.

Ich lächelte und schüttelte den Kopf, doch innerlich

zog sich alles in mir zusammen. Wie sehr vermisste ich meine eigene Mom in solchen Momenten. Wie schön es gewesen wäre, wenn sie auch hier sitzen und sich mit uns hätte unterhalten können. Wenn alles gut gewesen und nichts von all dem Mist passiert wäre.

»Passt, Mom, danke«, hörte ich dumpf die Stimme meiner besten Freundin, während ich eine der Dipschalen fixierte, um mich zusammenzureißen und nicht dem Brennen hinter meinen Lidern nachzugeben.

»Franks ...«

Ich hob langsam den Kopf und schaute zu Tatum, die mir einen besorgten Blick zuwarf. »Alles in Ordnung. Wird schon wieder.«

»Es ist okay, wenn's dir nicht gut geht, weißt du?«, flüsterte sie und rückte ein Stück näher, damit die anderen unser Gespräch nicht mit anhören konnten.

»Ich weiß. Manchmal ist es nur ein bisschen viel ... Ich vermisse Mom so sehr, und die ganze Dunkelheit-Sache ... Es nervt mich einfach tierisch.« Ich holte tief Luft. »Kann das nicht endlich mal aufhören? Ich muss jetzt schon daran denken, dass ich später durch die dunklen Straßen fahren muss und alleine zu Hause bin ...«

»Du könntest ja mal überlegen, ob du diese Sache angehen willst ... Ich hab es gemacht, und bisher läuft es echt gut, wie du weißt. Du kannst das auch schaffen, Süße.«

»Vielleicht. Mal schauen. Ich ... Ich überleg es mir«, sagte ich leise, während sich Schwere auf meine Brust legte. Ich wollte das ja angehen, aber ich wusste noch nicht so richtig, wann und wie.

Tatum legte ihre Stirn in Falten. »Du weißt, ich bin

immer für dich da, wenn du mich brauchst, okay? Soll ich dich später nach Hause bringen? Magst du hier schlafen?«

»Schon gut, ich mach das ja fast jeden Tag, aber … wenn alles zusammenkommt – Ty, die Bäckerei, Mom und die Dunkelheit –, dann bin ich ein bisschen überfordert.«

»Ich glaube nicht, dass du jemals überfordert sein könntest. Aber selbst wenn, ist das vollkommen in Ordnung. Dann machst du eine kurze Pause, ordnest dich und trittst anschließend wieder als heiße Chilischote zum Dienst an.« Sie zwinkerte mir zu, und ich musste lachen.

»Jap, definitiv. Am besten zieh ich mir auch so ein Kostüm an, dann kann es nur gut laufen.«

»Du schaffst das. Ich bin mir sicher. Es wird besser, vertrau mir.«

»Mach ich. Ist nur ein blöder Tag. Aber sag mal … Hast du was Neues von dem Wettbewerb gehört?«

Vor einigen Wochen hatte Tatum ein paar Naturfotografien bei einem Fotowettbewerb des *National Geographic* eingereicht, und sie war sogar schon in die nächste Runde unter die fünfzig Besten gekommen. Täglich warteten wir darauf zu hören, ob sie es ins Finale geschafft hatte. Währenddessen arbeitete sie an ihrem Portfolio für die Bewerbung an der Uni.

»Leider nicht, aber ich habe diesem Typen mal ’ne Mail geschrieben, der sich darum kümmert. Gabriel Malone. Du weißt schon, dieses hohe Tier bei denen. Der meinte, dass es nur noch ein paar Tage dauern dürfte, bis die Finalisten bekanntgegeben werden.« Unruhig wippte sie mit ihrem Fuß hin und her.

»Locker hast du’s geschafft.« Ich lächelte sie an.

»Das wäre unglaublich. Und vor allem eine so gute Referenz. Vielleicht sogar so gut, dass die öfter mal Fotos von mir abdrucken oder ich nach dem Studium ein Praktikum bei denen machen kann. Wir müssen die Daumen drücken, Franks.«

»Mach ich! Positiv denken, es wird auf jeden Fall gereicht haben.«

Sie atmete aus, dann schob sie sich eine weitere Gabel mit Salat in den Mund. »Sprechen wir jetzt mal über das Unausweichliche?«

»Ich hab nicht die geringste Ahnung, wovon du redest, und sollte sowieso langsam nach Hause.«

»Frankie Davis! Wage es nicht!« Sie funkelte mich an, und ich verdrehte die Augen.

»Okay, okay …«

Ein Schmunzeln legte sich auf ihr Gesicht. »An wie viel erinnerst du dich noch?«

»Daran, dass ich mich eine heiße Chilischote genannt habe und Ty mir das Leben gerettet hat, weil ich diesen beknackten Kirschenstiel mit der Zunge verknoten wollte. Das reicht mir auch.«

Sie prustete los. »War ein wilder Abend. Hast du denn irgendwas bei Ty bemerkt? Also, dass er dich anders angesehen hat oder so? Weil du doch ein bisschen mehr flirten wolltest.«

»Jeder Flirtversuch ist nach hinten losgegangen. Ich bin komplett unfähig, und das sage ich jetzt nicht, um dir einen erneuten Chilischoten-Pep-Talk zu entlocken, sondern weil es ein Fakt ist.« Ich musste mich zusammenreißen, um nicht in einen verzweifelten Lachanfall auszubrechen. Das alles war einfach zu verrückt.

»Hat er dir nicht mal auf die Boobs geschaut?«

»Keine Ahnung. Ich glaube schon, dass ihm vielleicht gefallen hat, wie ich ausgesehen habe, aber … ob das jetzt den Ausschlag gegeben hat, sich in mich zu verlieben – I doubt it.«

Tatum richtete sich ein Stück auf und überlegte. »Vielleicht, weil er die echte Frankie noch viel lieber mag als die flirtende Kirschenstiel-Verknoterin.«

»Freundschaftlich vermutlich schon. Heute Morgen haben wir kurz miteinander geschrieben. Aber ich gebe es erst auf, wenn der Plan sich als vollkommener Reinfall entpuppt. Und bisher habe ich damit ja zumindest mal diesen Halb-Kuss am See erreicht.« Ich zuckte mit den Schultern.

»Halt mich auf dem Laufenden, sodass ich dir notfalls die dümmsten Ideen ausreden kann.«

»Hey! Wann hatte ich jemals eine dumme Idee?«

»Zuletzt meinst du?« Sie tat so, als ob sie überlegte. »Als du versucht hast, diesen Kirschenstiel zu …«

»Okay, okay, okay«, fiel ich ihr lachend ins Wort und hob die Hände. »Ich weiß. Aber bitte erwähn das nie wieder.«

»Alles klar, ich heb's mir für die Rede auf eurer Hochzeit auf.«

KAPITEL 10

TYLER

Ein Blick auf die Uhr. Kurz vor sechs. Ein Blick nach draußen. Strahlend blauer Himmel. Wie es aussah, würde es heute eine sternenklare Nacht geben.

Ich klappte meinen Laptop zu, schnappte mir Jeansjacke und Schlüssel, dann verließ ich meine Wohnung und stieg in meinen Jeep. Bevor ich mich mit Lauren traf, wollte ich noch einen kurzen Abstecher zu Frankie machen. Sie musste jeden Moment mit der Arbeit fertig sein, und nachdem unser Gespräch gestern Morgen so plötzlich geendet hatte, wollte ich nach ihr sehen. Eigentlich gestern schon, aber da war sie beim Barbecue der Sullivans eingeladen gewesen. Das hatte sie mir zumindest auf der Party berichtet. Daher war es mehr als überfällig, meiner besten Freundin einen Besuch abzustatten.

Nur wenige Minuten später rollte mein Auto auf einen der freien Parkplätze vor der Bäckerei. Frankie war gerade dabei, den Laden zu verlassen. Ich öffnete rasch die Tür, und während ich ausstieg, rief ich ein »Frankie!« in ihre Richtung.

Ihr roter Lockenkopf fuhr herum, und ihre Brauen huschten nach oben, als sie mich bemerkte. Sie trug einen ihrer viel zu großen Sweater, ihre offenen Haare waren ein bisschen verwuschelt, und auf ihren Lippen zeigte sich ein breites Lächeln. Sofort brachte sie mich damit zum Grinsen.

»Ty! Hey, ich wollte gerade nach Hause gehen.«

Ich lief um den Wagen herum, drückte sie zur Begrüßung und hob sie dabei kurz an, sodass sie quietschte, dann löste ich mich wieder von ihr. »Ich dachte, ich schau mal nach dir, nachdem du mich gestern Morgen so plötzlich geghostet und dich nicht mehr gemeldet hast.«

Gespielt empört riss sie den Mund auf. »Ich hab dich gar nicht geghostet, ich musste nur schnell herkommen und den Laden vor dem endgültigen Untergang bewahren.«

Ich lachte. »Du bist so bescheiden.« Dann lehnte ich mich an die Motorhaube meines Wagens und stützte die Hände neben mir ab. »Meintest du nicht, dass du eigentlich frei hast?«

»Frei zu haben war der Plan. Aber Eve hat mich angerufen, weil der Neffe von Mathieu ein wenig ... bescheiden gearbeitet hat. Und heute war es auch nicht viel besser.«

Mein Mundwinkel zuckte nach oben. »Bescheiden gearbeitet?«

»Sagen wir's so: Den Preis für Kundenfreundlichkeit gewinnt er in diesem Leben wohl nicht mehr. Der ist so ein chaotisches Murmeltier, das denkt, es kann alles mit seinem Charme wiedergutmachen.«

»Ups, klingt nicht so nice.«

»Ach, waren einfach nur zwei doofe Tage. Es ist superanstrengend, aber ich mach das schon. Am Ende wird alles gut …« Sie lehnte sich neben mir an die Haube, und unsere Ellenbogen berührten sich. Ihr Blick wanderte zu Boden, während sie mit der Hand an ihrer Kette herumspielte.

»Ganz sicher. Solange du dein Bestes gibst, hast du dir nichts vorzuwerfen. Ich bin mir sicher, dass du einen richtig guten Job machst.«

Sie nickte. »Ich glaube auch. Es ist einfach nur ein doofer Tag, der vorbeigeht. Jetzt knall ich mich erst mal auf mein Sofa und schau irgendwas auf Netflix an, das mir hoffentlich gute Laune macht.«

»Hmmm«, fing ich an und überlegte.

Frankie war der liebevollste Mensch, den ich kannte, und jedes Mal, wenn es ihr nicht so gut ging, kam in mir das Bedürfnis auf, sie zum Lachen zu bringen. Sie aufzuheitern und die Sorgenfalten wegzuwischen. Mein Blick huschte erst nach oben zum Himmel, der sich bald von Minute zu Minute verdunkeln, die Sonne verabschieden und den Mond willkommen heißen würde, dann wieder zu Frankie. Eigentlich wollte ich innerhalb der nächsten Stunde zu Lauren. Das war der eigentliche Plan für heute Abend gewesen. Keine Ahnung, ob es mein Bauchgefühl, mein Kopf oder mein Herz war, aber etwas sagte mir, dass es wichtiger war, dafür zu sorgen, dass Frankie heute mit einem Lächeln auf den Lippen ins Bett ging.

»Wollen wir noch was unternehmen? Ich wette, wir schaffen es, dich von dem Mist abzulenken.«

Ein hoffnungsvolles Strahlen schlich sich auf ihre

Züge, als sie mich anblickte. »Hast du heute Abend nicht noch was vor?«

»Nichts, was ich nicht verschieben könnte.«

Sie blinzelte ein paarmal und nickte. »Klar, dann gerne.«

In mir machte sich ein schlechtes Gewissen breit, weil ich Lauren versprochen hatte, sie zu treffen, aber ich verbannte es schnell aus meinen Gedanken und konzentrierte mich wieder auf Frankie. »Auf was hast du Lust?«

Sie tippte sich mit dem Finger ans Kinn und blähte die Wangen auf. »Irgendwas Entspanntes ohne allzu viel Action. Ich bin noch fertig von gestern.«

»Ich dachte, du stehst seit Neuestem auf Action in Filmen, oder wie war das?« Ich zwickte sie in die Seite, woraufhin sie zusammenzuckte und auflachte.

»Ja, klar. Immer doch! Nur nicht im echten Leben.«

»Letzte Woche hat das Autokino geöffnet, hast du Lust? Wir können ja mal gucken, ob heute was Gutes läuft.«

Erst zeichnete sich Begeisterung auf ihren Zügen ab, die jedoch sogleich von Sorge verdrängt wurde. »Ähm ...« Ihr Blick huschte zum Himmel und dann zu ihren Händen. »Es wird langsam dunkel. Du weißt doch ...«

Ich nickte. »Stimmt, sorry. Ich dachte nur, weil der Film uns von der Leinwand anstrahlt und sie bestimmt auch ein paar Laternen aufgestellt haben.«

»Ich war seit Jahren nicht mehr im Kino«, gab sie leise zu und biss sich auf die Lippe.

Das waren die Momente, in denen ihre zerbrechliche Seite zwischen all den Witzen und dem Strahlen hindurchblitzte. Meinem Herz einen Stich versetzte. Ich rutschte ein Stück zu ihr hinüber und legte ihr locker den Arm um die Schultern. »Niemand zwingt dich, Franks. Tut mir leid, dass ich es vorgeschlagen habe, ich wollte nicht, dass du dich schlecht fühlst.«

Erst verkrampfte sie sich, dann entspannten sich ihre Muskeln wieder. »Schon okay. Weißt du, manchmal denke ich … Ich weiß auch nicht, dass ich es vielleicht mal probieren könnte. Tatum hat es auch geschafft, ihre Angst zu bekämpfen, oder zumindest, sich ihr zu stellen und daran zu wachsen. Möglicherweise …« Sie brach ab.

Ich wusste genau, was sie sagen wollte, hätte ihren Satz vervollständigen können, aber ich behielt es für mich. Falls sie sich nicht bereit fühlte, wollte ich sie nicht unter Druck setzen.

»Möglicherweise …«, fing sie wieder an. »Möglicherweise.«

Als sie eine Weile nichts mehr sagte, ergriff ich doch das Wort. »Ich kann dich auch nach Hause fahren, und wir schauen bei dir was an, wo es hell ist.«

»Nein.«

»Nein?«

Ihre Mundwinkel hoben sich. »Lass es uns versuchen. Einen Film schauen. Im Autokino. Ich … habe die Hoffnung, dass es vielleicht nicht so schlimm wird.«

Ich schmunzelte. »Bist du dir sicher? Wie gesagt, wir können auch zu dir.«

»Quatsch, wir machen das jetzt. Immerhin bin ich ja nicht alleine, und die Leinwand wird groß und hell sein. Ich schaffe das schon.«

»Du vergisst, wen du an deiner Seite hast, Frankie Davis.«

Mit zusammengekniffenen Brauen musterte sie mich fragend.

»Na deinen Lebensretter. Falls du auf die Idee kommst, ein paar Kirschen als Proviant ...« Weiter kam ich nicht, da sie unwillkürlich ihre Hände auf meinen Mund legte und lachte.

»Sei still, und bilde dir bloß nichts darauf ein!«

Ich stieg in ihr Lachen ein und befreite mich aus ihrem Griff. »Okay, okay. Dann kann's losgehen, oder? Ich hab sogar hinten auf der Rückbank ein paar Decken liegen.«

»Und auf dem Weg können wir noch kurz im Supermarkt vorbeifahren und uns mit Snacks eindecken. In meinem Rucksack hab ich ein paar Eclairs und Brioches, die heute übrig geblieben sind.«

»Klingt nach einem exzellenten Plan«, erwiderte ich und drückte mich von der Motorhaube ab, als Frankie vergnügt zur Autotür sprang und auf dem Beifahrersitz Platz nahm. Ich stieg ein, startete den Motor und fuhr los.

Beim Supermarkt angekommen, kümmerte ich mich um die Snacks, während Frankie im Auto das Programm auf ihrem Handy checkte und mich mit einem »Du weißt nicht, was heute läuft!« empfing, als ich wieder einstieg.

»Was denn?«

»*Iron Man*!«

»What? Dein Ernst?«

Sie nickte begeistert. »Richtig cool. Das kann nur gut werden.«

Während Frankie mir noch davon erzählte, dass sie sowieso bald wieder einen Marvel-Marathon starten wollte, lenkte ich den Wagen in Richtung des Autokinos, das sich am Stadtrand unweit der Felder befand. Jedes Jahr von Frühling bis Spätsommer zeigten sie dort Klassiker, Filme, die fast jeder kannte und liebte, aber auch einige Neuheiten. Es hatte einen ganz besonderen Charme, im Auto oder auf der Ladefläche unter den Sternen zu sitzen und sich seinen Lieblingsfilm mit einer guten Freundin anzuschauen. Und da wir beide *Iron Man* schon tausendmal gesehen hatten, würde es auch kein Problem sein, wenn wir uns ein wenig unterhielten. Immerhin konnten wir jeden Dialog auswendig mitsprechen.

Nicht mal fünfzehn Minuten später machten wir es uns auf der Ladefläche meines Jeeps bequem. Ich holte die Decken und Kissen von der Rückbank, die ich für solche Fälle fast immer dabeihatte, und Frankie durchsuchte die Tüte mit den Snacks. Um uns herum standen schon einige andere Autos, deren Scheinwerfer hell durch die Dunkelheit brachen und Frankie ein wenig Sicherheit schenkten. Vorn auf der Leinwand herrschte noch gähnende Leere, doch von allen Seiten trudelten nach und nach mehr Menschen ein. Stimmengewirr paarte sich mit dem Rufen der Uhus und Grillenzirpen. Es duftete nach Popcorn, das viel zu überteuert und überzuckert angeboten wurde – und doch hatte sich Frankie natürlich eine Packung besorgt.

»Tyler Montgomery, vergiss alle Fiesigkeiten, die ich dir jemals an den Kopf geworfen habe.«

»Fiesigkeiten?« Ich lachte, weil ich es liebte, wenn sie irgendwelche Wörter erfand.

»Ja, richtig gehört! Du hast Reese's und Cheddar Sour Creme Chips besorgt. Die mag ich so gerne.«

»Weiß ich doch«, sagte ich und grinste sie an. »Deshalb hab ich sie ja gekauft.«

Ihre Augen weiteten sich, dann widmete sie sich wieder dem Essen und baute es neben unserem Deckenlager auf. Ich meinte, in der Dämmerung eine leichte Röte auf ihren Wangen auszumachen, aber vielleicht täuschte ich mich auch.

Im nächsten Augenblick startete der Film. Rasch sprang ich noch mal von der Ladefläche, kurbelte die Fenster im Wageninneren herunter und drehte den Lautsprecher auf, sodass wir den Ton auch draußen einigermaßen hörten.

»Passt der Ton?«, rief ich Frankie zu.

»Jep!«

Ich stieg aus, lief um mein Auto herum und kletterte zurück auf die Ladefläche, wo sich Frankie bereits unter eine Decke gekuschelt hatte und eine Handvoll Popcorn verdrückte. Rasch schlüpfte ich zu ihr unter die Decke und lehnte mich gegen die Kissen.

»Magst du mir mal eins von den Eclairs geben?«

»Klar«, sagte sie und reichte mir das Gebäck.

Ich biss rein, und sofort breitete sich die süße Schokoladennote in meinem Mund aus. »So gut.«

Sie kicherte und zog die Decke noch weiter nach oben, während Robert Downey Jr. als Tony Stark auf der Leinwand mit einem Flugzeug um die halbe Welt flog. »Die mag ich auch super gerne.«

»Hey«, flüsterte ich und betrachtete ihr Gesicht von der Seite. »Ist das mit der Dunkelheit so okay?«

»Es ist ja noch nicht ganz dunkel. Also ja, gerade geht es.« Unsere Blicke trafen sich. Als sich ihre Lippen öffneten, pochte mein Herz ein wenig schneller. »Aber danke, dass du fragst.«

»Ist doch selbstverständlich.«

»Nein, ist es nicht.« Sie wandte den Blick wieder nach vorne. »Ich weiß es auf jeden Fall zu schätzen. Nur, dass du's weißt.«

»Schön.« Einer meiner Mundwinkel hob sich. »Was war bei Chase' Party eigentlich mit dir los?«

»Was meinst du?« Sie starrte weiter nach vorne zur Leinwand, nur ihr Blick huschte kurz in meine Richtung, dann wieder weg. Es wirkte so, als ob sie genau wusste, wovon ich sprach.

»Du weißt schon«, sagte ich und schluckte den letzten Bissen hinunter. »Dieses ganze Make-up und die Klamotten. Es war ungewohnt, dich so zu sehen.«

»Ich wollte ausnahmsweise mal nicht wie ein Kerl rüberkommen.«

Ich schnaubte. »Du siehst nicht aus wie ein Kerl, Frankie. Und selbst wenn, wäre das auch nicht schlimm. Trag das, worin du dich wohlfühlst, und schmink dich nicht, wenn du es nicht magst.«

»Aber vielleicht mag ich es ja.«

Misstrauisch zog ich die Brauen zusammen. »Okay. Ich meine, du kannst tun und lassen, was du willst, aber ...« Ich hielt inne, und sie warf mir einen Blick zu.

»Aber?«

Ich zögerte, ihr die Frage zu stellen, die mir schon gestern auf der Seele gebrannt hatte. Dabei wusste ich nicht mal, was mich daran hinderte, sie zu stellen. Wir waren doch Frankie und Tyler. Seit Ewigkeiten beste Freunde, die über fast alles miteinander sprachen. »War auf der Party jemand, wegen dem du dich so aufgebrezelt hast?« Dann schob ich noch ein »Oder hast du das gemacht, weil dir einfach danach war?« nach. Immerhin war mir bewusst, dass sich Frauen nicht wegen uns hübsch machten, sondern in der Regel für sich selbst.

Im nächsten Augenblick presste sie ihre Kiefer aufeinander und errötete – trotz der fortgeschrittenen Dunkelheit war das dieses Mal deutlich zu erkennen.

»Wie kommst du denn auf so was?« Ihr entfuhr ein unsicheres Lachen.

»Ich hab mich nur gefragt, weil du ja sonst immer ganz normal rumläufst.«

»Hmmm«, erwiderte sie und kniff die Augen zusammen. »Ähm ... Ne, also wenn du so fragst ... Ich ... Puh ... Ich hab das ... Ich hab das eigentlich nur für mich gemacht. Doch nicht für einen Typen. Also echt. Ne, nö, nope. Ich wollte in den Spiegel gucken und mich hot finden.«

»Und, hast du dein Ziel erreicht?«

»Vermutlich.«

»Vermutlich?« Ich geriet ins Schmunzeln. »Klingt nicht so überzeugend.«

»Tatum hat mich als heiße Chilischote betitelt, das reicht mir.« Dann sah sie kurz zu mir und zuckte mit den Schultern, doch etwas Unausgesprochenes lag auf ihren Lippen.

Ich grinste. »Die Chilischoten können sich noch eine Scheibe von dir abschneiden. Egal, ob in dem Aufzug von vorgestern oder in dem Sweater von heute.« Ein Lächeln zupfte an meinen Mundwinkeln, während sie mich fragend musterte.

Dann öffnete sie die Lippen, als wollte sie etwas sagen, hielt jedoch inne, schloss sie wieder und sah zurück zur Leinwand.

Seltsam.

Wir folgten dem Film einige Minuten, dann wanderte mein Blick zum Himmel, der inzwischen fast ganz schwarz war, sodass sich Mond und Sterne leuchtend von ihm abhoben.

»Alles okay?«, fragte ich wieder, um sicherzugehen, dass sie sich nicht in eine Situation zwang, die ihr nicht guttat.

»Ja, doch.«

»Ganz sicher? Du kannst es sagen, wenn es nicht so ist.«

»Vielleicht ist es ein bisschen … düster.« Ein Zittern durchfuhr sie.

Rasch zog ich die Decke unter ihr Kinn. »Ist dir kalt? Soll ich mal gucken, ob ich hinten noch 'ne Decke finde?«

»Nein, mir ist nicht kalt. Das Zittern kommt … Also … Manchmal, wenn ich mich unwohl fühle, Angst habe oder so, bekomm ich das.«

Mein Herz schlug schneller, und ich richtete mich ein Stück auf. »Hast du große Angst? Soll ich dich nach Hause bringen? Shit, Frankie, es …«

»Chill mal, Ty«, entgegnete sie und zwang sich zu einem kleinen Lächeln. »Ja, ich hab ein bisschen Angst. Aber sie ist nicht ganz so übermächtig, wie wenn ich … zu Hause bin und es dort dunkel ist. Hier an der frischen Luft kann ich es auf jeden Fall besser ertragen als in dunklen Räumen.«

Ich nickte, zögerte, weil ich nichts Falsches sagen wollte. »Wie kann ich dir helfen oder es leichter machen?«, fragte ich schließlich leise.

Sie schluckte und blinzelte mich an, tastete nach

dem Anhänger an ihrer Kette und spielte daran herum. »Kannst du meine ... Hand halten?«

Ich merkte ihr an, dass die Frage sie einiges an Überwindung gekostet hatte – wahrscheinlich, weil sie es nicht gerne zugab, wenn sie Angst hatte. Umso mehr wusste ich zu schätzen, dass sie es mir gesagt hatte.

»Oh Gott, ja, natürlich«, brach es aus mir heraus, und in Sekundenschnelle hatte ich meinen Arm um sie gelegt, sie näher an meine Seite gezogen und mit der freien Hand ihre genommen.

Sie fühlte sich kalt an. Kalt und weich. Wieder schlug mein Herz ein wenig schneller, doch bevor ich mir weiter darüber Gedanken machen konnte, lehnte sie sich an mich und wisperte ein »Danke«.

»Quatsch, doch nicht dafür. Versuch dich zu entspannen. Ich weiß, das ist immer leichter gesagt als getan, aber ... Ich bin da. Sag unbedingt, wenn es schlimmer wird.«

Sie nickte, dann legte sie den Kopf an meine Brust, und ich atmete den süßen Vanilleduft ein, der von ihren Haaren ausging. Mein Herz machte einen Satz. Mit meinem Daumen malte ich Kreise auf ihren Handrücken in der Hoffnung, es würde ihr helfen, sich zu beruhigen. Noch wirkte sie etwas steif, doch nach und nach schien es so, als ob ihre Muskeln sich lockerten. Sie atmete gleichmäßiger. Ruhiger. Ihr Körper fühlte sich an meinem warm an, warm und vertraut. So wie es zwischen Freunden sein sollte, *oder*?

KAPITEL 11

FRANKIE

»Nein! Hör auf, bitte!«

Nein, nein, nein. Bitte nicht. Bitte nicht. Nicht schon wieder. Mein ganzer Körper zitterte, während mir Tränen heiß die Wangen hinunterrannen. Kalt. Heiß.

»Aua! Nein!«

Überall Hände und … *Dunkelheit. Dunkelheit. Alles war so dunkel und kalt und …*

»Hey, Franks? Wach auf. Frankie!«

Wo bin ich?

Ich versuchte mich aus ihrem Griff zu winden. Raus. Ich musste weg von hier. Raus hier.

»Frankie, alles ist gut!«

Nichts war gut. Mein Puls rauschte mir in den Ohren, während ich um mich schlug. Weg. Raus hier. Schweißtropfen liefen mir die Schläfe entlang. Ich schnappte nach Luft.

Ihr Griff verfestigte sich.

Nein, nein, nein.

»Frankie, ich bin's Ty. Atme langsam, ganz ruhig!«

Was? Ty?

Ich verlangsamte meine Bewegungen, doch mein Herz polterte immer noch in meinem Brustkorb. Dann blinzelte ich einige Mal und realisierte mit jeder Sekunde, wo ich war.

Autokino. Tyler neben mir. Den Arm um mich, während ich versuchte, mich aus seiner Umarmung zu winden. Sein vertrauter Duft, der jedes Mal ein Kribbeln in mir auslöste. Meine Hand, die nach dem Anhänger meiner Kette tastete. Licht. Scheinwerfer. Helle Leinwand. Mein Herzschlag beruhigte sich mit jedem Wimpernschlag ein wenig mehr.

»Alles okay? Ich glaube, du bist eingenickt und hattest einen Albtraum.«

»Was?«, murmelte ich und richtete mich etwas auf. Mir war heiß und kalt zugleich. Ein Zittern durchfuhr meine Glieder. »Ähm, ja, ich … Halb so schlimm.«

»Ich seh's.« In seinen braunen Augen lag Sorge. »Geht's wieder?«

Ich räusperte mich und nickte. »Ich glaube ja. Passt schon. Alles gut.«

Ty griff nach meiner Hand. Seinen Körper warm an meinem zu spüren schenkte mir etwas Sicherheit. Zwar kostete es mich einiges an Überwindung, hier im Dunkeln zu sitzen, aber immerhin befanden wir uns nicht in einem geschlossenen Raum, sondern auf der Ladefläche seines Jeeps, etliche Autos neben und eine hell erleuchtete Leinwand vor uns. Das, gepaart mit meinem zweitliebsten Menschen auf diesem Planeten, war wohl Grund genug, nicht vor lauter Angst zusammenzubrechen, nachdem ich von Dingen geträumt hatte, die mich wohl nie loslassen würden. Für immer würden sie mich heimsuchen, wenn die Dunkelheit anbrach. Kein Versteck würde je sicher sein.

»Ja? Soll ich dich nach Hause fahren?« Sein Daumen strich wieder in kreisenden Bewegungen über meinen Handrücken. Man hätte annehmen können, dass das meinen Puls erneut zum Zerbersten brächte, aber stattdessen entspannte es mich. Ich fühlte mich bei ihm gut aufgehoben und so, als ob mir nichts passieren könnte, wenn er bei mir war. Natürlich konnte er nicht die komplette Angst beiseitedrängen, aber seine Anwesenheit half mir zumindest ein wenig.

Ich überlegte und schüttelte dann leicht den Kopf, weil ich nicht wollte, dass dieser Abend ein Ende nahm. »Es geht schon wieder.«

»Okay.«

Ich griff nach der Wasserflasche und trank einen Schluck, dann legte ich sie wieder beiseite und fixierte die helle Leinwand.

Licht.

»Du hast öfter Albträume, oder?«

»Ab und zu«, flüsterte ich und biss die Kiefer aufeinander. Wieder durchfuhr mich ein Zittern.

»Ab und zu wie in *jede Nacht*?« Seine Stirn lag in tiefen Falten, als er mich musterte.

»Nein, nur alle paar Tage mal. Aber wenn ich bei Licht einschlafe, geht es eigentlich. Vermutlich lag es an der Dunkelheit, die gar nicht mal so dunkel ist.« Ich rang mir ein Lächeln ab, um meine Unsicherheit zu überspielen. So, wie ich es immer tat.

»Warum ...« Er hielt inne, und ich konnte sehen, wie

sein Blick über mein Gesicht huschte. »Warum hasst du die Dunkelheit so sehr? Ich weiß, dass wir noch nie richtig darüber gesprochen haben, daher fühl dich auch nicht unter Druck gesetzt, wenn du es mir nicht erzählen willst, okay?«

Mein Körper spannte sich an, als Gesichter vor meinem inneren Auge aufflackerten, doch ich blinzelte sie rasch weg und sah nach vorne zur Leinwand. Nur Tatum wusste davon. Niemand sonst. Keine Menschenseele. Und auch wenn mir Ty unfassbar wichtig war, war ich nicht bereit, mich ihm anzuvertrauen. Ich sprach nie darüber. Nie. Ihm davon zu erzählen würde ein großer Schritt für mich sein, den ich noch nicht imstande war zu gehen. Das würde nur viel zu viel aufwirbeln.

Ich holte Luft. »Es sind früher ein paar Dinge passiert. Und immer wenn es dunkel wird … erinnere ich mich daran. Es kommt hoch, weißt du?«

Er nickte, und ich spürte, wie sich sein Griff um meine Schultern verstärkte. »Verstehe ich.«

»Vor allem, wenn ich drin bin. Dann ist es besonders schlimm. Hier draußen geht es eigentlich, weil alles so … so offen ist.« Ich warf ihm einen kurzen Blick zu. »Aber trotzdem ist es eine Herausforderung. Ich krieg das nur hin, weil … du dabei bist.«

Ein Lächeln huschte über seine Lippen. Verständnis in seinen Augen. »Ich bin stolz auf dich, weißt du das?«

Wärme breitete sich in mir aus. »Bist du das?«

Er nickte. »Klar. Angst im Dunkeln, und dennoch sitzt du hier und wächst über dich hinaus.«

»Nur her mit den Komplimenten«, sagte ich grinsend.

Ein Schnauben. »Ich meine das ernst. Aber ich frage

mich trotzdem, was dich dazu bewogen hat, mit mir herzukommen?« Es klang wie Frage und Fakt zugleich. Ein bisschen Verwunderung schwang in seiner weichen Stimme mit, und ich bemerkte, wie er mir einen Blick zuwarf, der Blitze durch meinen Körper schickte.

»Ich schätze, ich bin es einfach satt, auf tolle Aktivitäten zu verzichten. Es reicht mir, dieser Sache so viel Macht über mich zu geben. Und Tatum ist da ein echt gutes Vorbild.« Ich behielt lieber für mich, dass es auch daran lag, dass ich Zeit mit ihm verbringen wollte und solche Unternehmungen mich motivierten, meine Angst zu bekämpfen. »Und wenn ich solche Schritte wagen kann, dann nur mit Tatum oder dir.«

»Ich wünsche mir wirklich sehr für dich, dass du deine Ängste in den Griff bekommst und sie dich nicht mehr so einschränken. Wenn Tatum es geschafft hat, dann schaffst du das auch.« Er musste schmunzeln. »Und wenn du Hilfe dabei brauchst und sie mal keine Zeit hat, kannst du immer auf mich zählen, okay?«

Alles in mir kribbelte, und ich wollte am liebsten aufspringen und einen Happy-Dance aufführen, aber ich riss mich zur Abwechslung mal zusammen und genoss einfach nur Tys Nähe und seine Worte. »Danke, Ty.«

»Ach, nicht dafür.« Er grinste mich an. »Nächte sind doch so was Schönes. Ich schaue echt gerne stundenlang nur in die Sterne, am besten an Orten, wo man die schönste Aussicht auf sie hat. Oben, der Aussichtspunkt von Golden Oaks, dort hat man die beste Sicht und ...« Er hielt inne, als ob er etwas gesagt hätte, was er nicht hatte sagen wollen, dann schluckte er und fuhr fort. »Nun ja, aber ... wie gesagt: Nächte sind wunderschön.«

Ich schnaubte. »Sind sie das?«

»Klar! Schau doch mal nach oben.« Er legte den Kopf in den Nacken und starrte ins Dunkel. Zufriedenheit legte sich auf sein Gesicht.

Ich folgte seinem Blick zum Himmel. Über uns tanzten die Sterne, während der Mond ihnen dabei zusah.

»Es ist schon verrückt.« Ein Seufzen schwappte über seine Lippen. »Wenn man mal darüber nachdenkt, sind das alles am Himmel – die ganzen Sterne – auch nur Lichter. Abermillionen davon, die hell über dir scheinen und immer da sind. Mal deutlicher zu erkennen, mal weniger, aber trotzdem immer dort oben.« Ich hörte sein Lächeln. »Wie kleine Lampen. Und alle strahlen sie für dich, Frankie Davis.«

Jetzt musste ich auch lächeln. Ein Stern nach dem anderen zog meine Aufmerksamkeit auf sich. Es waren zu viele, als dass ich sie jemals alle wahrnehmen könnte, aber sie waren wunderschön. Ein wunderschöner Himmel in einer wunderschönen Nacht mit einem wunderschönen Menschen an meiner Seite, der mir wunderschöne Dinge sagte. Mir dabei half, das Gute in dem zu sehen, was mir Angst einjagte.

»Du hast recht«, flüsterte ich.

»Wundert dich das?«

Ich grinste. »Sei still.«

»Vielleicht hilft es dir ja, falls du mal wieder durch die Dunkelheit musst oder Angst hast und Tatum oder ich nicht bei dir sein können, wenn du daran denkst, dass sie jede Nacht da oben sind und du nie allein bist. Dann ist das alles möglicherweise auch nicht so übel. Überall Lichter.«

Alles, was er sagte, ergab Sinn und füllte meinen Brustkorb mit Wärme. Meinen ganzen Körper.

»So hab ich das noch nie betrachtet.«

»Manchmal ändert es schon viel, wenn man den Blickwinkel auf manche Sachen wechselt. Dann fallen einem Dinge auf, die man zuvor noch nie wahrgenommen hat.«

Ich nickte und versuchte, mir seine Worte einzuprägen. »Du bist so anders als ich, Ty. Während ich vor der Dunkelheit flüchte, bist du ein Nachtmensch durch und durch.«

»Wir ergänzen uns ziemlich gut«, gab er grinsend zu bedenken. »Aber ja, du hast recht. Ich liebe es, durch die Nacht zu laufen. Wenn ich nachdenken kann und … mich so richtig lebendig fühle. Ohne die ganze Alltagshektik, den Kram, der einen belastet. Nachts scheint es so, als ob das alles unwichtig ist oder gar nicht mehr existiert. Gespräche, die die ganze Nacht dauern, sind doch die besten, meinst du nicht?«

Ich senkte den Kopf wieder und er auch, woraufhin sich unsere Blicke kreuzten. In seinen Augen lag ein Strahlen, das mir tagsüber noch nie aufgefallen war. In mir stieg das Bedürfnis auf, ihm noch näher zu sein, ihn zu küssen, doch das waren Dinge, von denen ich derzeit nur träumen durfte.

»Du meinst solche Gespräche?«

»Zum Beispiel«, flüsterte er. Seine Stimme war plötzlich ganz rau.

»Das alles hilft mir wirklich, Ty.« Unwillkürlich landete mein Blick auf seinen Lippen, die so weich aussahen und an deren Gefühl auf meinem Mundwinkel ich mich zu gerne zurückerinnerte. Als mir einfiel, dass ich sie schon viel zu lange anstarrte, schluckte ich und schaute wieder weg. Und wieder hin. Meine Haut kribbelte, als ich bemerkte, dass er den Blick nicht von mir lassen konnte. Alles fühlte sich an wie in einer riesengroßen Seifenblase, die uns umschloss. Ty sah auf meine Lippen, dann wieder in meine Augen. Stille zwischen uns. Funken zwischen uns. Hitze zwischen uns. Ich hörte mein Herz immer schneller schlagen, als ich mein Kinn etwas anhob, um ihm näher zu sein.

Oh mein Gott. Oh mein Gott. Oh mein Gott.

Seine Lippen öffneten sich ein Stück, und er kam mir etwas entgegen.

Oh mein Gott. Oh mein Gott. Oh mein Gott.

Sein Daumen strich sanft über meine Haut und hinterließ dort eine heiße Spur. Ich spürte seinen Atem auf meiner Wange. Auf meinen Lippen.

Und dann …

Autohupen. Gefolgt von einem lauten »Eh, stell dich mit deiner Karre woanders hin, Mann!« einige Meter neben uns.

Tyler zuckte zusammen und zog sich ein Stück zurück, während ich die Augen aufriss und ihn anstarrte.

Mist, Mist, Mist!

»Ähm«, fing er an und brach wieder ab. In seinen Augen lag eine riesige Portion Verwirrung. »Ich …«

Ich blinzelte einige Male, richtete mich dann etwas auf. »Ja, wir …«

Ty sah kurz zur Leinwand, wo mittlerweile der Abspann lief, dann zu mir. »Soll ich dich nach Hause bringen? Du musst doch wieder früh aufstehen. Es ist schon spät, und du bist sicher ziemlich müde, oder?«

Auch wenn ich nicht wollte, dass er mich losließ und diese Nacht endete, war es wohl nicht zu verhindern. »Jap. Das wäre lieb von dir.«

Hätten wir uns fast geküsst? Also ... so richtig? Hitze stieg mir in die Wangen, während ich versuchte zu verdauen, was gerade geschehen war.

Er nickte. »Klar. Ich hab dich entführt, ich bring dich auch wieder zurück.« Dann nahm er langsam den Arm von meiner Schulter und seine Hand von meiner, während ich mir wünschte, wir könnten die ganze Nacht genau so sitzen bleiben.

Als wir unser Zeug zusammengepackt hatten, ich wieder auf dem Beifahrersitz saß und Ty den Wagen zu meinem Haus lenkte, dachte ich über diesen Abend nach. Über die Dinge, die er gesagt hatte. *Wie* er sie gesagt und wie er mich berührt hatte. Darüber, dass wir uns fast geküsst hatten. Ob er vielleicht auch ein bisschen mehr für mich empfand? Mein Blick huschte zu ihm und wieder nach vorne, wo Laternen die Straße säumten.

Auf einmal fiel mir ein, dass ich heute keinen Punkt von meinem Plan abgearbeitet hatte.

Oh, crap.

Keinen einzigen. Irgendwie hatte ich den Plan ganz vergessen, weil es so schön mit ihm gewesen war.

»Alles okay?«

»Jap«, erwiderte ich leise, und im nächsten Moment hielt er an der Straße vor meinem Haus.

Ich sah zu den dunklen Fenstern, die mich grimmig musterten, und spielte am Anhänger meiner Kette herum. Normalerweise versuchte ich immer, zu Hause anzukommen, bevor es dunkel wurde, sodass ich überall das Licht anmachen konnte, bevor ich es *wirklich* brauchte. Wie jetzt. Meine Finger waren eiskalt. In meiner Brust klopfte es immer schneller, während mein Fuß wie von selbst hin und her wackelte.

»Ziemlich dunkel.« Ty deutete mit dem Kinn zu meinem Haus. »Soll ich noch kurz mit rein, bis du überall Licht gemacht hast?«

Erleichterung durchströmte mich. Ich wollte niemandem mit meinen Problemen zur Last fallen, aber wenn man mir Hilfe anbot, konnte ich mich selten zügeln, sie anzunehmen. Vor allem, wenn sie von Tatum oder Ty kam.

»Das wäre toll.« Ich lächelte ihn dankbar an.

Während er ums Auto lief, fasste ich mir ein Herz, rollte meine Schultern zurück und öffnete die Tür. Meine Knie fühlten sich weich an, aber ich riss mich zusammen. Ty war bei mir. Über uns Abermillionen Lichter. Und im Haus würde es auch gleich hell sein.

»Na komm«, sagte er leise und nahm meine Hand. Schickte damit ein Kribbeln durch meinen Körper.

Ich ließ mich von ihm mitziehen, beschleunigte mit jeder Sekunde meine Schritte und musste mich zusammenreißen, nicht loszurennen. Mein Körper zitterte etwas, ich fixierte die braun gestrichene Tür und hoffte, dass mich die Dunkelheit nicht verschluckte. Die zwei Stufen zur kleinen Veranda nahm ich mit einem großen Schritt und kramte im Bruchteil einer Sekunde den Schlüssel aus meinem Rucksack. Mein Herz raste, als ich versuchte, ihn ins Schloss zu stecken. Zittern. Noch mehr Zittern. Und dann … Tys warme Hand, die sich auf meine legte und mir dabei half, die Tür aufzuschließen.

»Alles gut, Frankie. Ich bin bei dir«, wisperte er und betätigte, so schnell er konnte, den Lichtschalter innen neben der Tür, als wir eintraten.

Sofort erhellte sich der ganze Flur, und von meinem Brustkorb fiel ein ganzer Steinbruch ab. Ich atmete tief ein und aus und fuhr mir übers Gesicht. Ein paar Schweißtropfen hatten sich auf meiner Stirn gebildet, die ich rasch fortwischte.

»Soll ich erst mal die wichtigen Lichter anmachen, und du bleibst hier, oder willst du mitkommen?«

»Ähm ... Ich glaube, ich bleibe erst mal hier.«

Er nickte, als ob es eine Selbstverständlichkeit wäre, dass man durch die Häuser anderer Menschen ging und die Lichter einschaltete. »Alles klar. Welche brauchst du?«

»Flur oben, mein Zimmer und Bad reichen.«

»Gleich wieder da.« Mit diesen Worten sprang er die Treppe rauf und kam nicht mal zwei Minuten später wieder bei mir unten an. »Okay, alles an, ich hab in deinem Zimmer auch noch diese Lichterketten-Dinger über deinem Bett und die Lampe hinter dem Sessel eingeschaltet.«

Gott, war ich dankbar für diesen Kerl. Für seine Unterstützung und sein Verständnis. So dankbar, dass mir Tränen in die Augen traten.

Schnell räusperte ich mich und blinzelte sie weg. »Danke, Ty. Für alles heute.«

»Ach was. War echt schön. Ich hoffe, du kannst trotz allem gut schlafen.«

Ich grinste. »Ganz bestimmt.« Dann streckte ich die Arme aus und schlang sie um seinen Oberkörper, woraufhin er mich fest drückte.

Als er mich losließ, lag ein mitfühlendes Lächeln auf seinen Lippen. »Falls doch noch was sein sollte, will ich, dass du mich anrufst.«

»Mach ich«, erwiderte ich und strich mir eine Strähne hinters Ohr.

Ich öffnete ihm die Tür, und er trat nach draußen, winkte mir mit einem Strahlen in den Augen noch mal zu, dann steuerte er sein Auto an.

Gerade als ich die Tür schließen wollte, hörte ich ein »Oh, und Frankie?«.

Ich öffnete sie wieder ein Stück und sah zu ihm. »Ja?«

»Vergiss nicht, Abermillionen Sterne über dir, die nur für dich leuchten.«

KAPITEL 12

TYLER

»Wann warst du das letzte Mal im Urlaub, Schatz?«
Meine Mom saß neben mir im Garten meiner Eltern und
nahm gerade einen Schluck ihres Kaffees.

Hier, in diesem Haus, war ich aufgewachsen und
blickte auf sehr schöne Zeiten zurück. Ich versuchte in
der Regel, einmal die Woche bei meiner Familie vorbeizuschauen, und gerade um diese Jahreszeit, wenn es son-
niger und wärmer wurde, verbrachten wir die Nachmit-
tage bei meinen Besuchen gerne im Garten.

»Puh«, erwiderte ich und lehnte mich auf der kleinen
Holzbank zurück. »Schon länger her, so vor zwei Jahren
mit Chase, Fiona und Jenn.«

»Dann wäre es doch mal wieder Zeit, meinst du nicht?
Du hast so hart geschuftet, um mit Dash die Bar zum
Laufen zu kriegen.«

Ich seufzte. Meine Mom war immer der Meinung, dass
ich mich überarbeitete und mehr Pausen brauchte. Gut,
während der Uni hatte ich mich tatsächlich geradezu in
die Arbeit und ins Lernen gestürzt, doch mittlerweile

hatte ich eine gute Balance zwischen Freizeit und Bar gefunden. Was sie nicht wusste, war, dass ich mir nun auf andere Weise die Nächte um die Ohren schlug.

»Ach, ich hab schon genug freie Zeit, wirklich«, sagte ich und winkte ab.

»Da sagen die Schatten unter deinen Augen aber was anderes«, klinkte sich nun auch noch mein Dad ins Gespräch ein, der uns gegenüber auf seinem Lieblingsgartenstuhl saß und die Hände auf den Holztisch gelegt hatte. Er grinste mich frech an, worauf die Grübchen zum Vorschein kamen, die ich von ihm geerbt hatte.

»Schatten unter den Augen?«

»Das war das Erste, was mir aufgefallen ist, als du vorhin angekommen bist.« Meine Mom legte den Kopf schief und musterte mich von der Seite. »Schläfst du genug?«

Ich stöhnte auf. Selbst wenn ich schon seit Jahren nicht mehr bei ihnen, sondern einige Straßen weiter in meiner WG wohnte, behandelten sie mich oft genug noch wie ein Kind. Natürlich meinten sie es nicht böse, und irgendwie war es ja ganz süß, aber anstrengend war es manchmal schon ein wenig. Vor allem, wenn ich genau über diese Themen nicht sprechen wollte.

»Jap, ich schlafe und esse und trinke genug, Mom. Alles gut, okay?«

Sie nickte und nahm einen Schluck Kaffee, dann stellte sie die Tasse wieder auf dem Tisch ab. »Und sonst geht's dir auch gut, ja?«

»Klar, wie immer.«

Sie presste die Lippen aufeinander. »Auch in Bezug auf …«

»Ja«, fiel ich ihr ins Wort, weil ich haargenau wusste, was sie sagen wollte. Aber ich wollte es nicht hören. Es war viel zu oft Thema an unserem Tisch, und jedes Mal verursachte es in mir ein Gefühl der Schuld. Ich konnte es mir nicht schon wieder anhören. »Ihr wisst doch, dass ich alles im Griff habe. Also macht euch keine Sorgen, okay?«

»Aber ...«

»Och Erica, er hat doch gesagt, es ist alles gut. Jetzt behandle ihn nicht wie ein rohes Ei«, funkte mein Dad dazwischen und setzte sich seine Sonnenbrille auf, dann lehnte er sich zurück, um die Sonne in sich aufzusaugen.

»Ja, ja. Okay. Aber Ty, versprich mir, dass du mit uns redest, wenn du Probleme hast. Bitte.«

Ich nahm ihre Hand und drückte sie, dann blickte ich sie geradewegs an. »Ja, Mom. Keine Panik. Ich sag Bescheid, wenn es mir zu viel wird oder wenn ... es mir schlechter geht.« Dann zuckte mein Mundwinkel nach oben. »Wobei es mir momentan sogar wirklich gut geht.« Ich ließ sie wieder los und fixierte den kleinen Marienkäfer, der versuchte, an meinem Glas hinaufzuklettern.

»Na Gott sei Dank, geht es dir gut. Mich fragt ja niemals jemand, wie es mir geht«, kam es plötzlich theatralisch aus dem Inneren des Hauses. Meine kleine – oder auch *pubertierende* – Schwester Emma stand im Türrahmen und verschränkte die Arme vor der Brust. Während ich meine braunen wuscheligen Haare und die dunklen Augen eindeutig von unserem Dad geerbt hatte, kam meine Schwester mit den blonden schulterlangen Haaren viel mehr nach Mom. »Hey Ty! Mom, ich treffe mich jetzt mit Trixie am See. Bis später.«

»Okay, habt einen schönen Mittag!«, erwiderte Mom, und Dad rief: »Bis später!«

Ich verkniff mir ein Lachen. »Viel Spaß. Und sag Trixie einen Gruß von mir.« Ich wusste, dass ihre beste Freundin einen kleinen Crush auf mich hatte, daher machte ich mir immer wieder einen Spaß daraus, sie damit aufzuziehen.

Emma rollte mit den Augen, dann wandte sie sich zum Gehen. »Bye, Leute.«

»Teenager«, murmelte Dad und drehte das Gesicht wieder Richtung Sonne.

»So. Zurück zu dir«, Mom sah wieder mich an. »Du meintest, dass es dir momentan sogar sehr gut geht. Das freut mich, Ty. Was hast du in der letzten Zeit getrieben?«

Als mir einfiel, dass ich den Großteil der vergangenen Tage mit Frankie verbracht hatte – am See, bei Chase' Party und im Autokino –, kniff ich die Brauen zusammen. Es war nichts Neues, dass wir viel Zeit miteinander verbrachten, allerdings keimte in mir das Gefühl auf, dass ich sie gerade von einer anderen Seite kennenlernte. Einer zerbrechlicheren, die hinter all dem Rumgealber und dem Strahlen steckte und mir ans Herz ging. Noch mehr als bisher. »Ich war viel in der Bar, aber auch mit Frankie unterwegs. Wir waren vor ein paar Tagen drüben im Autokino. Das solltet ihr diesen Sommer auch noch machen.«

»Klingt schön. Ich sag ja schon länger, dass sie dir guttut. So ein tolles Mädchen.«

Ich nickte und bemerkte wieder dieses seltsame Flattern in meiner Magengegend. Ob wir uns geküsst hätten, wenn das Auto nicht gehupt hätte?

Nein, wir sind Freunde. Mehr kann und wird niemals passieren.

»Das ist sie definitiv.«

»Ich sag ja immer, die wäre doch was für dich. Du musst nur mal genauer hinsehen, Schatz.«

»Mom.« Ich verdrehte amüsiert die Augen. »Das sagst du mir jetzt schon seit Jahren. Wir sind Freunde. Von ihrer Seite geht da nicht mehr und von meiner auch nicht.«

»Sicher? Das ist so schade.«

»Ja, sicher«, entgegnete ich, hatte allerdings das Gefühl, ich würde sie anlügen.

Ich hatte keine romantischen Gefühle für Frankie. Nein. Wir waren Freunde. Beste Freunde. Und außerdem traf ich mich so oft mit Lauren, dass ich gar keinen Kopf für eine andere Frau in meinem Leben hatte. Die Frage war nur, ob das mein Herz auch so sah. Lauren und ich mussten ein Geheimnis bleiben. Denn wenn jemand davon erfuhr, würde es uns auseinanderreißen. Stück für Stück. Doch auch wenn ein ungutes Gefühl in mir aufstieg, sobald ich daran dachte, konnte ich nicht leugnen, dass ich mich manchmal fragte, ob es manche Dinge nicht erleichtern würde, wenn sich unsere Wege irgendwann trennten.

»Ja, genau so. Vielleicht noch ein bisschen mehr nach links. Mhm … Und … Warte!« Fiona konzentrierte sich auf das Handy in ihrer Hand wie auf ihre Abschlussklausur. Langsam zoomte sie mit dem Daumen an den Cocktail heran, der auf dem Tresen stand, und stoppte die Aufnahme. Dann checkte sie das Ergebnis.

»Passt das? Oder willst du noch ein Video machen?«

»Ich glaube, es würde besser aussehen, wenn die Lappen im Hintergrund weg wären.« Sie verzog das Gesicht und nickte zu den Geschirrtüchern, die ziemlich unfotogen auf der Ablage vor sich hin vegetierten.

»Ups«, sagte Dash und eilte hinter den Tresen, um sie woanders hinzulegen. »Nicht so instagrammable. Jetzt ist es besser, oder?«

Fiona nickte und setzte wieder an, ein paar Aufnahmen von unserem Cocktail-Special zu machen, das wir diese Woche im Angebot hatten. Als tüchtige Bar-Besitzer mussten wir uns auch mit Online-Marketing befassen, wozu unter anderem der Golden-Hour-Instagram-Account zählte. Dash, Fiona und ich hatten die Zugangsdaten dafür und posteten immer mal wieder unsere neuen Cocktails, Acts und Events, aber auch kleinere Eindrücke aus dem Bar-Alltag und Fun Facts zu unseren Getränken. Ab und zu kümmerte sich Tatum um professionellere Fotos, aber für die Ankündigung des Wochen-Cocktails in der Story reichten Fionas Skills definitiv aus.

»Okay, hab ihn abgespeichert und poste es später. Seid ihr bereit für den nächsten?«

Dash wechselte rasch die Cocktails aus und platzierte einen knallpinken auf dem dunklen Holz des Tresens. Vorhin hatte ich ihn schon probiert; trotz der klischeehaft pinken Farbe schmeckte er überhaupt nicht übersüßt, sondern eher herb und … stark.

»Ich weiß ja nicht, aber ich habe das Gefühl, der will direkt nach der Aufnahme von mir runtergekippt werden«, sagte Dash und grinste. »Der schmeckt richtig gut.«

»Absolut«, schloss ich mich ihm an. »Echt krass, was du in den letzten Monaten dazugelernt hast.«

»Danke, Jungs. Macht auch total Spaß. Da muss ich fast aufpassen, dass ich meine Grafikerinnen-Karriere nicht für Drinkmixen an den Nagel hänge.« Fiona lachte und strich sich die langen schwarzen Haare über die Schulter. Dann machte sie ein paar Aufnahmen von dem pinken Getränk.

»Wir sind dir nicht böse, wenn du uns erhalten bleibst«, gab ich zurück und zuckte mit den Schultern. »Aber Jenn würde uns vermutlich die Hölle heißmachen.«

»Pscht, ihr Tratschbacken, ich muss mich konzentrieren«, gab sie zurück und startete erneut eine Aufnahme.

»Okay, okay, so langsam sollten wir uns sowieso mal um die Gäste kümmern. Da hinten winkt schon einer«, sagte ich und deutete mit einem Nicken zu einem der Tische.

»Ich mach das«, erwiderte Dash und lief zu ihm hinüber, um die Bestellung aufzunehmen.

Nach und nach begann bei den meisten Stadtbewohnern der Feierabend, und immer mehr Gäste trudelten ein. Ich half heute hinter der Bar, bediente Gäste, mixte Cocktails – die Specials überließ ich Fiona – und sorgte dafür, dass es allen gut ging.

Gerade enterte ein Kerl in meinem Alter die Bar, er hatte braune Haare und war groß und recht breit gebaut; zusammen mit seinem rothaarigen Kumpel setzte er sich an einen der Tische und winkte nach mir.

Rasch lief ich hinüber. »Hey, alles klar? Was kann ich euch bringen?«

»Für mich ein Bier«, entgegnete er, und der andere sagte: »Jap, hätte ich auch gerne, danke.«

Ich wollte wieder zurücklaufen, da pfiff der Breite mich noch mal zu sich. »Kannst du vielleicht das Mädel mit den Drinks zu uns schicken?«

»Wieso das?« Misstrauisch zog ich die Brauen zusammen, doch ahnte schon, warum er wollte, dass Fiona sie bediente.

»Sorry, Bro, aber die ist schon 'n bisschen hübscher als du.« Er lachte, und sein Kumpel fiel zögernd mit ein.

»Tut mir leid, heute müsst ihr mit mir vorliebnehmen«, antwortete ich und setzte ein gespielt entschuldigendes Lächeln auf. Ich hatte keinen Bock auf Stress, allerdings wollte ich auch nicht, dass der Dude Fiona belästigte. Bisher war das glücklicherweise noch nicht allzu oft vorgekommen, aber dieser Kerl roch nach Ärger.

Schulterzuckend drehte ich mich wieder um und ging zurück zum Tresen.

»Alles klar?«, kam es von Fiona, die gerade einen ihrer pinken Cocktails mixte. »Du siehst ein bisschen verärgert aus.«

»Der Kerl am Tisch hat nach dir als Kellnerin verlangt. Wenn du das nicht machen willst, übernehme ich ihn.« Ich holte zwei Gläser aus dem Regal und zapfte das erste Bier.

»Mit dem werde ich schon fertig. Außerdem gibt er mir sicher gutes Trinkgeld, wenn ich ein wenig mit ihm flirte.«

Ich schüttelte den Kopf und zapfte das zweite Bier. »Wenn du unbedingt willst. Aber sobald er irgendeinen Scheiß bringt und du nicht mehr mit ihm klarkommst, sagst du mir oder Dash Bescheid.«

»Klar, falls ich es nicht sowieso alleine geregelt bekomme.«

Ich nickte. »Dann hier, zwei Bier für die Jungs.«

»Danke.« Sie zwinkerte mir noch mal zu, bevor sie die Drinks auf einem Tablett platzierte und rüber zum Tisch trug.

Während sie mit den Typen sprach und der breite sie offensichtlich anflirtete, mit seinen Blicken schon nahezu auszog, beobachtete ich alles von der Bar aus und passte auf, dass er sie nicht anfasste. Ich konnte zwar nichts von dem Gespräch hören, und da Fiona mit dem Rücken zu mir stand, sah ich ihr Gesicht nicht, aber sie hatte die Hände in die Taille gestemmt und die Schultern zurück-gerollt, was meist nichts Gutes verhieß. Nach einigen Momenten drehte sie sich um und kam zurück zu mir.

»Bisher war er ganz zahm. Hat mir nur Tausende Kom-plimente gemacht und mit mir geflirtet, also alles in bes-ter Ordnung, Chef.« Sie grinste mich an und widmete sich wieder ein paar Getränken.

»Okay, okay.«

Im Laufe der nächsten Stunde rief der Kerl Fiona er-staunlich oft zu sich, flirtete mit ihr und starrte ständig auf ihr Hinterteil, wenn sie sich von ihm entfernte.

»Er hat gerade gefragt, ob ich nach meiner Schicht zu ihm nach Hause kommen will«, sagte Fiona irgendwann und verzog angeekelt das Gesicht. »Nicht mal wenn ich hetero wäre, würde ich mit dem in die Kiste steigen.«

»Soll ich was zu ihm sagen?«

Sie schüttelte den Kopf. »Ich gebe ihm noch 'ne Chance, wenn ich ihm die nächste Runde bringe.«

Ich nickte und beobachtete den Kerl ganz genau, als sie rüber zum Tisch lief. Offensichtlich ließ er wieder einen unangebrachten Kommentar los, denn Fiona wirkte im nächsten Moment sichtlich verärgert. Sie zog kritisch die

Brauen zusammen, sodass sich eine steile Falte dazwischen bildete.

Langsam näherte ich mich dem Tisch, um im Notfall eingreifen zu können.

»Komm schon, du hast den ganzen Abend mit mir geflirtet. Was ist dabei, wenn du nachher noch mit zu mir kommst? Als ob du das nicht öfter machen würdest.«

Ich sah Fiona an, dass es in ihr brodelte und sie ihm am liebsten eine knallen wollte, doch sie riss sich am Riemen und blieb professionell. »Nein, danke. Und selbst wenn ich das öfter machen würde, gäbe es dir nicht das Recht, so was von mir zu erwarten, klar?«

Er lachte und legte den Kopf schief. »Ach, komm schon …« Dann griff er nach Fionas Hand.

Ich spannte den Kiefer an, während sie ihm die Hand wieder entzog. »Griffel bei dir behalten! Du gehst jetzt besser«, raunzte sie ihn an.

»Pff, du hast mir gar nichts zu sagen, du bist doch nur 'ne kleine Kellnerin.«

»Raus hier. Jetzt!« Fiona funkelte ihn an. Ich wollte lieber nicht in seiner Haut stecken.

Langsam erhob er sich, fixierte Fiona währenddessen und … räumte mit einer schnellen Bewegung die Gläser vom Tisch. Mit einem Rums landeten sie auf dem Boden und zerbrachen in etliche Scherben.

Okay, jetzt reicht's.

»Yo, Mann. Genug für heute. Dort vorne ist die Tür«, schaltete ich mich ein. Ich versuchte, bestimmt und dennoch nicht zu wütend zu klingen, was tatsächlich eine kleine Herausforderung war. Solche Deppen gingen mir hart auf die Nüsse.

»Pff«, gab er pikiert zurück. »War nur ein Versehen. Immer ruhig bleiben.«

»Wie gesagt, dort vorne ist der Ausgang. Verlass sofort unsere Bar!«

Fiona schnaubte und kreuzte die Arme vor der Brust. »Jetzt.«

»Das ist echt alles andere als kundenfreundlich. Aber hey, deine kleine Kellnerin kann es gerne wiedergutmachen«, erwiderte er schulterzuckend und zwinkerte Fiona zu, woraufhin ich mich nicht mehr zusammenreißen konnte.

»Okay, Mann, muss ich erst die Polizei rufen, oder schaffst du es auch alleine nach draußen?«

»Dein Ernst?« Er hob eine Braue und starrte mich abschätzig an, dann sah er zu Fiona und wieder zu mir.

»Jap.« Ich wies Richtung Tür.

Hoffentlich machte er keinen Stress. Darauf hatte ich überhaupt keinen Bock. Von allen Seiten huschten schon die Blicke zu uns.

Er schüttelte den Kopf, dann trat er einen Schritt auf mich zu. Wir waren ungefähr gleich groß. Er funkelte mich an. »Wow, was für ein Scheißladen ...«

Meine Miene war wie versteinert. »Sei froh, dass ich dir für dein beschissenes Verhalten kein Hausverbot erteile.«

»Ach?« Wieder kam er ein Stück näher, doch ich hielt mich zurück. Ich wollte mich nicht mit diesem Volltrottel schlagen, daher machte ich ein paar Schritte rückwärts und biss die Zähne aufeinander.

»Raus. Jetzt.«

Inzwischen waren die Gespräche um uns herum verstummt, und die Aufmerksamkeit sämtlicher Gäste lag auf uns. Die Flachpfeife sah sich grinsend zu allen Seiten um, dann schnappte er sich seine Jacke und nickte dem anderen Typen zu. »Lass uns gehen, die verstehen echt keinen Spaß hier.«

Ich blieb an Ort und Stelle stehen, achtete darauf, dass er zum Abschied nicht noch einen Tisch umwarf oder sonst eine dumme Aktion brachte, folgte ihm mit meinem Blick, bis er und sein Kumpel durch die Tür nach draußen getreten waren.

»Gott, so ein Wichser.« Fiona schüttelte den Kopf.

»Alles okay?«

Sie nickte. »Diese Kerle, die denken, sie können sich einfach nehmen, was sie wollen, regen mich so auf, das kannst du dir echt nicht im Ansatz vorstellen. Und dann fegt er noch die Gläser vom Tisch ... Ne, ne, ne.«

»Sorry, dass ein paar von uns echte Arschlöcher sind.«

Ein Schmunzeln zuckte über ihre Lippen. »Du kannst nichts dafür. Ich bin das schon gewohnt. Was meinst du, warum ich denen abgeschworen habe?«

»Natürlich nur deshalb.« Ich lachte auf und legte ihr einen Arm um die Schultern, dann liefen wir zurück zur Theke.

Sie grinste. »Na klar.«

KAPITEL 13

FRANKIE

Es war Zeit, den nächsten Punkt des Plans in die Tat umzusetzen. Tyler eifersüchtig machen. Oder ihm zumindest zeigen, dass auch andere Typen Interesse an mir hatten und er mal in die Pötte kommen sollte. Heute Abend stand mein Date mit Nick an. Nach Feierabend war ich kurz nach Hause gedüst, um mich vom Mehl in meinen Haaren zu befreien und mich ein bisschen frisch zu machen. Wir würden ins Golden Hour gehen, wo Ty uns zusammen sehen konnte. Hoffentlich ging mein Plan auf, am See hatte es ja mehr oder weniger funktioniert. Als wir letzte Woche im Autokino gewesen waren, hatte ich die fünf Punkte komplett vergessen, und daher war es höchste Eisenbahn, den Plan heute fortzuführen.

Um sieben hielt Nick mit seinem Auto vor meinem Haus, und ich sprang auf den Beifahrersitz. »Hey, danke fürs Abholen!«

»Gerne«, erwiderte er und grinste mich an. Seine Zähne waren so weiß, dass ich mich immer noch fragte, welche Zahnpasta er benutzte oder ob er eins dieser gefährlichen Bleaching-Mittel drauf pinselte. Egal, diese Frage hob ich mir für später auf, falls uns die Gesprächsthemen ausgingen. »Wo wollen wir hin? Du hast was von 'ner Bar gesagt?«

Ich nickte. »Das Golden Hour ist echt cool, fahr am besten dorthin.«

»Sicher? Da war ich schon mal, und der Besitzer ist echt ein Arsch.«

»Quatsch, die Jungs sind super. Ich mag's dort. Also, auf geht's, gib Gas.«

Ein Lachen streifte seine Mundwinkel, dann startete er den Motor und fuhr los. »Na schön. Dein Wunsch ist mir Befehl.«

Ich warf ihm einen Blick zu. Jap, er sah echt gut aus. Allerdings nervte er tierisch, und in manchen Momenten war ich versucht, ihm den Hals umzudrehen. Aber extreme Situationen erforderten extreme Maßnahmen. Und ein bisschen Vertrauen in meinen Plan hatte ich noch. Er schenkte mir die Motivation und Kraft, Methoden auszuprobieren, die ich zuvor nie in Betracht gezogen hatte.

Nur wenige Minuten später hielten wir auf dem Parkplatz und liefen auf den Eingang zu. Von drinnen schwebten leise RnB-Rhythmen herüber, und als wir eintraten, umspielte der Geruch von Zitrone, Alkohol und verschiedenen Parfüms meine Nase. Das Golden Hour war gut besucht, viele Tische waren bereits besetzt, und auch an der Bar herrschte reges Treiben. Abby hatte ordentlich was zu tun mit Mixen, während Dash und Ty gerade ein paar Bestellungen aufnahmen und Leute bedienten. Mein Herz schlug schneller, als ich ihn dort stehen sah. Die dunklen Wellen in der Stirn und unter dem geöffneten dunkelgrünen Hemd ein weißes Shirt. Ich hatte den Eindruck, dass er echt alles tragen konnte, aber vielleicht lag das auch daran, dass meine Objektivität zu wünschen übrig ließ.

Sein Blick huschte zu uns, dann weiteten sich seine Augen.

Ich hob die Hand und winkte ihm grinsend, während Nick mir die Hand auf den unteren Rücken legte. Hoffentlich wanderte sie nicht weiter nach unten, denn dann würden seine Cojones wohl oder übel dran glauben müssen.

Im nächsten Moment kam Ty im Stechschritt auf uns zu, die Hände zu Fäusten geballt. Er wirkte alles andere als begeistert, aber ich hatte nicht die geringste Ahnung, was los war.

»Hey Ty! Ich …« Mehr schaffte ich nicht zu sagen.

»He! Was machst du schon wieder hier?« Ty kam direkt vor uns zum Stehen und baute sich vor Nick auf.

Was war denn jetzt los?

»Yo, Mann. Ich bin mit meinem Date hier. Ist doch keine Straftat, oder hab ich Hausverbot?« Nick grinste ihn frech an, woraufhin Ty mich ansah, dann wieder zu ihm schaute und sich letztlich mir zuwandte.

»Du hast ein Date mit dem Kerl?«

»Jap.« Ich zuckte gekonnt lässig mit den Schultern. »Das ist Nick, der Neffe von Mathieu. Aus der Bäckerei, du weißt schon.«

»Ich hol uns schon mal was zu trinken, Frankie. Kommst du?« Nicks Mundwinkel wanderten nach oben.

Ich wollte gerade Anstalten machen, ihm zu folgen, als Tyler mich aufhielt. »Franks? Warte doch mal kurz.« Er kratzte sich am Hinterkopf, schaute dann zu Nick und wieder zu mir.

»Ähm, okay?« Schulterzuckend blieb ich stehen. »Du kannst ja schon mal vorgehen, Nick. Ich komme gleich.«

»Alles klar. Aber lass mich nicht zu lange warten.«

Als Nick sich an den Tresen verzogen hatte, starrte Ty mich verwirrt an. »Das ist nicht dein Ernst, oder? Halt dich bloß von dem fern. Diese Pfeife hat doch nicht wirklich Interesse an dir, Franks.«

Kälte flutete meinen Körper, und ich spürte, wie sich eine kleine Spitze in mein Herz bohrte. »Ähm ... woher willst du das wissen? Kennst du ihn etwa? Er ist echt in Ordnung«, erwiderte ich und fixierte ihn. »Wieso sollte er kein Interesse an mir haben? Kann es nicht sein, dass es da eventuell 'nen Typen gibt, der auf mich steht?« Es schmerzte, die Worte auszusprechen, aber Tys Aussage hatte noch mehr wehgetan.

»Doch, äh, klar, also, nein, das wollte ich nicht damit sagen. Ich ... Ich hab das nicht so gemeint«, stotterte er herum, und der Ausdruck auf seinem Gesicht wurde wieder weicher. »Aber ...«

»Ach, lass gut sein.« Ich machte eine wegwerfende Handbewegung und lief an Ty vorbei zu Nick, der sich gerade einer Sitzmöglichkeit am Rand der Tanzfläche näherte. Ich biss meine Kiefer aufeinander und versuchte, den Kloß in meiner Kehle hinunterzuschlucken. Irgendwie hatte ich mir das anders vorgestellt. Irgendwie war das ein ganz schöner Dämpfer gewesen. Und irgendwie wollte ich mich jetzt in meinem Bett verkriechen. Allerdings war da ein kleiner Teil in mir, der mich ermutigte, genau das nicht zu tun, sondern einen netten Abend mit meinem Kollegen zu verbringen. Jetzt erst recht.

Ich straffte die Schultern und schob die fiesen Gedanken an Tys Worte beiseite, konzentrierte mich auf Nick und die Drinks vor uns. Vor ihm stand ein Bier, für mich hatte er einen orangenen Cocktail bestellt.

»Was für einer ist das denn?«, fragte ich neugierig und zog das Glas zu mir.

»Tropical Sunset. Und ich trink ein Bier, das geht immer. Schließlich muss ich dich später noch nach Hause fahren.« Er zwinkerte mir zu.

Ich nahm einen Schluck. Der Geschmack von Passionsfrucht und Orangensaft war einfach nur himmlisch.

»Erzähl mal ein bisschen von dir, Frankie. Wie lange arbeitest du schon bei meinem Onkel?«

Mein Blick wanderte kurz durch den Raum und blieb an Ty hängen. Er stand hinter dem Tresen und fixierte uns, während er ein Glas abtrocknete; dabei wirkte er etwas angespannt. Seltsam. Vielleicht klappte der Plan ja doch?

Ich sah wieder zu Nick. »So ungefähr eineinhalb Jahre. Eigentlich hab ich den Job damals nur angenommen, weil ich nicht so richtig wusste, was nach der Highschool kommen soll, aber inzwischen macht er mir richtig Spaß. Wobei es mir mehr gefällt, zu backen und mich an neuen Kreationen auszuprobieren, als vorne im Laden zu stehen. Manchmal, da ... Oh, ich rede wieder viel zu viel, sorry.« Ich lachte auf und nahm noch einen Schluck.

»Entschuldige dich nicht dafür. Ich höre dir gern zu.« Er begann zu schmunzeln. »Du machst den Job auch echt gut. Hat dir das schon mal jemand gesagt?«

Ich musste ebenfalls schmunzeln. »Danke. Ja, es läuft ganz gut, würde ich sagen. Ich gebe mein Bestes. Auch wenn es da jemanden gibt, der ganz schön viel durcheinanderbringt.«

»Du redest doch nicht etwa von mir?«

»Würde ich niemals wagen.« Ich zwinkerte ihm zu. Irgendwie musste ich ja ein wenig mit ihm flirten, um Ty eifersüchtig zu machen.

»Aber ich strenge mich an, seitdem du ein Machtwort gesprochen hast. Ich hoffe, das hast du zur Kenntnis genommen.«

Ich lachte. »Da geht noch ein bisschen mehr, Nick. Ich kann gerne noch mal ein Machtwort sprechen.«

»Nur zu. Du bist echt heiß, wenn du das tust.«

Eigentlich wollte ich lachen, weil das alles so absurd war, aber ich riss mich zusammen und entschied mich stattdessen für ein kokettes Lächeln. »Ist notiert. Freu dich schon mal drauf.«

»Tu ich definitiv. Und was machst du, wenn du nicht in der Bäckerei stehst? Wofür interessiert sich Frankie Davis?« Er lehnte sich zurück und ließ den Blick über mein Gesicht und meinen Oberkörper gleiten.

»Ich schaue super gern Marvel- und Weihnachtsfilme. Und manchmal schnapp ich mir mein Skateboard und drehe ein paar Runden, wobei ich das nicht so wirklich draufhabe, aber hey – ich probier's trotzdem immer wieder.« Ich lachte. »Ich lese gerne, vor allem Liebesromane und Fantasy. Und Serien schaue ich auch dauernd. Zu Tatum sage ich immer, dass ich mich im Zweifel bei Netflix bewerbe, um Serientesterin zu werden, falls Mathieu mich mal rauskickt.«

»Interessant. Das mit den Serien würde bei mir sicher auch funktionieren.« Er legte den Kopf schief und schmunzelte. »Was schaust du denn am liebsten?«

»Hmm … *The Office* und *Friends*. Und *How I Met Your Mother*. Aber … was gibt's denn über dich zu wissen?«

Nick fing an, mir irgendwas von einem Studium zu erzählen, das er gerade anpeilte, doch mit jedem weiteren Wort drifteten meine Gedanken wieder zu Ty ab. Und nicht nur meine Gedanken, sondern auch meine Aufmerksamkeit. Ich schaute rüber zur Bar, wo er immer noch am selben Platz stand und anscheinend auch dasselbe Glas abtrocknete. Als ob er sich in den letzten Minuten nicht bewegt hätte, den Blick immer noch auf uns gerichtet. Da seine Ärmel etwas hochgekrempelt waren, nahm ich wahr, wie sich seine Unterarme leicht anspannten. Er hatte die dichten Brauen zusammengezogen und einen grummeligen Ausdruck auf dem Gesicht.

Als sich unsere Blicke begegneten, zuckten Blitze durch meinen Körper. Meine Lippen öffneten sich leicht, und ich meinte, eine Veränderung auf seiner Miene auszumachen. Er schüttelte leicht den Kopf, um mir irgendwas zu signalisieren. Vielleicht war da doch ein wenig Eifersucht im Spiel. Vielleicht bildete ich es mir aber auch nur ein. Ich hatte keinen Plan, was ihm durch den Kopf ging. Wenn er nicht glaubte, dass Nick Interesse an mir haben könnte, hatte er sich heftig geschnitten. Und genau das wollte ich ihm zeigen.

Ich lehnte mich ein Stück nach vorne und lächelte Nick freundlich an. »Klingt toll«, versuchte ich wieder an unser Gespräch anzuknüpfen, auch wenn ich keine Ahnung hatte, was er mir gerade erzählt hatte.

Ein Grinsen flackerte über sein Gesicht. »Total. Ich bin froh, dass mich mein Onkel gefragt hat, ob ich in der Bäckerei anfange, so konnte ich dich kennenlernen.« Jetzt beugte er sich auch ein Stück vor, sodass wir uns noch näher waren. Vielleicht weniger als ein halber Meter zwischen uns keimte ein leichtes Unbehagen in mir auf, aber ich verdrängte es schnell wieder. Ich hatte eine Mission.

»Nett von dir«, entgegnete ich und lächelte.

Aus dem Augenwinkel sah ich, wie Ty immer noch dieses verdammte Glas polierte und uns anstarrte.

»Tja, so bin ich eben.« Nick hob die Hand und griff nach einer meiner Haarsträhnen, zwirbelte sie um seinen Finger und sah mir tief in die Augen.

Oh Gott, das fühlte sich mehr als seltsam an. So seltsam, dass ich kurz davorstand, einen Lachanfall zu bekommen, doch ich zügelte mich mit Mühe und Not und starkem Durchhaltevermögen.

»So, ich räume mal eure Getränke ab.«

Ich zuckte zusammen, als Ty sich plötzlich zwischen uns schob und nach meinem Glas griff. Rasch richtete ich mich auf, brachte Abstand zwischen uns, und Nick ließ meine Haarsträhne los.

Vollkommen verwirrt sah ich zu Ty, dann auf mein Glas in seiner Hand. »Hey, das ist noch gar nicht leer.«

»Oh, mein Versehen«, brummte er und stellte es wieder ab. »Braucht ihr noch was?«

Nick grinste Ty überheblich ins Gesicht. »Für mich gerne ein Bier. Und du, Frankie? Der Abend ist noch jung. Vielleicht einen Long Island Ice Tea?«

Ich zögerte, sah zu Ty, dessen Miene wie versteinert war, dann zu Nick.

Tys Kiefer mahlte. »Der ist ziemlich stark ...«, murmelte er an mich gewandt, und als sich unsere Blicke begegneten, musste ich schlucken. Sein Ausdruck wurde weicher, und einer seiner Mundwinkel zuckte für den Bruchteil einer Sekunde nach oben, nur um im Anschluss wieder Härte zu weichen.

»Keine Sorge, Mann, ich kümmere mich schon um sie. Natürlich bring ich sie später nach Hause ... oder dorthin, wo auch immer sie hin möchte.« Ein Grinsen flackerte über Nicks Gesicht, woraufhin Ty die Zähne aufeinanderbiss.

»*Falls* Frankie das will ...«

Ich stöhnte auf, weil mir diese testosterongeladene Gesellschaft kräftig auf die Eierstöcke ging. »Wir überlegen noch mal, was wir trinken wollen. Ja?«

Ty nickte. »Klar, Franks.« Dann funkelte er Nick ein letztes Mal an und verdünnisierte sich.

Als er außer Hörweite war, wandte ich mich Nick zu. »Was hat er für ein Problem mit dir?«

»Puh, wenn ich das wüsste ... Ich war vor ein paar Tagen schon mal da, und da war er auch echt unhöflich zu mir, vermutlich weil ich ... mich über einen der Drinks beschwert habe. Keine Ahnung. Willst du jetzt noch was trinken? Long Island Ice Tea?«

Das alles kam mir superseltsam vor. Allerdings wollte ich nicht wie ein kleines Kind zu Ty rennen und ihn fragen, was mit ihm los war. Vielleicht war er ja tatsächlich eifersüchtig. In dem Fall hatte ich mein Ziel erreicht.

»Auf Alkohol verzichte ich lieber«, sagte ich und überlegte.

»Wir könnten auch gehen, wenn du dich unwohl

fühlst.« Ein Lächeln umspielte Nicks Züge. »Woanders hinfahren. Oder ich bringe dich nach Hause.«

»Ja, nach Hause. Ist vielleicht besser so.«

Das war es wohl wirklich. Falls Ty tatsächlich eifersüchtig war, würde er sich möglicherweise den Kopf darüber zerbrechen, was wir alleine taten. Vielleicht merkte er ja dann endlich, dass er Gefühle für mich hatte. Außerdem war es nicht besonders angenehm, den ganzen Abend mit Blicken durchbohrt zu werden. Selbst wenn es die von Ty waren. Ich wollte nicht, dass daraus ein Streit entstand.

»Dann, auf geht's. Du kannst dir ja schon mal die Jacke anziehen, ich geh schnell rüber und zahle.«

»Danke!« Ich nickte und machte Anstalten aufzustehen und mir die Jeansjacke überzuziehen.

Während Nick das mit der Rechnung übernahm, schlenderte ich langsam rüber zur Tür, blieb dort stehen und wartete auf ihn. Ty sollte ruhig denken, dass unter Umständen etwas zwischen uns laufen könnte. Außerdem wollte ich nicht noch eine unangenehme Situation mit Ty provozieren und mich nach wie vor mit Nick gut stellen, immerhin arbeitete er mit mir und war der Neffe meines Chefs. Da wollte ich höflich bleiben. Zumindest so weit ich es vertreten konnte.

Nick kam zu mir. »Alles klar, wir können gehen.«

Als er mir einen Arm um die Schultern legte, warf ich noch mal einen kurzen Blick zu Ty. Auf seinem Gesicht breitete sich Sorge gemischt mit Verständnislosigkeit aus. Um ihn zu beruhigen, lächelte ich ihm noch mal leicht zu, dann verließen wir die Bar.

Nur wenige Augenblicke später fuhren wir eine Seitenstraße entlang in Richtung Stadtmitte. Die Dämmerung verflüchtigte sich gerade und machte Platz für Dunkelheit. Unwillkürlich wanderte meine Hand an den Anhänger meiner Kette und spielte daran herum. Solange ich im Auto saß und das Licht brannte, war es okay. Ich schaffte das.

»Danke, dass du mich nach Hause fährst.«

»Klar, kein Ding. Für dich doch immer. Hübsche Kette.« Er lächelte mich kurz an, und ich lächelte zurück.

»Danke.«

»Du wohnst schon ziemlich lange hier, oder?«

»Jap. Schon mein ganzes Leben«, erwiderte ich leise.

Zu viel, was in all den Jahren passiert war. Zu viel, was ich vergessen wollte. Und zu viel, was ich niemals vergessen könnte. Ich atmete tief ein und aus. Mir ging es gut. Alles war in bester Ordnung. Die Dunkelheit bekam heute keine Chance, mich zu überfallen.

Wir fuhren ein paar Minuten, doch als wir an der Kreuzung ankamen, an der er eigentlich geradeaus weiterfahren musste, um zu meinem Haus zu kommen, bog er links ab.

»Was ... Was machst du?«

»Ich will dir meinen Lieblingsspot zeigen. Superschön dort.«

Rasch näherten wir uns über einen kleinen Schleichweg den Wäldern am Stadtrand. Mein Puls schoss mit jeder Sekunde in ungeahnte Höhen. Was hatte er vor?

Verwirrt blickte ich ihn an. »Wo fahren wir hin, Nick? Ich hab gesagt, ich will nach Hause.« Meine Stimme hatte einen ernsteren Unterton angenommen, während Hitze in mir aufstieg.

»Aber es ist doch noch nicht mal halb zehn. Ich dachte, wir könnten noch ein bisschen Spaß haben.« Er grinste mich an, und mit einem Schlag überrollte mich eine Welle der Angst.

»Spinnst du? Nein!«

»Was soll das denn heißen? Du hast mit mir geflirtet. Komm schon, ist gut fürs Betriebsklima, und außerdem ist doch nichts dabei, ein bisschen Druck und Stress abzubauen.«

Wir steuerten weiter den Wald an, fuhren über die kleine Brücke zu den abgelegenen Spazierwegen. Mein Puls raste. Ich musste hier raus. Tyler hatte recht gehabt. Ich … Das … Ich musste hier raus, das war alles, was zählte.

»Ich will aber nicht. Lass mich raus!« Und als er nicht auf mich hörte, brüllte ich ihn an: »Sofort! Ich kann auch gerne die Polizei anrufen. Die Leute in der Bar haben außerdem gesehen, dass wir abgehauen sind. Die kennen deinen Namen.«

»Frankie, komm schon. Jetzt bleib mal locker und stell dich nicht so an.«

»Dein Ernst? Lass mich verdammt noch mal sofort aussteigen!«

Er stöhnte genervt auf, dann verlangsamte sich der Wagen, und er fuhr rechts ran. »Du bist echt 'ne Langweilerin.«

»Ist mir scheißegal, was du von mir hältst.« Schnell stieß ich die Tür auf und sprang aus dem Auto.

Im nächsten Moment war er schon davongebraust und zeigte mir im Rückspiegel den Mittelfinger.

Wow. So ein gottverdammter Arsch! Wie konnte man nur so scheiße sein?

Wut stieg in mir auf. Grenzenlose Wut. Ich kochte innerlich. Bis ich nach ein paar Wimpernschlägen realisierte, wo ich mich gerade befand.

Dunkelheit. Wald.

Alles um mich herum war ... dunkel. Düster. So düster, dass mir das Blut durch den Körper schoss wie Lava in einem Vulkan. Ich begann zu zittern.

Scheiße, scheiße, scheiße ...

»Okay, ganz ruhig, ganz ruhig«, versuchte ich mir gut zuzureden.

Dunkelheit umschloss mich von allen Seiten, ich konnte nicht vor ihr fliehen. Bebend ließ ich mich auf den Boden sinken und zog die Knie an den Körper. Hätte ich noch eine Sekunde länger gestanden, wären sie mir vermutlich weggeklappt. Ich versuchte, langsam durchzuatmen. Ganz langsam. Doch ich schaffte es nicht. Ein Brennen, das hinter meine Lider trat, und ein Seil, das sich um meinen Hals legte und sich zuzog. Immer fester. Und enger.

Hektisch kramte ich schließlich nach meinem Smartphone. Es fiel mir vor lauter Aufregung fast aus den Händen. Kälte und Hitze durchströmten mich gleichermaßen. Wechselten sich ab und raubten mir den Atem. Die Luft wurde dünner. Ein Schluchzen entfuhr mir.

»Alles ist gut. Du bist im Wald, in keinem Raum. Wald. Luft. Alles ist gut.«

Das Display verschwamm vor meinen Augen, doch ich schaffte es, Tatums Namen anzutippen.

Sobald ich mir den Hörer ans Ohr hielt, ertönte ihre Mailbox-Ansage.

»Verdammter Mist!«

Mein Daumen schwebte über dem Display, und auch wenn ich ein mulmiges Gefühl hatte, wusste ich genau, wen ich jetzt anrufen musste. Auf wen ich zählen konnte. Wer mir hoffentlich helfen konnte, bevor die Dunkelheit die Überhand gewann.

KAPITEL 14

TYLER

»Frankie?«

»Ty, ich ... Sorry, aber Nick hat mich hier ... Und Tatum ist nicht ... Kannst du ... Kannst du mich abholen?«

Mein Puls schoss in die Höhe. »Wo bist du?«

»Ähm ... Waldrand kurz nach ... nach der Brücke. Da irgendwo«, flüsterte sie mit zitternder Stimme.

Scheiße.

»Bin kurz weg«, rief ich Abby zu, dann griff ich nach meinem Schlüsselbund und meiner Jacke, während ich Frankie noch am Hörer hatte. »Ich bin sofort da. Ist er noch bei dir?«

»Bin alleine. Und ... ähm ... kannst du dich beeilen? Bitte?«

So ein Volltrottel. Ich war mir nicht sicher, was ich schlimmer gefunden hätte – wenn er noch bei ihr gewesen wäre oder dass er sie allein gelassen hatte.

»Ich fahr gerade los«, sagte ich und versuchte, ruhig zu klingen, obwohl ich innerlich auf hundertachtzig war.

Es würde nicht helfen, mich jetzt aufzuregen, ich durfte Frankie nicht noch mehr in Aufruhr versetzen.

»Okay, okay, okay, gut, ähm danke.« Auch wenn sie gegen ihre Angst ankämpfte, merkte ich, dass diese ihre Stimme in Beschlag nahm.

Ich startete den Motor, befestigte mein Handy an der Halterung, und nur wenige Sekunden später düste ich die Straße entlang in Richtung Stadtrand. »Soll ich am Telefon bleiben, bis ich bei dir bin?«

»Ja, bitte …«

Ich atmete zwischen zusammengepressten Zähnen aus und versuchte, meine Anspannung loszuwerden.

Vergeblich.

»Versuch, ganz ruhig zu bleiben, Franks, okay? Was siehst du?«

»Ähm …« Sie schniefte. »Ich … Bäume.«

»Was noch?«

»Diesen … Diesen alten Holzzaun und eine Wiese.«

»Was noch?«

»Ty, ich …«

Sie durfte sich nicht der Dunkelheit hingeben. Das durfte sie einfach nicht.

»Du schaffst das, Franks. Ich bin gleich da, gib mir fünf Minuten.« Ich drückte stärker auf das Gaspedal. »Vielleicht schaff ich's auch in vier.«

Durch den Lautsprecher hörte ich sie leise murmeln. »Ich bin nicht im Haus. Ich bin an der Luft. Draußen. Nicht drin. Keine Wände. Kein Dach.«

»Hey«, sagte ich plötzlich. »Erinnerst du dich ans Autokino?«

»Mhm.«

»Denk dran: Abermillionen Sterne über dir, die nur für dich leuchten. Sag es dir die ganze Zeit und glaub daran. Schau in den Himmel, wo überall kleine Lampen für dich hängen, okay?«

Sie räusperte sich. »Abermillionen Sterne. Überall kleine Lampen. Abermillionen Sterne. Überall kleine Lampen. Abermillionen Sterne. Überall kleine Lampen.« Leise wiederholte sie die Worte wie ein Mantra, ohne eine Sekunde innezuhalten. So lange, bis ich sie am Wegrand stehen sah und ranfuhr. Rasch schaltete ich die Lampe im Inneren des Wagens an, als sie auf mich zurannte, sich im Bruchteil einer Sekunde auf den Beifahrersitz fallen ließ und die Tür zuzog.

Ihre Atmung ging unregelmäßig. Die Augen vor Panik geweitet und gerötet, tastete sie mit der Hand nach ihrer Kette und krallte sich daran fest. Auf ihrer Wange konnte ich Tränenspuren erkennen.

»Shit, Frankie …« Ich löste meinen Gurt und rückte ein Stück zu ihr, um sie in den Arm zu nehmen. Sie war eiskalt. Erst versteifte sie sich, dann hörte ich, wie sie leise seufzte und die Arme um meinen Oberkörper schlang, sich regelrecht an mich klammerte. Ich drückte sie noch fester. »Alles ist gut, ich bin da. Dir kann nichts passieren, okay?«

Ich spürte, wie sie nickte. Nach einigen Momenten ließ sie mich los und wandte den Blick ab. »Danke«, wisperte sie, und ihre Stimme brach.

»Ist doch klar.« Mit einem flauen Gefühl in der Magengegend startete ich den Motor und fuhr los. Anders als vorhin hielt ich mich dieses Mal an die Geschwindigkeitsbegrenzungen, während ich Frankies Zuhause ansteuerte.

»Tut mir leid, wenn das jetzt doof war. Du hast gearbeitet und … Aber ich konnte Tatum nicht erreichen und … und …«

»Das war nicht doof, Frankie. Wenn du mich brauchst, bin ich für dich da. Das weißt du doch.«

Sie nickte. »Ja, aber in der Bar vorhin war es so komisch zwischen uns, deswegen wusste ich nicht, ob ich dich anrufen kann.«

»Du kannst mich immer anrufen. Immer. Okay?«

»Na schön.«

Wir fuhren die Hauptstraße entlang. Das Licht der Laternen gesellte sich zu dem im Innenraum und half Frankie, sich ein wenig zu entspannen.

»Ich fahr dich nach Hause, oder?«

»Gerne«, entgegnete sie und spielte wieder am Anhänger ihrer Kette herum.

»Erzählst du mir, was passiert ist, oder willst du nicht darüber reden?« Besorgt warf ich ihr einen Blick zu, den sie mit einem gespielten Lächeln erwiderte.

»Nick hätte mich nach Hause bringen sollen. Stattdessen dachte er, dass wir in seinem Wagen irgendwo im Wald noch 'ne Nummer schieben würden.«

»Was?! Hat er …«

»Nein, nein. Der hat mich nicht angerührt, nur versucht, mich zu überreden … Aber trotzdem war's kacke.«

»Ey, wenn der noch mal bei uns auftauchen will, sollte er sich warm anziehen.«

»Schon gut«, sagte sie und legte ihre Hand auf meinen Arm.

Bei ihrer Berührung wurde mir sofort warm, und ich warf einen kurzen Blick zu ihrer Hand. Ich biss die Kiefer aufeinander, dann sah ich wieder nach vorne auf die Straße.

Freunde, Tyler. Ihr seid Freunde. Das kannst du Lauren nicht antun. Außerdem hast du Frankie nicht verdient, nach allem, was du getan hast.

»Es war uncool, aber wir arbeiten zusammen. Ich hab ihm klargemacht, dass ich das nicht will, er hat es nicht so gut aufgenommen, und jetzt muss ich schauen, wie das mit ihm in der Bäckerei weitergehen soll. Keine Ahnung.«

Für mich war die Sache glasklar. »Schmeiß ihn raus.«

Sie schnaubte. »Mal sehen. Er ist immerhin der Neffe von Mathieu. Ich ... Das ist ein Problem für die Zukunfts-Frankie. Nicht die gegenwärtige, okay?«

»Der ist doch 'ne Pfeife. Ich wusste von Anfang an, dass der Kerl Ärger bedeutet. Vorgestern hat er Fiona dumm angemacht. Der hat keinen Respekt, unfassbar.«

»Echt?« Ihre Brauen huschten nach oben. »Fiona auch?«

»Jap. Der hat nur eins im Sinn.« Ich presste die Lippen aufeinander, wollte mir nicht vorstellen, was er gerne mit Frankie in seinem Auto getan hätte.

Beim Gedanken an die beiden zog sich etwas in mir schmerzhaft zusammen. Es war komisch gewesen, sie an diesem Tisch sitzen und lachen zu sehen. Normalerweise freute ich mich für Frankie, wenn sie glücklich war, aber erstens war der Typ nach der Aktion mit Fiona für mich ein rotes Tuch, und zweitens hatte ich mir in dem Moment gewünscht, derjenige zu sein, der sie zum Lachen brachte.

Langsam näherten wir uns ihrem Haus. Ich fuhr rechts

ran und stellte den Motor ab. »Wieso hast du dich überhaupt mit dem getroffen?«

Sie zuckte mit den Schultern und trommelte mit den Fingern auf ihren Oberschenkeln herum. »Er hat mich nach einem Date gefragt, und da hab ich ja gesagt.«

»Du hast was Besseres verdient.«

Stille.

Dann sah ich zu ihr. Ihre Lippen waren leicht geöffnet, ihre Augen geweitet. »Er ist nicht der Richtige für dich. Du verdienst jemanden, der dich respektiert und weiß, was er an dir hat.«

Ihre Augen weiteten sich, Hoffnung schimmerte darin. Mir wurde warm. Auf unerklärliche Weise baute sich zwischen uns eine Spannung auf. Da lag etwas in der Luft. Ich wusste nicht, was es war – aber es war da. Zwischen ihr und mir.

Frankie. Meine beste Freundin seit etlichen Jahren. Doch immer mehr keimte in mir das Gefühl auf, dass da doch mehr zwischen uns sein könnte als nur Freundschaft. Wenn ich in ihre wunderschönen grünen Augen sah und daran dachte, dass sie mit einem anderen Kerl zusammen sein könnte, verursachte das ein Ziehen in meiner Brust. Und keins der guten Sorte. Es fühlte sich von Grund auf falsch an. Bildete ich mir das nur ein? Brachte mich vielleicht nur der heutige Abend dazu, so zu denken, und eigentlich war da gar nichts zwischen uns? Und wer wusste schon, ob sie auch so empfand? Wie empfand ich überhaupt? So viele Fragen, deren Antworten in weiter Ferne verblassten.

»Ich weiß, dass ich was Besseres als Nick verdiene«, flüsterte sie plötzlich. »Danach ist man immer schlauer.«

»Gut. Vergiss das nie, okay?

»Werde ich nicht.« Ihr Blick huschte zwischen meinen Augen hin und her, bis sie ihn nach einigen Sekunden abwandte und zu ihrem Haus sah.

»Soll ich mich wieder um das Licht kümmern? So wie beim letzten Mal?«

»Das wäre echt toll.« Erleichtert atmete sie aus und nickte.

»Klar, mach ich gerne.« Mein Mundwinkel zuckte nach oben, dann stieg ich rasch aus, lief um den Wagen und holte sie an der Beifahrertür ab.

Ihre Kiefer mahlten, und sie trat von einem Bein aufs andere. Verdammte Dunkelheit.

Unwillkürlich streckte ich ihr meine Hand hin. »Komm.«

Sie griff danach und lächelte, dann marschierten wir mit schnellen Schritten zur Haustür. Dieses Mal fiel es ihr ein wenig leichter aufzuschließen. Sie zitterte nicht so sehr wie vor ein paar Tagen. Und auch wenn ich es nicht sicher wusste, bildete ich mir ein, dass es an mir und vielleicht auch meinen Worten lag.

Als wir in den Flur traten und ich rasch den Lichtschalter an der Seite betätigte, atmete sie erleichtert aus und lehnte sich mit dem Rücken gegen die Tür.

»Danke, Ty. Wobei ich das mit dem Licht auch allein hinkriegen würde, denke ich. Ich muss das ja sonst auch immer mal wieder machen, wenn ich vergessen hab, es anzulassen … Wobei das jetzt gerade eben alles schon echt viel war und …«

»Frankie, ganz entspannt.« Ich musste schmunzeln, weil all die Worte aus hier herausgeströmt waren wie bei einem Wasserfall. »Ich mach das schnell. Ganz sicher würdest du es auch alleine hinkriegen, daran zweifle ich nicht. Aber wenn ich schon mal hier bin.« Ich zuckte lächelnd mit den Schultern. »Wieder Flur, Zimmer, Bad?«

Sie nickte. »Okay.«

Rasch sprintete ich die Treppe hinauf, vorbei an all den gerahmten Familienfotos an den Wänden. Ich wusste, dass das, auf dem sie mit ihrer Mom gerade Kekse backte und ihre Gesichter voller Mehl waren, ihr liebstes war. In manchen Momenten tat es wirklich weh, wenn ich daran dachte, dass sie ihre Mutter so früh verloren hatte. Ich betätigte alle Lichtschalter und steckte das Kabel ihrer Lichterkette über dem Bett in die Steckdose.

»Alles klar, erledigt.«

»Danke«, sagte sie und grinste, als ich vor ihr stehen blieb.

In mir stieg Wärme auf, weil ich froh darüber war, dass sie wieder ein Lächeln zeigte. Ich erwiderte es. »Geht's dir ein wenig besser?«

»Ja, auf jeden Fall. Ich mach mir jetzt noch einen entspannten Abend.«

»Gut! Hast du dir verdient. Brauchst du noch was?«

Sie zögerte. »Ähm … Willst du vielleicht ein bisschen bleiben? Also nur wenn du magst. Ich meine, mir geht's gut und alles, aber wir könnten ja noch abhängen, einen Film schauen oder so.«

Zu gerne wollte ich ja sagen. Zu gerne wollte ich noch länger bei ihr bleiben. Doch als mein Blick durchs Fenster nach draußen huschte, die Dunkelheit mich daran erinnerte, dass ich noch verabredet war, zog sich mein Herz zusammen. Lauren. Ich konnte nicht. Ein Teil von mir wollte unbedingt bleiben, während ein anderer das Bedürfnis hatte zu flüchten.

»Tut mir echt leid, aber ich kann heute leider nicht.«

»Oh, ja, klar, du hast noch zu tun. Kein ... Kein Problem.« Auf Frankies Lippen tauchte ein gespieltes Lächeln auf, und insgeheim tat es mir unfassbar leid, dass ich sie enttäuschen musste – und mich schließlich auch. Aber es ging nicht anders. Ich hatte sowieso schon ein schlechtes Gewissen Lauren gegenüber, weil wir uns so lange nicht mehr gesehen hatten.

»Wir holen das nach«, sagte ich und schloss sie noch mal in die Arme. Atmete ihren süßen Duft ein und spürte ihren Körper an meinem. Mein Herz pochte schneller.

Als sie sich von mir löste, lächelte sie noch mal. Ihre Wangen waren leicht gerötet. »Machen wir. Gute Nacht, Ty. Und danke für alles.« Sie drückte meine Hand.

Ich musste mich dazu zwingen, sie loszulassen.

»Gute Nacht. Ruf an, falls noch was ist, okay?«

Sie nickte.

Mit einem letzten Lächeln trat ich an Frankie vorbei nach draußen. Eine Sekunde später hörte ich, wie sie hinter mir die Tür schloss.

Dunkelheit. Nur ein paar Laternen, die hier und da das Schwarz durchbrachen.

Ich schwang mich in meinen Wagen und fuhr in Richtung Aussichtspunkt. Auf dem Weg dorthin wechselten sich Leichtigkeit und Schwere in mir ab. Meine Schicht in der Bar war sowieso vorbei, also schrieb ich Dash kurz eine Nachricht, dass ich auf dem Weg zu Lauren war und es nicht mehr schaffte vorbeizuschauen.

Als ich am Aussichtspunkt ankam, parkte ich mein Auto und lief zum Felsen, auf dem sie bereits saß und nach oben in die Weite des Himmels blickte. Ich ließ mich neben sie sinken und lächelte sie entschuldigend an. »Sorry, ich musste Frankie nach Hause bringen.«

»Ich hab ewig auf dich gewartet.« Vorwurf klang in ihrer Stimme mit, sie schaute mich nicht an.

»Ja, ich weiß. Ich war davor noch bei der Arbeit. Ich wusste nicht, dass es so lange dauert.«

»Super«, sagte sie mit sarkastischem Unterton. »Wir haben einen Deal, Ty.«

»Tut mir leid, wenn ich dich verletzt habe. Manchmal kommt das Leben dazwischen, das weißt du doch. Und … Ich hab sowieso schon ein schlechtes Gewissen, wegen der letzten Male, also hab ein bisschen Erbarmen mit mir, okay?« Ich grinste sie an, dann strich ich ihr über das dunkelblonde Haar.

Sie rollte mit den Augen, doch an ihren Mundwinkeln zupfte ein kleines Lächeln. Dann legte sie ihren Kopf an meine Schulter. »Hauptsache, wir sehen uns regelmäßig.«

»Oh, hey …« Ich richtete mich ein wenig auf, weil es sich nach dem Moment mit Frankie komisch anfühlte, Lauren so nahe zu sein. »Am Wochenende bin ich mit den anderen zum Zelten weg.«

»Was? Muss das sein?«

»Wir hatten das jetzt schon länger geplant, ja.«

»Kannst du nicht absagen? Dann können wir uns ja wieder nicht sehen.«

Schwere breitete sich auf meiner Brust aus. Schuld kroch mir den Nacken hinauf. Aber ich wollte dieses Wochenende mit meinen Freunden verbringen. Sie waren mir ebenso wichtig wie Lauren.

Ich schüttelte den Kopf. »Wir sehen uns danach wieder. Ich freu mich echt auf den Ausflug.« Rasch drückte ich ihre Hand und lächelte.

»Überleg es dir noch mal, ja? Bitte. Mir zuliebe. Deine Freunde siehst du doch jeden Tag.«

Ich seufzte. Weil ich aber nicht noch länger diskutieren wollte, sagte ich nur: »Von mir aus, ich denke drüber nach.«

»Das ist mein Tyler.« Grinsend legte sie ihren schmalen Arm um mich und ihren Kopf wieder an meine Schulter.

Ich hatte angenommen, dass es sich gut anfühlen würde, hier mit Lauren zu sitzen, doch alles, woran ich in diesem Moment denken konnte, war Frankie. Ob es ihr wieder besser ging und daran, dass ich jetzt gerne bei ihr sein wollte. An diesen Moment im Auto. Diese Spannung zwischen uns. Wieder fragte ich mich, ob ich es mir nur eingebildet hatte. Ob es wirklich real war.

Und dann. Lauren. Ich schuldete ihr so viel. *Alles.* Und ich hatte ihr ein Versprechen gegeben, das ich geschworen hatte niemals zu brechen. Sollte ich das, was ich glaubte für Frankie zu empfinden, lieber verdrängen?

Die ganze Zeit musste ich an sie denken. An das rothaarige Mädchen mit den grünen Augen, mit dem ich lieber den Abend verbracht hätte. Dessen Kopf ich lieber an meiner Schulter spüren wollte.

KAPITEL 15

FRANKIE

Nach einer mehr oder weniger entspannten Nacht – ich hatte kaum Albträume gehabt – und dem Vormittag in der Bäckerei, wo ich Nick tunlichst aus dem Weg gegangen war, schaute ich in der Mittagspause zu Hause vorbei. Mein Dad war für ein paar Tage in der Stadt, und ich freute mich darauf, ihn zu sehen.

Bevor ich reinlief, checkte ich wie jeden Tag rasch unseren Briefkasten. Meist waren darin nur Rechnungen oder Werbung zu finden. Ich öffnete ihn und griff nach dem kleinen Stapel, sah alles durch. Rechnung, Rechnung und … eine Postkarte aus Italien. Der Schiefe Turm von Pisa war darauf abgebildet und eine Pizza mit Armen, Beinen und einem grinsenden Gesicht. Eiseskälte flutete mich, weil ich genau wusste, wer sie geschickt hatte.

Lieber Donald, liebe Francine!
Wir sind in Pisa angekommen. Das Wetter ist toll, das
Essen noch besser. Wir genießen die Zeit hier sehr und

melden uns wieder, wenn wir in Spanien sind. Haltet die
Ohren steif!
Viele Grüße aus Italien nach Golden Oaks!
Angela und John

Ich atmete langsam und tief durch. Mein Herz schlug
mir bis zum Hals. Jedes Mal, wenn ich eine Postkarte
von ihnen im Briefkasten fand, überfiel mich eine Welle
des Horrors. Jedes Mal wollte ich vergessen, diese Menschen zu kennen. Sie ausradieren aus meinem Leben,
meinen Gedanken, meinen Erinnerungen.

»Francine, du verzogenes Ding, komm sofort her! Heul nicht
rum!«

Ein Schluchzen entfuhr mir. Und noch eins. Ich konnte nichts
tun. Gar nichts. Niemand half mir. Niemand würde mir jemals
helfen.

Wo soll ich nur hin? Was soll ich tun?

Alles in mir zog sich zusammen, Hitze und Kälte ließen meine
Glieder erstarren. Taubheit überfiel mich, während Sturzbäche
aus meinen Augen rannen und ich das Gefühl hatte, mich auf-
zulösen.

Nein. Stopp. Hektisch blinzelnd, holte ich mich in die
Gegenwart zurück. Ich spürte, wie mir meine Erinne-
rungen aufs Neue die Luft zum Atmen rauben wollten.
Mit zitternden Händen schob ich die Karte zurück in den
Stapel mit Post und wischte eine Träne weg, die mir die
Wange hinuntergeflossen war.

Nein. Nicht jetzt. Dad ist hier. Ich kann keinen Zusammen-
bruch riskieren.

Ich steuerte die Haustür an, schloss auf. An der Gar-
derobe hing bereits die Jacke meines Dads, und der Ge-

ruch seines Rasierwassers lag in der Luft. Ich straffte die Schultern.

»Dad!« Grinsend ging ich auf ihn zu, als er aus der Küche trat.

»Schön, dich zu sehen«, sagte er und schloss mich in die Arme. »Geht's dir gut?«

Ich löste mich von ihm. »Klar. Wie immer. Und dir?«

»Jetzt sowieso.« Er lächelte, und dabei bildeten sich tiefe Falten rund um seine Augen. In seinen dunkelbraunen Haaren zeigten sich bereits etliche graue Strähnchen, doch es stand ihm. »Post? Was Interessantes?«, sagte er und wies mit dem Kinn auf den Stapel in meiner Hand.

»Ähm … nur Rechnungen und eine Postkarte von Tante Angela und Onkel John.« Ich versuchte, es ganz beiläufig klingen zu lassen, und streckte ihm die Briefe und die Karte hin. Immerhin hatte er keine Ahnung. Die hatte er nie gehabt, und das war auch besser so.

Er nahm mir den Stapel mit der Post ab und inspizierte die Karte. »Ach, schön, sie sind gerade in Italien. Tja, da wäre ich jetzt auch lieber als hier. Die haben gerade bestimmt die Zeit ihres Lebens.«

Lieber wäre er in Italien als bei mir. Wie immer interessiert er sich kein bisschen für mich. Schande über mein Haupt, dass ich je etwas anderes angenommen habe.

Und das, obwohl wir uns sowieso schon so selten sahen. Ich biss die Zähne aufeinander und verdrängte den Schmerz, der in mir aufstieg. Nach all den Wochen alleine hatte ich mich so auf ihn gefreut. Darauf, endlich Zeit mit ihm zu verbringen, doch ihm ging es scheinbar nicht so. Wahrscheinlich fieberte er bereits seiner Abreise entgegen. Um weg von mir zu kommen. Der Last aus seinem früheren Leben, bevor er sich dazu entschieden hatte, den Großteil des Jahres auf Reisen zu sein.

»Sicher schön dort«, murmelte ich und blinzelte die Tränen weg, die mir in die Augen traten.

»Absolut, absolut. Wenn ich so wie sie in der Lotterie gewinnen würde, würd ich's nicht anders machen, oder was meinst du? Schade, dass wir die beiden so selten sehen, jetzt, wo sie durchgängig auf Reisen sind.« Er lächelte mich warm an, und ich lächelte zurück, auch wenn alles in mir danach schrie, mich in meinem Bett verkriechen zu wollen. Erst die Karte, dann Dads Äußerungen. Das war zu viel für einen Tag.

»Jap.« Der Kloß in meiner Kehle vergrößerte sich von Sekunde zu Sekunde. »Ich muss mal kurz hoch in mein Zimmer, bin gleich wieder da.«

»Alles klar, dann quatschen wir ein bisschen. Ich sitz im Wohnzimmer.«

Ich nickte, lief an ihm vorbei und die Treppe hinauf in mein Zimmer. Meinen Rucksack ließ ich achtlos zu Boden sinken. Mein Herz galoppierte, und zugleich konnte ich meine Tränen nicht mehr zurückhalten. Eine Messerspitze bohrte sich in mein Herz. Wieso musste immer alles auf einmal kommen? Dann, wenn ich dachte, der Tag würde schön werden, weil ich Dad wiedersah, überlistete mich mein eigenes Leben und wischte mir eins aus. Durchkreuzte meine Pläne. Mal wieder.

Ich warf mich auf mein Bett und starrte an die Decke. Die Lichterkette über mir verwandelte sich in einen verschwommenen Haufen Licht, als sich meine Augen mit Tränen füllten. Ich schnappte nach Luft und versuchte, geregelt zu atmen. Ich hatte keine Angst, es war hell. Und doch waren da diese Erinnerungen und Gefühle und Gedanken, die mich heimsuchten und die ich schon wieder wegzuwischen versuchte, weil sie alles noch schlimmer machten. Heiß rannen kleine Tropfen Traurigkeit über meine Wangen, landeten im Kissen und verpufften, so als ob es sie nie gegeben hätte. Genau so, wie ich es mir mit meiner Vergangenheit wünschte. Mit meiner Tante und meinem Onkel. Mit all den Dingen, die mir seit Moms Tod widerfahren waren und an die ich mich dunkel und manchmal viel zu hell erinnerte.

Ich schniefte und wischte mir die Tränen vom Gesicht. Atmete tief durch und richtete mich wieder auf.

Nein. Nein. Nein!

Ich würde mich nicht unterkriegen lassen. Niemals. Ich hatte es bis hierhin geschafft und wollte diesen Gedanken nicht die Macht geben, Schmerz in mir auszulösen. Ich war Frankie Davis, und auch wenn mich diese Dinge zu dem Menschen gemacht hatten, der ich heute war, definierten sie mich nicht. Ich war immer noch *ich* … und mehr als das. Mehr als der Mist, der mir passiert war und den ich nicht ändern konnte. Den ich mir nicht ausgesucht hatte.

»Puh!« Ich sprang auf und schüttelte mich einmal durch, drehte meine Playlist auf, die ausschließlich mit Theme-Songs einiger meiner Lieblingsserien gespickt war, und tanzte durchs Zimmer, weil mir das in solchen Momenten half.

Mein Herz pochte immer noch wie wild, und die Hitze in meinen Wangen schien nicht verschwinden zu wollen. Rasch lief ich rüber ins Bad und spritzte mir kaltes Wasser ins Gesicht. Ich wollte nicht, dass Dad sah, wie mies es mir ging. Er würde mich nur fragen und meine Antwort in Wirklichkeit gar nicht hören wollen.

Egal. Egal. Egal.

Nachdem ich mich kurz gesammelt, die Schultern gestrafft hatte, lief ich wieder nach unten ins Wohnzimmer. Dad saß in seinem Lieblingssessel aus hellbraunem Leder und strich über sein Tablet. Die Lesebrille auf der Nase, wirkte er in das vertieft, was auch immer dort zu sehen war. Ich machte es mir auf dem Sofa rechts von ihm im Schneidersitz bequem und zog ein Kissen auf meinen Schoß.

»Wie lange bleibst du denn? Ein paar Tage meintest du, oder?«

Er nickte und blickte über den Rand des Tablets zu mir, legte es dann auf seinen Oberschenkeln ab. »Das Wochenende bin ich auf jeden Fall da. Mittwoch geht's dann wieder weiter. Tut mir leid, dass ich nicht so lang bleiben kann.«

»Nicht mal 'ne Woche also. Wohin geht's dann?«

»Ja, es ist so viel zu tun. Ein paar neue Unternehmen haben mich konsultiert, und die wollen wir natürlich nicht enttäuschen. Der nächste Halt ist Arizona.«

»Mhm«, brummte ich und setzte ein Lächeln auf. »Am Wochenende bin ich mit Tatum und den anderen zum Zelten weg. Wir können ja heute Abend zusammen essen oder so?«

»Ach, schade. Aber macht doch nichts. Wir sehen uns ja im Anschluss wieder.«

Ich nickte. »Jap. Und wie sieht's mit dem Essen aus? Ich könnte was kochen.«

»Gern! Wann hast du denn Feierabend?«

Ich schaute kurz auf die Uhr meines Handys. »Ich muss so in einer halben Stunde los und bin dann ungefähr gegen sechs wieder da.«

»Das schaffe ich sicher. Ich wollte noch bei Brian vorbeischauen, aber das sollte erledigt sein, bis du zu Hause bist.«

»Mhm, okay. Ich bin jedenfalls hier und ... koche was. Wahrscheinlich eins von Moms Rezepten.«

Er lächelte. »Klingt gut. Ich freu mich darauf!«

Natürlich sprach er nicht über sie. Das tat er nie. Mir war bewusst, dass nicht nur ich meine Mom, sondern er auch die Liebe seines Lebens verloren hatte. Dennoch – oder gerade deswegen – wünschte ich mir, ab und zu mit ihm über sie reden zu können. Ich hatte Angst, dass meine Erinnerungen mit den Jahren immer mehr verblassten, bis sie irgendwann nur noch vage Gedankenfetzen sein würden. Mit Tatum über sie zu sprechen war etwas anderes, immerhin hatte sie meine Mom nie getroffen. Und auch sonst hatte ich all meine Freunde erst nach ihrem Tod kennengelernt. Es war einfach nicht dasselbe, mit jemandem über sie zu reden, der ihr nie begegnet war. An manchen Tagen reichte es. Doch an anderen wurde mir dadurch nur noch bewusster, wie lange sie schon fort war und was sie alles verpasst hatte. Was sie noch alles verpassen würde. Und was hätte vermieden werden können, wenn sie all die Jahre an meiner Seite gewesen wäre.

KAPITEL 16

TYLER

»Wo ist denn … Ah, perfekt!« Ich atmete erleichtert aus, als ich nach einer ausgiebigen Suche endlich auf meinen Schlafsack stieß und ihn aus dem Regal ganz unten in meinem Kleiderschrank zog. Für den Zeltausflug mit den anderen brauchte ich den unbedingt, falls ich mir nicht aus ein paar Blättern und Zweigen ein Nest bauen wollte.

Ich legte ihn neben meinen Rucksack, der auf meinem Bett darauf wartete, von mir befüllt zu werden. Mir blieb noch gut eine Stunde, bis wir losfahren wollten, also konnte ich mir ein wenig Zeit lassen.

Ich freute mich auf das Wochenende mit meinen Freunden, und ich war gespannt, wie es wohl mit Frankie werden würde. Es hatte jetzt schon einige Momente gegeben, die mir gezeigt hatten, dass da womöglich mehr zwischen uns sein könnte als nur eine Freundschaft. Aber konnte ich das? Wollte sie das überhaupt? Und war das wirklich eine gute Idee? Mal ganz abgesehen von meinem schlechten Gewissen Lauren gegenüber und dem

Gefühl, sie im Stich zu lassen. Kurz hatte ich sogar überlegt, den Zelttrip abzusagen, so schlimm waren meine Schuldgefühle zwischenzeitlich gewesen. Ich war hin- und hergerissen. Ich wollte Lauren nicht enttäuschen, sie nicht verlieren. Dennoch konnte ich nicht leugnen, dass es sich mehr und mehr wie eine Verpflichtung anfühlte, mich mit ihr zu treffen.

Gott, wenn ich mir dieses Wort auf der Zunge zergehen ließ, ertränkte mich eine Welle des schlechten Gewissens, der Schuldgefühle. Schließlich war ich dafür verantwortlich, dass wir uns an diesem Punkt befanden.

Um mich abzulenken, schnappte ich mir schnell ein paar Shirts und verstaute sie im Rucksack. Vielleicht sollte ich auch einen Pulli mitnehmen, nachts würde es sicher kühl werden. Ich durchwühlte meinen Schrank nach meinem Lieblingshoodie und packte ihn ein.

Wieder kreisten meine Gedanken um Lauren.

Tief in meinem Inneren machte sich seit geraumer Zeit eine Schwere breit, wenn ich an unsere Treffen dachte. Daran, Lauren zu sehen, sie zu berühren, mich mit ihr zu unterhalten. Dann keimte in mir mehr und mehr das Gefühl auf, dass es nicht richtig war. Nicht mehr. Beim Gedanken an Frankie dagegen fühlte ich mich leicht. Zumindest bis mich meine Schuldgefühle wieder übermannten und ich daran denken musste, was ich Lauren antat. Angetan hatte.

Shit. Ich hatte keine Ahnung, was ich tun sollte.

Frustriert pfefferte ich meine Jogginghose in den Rucksack und stopfte noch ein paar Socken dazu. Dann holte ich mein Waschzeug aus dem Badezimmer.

»Ich wette, Dash oder Chase haben irgendwas vergessen«, kam es von Fiona, die auf dem Rücksitz saß und an einer Karotte knabberte.

»Auf jeeeden Fall. Ich tippe auf Chase. Der hat doch sogar schon mal den Geburtstag seines Dads vergessen. Sichere Sache.« Frankie kicherte. Ein Bein in den Schneidersitz gezogen, saß sie neben mir auf dem Beifahrersitz, die dunkle Sonnenbrille mit den kleinen runden Gläsern auf der Nase. Ihre roten Wellen umspielten das Strahlen auf ihrem zierlichen Gesicht. Mir kam es so vor, als ob es ihr heute wirklich gut ging und das kein bisschen gespielt war.

»Immer diese Vorurteile. Ich glaub's ja nicht.« Grinsend fuhr ich auf den Waldparkplatz, direkt neben Dash, der auch gerade sein Auto parkte. »Wir sind da. War nicht mal so schlimm wie vermutet, die Fahrt über eure Boyband-Musik zu ertragen.«

»Also bitte, noch einen Ton gegen One Direction, und ich schmuggle dir ein paar Ameisen ins Zelt. Du hast die doch früher selbst voll gerne gehört, weißt du das nicht mehr?«, entgegnete Frankie und funkelte mich gespielt an.

Ich hob verteidigend die Hände. »Ich hab nichts gesagt.«

Wir stiegen aus, setzten unsere Rucksäcke auf und holten die Zelte und das restliche Equipment von der Ladefläche. Fiona und Frankie waren mit mir gefahren, während Tatum und Chase bei Dash im Auto gesessen hatten. Der Parkplatz befand sich um die zehn Gehminuten von einer kleinen Waldlichtung entfernt, wo wir die letzten Jahre immer wieder unsere Zelte aufgespannt und ein entspanntes Wochenende verbracht hatten. Tatum und Frankie hatten sich meist gedrückt, doch dieses Jahr hatten sie auch unbedingt dabei sein wollen. Ich war mir ziemlich sicher, dass Frankie immer wegen der Dunkelheit abgesagt und Tatum ihr solidarisch beiseitegestanden hatte; umso stolzer war ich nun auf sie, dass sie es die nächsten beiden Nächte versuchte.

»So schade, dass Jenn nicht dabei sein kann«, sagte Tatum und reichte Fiona einen Schlafsack.

»Total. Aber die hat an der Uni gerade echt viel zu tun. Beim nächsten Mal vielleicht wieder.«

Ich klappte die Ladefläche zu und folgte den anderen in den Wald. Dash lief neben mir her; ich war jetzt schon gespannt, wie er sich in der Natur schlagen würde. »Dein erster Zeltausflug mit uns, Mann. Bist du ready?«

»Mehr oder weniger. Ich sammle dann die Stöcke fürs Feuer, den Rest macht ihr.« Er grinste.

»Ha! Ja, genau. Hättest du wohl gerne. Erst mal müssen wir die Zelte aufbauen, und aus Erfahrung würde ich fast sagen, dass das die größte Herausforderung des Wochenendes und außerdem deine und Tatums Beziehung auf die Probe stellen wird.«

»Das kann ja was werden.« Er fuhr sich durch die blonden Haare und stöhnte. »Na ja, wir machen das Beste daraus.«

Nur wenige Minuten später erreichten wir die Waldlichtung. Umgeben von Bäumen befand sich eine Wiese mit Feuerstelle. Darüber alles frei, mit perfektem Blick in den wolkenlosen Mittagshimmel. Der Geruch von Holz und Nadelbäumen lag in der Luft, während mich ein einzelner Sonnenstrahl in der Nase kitzelte. Ein Schmunzeln umspielte meine Mundwinkel, während ich tief die frische Luft ein- und wieder ausatmete.

»Oh, crap«, fluchte Frankie, als sie und Tatum die Anleitung für den Aufbau ihres Zelts durchsahen. »Vielleicht schlafe ich auch einfach am Feuer, ich brauche kein Zelt. Das wird überbewertet.«

»Sehe ich auch so«, stimmte Tatum ihr zu. »Wir können ja die Waschbären fragen, ob sie noch 'nen Platz für uns in ihrem Bunker haben.«

Chase legte den beiden jeweils einen Arm um die Schultern und grinste. »Nette Idee, Mädels, aber glaubt mir, in den Jahren, wo ihr nicht am Start wart, waren wir gottfroh, Zelte zu haben. Nachts, wenn es dunkel wird und ihr denkt, dass euch nichts passieren kann ... Da kommen die Bären aus ihrem Versteck gekrochen. Sie riechen unsere Essensreste, schleichen sich an und stürzen sich dann auf euch. Erst hörst du nur ein Knacken hinter dir oder ...«

»Chase, halt den Rand!«, wies Frankie ihn in seine Schranken. »Wehe, du erzählst noch mehr von deinen Gruselgeschichten. Ich schwöre dir, ich verkleide mich selbst als Bär und mach dich kalt.«

Ich prustete los. Mit Frankie sollte man sich wirklich nicht anlegen. Ich stellte mir vor, wie sie wohl in einem Bärenkostüm aussehen mochte. Süß. Definitiv ziemlich süß.

Es teilten sich immer zwei Leute ein Zelt. Fiona und Chase schliefen in einem, Dash und ich in einem anderen. Bei Tatum und Frankie war sofort klar gewesen, dass sie in eins gehen würden, was für Dash mehr als nachvollziehbar gewesen war. Immerhin war die Dunkelheit hier draußen Herausforderung genug für Frankie, da war es nur logisch, dass ihre beste Freundin sie unterstützte.

Wir machten uns an den Zeltaufbau – der Horror jedes Ausflugs. Ich war darin zwar schon mehr oder weniger geübt, jedoch hasste ich es trotzdem jedes Mal aufs Neue. Während Dash Tatum half (oder eher andersherum), packte ich beim Zelt der Mädels mit an.

»Da!«, sagte Frankie und streckte mir eine Stange hin, als ob sie sich absolut sicher wäre, dass ich wusste, was zu tun war.

»Da?«

»Jap. Du musst das irgendwie mit dem anderen Ding da zusammenschieben und ... Warte, oder kümmre dich lieber um die Seile, dann mach ich das.«

Ich schnaubte amüsiert. »Verstehe, ich sehe schon, du bist voll im Bilde.«

»Na klar«, sagte sie und lächelte. »Perfekt vorbereitet. Wir sind als Erste fertig, das schwöre ich dir.«

»Das ist kein Wettbewerb, Franks. Die Hauptsache ist, dass das Zelt am Ende steht.«

»Klar ist das ein Wettbewerb! Ich glaub, ich spinne. Wo ist dein Kampfgeist, Montgomery?«

Grinsend schnappte ich mir die Anleitung und studierte sie; dabei warf ich Dash und Tatum einen Blick zu, die alles andere als entspannt wirkten.

»Nichts da!«, kam es von Tatum, deren Haare bereits zu allen Seiten abstanden.

»Vergiss es, Tate ...«

»Ich vergesse *mich* gleich, wenn du dich weiter so anstellst, als ob du noch nie ein Zelt aufgebaut hättest.«

»Ich *hab* noch nie ein Zelt aufgebaut.« Gequält verzog

Dash das Gesicht und durchsuchte die Tasche, in der das Zelt gesteckt hatte. »Wo sind denn die Heringe?«

»Im Wasser.«

»Wow.«

»Wer so dumm fragt, bekommt dumme Antworten.«

Insgesamt brauchten wir sicher zwei Stunden, bis alle Zelte standen. Frankie und ich waren tatsächlich die Schnellsten gewesen. Auch wenn wir nichts gewonnen hatten, lag für den Rest des Tages ein triumphierendes Lächeln auf ihren Zügen.

Nachdem alle ihre Zelte eingerichtet und für die Nacht vorbereitet hatten, setzten wir uns auf Decken ums Lagerfeuer, das Chase und ich entzündet hatten. Tatum hatte einen Campingkocher dabei und kochte darauf Nudeln, zu denen sie gleich die Tomatensoße geben wollte, die wir schon vorbereitet hatten. Uns allen knurrte bereits der Magen.

Ich nahm mir ein Bier aus dem Kasten und streckte Frankie, die neben mir auf der Decke saß, ebenfalls eine Flasche hin. »Willst du auch eins?«

»Klar, warum nicht.« Sie nahm mir das Bier lächelnd aus der Hand und öffnete es mit einer flinken Bewegung, während sich die anderen über das Essen unterhielten. »Wir könnten morgen auch mal rüber an den See, an dem wir auf dem Weg hierher vorbeigelaufen sind.«

Ich nickte. »Morgen früh wollte ich dort sowieso ein paar Bahnen ziehen. Aber da schlaft ihr alle vermutlich noch.«

»Mal sehen, ob ich überhaupt ein Auge zubekomme«, erwiderte sie so leise, dass nur ich es hören konnte, und lachte unsicher.

Mit schief gelegtem Kopf betrachtete ich sie und senkte die Stimme. »Wie wollt ihr das denn machen? Ich meine ... im Zelt wird's vermutlich recht dunkel sein.«

»Wir haben ein paar batteriebetriebene Lichterketten und Laternen dabei. Damit müsste es klappen.« Auch wenn sie versuchte, optimistisch zu wirken und als ob sie sich sicher war, dass sie das schaffte, erkannte ich einen Funken Sorge in ihren Augen.

»Das ist auch der Grund, aus dem ihr bisher so selten beim Zelten dabei wart, oder?«

Ein Nicken. »Jap.« Dann huschte ihre Hand wieder zu ihrer Kette. »Aber ich schaff das.«

»Natürlich. Und wenn was ist, sind wir alle für dich da.« Ich lächelte sie warm an und kniff sie in die Seite. »Was hat dich eigentlich dazu gebracht, dieses Mal mitzukommen?«

»Zum Teil auch der Grund, warum ich mit dir im Autokino war. Tatums Weg, dass sie sich ihren Ängsten gestellt hat und jetzt in Therapie ist, motiviert mich, meine ebenfalls anzugehen. Und dann ... dann sehe ich dich, der gefühlt am liebsten nur nachts existieren würde, und das löst in mir den Gedanken aus, dass die Dunkelheit nicht nur böse, sondern vielleicht auch ganz schön sein kann. Wie du schon sagtest, manchmal muss man die Perspektive wechseln, damit es besser werden kann.«

Wärme überkam mich, und ich musste schmunzeln. »Ich find's schön, dass du dabei bist.«

»Ich auch. Endlich mal.« Sie grinste und wandte den Blick ab. Ihre Wangen waren leicht gerötet, vermutlich von der Hitze des Feuers, wobei ich mir zum Teil auch

wünschte, dass ich das mit meinen Worten bei ihr ausgelöst hatte.

»Äh, Leute?« Tatums Stimme klang ernst. »Wir haben
da ein kleines Problem.«

Oh Gott …

Meine Augen weiteten sich.

»Die Wiese brennt!« Tate sprang auf und griff nach
einer Wasserflasche, kippte sie über die kleinen Flammen. Sofort erloschen sie. »Okay, alles gut. Situation
unter Kontrolle. Ignoriert einfach, was ich gesagt habe.
Alles paletti. Echt keine Ahnung, wie das passieren
konnte, bestimmt war Dash daran schuld.«

»Ähm …«, kam es von dem.

»Widersprich ihr lieber nicht. Nur so 'ne Empfehlung.«
Frankie grinste und erntete daraufhin ein High Five ihrer
besten Freundin.

Lachend lehnte ich mich auf meine Handflächen zurück, während Tatum und Franks unser Abendessen ret-
teten, die Soße zu den Nudeln kippten und im Anschluss
alles auf die Camping-Schüsseln aufteilten.

Je weiter der Abend voranschritt, desto witziger wurde
es. Wir aßen unser Nudelgericht, grillten S'Mores am
Lagerfeuer und unterhielten uns. Chase erzählte wieder
eine Gruselgeschichte, von der ich hoffte, dass sie Frankie keine Angst einjagte. Ich wusste ja, dass sie nicht so
auf Horrorfilme stand, und hier im mehr oder weniger
dunklen Wald konnte es manchmal schon ein bisschen
schaurig werden. Daher kümmerte ich mich auch darum, dass das Lagerfeuer nicht ausging. Mit der Zeit ging
die Sonne unter, Grillenzirpen vermischte sich mit dem
leichten Wind, der durch die Blätter strich. Ich hatte mir

einen grauen Hoodie übergezogen. Frankie trug einen in dunkelgrün, den ich ihr vor ein paar Jahren zum Geburtstag geschenkt hatte. Sie konnte tragen, was sie wollte, ihr stand einfach alles – auch wenn mir die gechillten Klamotten an ihr am besten gefielen.

Irgendwann verschwanden Chase und Fiona in ihrem Zelt, kurz darauf beschlossen Frankie und Tatum, sich schlafen zu legen.

Dash und ich blieben noch eine Weile wach. Wir saßen am erlöschenden Feuer und tranken unser Bier aus, während das Licht im ersten Zelt aus- und in dem der beiden Mädels anging. Das von Frankie und Tate war hell erleuchtet. Durch die Zeltwand konnte ich ihre Silhouetten erkennen. Wie Tatum sich eine Schlafmaske über die Augen schob und sich hinlegte, während Frankie den Hoodie über ihren Kopf zog und ihre Kurven zum Vorschein kamen. Als ich erkannte, dass ihre Hände an ihren Rücken wanderten, um den BH zu öffnen, wandte ich rasch den Blick ab. Mein Herz schlug einen Salto. Was war mit mir los?

»Ist mir ja 'n Rätsel, wie Tate bei dem hellen Licht schlafen kann – auch mit Maske ist das krass.« Dash nahm einen Schluck und starrte in den dunklen Wald.

»Ja, ähm …« Ich räusperte mich und fuhr mir durch die Locken. »Ich glaube, sie will Frankie einfach nur eine Stütze sein und ihr helfen, und dafür tut sie vermutlich alles, was nötig ist.«

Er nickte. »Klar, ist auch toll von ihr und selbstverständlich, das für seine Freunde zu tun. Trotzdem könnte es schwierig für sie werden einzuschlafen.«

»Schon möglich.« Ich zuckte mit den Schultern. »Läuft

gut bei euch, oder? Mal abgesehen von der kurzzeitigen Trennung beim Zeltaufbau vorhin.«

Ein Schmunzeln umspielte seine Mundwinkel. »Total. Ich bin echt froh, sie zu haben. Obwohl sie ein kleiner Giftzwerg sein kann.«

»Und sonst ist auch alles fit bei dir? Du weißt schon … dein Problem mit der Stille.«

»Ja. Es wird besser. Ist auf jeden Fall ein Fortschritt, dass ich wieder regelmäßig mit meinem Dad telefoniere, und auch die Therapie bringt echt was.«

»Das glaube ich. Noch vor 'nem halben Jahr wäre es ein Ding der Unmöglichkeit für dich gewesen, hier mitten im Wald, umgeben von Stille, zu sitzen.«

Er nickte. »Ich bin so froh darüber, das ahnst du gar nicht. Superwichtig, solche Dinge aus der Vergangenheit aufzuarbeiten.«

Ein seltsames Gefühl machte sich in mir breit. Eine Mischung aus Freude darüber, dass es ihm so gut ging, gepaart mit der Schwere, die mich überkam, wenn ich an meine Vergangenheit dachte und den Grund, aus dem ich nicht über Lauren sprechen konnte. Nicht wirklich.

»Schön, dass es dir inzwischen so viel besser geht.«

»Und bei dir? Frankie und du, ihr hängt in letzter Zeit öfter als sonst miteinander ab.«

»Jap«, sagte ich leise und wandte den Blick ab. »Sie ist echt cool.«

»Das ist sie. Denkst du nicht, dass da mehr zwischen euch ist? Ich habe gesehen, wie du sie vorhin immer wieder angeschaut hast.« Er musterte mich neugierig, während ich überlegte. Immer wieder ansetzte, etwas zu sagen, und dann doch abbrach.

»Ich glaube nicht«, murmelte ich schließlich. »Wir sind schon so lange befreundet. Und selbst wenn ich mir in manchen Momenten einbilde, dass da vielleicht doch mehr zwischen uns ist, geht das nicht.«

»Wieso nicht? Was hält dich zurück?«

Ich schüttelte den Kopf. »Das ist alles nicht so einfach, Mann. Vielleicht in einem anderen Leben, aber nicht in diesem.«

»Verstehe. Hey … Ich glaub, ich geh so langsam schlafen. Kommst du mit?«

»Ich bleib noch ein wenig hier sitzen.«

»Alles klar. Dann gute Nacht.«

»Gute Nacht.«

Mit einer Wasserflasche bewaffnet, verschwand er kurze Zeit später im Zelt.

Nun war ich allein. Na ja, nicht ganz, denn über mir funkelte es am Himmel. Millionen Sterne und der Mond, die in mir unbändige Ruhe auslösten.

Insgeheim wünschte ich mir, dass Frankies Zelt aufging und sie herausspazierte. Dass sie sich zu mir setzte und wir uns die ganze Nacht unterhielten. Allein dieser Gedanke, allein dass ich mir wünschte, sie wäre jetzt bei mir, verursachte in mir ein Kribbeln. Brachte mein Herz dazu, schneller zu schlagen. Ließ Schmetterlinge in meinem Bauch flattern. Ich hoffte nur, dass mir all das nicht zum Verhängnis werden würde.

KAPITEL 17

FRANKIE

»Bist du wach?«

Zur Antwort bekam ich nur ein gequältes Grummeln.

»Alles klar«, flüsterte ich und schälte mich aus meinem Schlafsack, während Tatum wohl noch von irgendwelchen Truthähnen träumte (nachts hatte sie ganz plötzlich im Schlaf angefangen, von den Viechern zu brabbeln, und ich war davon aufgewacht). Ganz leise zog ich mir meinen Hoodie und die Jogginghose über, schlüpfte in die Sneakers und öffnete vorsichtig den Reißverschluss unseres Zeltes.

»Uff«, entfuhr es mir, als die Sonne mich blendete.

Ich krabbelte aus dem Zelt und richtete mich auf, gähnte einmal und streckte mich in alle Richtungen. Vogelgezwitscher vermischte sich mit dem Rascheln der Blätter im Wind, und in der Ferne hörte ich Wasser plätschern. Morgentau lag auf der Wiese und glitzerte im Sonnenlicht. Glücklicherweise hatten wir ein Wochenende mit gutem Wetter erwischt, sonst hätten wir jetzt vermutlich Boote aus unseren Zelten bauen müssen. Ich sah mich um. Die anderen Zelte waren noch verschlossen, und somit schliefen meine Freunde vermutlich noch. Durch meine Arbeitszeiten war meine innere Uhr auf zeitiges Aufstehen programmiert; selbst wenn ich ausschlafen konnte, funktionierte es in den wenigsten Fällen. Bevor ich mich jedoch im Zelt langweilte, vertrat ich mir lieber die Beine und machte einen kleinen Morgenspaziergang. Davor putzte ich mir noch rasch die Zähne und wusch mein Gesicht, dann schlenderte ich über die Lichtung und zwischen Bäumen hindurch, peilte den See an, an dem wir auf dem Weg hierher vorbeigekommen waren. Da es noch ziemlich frisch war, war ich ganz froh, mir den Hoodie übergezogen zu haben.

Schon von Weitem hörte ich, wie jemand seine Bahnen zog. Vorsichtig schlich ich mich an. Als ich im Wasser einen vertrauten dunkelbraunen Lockenschopf ausmachte, fiel mir wieder ein, dass Ty gestern Abend erwähnt hatte, morgens schwimmen gehen zu wollen. Ein Lächeln stahl sich auf meine Lippen, während mein Herz schneller pochte. Gott, ich musste dieses dümmliche Grinsen ausstellen. Der hielt mich noch für komplett durchgeknallt. Ein bisschen war ich das vielleicht auch. Na ja okay, ganz ordentlich sogar. Es war superschön gewesen, mir gestern am Feuer eine Decke mit ihm zu teilen. Nur noch ein Punkt meines Plans, es aus der Friendzone zu schaffen, war offen.

Koch für ihn und mach ihm deutlich, dass du auch das draufhast.

Liebe ging immerhin durch den Magen. Hier beim Zelten war umständliche Kocherei ausgeschlossen, doch irgendwann demnächst würde ich diese letzte Aufgabe angehen.

Als ich zum Rand des Sees lief, drehte sich Ty gerade im Wasser um und steuerte wieder das Ufer an. Im nächsten Augenblick kreuzten sich unsere Blicke, und er hob für einen kurzen Moment die Hand, um mir zuzuwinken. Er grinste breit und beschleunigte seine Züge. Wenige Momente später stieg er wie Aquaman aus dem See – nur nicht ganz so breit, mit kürzeren Haaren und ohne Bart. Und ohne diese Tattoos. Okay, bei genauerer Betrachtung hatte er nicht wirklich viel mit Jason Momoa gemeinsam, bis auf die Tatsache, dass ich beide ziemlich ansehnlich fand.

Mein Mund glich einer Wüste, als er seine Haare schüttelte und etliche Tropfen an seinem nackten Körper hinabperlten. Ich blinzelte ein paarmal, musterte ihn von Kopf bis Fuß und spürte, wie sich unterhalb meines Bauchnabels etwas zusammenzog. Sein definierter Oberkörper, nicht zu muskulös, gerade richtig, die starken Arme und die enge Badehose … *Oh, hallo!*

Ich unterdrückte ein Grinsen.

Verdammt, Frankie, wie alt bist du? Zwölf?

»Guten Morgen! Gut geschlafen?« Er lächelte.

»Jap, ja, klar, also … super! Tatum wollte ein paar Truthähne verspachteln, aber sonst alles super, jap, yes, oui. Und du?«

Konnte ich mich nicht ein einziges Mal zusammenreißen und zumindest ein bisschen verführerisch klingen? So würde das nie was werden …

»Ich auch. Das kalte Wasser hat echt gutgetan. Willst du auch 'ne Runde schwimmen?«

»Bei der Kälte?« Ich schnaubte. »Ne, ne. Vielleicht heute Mittag.«

Ty fuhr sich durch das nasse Haar und legte den Kopf schief. »Versprochen?«

»Versprochen.«

»Gut, sonst hätte ich dir jetzt den Hoodie über die Rübe gezogen und dich mit ins Wasser gezerrt.«

Ach du heiliges Kanonenrohr.

Hätte ich mal lieber was anderes gesagt, dann hätte er mir meinen Pulli ausgezogen ... *Uff!* Und mich mit ins Wasser genommen. Oh, uns hätte nur ein Hauch von Stoff getrennt, seinen nackten Oberkörper und meine Haut ... Hrrr!

»Franks? Alles klar?«

Verdammter Mist, verdammter Mist!

Mein Mund stand offen.

Ich. Musste. Irgendwas. Sagen. Irgendwas. Irgendwas.

»Einkaufswagen!«

Wow. Super. Ganz große Klasse.

»Einkaufswagen?« Er wirkte sichtlich verwirrt, aber wer konnte es dem guten Jungen verübeln ...

»Ähm, ja! Äh ... Hinten im Wald, da stand vorhin einer ... Öhm ... Ist mir nur gerade so eingefallen, aber ja, wie auch immer, egal.«

Nope, da hatte natürlich keiner gestanden. Das war nur das Erste gewesen, was mir in den Sinn gekommen war.

Er kniff amüsiert die Brauen zusammen, während sein Blick über mein Gesicht wanderte. »Wer lässt denn seinen Einkaufswagen mitten im Wald stehen? Ist ja super mies.«

»Puh, frag mich was Leichteres.« Ich klatschte in die Hände und wandte den Blick ab, um nicht dauernd von seinem hübschen Erscheinungsbild abgelenkt zu werden.

»Sag mal, Franks«, fing er an und griff nach seinem Handtuch, um sich abzutrocknen. »Wie kamst du denn mit der Dunkelheit letzte Nacht zurecht? War alles in Ordnung bei euch?«

»Ja, es war okay. Nicht optimal, aber die ganzen kleinen Leuchten haben mir echt geholfen.«

»Ich …« Er hielt inne. Sein Blick lag intensiv auf mir, als ob er sichergehen wollte, dass ich die Wahrheit sagte. »Ich musste an dich denken, als ich unterm Sternenhimmel saß. Ob dir das alles vielleicht zu viel sein könnte.«

Mein Herz setzte einen Schlag aus, während ich versuchte, mir nicht anmerken zu lassen, was seine Worte in mir auslösten. Wärme floss durch meinen Körper, als ich ihn leicht anlächelte. »Du hast dir Sorgen gemacht?«

»Ich mach mir dauernd Sorgen um dich.«

Das wird ja immer besser.

»Musst du nicht, Ty. Ich …« Als er einen Schritt näher trat und ein Schmunzeln über seine Lippen huschte, musste ich mich kurz sammeln. »Ich schaff das schon. Auch wenn es manchmal vielleicht nicht so scheint.«

Er schüttelte leicht den Kopf, wandte den Blick ab, dann sah er mir wieder in die Augen. »Keine Ahnung, wie du darauf kommst, dass es so scheinen könnte, als ob du nicht alles im Griff hast. Nur fürs Protokoll: Ich hab nie daran gezweifelt, dass du irgendwas schaffst.«

Gänsehaut kroch mir über die Haut, als er die Hand hob, um mir mit dem Daumen über den Wangenknochen zu streichen. Hauchzart. Als ob er Angst hätte, mich zu zerbrechen, wenn er mich fester berührte.

»Danke«, wisperte ich, während mein Blick von seinen Augen zu seinen Lippen huschte und wieder zurück, wo er hängen blieb. »Dass du an mich glaubst und für … mich da bist.«

»Für dich immer.« Sein Mundwinkel zuckte nach oben, dann nahm er seine Hand von meiner Wange.

Ich wünschte mir, der Moment hätte noch länger angedauert, doch irgendetwas schien ihn von mir fortzureißen. Wie eine unsichtbare Kraft, die nicht wollte, dass er mir noch näher kam.

»Ich sag dir eins«, fing Tatum abends an, als wir die Schlafsäcke über uns ausgebreitet hatten und an den Lichterkettenhimmel im Zelt schauten. »Ich bin so müde, dass ich gleich einschlafe. Also sei vorgewarnt, denn wenn ich so richtig müde bin, dann … Du weißt Bescheid.«

»Jap. Dann schnarchst du ganz gerne mal. Wird 'ne tolle Nacht, ich seh's kommen«, erwiderte ich und verzog das Gesicht. »Aber passt schon. Ich hab Ohrenstöpsel dabei.«

Tatum zog ihre Schlafmaske auf. »Sehr gut, du lernst dazu, mein Kind.«

Ich grinste und drehte mich auf die Seite. »Gute Nacht, du Diva.«

»Gute Nacht«, murmelte sie. Es verstrichen einige Sekunden, dann kicherte sie los. »Frankie, du bist mir ja eine …«

»Was ist?«

»Wann hast du dir das letzte Mal die Beine rasiert?

Ich meine, go for it, wenn du auf den natürlichen Look stehst und die Haare sprießen lässt. Ich supporte dich, Girl, aber ich hatte ja keine Ahnung.«

»Ähm ... vor zwei Tagen?«

Keine zwei Sekunden später schreckten wir hoch und starrten uns an, dann drängte sich Tatum in meine Richtung, weg von der Seite, wo mein vermeintlich haariges Bein lag.

»Was zur ...?«

»Das war nicht mein Bein!«

»Wessen Bein war es dann?«

»War es überhaupt eins? Ich meine ...«

Unter dem Schlafsack bewegte sich etwas.

Wieder tauschten wir einen Blick, dann schoss mein Puls in die Höhe. Ich griff so schnell wie noch nie in meinem Leben nach dem Reißverschluss des Zelts und zerrte ihn nach oben.

»Raus. Raus. Raus. Raus!«

»Oh Gott! Was ist das? Ahhh!«

»Lauf um dein Leben, Girl!«

»Bitte kein Stinktier!«

Wir hetzten nach draußen, schüttelten uns und sprangen auf und ab. Tatum gab irgendwelche kriegerischen Kampfgeräusche von sich, während ich vor mich hin quiekte und mir wie ein Hausschwein auf Speed vorkam. Mein Herz raste.

»Ähm, Mädels?«

Wir drehten uns zum Lagerfeuer um, wo Ty und Chase saßen.

Tatum schnappte nach Luft. »In unserem Zelt ist ein haariges Bein!«

»Ein was?« Auf Chase' Gesicht machte sich Verwirrung breit.

Ich lachte hysterisch auf. »Kein haariges Bein! Oh Gott … Was, wenn …«

Tatums Blick flog alarmiert zu mir. »Was?!«

»Was, wenn es die Kakermaus ist?«

Im nächsten Moment prustete Ty los, und Chase stimmte mit ein, während Tate verständnislos von einem zum anderen sah. Anscheinend erinnerte sie sich nicht mehr an die Folge *How I Met Your Mother*. Wie konnte sie es wagen …

»Tate. Die Kakermaus! Die Episode, in der Lilly und Marshall diese Kreuzung aus Maus und Kakerlake in ihrer Wohnung haben und dann … oh Gott … dann kann es auch noch fliegen!«

Die Jungs krümmten sich vor Lachen, und ich war kurz davor, mich ihnen vor lauter Absurdität anzuschließen.

»Das Ding existiert doch nicht wirklich«, sagte Tatum. Als sie weitersprechen wollte, regte sich etwas in unserem Zelt und zog unsere Aufmerksamkeit auf sich.

Mit angehaltener Luft starrte ich auf das Zelt, das hin und her wackelte. Eine Lichterkette wurde heruntergerissen. Und wieder bebte der Stoff.

»Soll ich mal schauen?«, kam es von Ty, der plötzlich neben uns auftauchte.

»Wenn du dich in die Höhle des Löwen wagst, nur zu«, sagte Tatum.

Ich verschränkte die Arme vor der Brust, da ich nur ein dünnes Shirt und meine Schlafanzughose anhatte und es mittlerweile ein bisschen frisch geworden war.

»Alles klar, ich sehe mal nach.« Im nächsten Moment schlich sich Ty ins Zelt.

Stille.

Dann ein Fauchen, gepaart mit hastigen Bewegungen im Zeltinneren.

Ty stolperte wieder nach draußen. »Keine Panik! Nur Rocket, der ein bisschen Unfug treibt.«

Rocket? Wie in Rocket Raccoon von den *Guardians of the Galaxy*? Wie in …

»Sitzt in unserem Zelt ein fucking Waschbär, Ty?!« Meine Stimme hatte ungeahnte Höhen angenommen, während ich hektisch von einem Bein aufs andere trat.

»Ich würde zwar nicht sagen, dass er sitzt, aber ja, kommt hin.« Ty lachte, dann schnappte er sich einen Stock, der unweit der Zelte lag, und versuchte damit, Rocket dazu zu bringen, das Feld zu räumen.

Wieder ein Wackeln. Ein hektisches noch dazu.

»Der Kerl randaliert ganz schön«, gab Tatum zu bedenken. »Hoffentlich frisst er Ty nicht auf.«

»Alles gut, alles gut.« Ty versuchte, ihn nach draußen zu schieben. Zu schubsen? Keine Ahnung, was er da tat, aber es sah höchst unterhaltsam aus, wie er einen halben Balletttanz aufführte, während er sich um den Waschbären kümmerte. »Komm schon, Groot wartet auf dich.«

Ich liebte ihn für die ganzen Marvel-Anspielungen.

Nach ungefähr fünf Minuten ergriff Rocket die Flucht und ließ uns mit den Folgen der Schlacht um unser Hab und Gut zurück.

Erleichtert atmete ich aus. »Heilige Scheiße, der war ja gut drauf. Danke, Ty.«

»Ach, nicht der Rede wert.« Er winkte ab und setzte

sich zu Chase auf die Decke. »Hauptsache, ihr könnt gut schlafen.«

»Jap, ich fall gleich um wie ein nasser Sack«, murmelte Tate und gähnte. Dann verschwand sie im Zelt.

Ich warf Ty noch mal einen kurzen Blick zu, den er warm erwiderte, bevor er mir zuzwinkerte. »Gute Nacht.«

»Gute Nacht.«

Als wir wieder unter den Schlafsäcken lagen, hörte ich nach nur wenigen Momenten ein regelmäßiges Schnaufen, gefolgt von einem tiefen Schnarchen. Ich rollte mich zur Seite und fixierte die Helligkeit, die von der noch intakten Lichterkette herrührte. Mein Herz schlug mir immer noch bis unters Kinn, und ich fragte mich, ob ich heute Nacht überhaupt ein Auge zumachen würde. Ich drehte mich, wendete mich, versuchte sogar, ein paar Schäfchen zu zählen, die sich aber irgendwann in Waschbären verwandelten und mich auslachten. So konnte das nichts werden. Irgendwie kam mir das gleißende Licht noch heller vor als sonst. Ich seufzte und biss mir auf der Innenseite meiner Wange herum.

Was mach ich denn jetzt? Rocket hat mich um meinen Schlaf gebracht, der elendige Randale.

Mit dem nächsten Wimpernschlag fasste ich mir ein Herz, zog meinen Hoodie über und die Sneakers an, dann schälte ich mich vorsichtig aus dem Zelt, um Tatum nicht zu wecken. Draußen angekommen, verschloss ich es wieder, sodass der Waschbär nicht noch mal mit meiner besten Freundin schmusen konnte. Dann blickte ich in die Nacht. Der Wind rauschte durch die Blätter und gab mir das Gefühl, nicht ganz allein zu sein.

Es war dunkel. Alle anderen hatten sich ebenfalls in

die Zelte verkrochen. Aber ich wollte es versuchen. Ich konnte sowieso nicht schlafen, also blieb mir fast nichts anderes übrig, als über meinen Schatten zu springen und die Dunkelheit mit einem Perspektivwechsel zu erhellen.

Ich ließ mich auf die Decke sinken, die unter dem offenen Himmel ausgebreitet lag, blickte nach oben. Keine Wolke. Nur die Nacht, durchbrochen vom glitzernden Licht der Sterne. Sterne. Sterne. Sterne. Sie funkelten und tanzten durch die Nacht.

Hitze stieg in mir auf, doch ich versuchte, die Angst zurückzudrängen. Ein Griff an den Anhänger meiner Kette. Das passierte nur in meinem Kopf, es war nicht real. Viel realer waren dafür die kleinen Lampen am Himmel.

Abermillionen Sterne über dir, die nur für dich leuchten, erinnerte ich mich an Tys Worte. *Abermillionen Sterne über dir, die nur für dich leuchten.*

Lampen. Helligkeit am Himmel. Sterne. Überall Sterne und Licht und Lampen.

Mein Puls beruhigte sich ein wenig, und ich konnte es selbst nicht glauben. Dann atmete ich ruhig und regelmäßig ein und aus, konzentrierte mich auf die Mondsichel und ihre Begleiter.

»Franks?«

Ich schreckte zusammen und setzte mich auf, beruhigte mich wieder, als ich sah, dass es Tyler war, der auf mich zukam. In seinem grauen Hoodie, die braunen Haare verstrubbelt in der Stirn. Ein Lächeln auf den Lippen.

»Ty, hey, was … Hab ich dich geweckt?«

Er schüttelte den Kopf und ließ sich im nächsten Moment neben mir auf die Decke fallen. »Quatsch. Ich konnte nicht schlafen und hab was gehört – dich, wie es aussieht. Da wollte ich kurz schauen, ob Rocket zurückgekehrt ist und euch wieder belästigt.«

Ich musste lächeln. »Nein, alles gut. Ich konnte auch nicht schlafen. Diese ganze Waschbären-Aktion war ein bisschen viel für mich.«

»Kann ich mir vorstellen. Aber sonst ist alles gut?« Den Kopf schief gelegt, schaute er mich besorgt an. »Immerhin ist es ganz schön dunkel, falls es dir noch nicht aufgefallen sein sollte.«

»Ach, echt? Gut, dass du's erwähnst.«

»Ich mein's ernst. Wie schlägst du dich hier draußen?«

Ich seufzte. »Erst war es okay, dann kurz nicht so, und jetzt geht's wieder.«

Er nickte und pustete sich eine Strähne aus der Stirn. »Aber das ist doch schon ein großer Fortschritt, oder?«

»Ja, total. Was du im Autokino gesagt hast, hilft mir echt. Das mit den Sternen.« Ich tastete erneut nach meinem Anhänger, spielte daran herum. »Ich krieg das schon hin.«

Sein Blick wanderte über mein Gesicht, zu meiner Kette, dann wieder zu meinen Augen. Er schluckte und öffnete die Lippen, um etwas zu sagen, zögerte aber.

»Was?« Ich lächelte ihn an.

»Die Kette hilft dir in Angstsituationen, oder? Mir ist aufgefallen, wie du immer wieder daran herumspielst.«

»Ja, stimmt. Die … Die hab ich von meiner Mom.«

»Oh.« Er hielt inne. »Franks, du musst nicht darüber sprechen, wenn du nicht willst.«

»Doch, ist schon okay«, sagte ich und warf einen Blick

darauf. Atmete lange aus. »Es ist eine Art Erbstück. Die Kette hat meiner Mom gehört, und den Anhänger hat sie für mich machen lassen.« Ich musterte das runde Stück Gold, das so viel mehr für mich war als nur ein Schmuckstück. Darauf war eine Sonne abgebildet. »Sie hat die Sonne eingravieren lassen, weil sie ...« Ich musste lächeln. »Weil sie immer gesagt hat, dass ich die Sonne in ihrem Leben bin. Dass ich so hell strahle und sie gute Laune bekommt, wenn sie mich ansieht.«

Tys Kiefer mahlten, er hatte den Blick auf mich geheftet. Folgte meinen Worten und strahlte eine unbändige Wärme aus.

»Wenn ich Angst bekomme oder mich unwohl fühle, taste ich danach. Das hilft. Ich hab dann das Gefühl, dass sie noch da ist. Dass ich nicht alleine bin, sondern sie vielleicht gerade neben mir sitzt und mich anfeuert. An mich glaubt.« Auch wenn ich merkte, wie mir Tränen in die Augen stiegen, schenkten mir diese Gedanken Kraft. Ja, es tat weh. Ja, ich war traurig. Aber da war auch diese Gewissheit, dass ich sie immer um mich hatte und ich darauf vertrauen konnte, dass sie mich unterstützte. Auch wenn ich sie nicht sehen konnte.

»Du vermisst sie sehr, oder?«

Ich nickte, als sich mein Blick verschleierte. »Jeden Tag.«

»Sie ist immer bei dir, Franks. Da bin ich mir sicher«, flüsterte er leise und zog mich in seine Arme. Der typische Duft seines zitronigen Aftershaves kroch mir in die Nase. Es fühlte sich wie ein Zuhause an. »Und sie hat recht mit dem, was sie gesagt hat.«

Ich löste mich ein Stück von ihm, um ihm in die Augen

zu blicken, hielt ihn immer noch fest. Dann wischte ich mir ein paar Tränen weg. »Was meinst du?«

»Na, das mit der Sonne.« Er lächelte. »Jedes Mal, wenn ich dich sehe, geht die Sonne auf und durchbricht das Dunkel. Ich glaube, es gibt nichts, was dich so gut beschreibt wie die Sonne.«

Unsere Blicke ineinander verschränkt, konnte ich nicht wegsehen. Nur in seine Augen. In das Braun, das mir Halt schenkte und mir das Gefühl gab, so okay zu sein, wie ich war. Dass er mich mit all meinen Macken mochte – selbst wenn es nur freundschaftlich war. Aber er wertschätzte mich.

Meine Lippen öffneten sich, während sich seine Augen verdunkelten. Da baute sich etwas zwischen uns auf. Funken, die sprühten, und Energie, die pulsierte. Hitze. Kleine Flammen.

Stille. Keiner von uns bewegte sich.

»Sie ist bestimmt stolz auf dich«, ergriff er irgendwann leise das Wort.

Ich blinzelte ihn an, um mich aus meiner Starre zu lösen. »Vielleicht.«

»Nicht nur vielleicht, sondern ganz sicher. Dein Dad doch auch.«

Ich schnaubte und ließ mich nach hinten auf die Decke fallen, musterte den Himmel und hoffte darauf, eine Sternschnuppe zu erhaschen. »Pff, glaub ich nicht.«

Misstrauisch sah Ty mich an und legte sich dann neben mich. »Wieso nicht?«

»Ist kompliziert mit ihm. Er ist vielleicht zehnmal im Jahr zu Hause, und dann immer nur für ein paar Tage. Ich hab das Gefühl, dass er sich nicht für mich interessiert.«

»Das ist scheiße. Und tut mir echt leid.«

»Jup. Er will auch nie über Mom reden, so als ob er sie vergessen möchte.«

»Vielleicht tut es ihm nur weh, an sie zu denken? Nicht jeder kann mit Verlust so offen umgehen wie du, Franks.«

»Ich hab ihm beim letzten Mal extra sein Lieblingsessen gekocht, nach einem von Moms Rezepten. Und er hat nichts dazu gesagt oder sie thematisiert. Echt traurig.«

»Tja, dann musst du es noch mal kochen, und dieses Mal für mich, okay?«

Ich warf ihm einen Blick zu, und er erwiderte ihn mit einem aufmunternden Lächeln. »Gerne.« Mein Herz schlug schneller.

»Und was das Reden betrifft … Sprich mit mir, wenn du willst«, sagte er leise.

»Willst du das wirklich hören?«

Ein Lachen streifte seine Lippen. »C'mon, Davis. Ich will alles hören, was dich beschäftigt.«

»Okay, okay.« Ich grinste und dachte kurz nach. »Sie war echt toll. Krankheiten sind einfach scheiße und treffen immer die falschen Menschen. Inzwischen ist es schon sechzehn Jahre her. Du hättest sie toll gefunden. Oh, und sie hätte dich ganz sicher auch gemocht.«

»Ganz sicher. Ich meine, wer könnte mich nicht mögen?«

Grinsend verpasste ich ihm einen Stoß mit dem Ellenbogen zwischen die Rippen, woraufhin er sich auf die Seite rollte und mich anfunkelte. »Hey! Nicht so gewalttätig, Madame.«

»Selbst schuld«, sagte ich lachend, dann kehrte wieder Ruhe ein. Noch während er mich beobachtete, schaute ich wieder in den Himmel und suchte nach ihr. »Sie war auch so oft gut gelaunt und hat mich zum Lachen gebracht. Wir haben immer zusammen gebacken und oh … Weihnachtsfilme geschaut. Deshalb guck ich die auch heute noch so gerne. Die erinnern mich an sie und daran, wie es ist, eine …« Ich versuchte, den Kloß in meiner Kehle herunterzuwürgen. »Eine intakte und liebevolle Familie zu haben.«

Im nächsten Moment zog er mich wieder in seine Arme und streichelte über meinen Rücken. Ich legte meinen Kopf auf seiner Brust ab und spürte sein Herz unter meinen Fingern pochen. Mit jedem Atemzug schneller.

»Ich bin immer für dich da und Tatum auch. Vergiss das nicht, okay? Versprichst du's mir?«

»Okay. Versprochen.« Mir entfuhr ein Seufzer, als mein Herz stolperte. »Danke.«

»Na klar. Für dich immer, Franks.«

Wieder kehrte Stille ein, in der sich erneut eine Energie zwischen uns aufbaute. Niemand sagte etwas, niemand bewegte sich. Da war nur dieses Gefühl von Vertrautheit und Nähe. Mein Atem ging stockend, und ein Schauer überfiel mich, als seine Hand über den nackten Streifen Haut zwischen meinem Pulli und der Hose streichelte. Alles in mir kribbelte. Ich stand unter Strom, saugte seine Wärme in mich auf und hoffte, dass dieser Moment nie endete. Sein Herz trommelte gegen meine Fingerspitzen. Unaufhörlich.

Plötzlich bewegte sich sein Kopf. Er senkte sein Kinn ein wenig, und wie automatisch lehnte ich mich etwas zurück, um ihm in die Augen sehen zu können. Seine Lippen waren nur noch Zentimeter von meinen entfernt. Distanz, die schrumpfte. Nähe, die wuchs. Und dazwischen all die Ungewissheit, die mich plagte. Sein Atem kroch heiß über meine Wange, während ich nicht mehr wusste, wohin ich sehen sollte.

Seine Augen. Sein Mund. Augen. Mund. Augen. Mund.

Im nächsten Herzschlag lehnte er seine Stirn gegen meine Schläfe. Es kam mir vor, als müsste jeden Moment meine Brust platzen. Ich hielt es nicht aus. Diese Spannung und Nähe und die Berührungen. Seine Finger, die über meine nackte Haut wanderten und Hitze in mir aufsteigen ließen. Gute Hitze. Plötzlich streiften seine Lippen meine. Nur für den Hauch einer Sekunde. Im nächsten Augenblick zog er sich wieder zurück und rollte sich auf den Rücken. Das Gesicht schmerzverzerrt, atmete er tief aus.

Crap.

All die Hoffnung, die sich in mir angesammelt hatte, zerschmettert. Auch wenn da dieser Moment gewesen war, hatte er sich dagegen entschieden, ihn zu nutzen.

Hätte ich was tun sollen? Hätte ich ihn küssen sollen?

Ich redete mir ein, dass ich nichts hätte ändern können. Mein Herz brannte vor Schmerz, und ich wollte einfach nur noch weg. Vielleicht war da etwas zwischen uns. Vielleicht konnte etwas aus uns werden. Doch hier und jetzt machte sich nur ein unbehagliches Gefühl in mir breit.

»Ich geh dann mal wieder und versuche zu schlafen«, wisperte ich und richtete mich langsam auf.

»Frankie …« Eine stumme Bitte in seiner Stimme, die mir fast die Tränen in die Augen trieb.

Weg. Ich muss weg von ihm. Und ich muss akzeptieren, dass er mich nicht will.

»Gute Nacht, Ty.« Ich setzte ein Lächeln auf, dann machte ich mich auf den Weg ins Zelt. Blickte nicht über die Schulter, ließ ihn ohne ein weiteres Wort zurück.

KAPITEL 18

TYLER

Nachdem ich das Wochenende mit meinen Freunden beim Zelten verbracht hatte, rief der Alltag wieder nach mir. Es gab einiges zu tun und zu planen, weshalb Dash und ich ein kleines Meeting für den heutigen Vormittag angesetzt hatten. Wir waren allein im Golden Hour und hatten uns an einem der Tische breitgemacht.

»Ich weiß nicht, ob es so eine gute Idee ist, diesen Exklusivvertrag mit dem Limonaden-Bro zu machen.« Dash blickte mich über die Kante seines Laptops hinweg an, dann wanderte sein Blick wieder zu der Mail mit dem Vertrag, die er darauf geöffnet hatte. »Die haben gerade mal zwei verschiedene Geschmackssorten, und ich bin mir relativ sicher, dass da noch was Besseres kommt.«

»Mhm ...«, gab ich gedankenverloren zurück und stützte das Kinn auf meine Handfläche, fixierte das Etikett der Flasche, die vor mir stand.

Nach allem, was in den letzten Tagen passiert war, konnte ich mich nur bedingt auf die Arbeit konzentrieren. Meine Gedanken kreisten um Frankie. Es hatte da mehr als nur einen Moment zwischen uns gegeben, nicht zuletzt in der Nacht, als wir unter den Sternen gelegen hatten. Unsere Lippen hatten sich berührt. Beinahe wäre es zu einem Kuss gekommen. Ein Kuss zwischen mir und Frankie, der womöglich alles verändert hätte. Wenn ich nur daran dachte, überkam mich ein freudiges Kribbeln. Doch da war diese leise Stimme in mir, die mich davon abgehalten hatte, sie zu küssen, und die unwahrscheinlich große Ähnlichkeit mit Laurens hatte. Wenn ich an Frankie dachte, wollte ich grinsen, doch es fühlte sich so an, als ob zwei tonnenschwere Gewichte an meinen Mundwinkeln hingen, die mich daran hinderten. Nur, dass es kein tonnenschweres Gusseisen war, sondern das schlechte Gewissen, das mich wegen Lauren plagte. Ich hatte ihr ein Versprechen gegeben. Doch je öfter ich Zeit mit Frankie verbrachte und sie dadurch mehr und mehr mit anderen Augen sah, desto stärker wurden meine Bedenken, ob ich es wirklich halten konnte. Oder gar wollte.

»Ty?« Dash warf mir einen fragenden Blick zu. »Was meinst du dazu? Der Exklusivvertrag?«

»Ähm …« Ich überlegte und ließ den Kuli um meine Finger gleiten. »Stimmt schon. Die Samples haben okay geschmeckt. Aber ich habe auch schon gehört, dass es einen Ort weiter zwei Bars gibt, denen er … ähm … denen er auch den Vertrag angedreht hat. Ein bisschen Abwechslung wäre wohl nicht schlecht, und so krass umgehauen hat mich das Zeug auch nicht.«

Ich fragte mich, was wohl in Frankies Kopf vor sich ging. Wie sah sie die Sache mit uns? Hätte sie mich küssen wollen? Waren die Funken zwischen uns nur Einbildung gewesen, oder hatte sie die auch gespürt? Wir waren so lange schon beste Freunde ... Bestand überhaupt der Hauch einer Möglichkeit, dass sie mich mit anderen Augen wahrnahm? Gut, in der letzten Zeit hatte sie sich untypisch verhalten, sogar etwas geflirtet, wenn ich es richtig interpretiert hatte, aber ... war da wirklich mehr von ihrer Seite?

»Alles klar, also sind wir uns einig, ja? Dann schick ich ihm schnell 'ne Mail mit unserer Absage.«

Ich nickte und versuchte, wieder zurück ins Gespräch zu finden. »Mach das. Ich ... Ich fände es sowieso besser, wenn wir die Limonade regional beziehen würden. Mal gucken, Brian vom Supermarkt meinte, er hat da ein paar coole Leute an der Hand, denen er von uns erzählen will.«

Dash vertiefte sich in seinen Laptop und haute in die Tasten, während ich mich auf dem Stuhl zurücklehnte und wieder auf meine Flasche starrte.

»Ty? Alles klar bei dir?«

»Hmm? Ja, wieso?«

»Du wirkst die ganze Zeit schon so abwesend und nicht ganz bei der Sache.«

Ich rang mir ein Lächeln ab. »Mir spuken ein paar Dinge im Kopf herum.«

»Lauren? Gehst du heute Abend wieder zu ihr?«

»Das ist der Plan«, sagte ich und wandte den Blick ab. »Hab schon ein schlechtes Gewissen, weil es die ganzen letzten Tage nicht hingehauen hat.«

»Da brauchst du doch kein schlechtes Gewissen haben. Du warst mit deinen Freunden unterwegs, Ty. Du hattest Spaß, und ich bezweifle, dass dir dafür jemand böse sein könnte.«

Ich zuckte mit den Schultern, dann flogen meine Gedanken erneut zu Frankie. Den Gesprächen mit ihr. Wie sie mich angesehen hatte, und wie auch ich auf seltsame Weise den Blick nicht von ihr hatte abwenden können. Und diesem Moment mit ihr in der Nacht, der mich innerlich fast zerrissen hatte.

»Eventuell hab ich aber auch noch wegen einer anderen Sache ein schlechtes Gewissen.«

»Ach so?« Irritiert musterte er mich.

Ich zögerte. »Eigentlich wollte ich gar nicht darüber reden, weil ich das Gefühl habe, dass es erst real wird, wenn ich es ausspreche; und bis dahin bewohnt es nur einen kleinen Teil meines Kopfes.«

»Ty?« Dashs Mundwinkel zuckte nach oben. »Was ist los?«

Ich seufzte und fuhr mir durch die Haare. Mein Herz schlug schneller. »Es ist möglich, dass ich Gefühle für Frankie entwickle. Aber eventuell bilde ich mir das auch nur ein.«

Seine Augen weiteten sich. »Echt? Also, ich meine … Das ist doch toll, oder nicht?«

»Na ja, erstens sind wir schon seit Ewigkeiten Freunde. Vielleicht hat sie ja gar kein Interesse an mir und will nicht mehr als eine Freundschaft.«

»Bezweifle ich, aber okay …« Ein Grinsen zuckte über sein Gesicht. »Und zweitens?«

»Und zweitens hab ich das Gefühl, Lauren zu hintergehen …«

»Das ist doch Quatsch, Ty.«

»Es ist einfach alles so schrecklich kompliziert. Manchmal denke ich, dass es Zeit ist, einen Schlussstrich zu ziehen und einen Neuanfang zu starten.«

Er schluckte. »Ich kann dir nicht sagen, was du tun sollst. Es sind deine Gefühle, du musst wissen, ob du der Sache mit Frankie eine Chance gibst.«

»Ich muss erst mal herausfinden, was das mit Franks ist und ob da überhaupt was ist, verstehst du? Ich will niemanden verletzen, bevor ich nicht wirklich weiß, was ich will.«

»Klar. Du hast alle Zeit der Welt. Aber vergiss *dich* dabei nicht. Manchmal ist es auch nicht schlecht, mal an sich selbst zu denken, okay?«

Mein Herz zog sich zusammen. Er hatte ja keine Ahnung ...

»Okay.«

Dann musterte er mich neugierig. »Wie kam das jetzt mit Frankie eigentlich?«

»Bei unserem ersten Tag dieses Jahr am See hat alles angefangen. Das hatte ich dir ja schon erzählt.«

Er nickte.

»Und dass wir momentan echt viel zusammen unternehmen. Klar, das haben wir auch als Freunde gemacht, aber ... Ich hab das Gefühl, dass dieser Moment am See in mir was losgetreten hat und ich sie immer mehr mit anderen Augen sehe. Hinzu kommt, dass wir zwar über vieles schon immer gesprochen haben, aber dass sie sich gerade in letzter Zeit mir gegenüber immer mehr öffnet, mir von ihren Ängsten und Wünschen erzählt und nicht immer nur die lockere Frankie mit dem Bombenhumor ist. Ihre Fassade bröckelt zum ersten Mal.«

»Aber wieso jetzt auf einmal?«

»Ganz ehrlich? Ich glaube, es hat mit Tatum zu tun. Wir beide wissen, dass die Mädels ihre Probleme haben, und es kommt mir so vor, als ob Frankie, angestoßen durch Tatums Weg, ihre Ängste auch in den Griff kriegen will ...«

»Und dabei greifst du ihr gerne unter die Arme, nehme ich an.« Er lachte, und ich musste schmunzeln.

»Ich schätze schon. Klar. Natürlich. Und somit lerne ich ganz neue Seiten an ihr kennen, ich will sie unterstützen, auch wenn sie mich dabei wahrscheinlich gar nicht braucht.«

»Tja, dann solltest du mal weiter erkunden, was das ist, das sich zwischen euch anbahnt. Mich würde es definitiv freuen, Mann. Wenn es jemand verdient, glücklich zu sein, dann du.«

An diesem Abend hatte ich ein mulmiges Gefühl, als ich Lauren an unserem gewohnten Treffpunkt stehen sah. Auf ihrer Stirn hatten sich Falten des Misstrauens breitgemacht, die mir Sorgen bereiteten. Die Arme vor der Brust verschränkt, wirkte sie nicht besonders glücklich, mich zu sehen.

»Hey du«, sagte ich leise, als ich vor ihr zum Stehen kam. Als ich die Arme ausbreitete, um sie zu drücken, wich sie einen Schritt zurück.

»Hey.« Kälte, die über ihre Lippen huschte.

»Schön, dich zu sehen.«

»Ist es das? Dafür warst du lange nicht mehr hier, Tyler.«

Ich seufzte und kratzte mich am Hinterkopf. »Ich hatte dir gesagt, dass ich das Wochenende über weg bin. Aber es tut mir leid, wenn ich dich enttäuscht habe.«

»Schön.« Sie lachte bitter auf und lief ein paar Schritte, starrte in die Weite über Golden Oaks.

Ich trat auf sie zu und legte ihr eine Hand auf die Schulter, doch sie schüttelte sie ab.

»Tut mir leid, dass ich weg war.«

»Es kann nicht sein, dass wir uns nur dann sehen, wenn dir danach ist, Ty. Und dass dir das, was ich will, komplett egal ist.«

»Es ist mir superwichtig, dass du glücklich bist, und das weißt du auch. Aber es gibt noch andere Menschen, die mir viel bedeuten und die ich nicht vernachlässigen will, verstehst du?«

Sie warf mir einen messerscharfen Blick zu. »Wen meinst du?«

»Na, meine Freunde.« Ich zog irritiert die Brauen zusammen.

»Sind die dir etwa wichtiger?« Es klang nicht mal traurig, sondern viel mehr verbittert und vorwurfsvoll.

In meinem Magen machte sich wieder dieses ungute Gefühl breit, und mein Puls schoss in die Höhe. »Ihr seid mir gleich wichtig.«

»Davon merke ich nicht viel. Du lässt mich im Stich, Tyler, merkst du das eigentlich?«

»Lauren ...« Ich strich ihr eine Strähne aus der Stirn.

»Willst du mich verlieren, Ty? Endgültig?«

Jede Faser meines Körpers spannte sich an. Die vertrauten Schuldgefühle stiegen in mir auf. Ich durfte sie nicht verlieren. Gleichzeitig lösten ihre Vorwürfe Beklemmungen in mir aus. »Es tut mir leid, okay? Wir können so gut miteinander reden, du bist für mich da, wenn alles auseinanderzufallen droht. Ich bin dir wirklich dankbar für alles, was du für mich getan hast, Lauren. Im Ernst.«

»Warum kommst du dann erst heute? Wieso lässt du mich so lange warten? Warum ...«

Ich schüttelte den Kopf. Gestern hätten wir uns sehen können. Doch nur vierundzwanzig Stunden nachdem Frankie und ich uns fast geküsst hatten, hatte ich es nicht über mich gebracht.

»Ich weiß nicht, ich war echt müde und ...«

»Das sind doch alles nur Ausreden, Ty.«

»Nein, das ist die Wahrheit.« Ich biss die Kiefer aufeinander. »Ich will dich nicht verlieren, Lauren. Aber ich brauche auch manchmal ein bisschen Zeit für mich, okay?«

»Verstehe. Dann muss ich mir in Zukunft wohl auch genau überlegen, ob ich herkomme. Mal sehen, wann ...«

»Tu das nicht, Lauren«, unterbrach ich sie panisch. Mein Herz drohte zu zerspringen bei der Vorstellung, sie endgültig zu verlieren. »Ich versuche das alles unter einen Hut zu bekommen, sodass wir uns regelmäßig treffen können. Versprochen.«

Ein seitlicher Blick voller Hoffnung, dann verzog sie ihre vollen Lippen zu einem Lächeln. »Wirklich?«

Ich nickte und griff nach ihrer Hand, streichelte sie. »Klar. Du bist mir superwichtig. Das wirst du immer sein.«

»Gut. Du mir nämlich auch.« Sie schlang ihren Arm um meine Seite und presste sich an mich. »Irgendwann wird es einfacher sein, glaub mir.«

»Mhm«, murmelte ich zustimmend, weil ich nicht mehr herausbekam.

Weil ich mir mittlerweile nicht mehr sicher war, ob es irgendwann wirklich einfacher würde.

Weil ich nicht wusste, ob das hier überhaupt eine Zukunft hatte.

Und weil ich vielleicht hier stand, mit dem Herzen jedoch ganz woanders war.

KAPITEL 19

FRANKIE

Ich knetete und knetete und knetete. Klopfte den Teig und brachte ihn in Form, dann bestäubte ich die Arbeitsfläche wieder mit Mehl und knetete weiter. Mit jeder Minute, die ich hier hinten in der Backstube verbrachte, vergaß ich alles um mich herum ein wenig mehr. Da heute nicht allzu viel los war und Nick sich vorne um den Verkauf kümmerte, gönnte ich mir ein bisschen Zeit bei der Zubereitung. Hier konnte ich alles ausblenden, alles vergessen und vollkommen im Teig versinken – im wahrsten Sinne des Wortes. Es tat gut und beruhigte mich, nachdem mein Herz in den letzten Tagen seit dem Zeltausflug nicht mehr gewusst hatte, wie es richtig schlagen sollte. Und Nicks Anwesenheit half da auch nicht besonders. Er ging mir unsagbar auf die Nerven, und ich hatte versucht, mich nach unserem »Date« professionell zu verhalten. Aber so einfach war das nicht, wenn da ein Typ stand, der ein komplettes Arschloch war und dich als prüde Langweilerin bezeichnete.

»Keine Ahnung, vielleicht sind die auch von gestern«, hörte ich dumpf seine Stimme aus dem Verkaufsbereich zu uns nach hinten dringen.

Wenn man vom Teufel sprach. Wovon hatte er denn jetzt schon wieder keine Ahnung und warum fragte er nicht einfach, bevor er bei den Kunden irgendwelchen Mist verzapfte? Ich seufzte, klopfte mir kurz die Hände an meiner Schürze ab und lief dann nach vorne.

»Alles gut?«

»Klar, wie immer«, kam es pissig von Nick, der mit verschränkten Armen hinter der Theke stand und gerade ein Paar in meinem Alter bediente.

Der Kerl kam mir bekannt vor. Die dunklen Haare und der Bart gepaart mit den türkisblauen Augen. Die Frau neben ihm war wohl seine Freundin, was ich daran festmachte, dass sie seine Hand hielt. Sie grinste mich an. Ihr goldbraunes Haar leuchtete richtiggehend im Sonnenschein, der durch die Scheibe fiel.

Und dann machte es Klick.

»Ah, hey, Brody! Schön, dich mal wiederzusehen. Was treibt dich nach Golden Oaks?«

Brody war Kameramann in New York und der Enkel von Arturo, dem die Pizzeria in Golden Oaks ein paar Straßen weiter gehörte. Vergangenes Jahr hatte er einen kleinen Werbefilm für unsere Bäckerei gedreht und geschnitten und war auch sonst ab und an mal in der Stadt, um seinen Grandpa zu besuchen.

Er lächelte mich freundlich an. »Hey! Ja, finde ich auch. Geht's dir gut?« Dann huschte sein Blick erst zur Ablage mit den Croissants und anschließend zu der Frau neben ihm. »Wir besuchen für ein paar Tage meinen

Großvater, und ich wollte meiner Freundin Mackenzie auf keinen Fall eure tollen Croissants vorenthalten.«

»Ich bin schon gespannt«, sagte sie und grinste. »Wir hatten gerade nachgefragt, ob die hier ganz frisch sind, aber …«, sie kniff kurz die Augen zusammen und blickte auf Nicks Namensschild, »Nicolas meinte, die könnten auch von gestern sein. Ähm … stimmt das?«

Heiliges Stachelschwein …

Meine Augen weiteten sich, bevor ich Nick einen bösen Blick zuwarf. »Nein, nein. Die sind frisch, keine Sorge. Nicolas hat das sicher verwechselt. Wir haben sie vorhin erst aus dem Ofen geholt. Kann ich euch ein paar anbieten?«

»Wenn das so ist«, sagte sie lächelnd und nickte. »Dann super gerne! Willst du auch eins, Brody?«

»Auf jeden Fall. Und pack uns unbedingt noch von der Gemüse-Quiche und den Eclairs ein … Oh, und diese Tartes. Eine mit Schokolade und eine mit Erdbeeren … hm … und für Grandpa eine mit Blaubeeren.«

Ich lachte auf. »Okay, mach ich.« Rasch zog ich mir die Handschuhe über und kümmerte mich um die Bestellung der beiden, reichte sie über den Tresen und nahm dankend das Geld entgegen. »Ich hoffe, ihr habt noch 'ne schöne Zeit in Golden Oaks.«

»Danke«, entgegnete Brody und nickte. »Wir sind auf der Durchreise. Mackenzie gibt in verschiedenen Städten an der Ostküste Tanz-Workshops, und ich halte ihre Tour mit der Kamera fest. Daher bleiben wir auch nicht so lange, aber vielleicht sehen wir uns ja noch mal.«

»Spätestens, wenn ich Nachschub von diesen leckeren Croissants brauche«, fügte Mackenzie hinzu, die bereits an einem knabberte. Ertappt grinste sie und zuckte dann mit den Schultern.

»Hört sich nach einem tollen Plan an«, sagte ich lachend. »Viel Spaß euch noch und einen schönen Tag!«

Die beiden verabschiedeten sich und traten dann Hand in Hand raus auf die Straße. So wie er sie anschaute, merkte man, dass die total ineinander verschossen waren. Hoffentlich würde mich Tyler auch irgendwann so ansehen.

Ich schüttelte rasch den Kopf, da ich hier bei der Arbeit war und nun erst mal Nick einen Einlauf verpassen musste, bevor ich mit meinen Tagträumen erneut zu Ty abdriftete.

»Was war das, Nick?«

»Was war was?« Ein gelangweilter Ausdruck breitete sich auf seinem Gesicht aus, während er sich gegen die Ablage lehnte und die Beine überkreuzte. Glücklicherweise waren keine Kunden im Laden, die unser Gespräch mit anhören konnten.

»Du hast den beiden gesagt, dass die Croissants auch von gestern sein könnten. Was sollte das? Du weißt doch, dass sie frisch sind.«

»Muss mir wohl entgangen sein.«

Ich stöhnte gequält auf. »Du hast sie vorhin, als sie warm waren, sogar noch in den Korb gelegt.«

»Wie gesagt, muss mir wohl entgangen sein.«

Zusammenreißen, Frankie. Zusammenreißen.

»Besteht die Möglichkeit, dass du mich einfach nur in die Kacke reiten willst, um mir eins reinzuwürgen? Wegen meiner Abfuhr bei unserem Treffen?«

»Ich? Nö. Wer nicht will, der hat schon.« Er verschränkte die Arme vor der Brust und funkelte mich überheblich an.

»Wirkt nicht so. Sondern eher, als ob du seitdem auf Konfrontation aus bist, dir keine Mühe gibst und keinen Bock auf den Job hast. Mit den Kunden gehst du auch nicht passend um, und deine Antworten sind pissig. Das kann so echt nicht weitergehen.«

»Entspann dich, Kleine.«

Entspann dich, Kleine?

Oh-oh … Oh no. Das … Nein. Mh-mh. Ich hatte mich lange genug zusammengerissen. Stattdessen riss jetzt mein Geduldsfaden.

»*Kleine?* Dein verdammter Ernst? Ich bin deine Vorgesetzte, da musst du mir Respekt entgegenbringen.«

»Ich muss gar nichts, das ist immer noch die Bäckerei meines Onkels.«

»In seiner Abwesenheit bin ich allerdings die Chefin, und somit arbeitest du – auch wenn es dir nicht passt – für mich.« Mit zu Fäusten geballten Händen machte ich einen Schritt auf ihn zu und fixierte ihn.

»Ich lass mir von dir nichts sagen, das solltest du inzwischen gemerkt haben.« Herausfordernd hob er eine Braue. »Kannst mich ja feuern, aber traust du dich sowieso nicht, weil du meinem Onkel in den Arsch kriechen willst.«

In mir brodelte es. Ich biss die Kiefer aufeinander und wollte ihm am liebsten die harten Baguettes von vorgestern um die Ohren hauen, doch Gewalt war keine Lösung (auch wenn ich es wirklich, wirklich, wirklich gern tun wollte!). Stattdessen setzte ich eine eiskalte Miene auf und baute mich vor ihm auf. »Ach, du denkst, ich trau mich nicht?«

»Nö.«

»Tja, dann hör mir jetzt mal genau zu. Du. Bist. Gefeuert.«

Sein Kiefer klappte herunter.

»Jap, richtig gehört. Pack deine Sachen zusammen und verschwinde.« Als er sich nicht regte, schob ich noch ein »Jetzt!« hinterher und lächelte ihn gespielt überfreundlich an. »Bye-bye.«

»Mein Onkel wird dich so was von rausschmeißen.«

»Ach, wenn ich ihm erzähle, dass ein besoffener Beagle deinen Job besser gemacht hätte und du mich zudem noch ganz schön belästigt hast, glaube ich, dass er das auch nicht allzu toll findet, oder was denkst du?« Ich zwinkerte ihm zu, dann drehte ich mich um und lief zurück in die Backstube, um mich an meinem Teig abzureagieren.

Oh Gott. Oh Gott. Oh Gott.

Verdammter Mist. Jetzt nicht die Fassung verlieren. Nein, ich schaffte das.

»Dem hast du's gegeben«, murmelte Eve und nickte mir anerkennend zu, als ich meine Wut am Teig ausließ.

Dann hörte ich nur noch, wie Nick in den Mitarbeiterraum stürmte, lautstark seine Sachen zusammenpackte, wenig später fluchend aus der Bäckerei hetzte und die Tür hinter sich zuschlug.

Ich atmete all die Luft aus, die ich in den letzten Sekunden angehalten hatte.

»Crap«, sagte ich leise und schloss die Augen, um zu überlegen.

Was machen wir jetzt? Was mache ich jetzt?

Uns fehlte eine Aushilfe. Jemand, der sich um den Verkauf kümmerte. Ab und an konnte ich auch mal vorne einspringen, aber zwei Leute in der Bäckerei waren eindeutig zu wenig. Und ich war daran schuld … Nein! Nick war schuld. Er hatte all den Mist gebaut. Es war die richtige Entscheidung gewesen, ihn rauszuwerfen, und Mathieu würde das verstehen. Oder? Bei der Vorstellung, dass er mir kündigen könnte, wenn er von Nicks Rausschmiss erfuhr, zog sich mein Innerstes schmerzhaft zusammen. Ich ließ den Blick durch die Backstube gleiten und realisierte, dass ich diesen Ort in mein Herz geschlossen hatte. All die Aufgaben machten mir so viel Spaß, und ich konnte mir ein Leben ohne das Le Petit Pain nicht mehr vorstellen. Die Arbeit hier war zu meiner Leidenschaft geworden, die ich nicht aufgeben wollte. Aus einem Aushilfsjob, den ich nur angenommen hatte, weil ich nicht wusste, was ich mit meinem Leben anfangen soll, war etwas geworden, das mir Stabilität gab, selbst wenn mal wieder alles den Bach hinunterging und ich meine Existenz infrage stellte. Ich wollte das hier für immer tun. Es war meine Zukunft.

Rasch straffte ich die Schultern und lief rüber zu meinen Sachen, kramte mein Handy aus dem Rucksack und öffnete den Chat mit Tatum.

SOS. Dein Girl braucht Hilfe. Hast du gerade Zeit?

Tatum kam direkt online und tippte eine Antwort, schickte sie nach wenigen Sekunden ab.

Was ist los? Jap, klar!

*Kannst du in die Bäckerei kommen? Ich hab Nick
rausgeworfen, und zu zweit kriegen wir das nicht
hin.*

Bin schon auf dem Weg!

Ich hatte gewusst, dass ich mich auf meine beste Freundin verlassen konnte. Das war vielleicht keine Lösung für die Ewigkeit, aber zumindest bis ich eine neue Aushilfe hatte. Erleichtert atmete ich auf und lief nach vorne, um ein paar Kunden zu bedienen, die geraden den Laden betreten hatten.

Nur fünf Minuten später hastete Tatum außer Puste in die Bäckerei, einen besorgten Ausdruck auf dem Gesicht.

»Ahhh, danke, danke, danke, danke!« Ich fiel ihr um den Hals, dann ließ ich sie wieder los und presste die Lippen aufeinander. »Ich hoffe, das ist nicht arg blöd für dich.«

»Quatsch«, sagte sie und schüttelte den Kopf. »Ich bin da, wenn du mich brauchst, das hab ich doch gesagt. Zeig mir alles, dann bring ich dein Brot an die Frau und den Mann und lächle sogar dabei. Extra für dich.«

Ich grinste. »Du bist die Beste! Und du bekommst das mit Sicherheit tausendmal besser hin als der nervige Nick.«

»Der ist schon weg, oder?«

»Jap«, entgegnete ich und führte sie in den Mitarbeiterraum, um ihr Arbeitskleidung zu geben und alles Wichtige zu zeigen. »Der hat mich null ernst genommen. Ein total respektloser Arsch. Ich hätte ihn schon viel früher rauswerfen sollen.«

»Besser spät als nie.«

»Ich hoffe nur, Mathieu versteht auch, dass ich das tun musste.«

»Ganz sicher.« Ein aufmunterndes Lächeln streifte ihre Lippen, während sie sich die Haare zusammenband. »Mach dir keine Sorgen, Eve supportet dich da bestimmt.« Dann wandte sie sich meiner Mitarbeiterin zu. »Oder, Eve?«

»Klar«, bestätigte Eve, die gerade den Teig für eine Quiche vorbereitete.

»Siehst du! Das wird alles halb so schlimm. Wir schaffen das.«

Ich nickte. »Alles klar, dann kann's ja losgehen. Bist du bereit?«

»Hell, yeah!«

Wir liefen nach vorne, und ich erklärte ihr das Wichtigste – wie die Kasse funktionierte, welche Backwaren wir verkauften (die meisten kannte sie sowieso schon) –, und wir spielten eine Kundensituation durch. Dann kam auch schon Susan aus der Tratschrunde vorbei, und ich ließ Tatum bedienen.

Als Susan den Laden verlassen hatte und wir wieder alleine waren, klatschte ich vergnügt in die Hände. »Yay, richtig gut! Und ganz ohne die Kundin zu verärgern, dumme Sprüche zu bringen, völlig ahnungslos zu wirken und die falschen Sachen einzupacken. Was für ein Wunder!«

Sie grinste. »Ich würde sagen, ich habe Nick jetzt schon als Mitarbeiter des Monats abgelöst, oder?«

»Ha! Als ob der sich jemals diesen Titel verdient hätte. Ne, ne, ne.« Dann lehnte ich mich gegen die Ablage hinter der Theke und seufzte. »Danke noch mal. Ich versuche, so schnell wie möglich eine neue Aushilfe zu finden, versprochen!«

»Alles gut, Franks. Momentan ist bei uns in der Chestnut Flower Lodge sowieso nicht allzu viel zu tun, und die Bewerbung für den Studienplatz an der Golden Oaks University habe ich auch schon abgeschickt. Ein bisschen Abwechslung tut mir gut, und wenn ich dir dadurch helfe, schlage ich zwei Fliegen mit einer Klappe.«

»Okay, okay! Ich bin einfach nur froh, dass ich Nick los bin. Es war schon so super awkward nach unserem Date; umso besser ist es, dass ich ihn jetzt nicht mehr dauernd sehen muss.«

»Kann ich verstehen. Der Typ ging echt gar nicht. Richtiger Larry.«

»Definitiv. Ty war er auch ein Dorn im Auge.«

In Tatums dunklen Augen blitzte etwas auf. »Ach, der gute Ty. Hast du seit dem Zelten noch mal was von ihm gehört?«

»Gestern haben wir kurz geschrieben, weil ich ihm versprochen hatte, eins von Moms Rezepten für ihn zu kochen. Wir haben das jetzt fürs kommende Wochenende verabredet.«

»So, so?«

»Ja«, sagte ich und konnte mein breites Grinsen nicht unterdrücken.

Ich spürte eindeutige Nachwirkungen unseres kleinen Wochenendtrips. Was war das mit Ty gewesen? Als wir auf der Decke gelegen und seine Lippen meine gestreift hatten? Bevor er dann doch einen Rückzieher gemacht hatte. Vollkommene Verwirrung in meinem Kopf.

»Einerseits habe ich das Gefühl, dass wir uns beim Zelten nähergekommen sind. Gerade in der letzten Nacht, als wir uns fast geküsst hätten. Wobei … vielleicht hab ich mir das auch nur eingebildet oder geträumt. Ich weiß nicht, Tate. Und andererseits … na ja, falls ich es nicht geträumt haben sollte, hat er es abgebrochen. Er hätte mich küssen können, hat es aber nicht getan. Ich weiß echt nicht, was in seinem Kopf vor sich geht und wie er für mich empfindet.«

»Hast du eine Ahnung, wie man das ganz einfach lösen könnte?«

Ich schnaubte und wandte den Blick ab. »Du weißt, dass ich mich nicht traue, mit ihm darüber zu sprechen. Wir hatten das Thema oft genug.«

»Schon klar, ich wollte es trotzdem noch mal probieren.« Sie lachte und wiegte dann den Kopf hin und her. »Vorausgesetzt, du hast es nicht geträumt, glaube ich schon, dass es ein gutes Zeichen ist. Klar, er hat den Kuss nicht durchgezogen, aber vielleicht macht er sich ja genauso einen Kopf wie du und fragt sich, ob du tatsächlich Interesse an ihm hast. Immerhin bist du Frankie Davis – coolster Mensch auf diesem Planeten.«

»Dagegen kann ich jetzt echt nichts einwenden.« Grinsend stieß ich mich von der Arbeitsfläche ab und lief ein paar Schritte, während ich überlegte. »Das heißt, der Plan läuft … nach Plan!«

»Tut er das wirklich?« Sie schnaubte.

»Na ja, ich kann auf meiner Liste einige Fortschritte verzeichnen. So viel steht fest. Und ein Punkt steht ja noch aus, mit dem ich ihn vom Sessel knallen kann.«

»Vom Hocker fegen.«

»Hab ich doch gesagt, Mensch.«

»Und welcher ist das?«

»*Koch für ihn und mach ihm deutlich, dass du auch das drauf-hast.* Ich muss ihm zeigen, dass ich Heiratsmaterial bin!«

»Mhm. Und dafür *musst* du zwingend kochen können? Das wirft uns Frauen um Jahrzehnte zurück, das ist dir bewusst, oder?«

Ich lachte. »Betrachte es mit einem Augenzwinkern, okay? Liebe geht durch den Magen, und wenn ich ihn mit meinen Gourmetkünsten um den Finger wickeln kann, zieh ich gern für einen Abend meine kleine Koch-Show ab.«

»Erstens«, sagte sie und hob einen Finger, »so oft kann ich gar nicht zwinkern, sonst sehe ich überhaupt nichts mehr.« Dann gesellte sich der nächste Finger dazu. »Und zweitens, falls du für deinen diabolischen Liebestrank Zutaten brauchst, sag Bescheid, dann schau ich mal bei uns im Kräutergarten.«

»Gute Idee. Ich könnte ihn in einen Frosch verzaubern, dann *muss* ich ihn wohl küssen, um ihn zurückzu-verwandeln.«

»Deine Pläne werden immer besser, Franks. Aber mal abgesehen von deinem Hexentrank, glaube ich, dass das ein cooler Abend wird. Versuch, dir nicht so viele Gedanken zu machen, sondern alles auf dich zukommen zu lassen, okay? Und das Wichtigste: Sei du selbst.«

»Ich gebe mein Bestes. Ich hoffe nur, dass ich dadurch ein wenig mehr Klarheit bekomme.«

»Das hoffe ich auch. Aber wenn du mich fragst, hab ich ein gutes Bauchgefühl. Wirklich.«

Ich grinste. »Tja, da hast du's … Liebe geht wohl echt durch den Magen.«

KAPITEL 20

TYLER

Mit klopfendem Herzen betrat ich Frankies Veranda und klingelte an der Tür. Seit unserem Zeltausflug freute ich mich darauf, den Abend mit ihr zu verbringen. Natürlich nicht nur darauf, dass sie mir was Leckeres kochte, sondern auch darauf, Zeit mit ihr zu verbringen und etwas schlauer aus der ganzen Sache zwischen uns zu werden. Hoffentlich erlangte ich dadurch etwas mehr Klarheit, was meine Gefühle für sie betraf, aber auch ihre für mich.

Schritte erklangen dumpf hinter der Tür, beschleunigten sich mit jeder Sekunde, dann riss sie die Tür auf. Ein Strahlen lag auf ihren Zügen, was mich ziemlich breit zum Grinsen brachte. Sie trug eins ihrer weiten Shirts, das sie in den Bund ihrer hellen Mom-Jeans gesteckt hatte, und dazu Socken mit kleinen Weihnachtsmännern drauf. Typisch Frankie.

»Ty! Hey, alles klar? Bist du nass geworden?«, spielte sie auf den Regen und das Gewitter an, das gerade am Himmel tobte.

Ich breitete die Arme aus, und sie schlang ihre um meinen Nacken, dann drückte ich sie fest an mich und hob sie ein Stück an, sodass ihr wieder dieses süße Quieken entfuhr. Ihr Vanilleduft umspielte meine Nase, während ihr weiches Haar mein Gesicht streifte. »Hey! Nein, alles gut, bin trocken.« Ich lächelte. »Wie geht's dir?«

»Bestens! Das Essen ist fast fertig. Ich hoffe, du hast Hunger.«

»Was, echt?« Ich ließ sie los und trat in den Flur. »Damit hab ich gar nicht gerechnet. Soll ich dir nicht noch bei irgendwas helfen?«

Sie winkte ab, während ich ihr durch den Flur folgte. »Ne, ne, alles gut. Das war ein Kinderspiel.«

Die helle Küche mit den mintgrünen Schrankfronten und der kleinen Kücheninsel in der Mitte wirkte immer super heimelig. Aber vielleicht lag das auch einfach nur an Frankies Anwesenheit. Am Kühlschrank waren etliche Magnete aus allerhand Ländern und Zeichnungen aus Frankies Kindheit sowie ein paar Fotos befestigt. Eines sogar von uns beim großen Sommerfest von Golden Oaks vor einigen Jahren, wo wir gemeinsam Riesenrad gefahren waren und Fiona ein Foto von uns geschossen hatte. Wir lachten darauf, waren unbeschwert und genossen den Moment. Ich sah mich weiter um. Im Ofen köchelte etwas vor sich hin. Das musste die Lasagne sein, mir stieg bereits der köstliche Duft nach Gewürzen und Tomate in die Nase.

Ich legte meine Jacke über einen der Hocker vor der Kücheninsel, dann bemerkte ich aus dem Augenwinkel, dass der Esstisch schon komplett gedeckt war. Verdutzt starrte ich die Teller, neben denen Besteck lag, den kleinen Blumenstrauß in einer Vase und die Schüssel mit

Salat an. Nicht dass es seltsam gewesen wäre, an einem gedeckten Tisch zu sitzen, allerdings war ich vom WG-Leben anderes gewohnt. Da schnappte sich jeder irgendeinen Behälter, füllte sich Essen rein (wenn alles schmutzig war, kam es auch schon mal vor, dass Fiona Nudeln aus einer Tasse aß) und suchte sich einen freien Platz.

Mein Blick huschte zu Frankie, die gerade Getränke aus dem Kühlschrank holte. »Du hast dir ja voll Mühe gegeben, Franks. Womit hab ich das denn verdient?«

Während sie die Flaschen rüber zum Tisch brachte, zupfte ein Lächeln an ihren Mundwinkeln, doch sie vermied jeden Augenkontakt. »Ach, das ist doch nichts. Das … mach ich ganz oft, wenn ich für Leute koche. Gehört zum Frankie-Davis-Basispaket.«

Ich musste schmunzeln. »Ach so? Dann bin ich ja froh, dass ich das auch mal erlebe.«

»Du kannst gerne öfter in den Genuss kommen.«

Oh, flirtete sie da gerade etwa mit mir? Oder war es nur einer ihrer typischen schlagfertigen Sprüche unter Freunden gewesen?

Ich blinzelte einige Male, dann legte ich den Kopf schief und musterte sie. »Wäre mir eine Ehre. Aber nur, wenn ich mich revanchieren darf.«

Röte kroch ihr über die Wangen, während sie überlegte und dabei leicht auf ihrer Unterlippe herumbiss. Unwillkürlich stieg Hitze in mir auf. Dann hielt sie meinen Blick fest. »Wie würdest du dich denn revanchieren wollen?«

So viel, was mir durch den Kopf ging, doch ich beobachtete sie nur, während einer meiner Mundwinkel nach oben zuckte. »Na ja, mir würden da …« Weiter kam ich nicht – der Alarm in ihrem Handy ging los und signalisierte vermutlich, dass die Lasagne fertig war.

Frankie zuckte zusammen, dann entspannten sich ihre Züge, als sie einige Male blinzelte und schließlich den Blick abwandte. »Ähm, ich … Essen ist fertig.«

Ich atmete schwer aus und fuhr mir durch die Haare. »Okay, ja … Äh … Soll ich dir bei was helfen?«

»Ne, ne, passt schon. Du …« Sie hievte die Auflaufform aus dem Ofen und trug sie zum Tisch, als es draußen plötzlich donnerte. »Oh, du kannst dich setzen.«

Mein Herz galoppierte immer noch, als ich mich auf einen der Holzstühle sinken ließ und mit den Fingern auf meinem Bein herumtrommelte. Frankies Gesicht war knallrot. Entweder lag es an der Hitze, die sich in der Küche gestaut hatte, oder vielleicht doch an unserem kleinen Flirt … Sie schnappte sich ihr Handy, verknüpfte es mit einem Lautsprecher, und schon erklang leise »As It Was« von Harry Styles aus der Box. Dann setzte sie sich auf den Stuhl links über Eck von mir und schnitt die Lasagne an. Ich konnte erkennen, wie sie auf der Innenseite ihrer Wange herumbiss, und fragte mich, ob sie wegen mir nervös war. Wieder machte mein Herz einen Satz. Vielleicht hatte ich mir die kleine Flirterei doch nicht eingebildet.

»Guten Appetit!«, sagte sie, als wir beide ein Stück auf unseren Tellern hatten. Es roch himmlisch, und mir lief das Wasser im Mund zusammen. Draußen blitzte und donnerte es wieder, während der Regen an die Scheibe hämmerte.

Ich lächelte sie an. »Guten Appetit und danke fürs Kochen!« Dann nahm ich einen ersten Bissen. »Oh, wow, das schmeckt ja richtig gut!«

»Hast du etwa was anderes angenommen, Montgomery?«

Ich grinste. »Natürlich nicht. Aber da du zum ersten Mal für mich gekocht hast, hatte ich schließlich keine Ahnung, was mich erwartet.«

Sie schob sich schmunzelnd eine Gabel voll in den Mund. »Nur Gutes, also bitte. Für Dessert ist selbstverständlich auch gesorgt.«

»Was? Wie krass bist du denn?« Ungläubig schüttelte ich den Kopf.

»Freu dich nicht zu früh! Du weißt ja nicht, was es ist.«

»Solange es keine Brötchen mit Rosinen sind, die du mir als Schokostücke verkaufst, bin ich zuversichtlich.«

Sie lachte auf. »Oh mein Gott, stimmt! Deine panische Angst davor, die zu vertauschen, ich erinnere mich.«

»Es ist mir einmal passiert«, entgegnete ich und verzog gespielt dramatisch das Gesicht. »Nie wieder. Sonst werde ich zu Hulk.«

»Du? Pff ... Das würde ich gerne sehen.« Ihre eine Braue sauste nach oben.

Ich fixierte sie, während ich einen Schluck trank. »Musst mir nur ein Rosinenbrötchen vor die Nase halten, das reicht schon.«

»Merk ich mir für die Zukunft, auch falls ich dich mal loswerden will.«

Ich verengte die Augen. »Wieso würdest du mich loswerden wollen? Da fällt mir kein einziger Grund ein.«

Lachend lehnte sie sich nach hinten. »Vielleicht wenn du mal wieder deine doofen Horrorfilme auspackst.«

»Hey, so oft kommt das echt nicht vor. Die sind wirklich gut ... teilweise.«

»Teilweise, mhm. Genauso wie Zuckerwatte *teilweise* gut schmeckt.«

»Franks! Was hast du jetzt schon wieder gegen Zuckerwatte? Ich mag die.«

»Und deshalb werfe ich dich jetzt gleich raus, Ty. Ne, also echt, Zuckerwatte ... Ich versteh das Konzept einfach nicht. Das ist Zucker an 'nem Stab in Form von ...«

»Watte?«

»Ja!«

Schnaubend lehnte ich mich nach vorne und schaute sie amüsiert an. »Wenn sie dir nicht schmeckt, esse ich beim nächsten Stadtfest gerne deine Portion. Hab ich kein Problem mit. Gehört zu meinen Lieblingssnacks.«

Unsere Blicke trafen sich und schickten mir unzählige Blitze durch den Körper. Sie lachte auf, sie strahlte. Hell wie die Sonne. Die süße kleine Nase, die sie kraus zog, und der offene Ausdruck auf ihrem Gesicht, die grünen Augen, in denen man sich verstanden fühlte, und die roten Wellen, die sie einrahmten. Ich mochte alles an ihr.

»Du bist ja 'n richtiger Scherzkeks, Ty. Meine Portion ist nämlich leider auf Lebenslänge für Tatum reserviert. Sorry. Da musst du dich schon ein wenig mehr ins Zeug legen, um es mit ihr aufzunehmen.«

»Ach?« Ich legte die Stirn in Falten, nahm einen Bissen und überlegte. »Dann besteht also die Chance, dass ich Tatum die Portion wegschnappen könnte?«

»Ist nicht ausgeschlossen.« Sie wiegte den Kopf hin und her. »Unwahrscheinlich. Aber nicht unmöglich.« Dann zupfte wieder ein Lächeln an ihren Mundwinkeln. »Wobei Tate schon einen großen Vorsprung hat. Immerhin hat sie mir in der Bäckerei den Arsch gerettet.«

»Hat sie?«

Sie nickte. »Ich hab's dir noch gar nicht erzählt, fällt mir ein … Ähm, ich habe Nick rausgeworfen, und Tatum springt derzeit im Verkauf für ihn ein. Wilde Zeiten, ich sag's dir.«

»Was? Du hast ihn gefeuert? So richtig?«

»Wie kann man jemanden denn falsch feuern, Ty?« Ein Schmunzeln trat auf ihre Lippen.

»Na, indem du ihn verarschst, so wie Michael Scott in *The Office* in der einen Episode … Ach, vergiss, was ich gesagt habe. Du hast ihn echt rausgeworfen?«

»Klar. War mehr als überfällig.«

Ich nickte. »Aber hallo. Der war für mich vom ersten Moment an, als ich ihn gesehen habe, ein rotes Tuch. Was hat er sich denn noch erlaubt, um das Fass zum Überlaufen zu bringen? Mal abgesehen davon, dass er dich belästigt hat.«

Immer wenn ich daran dachte, dass Frankie ernsthaft mit ihm ein Date gehabt hatte und er sie danach auch noch überreden wollte, mit ihm zu schlafen, zog sich alles in mir vor Wut zusammen. Der Dude konnte froh sein, dass er mir danach nicht mehr über den Weg gelaufen war.

»Er war super respektlos. Die ganze Zeit schon. Und dann hat er Kunden irgendeinen Mist erzählt, nur um mich zu provozieren. Der war unfähig, ohne ihn sind wir besser dran.«

»Auf jeden Fall. Und Tatum hilft euch jetzt?«

»Jap. Bis ich eine Aushilfe gefunden habe oder Mathieu hoffentlich bald wieder zurück ist.«

Ich nickte. »Weißt du, wann er wiederkommt?«

»Dürfte nicht mehr lang dauern. Vor ein paar Tagen hat er mir eine Nachricht geschrieben, dass es seinem Dad besser geht und es nur noch eine Sache von wenigen Wochen ist.«

»Gut so, das schaffst du locker auch ohne den Deppen. Und du weißt ja, falls ich dir irgendwie helfen kann, sag Bescheid.«

Sie nickte dankbar.

Ich nahm noch einen Bissen von der Lasagne. »Mmmhhh … Weiß Mathieu schon, dass du seinen Lieblingsneffen gekickt hast?«

»Theoretisch schon. Ich hab ihm eine ausführliche Mail geschrieben, aber darauf hat er noch nicht geantwortet. Keine Ahnung, ob er über sie nachdenkt, nicht zum Schreiben kommt oder sie bisher gar nicht gelesen hat. Mal sehen. Im Zweifel will ich sowieso noch mal mit ihm darüber sprechen, wenn er wieder da ist. Jetzt wo er in Nizza ist, will ich ihn nicht dauernd mit Mails oder Anrufen bombardieren. Er soll sich auf seinen Dad konzentrieren können, und so lange bin ich seine Vertretung und kümmere mich um alles. Auch um die doofen Dinge.«

»Er wird es verstehen, Franks. Spätestens wenn du ihm erzählst, wie mies Nick sich dir gegenüber verhalten hat.«

»Ich hoffe es …«

»Da bin ich mir sicher.« Ich seufzte. »Was ich allerdings immer noch nicht verstehe, ist, warum du Interesse an ihm hattest und dich mit ihm getroffen hast.«

Unsicherheit flackerte über ihr Gesicht, und sie senkte den Blick auf ihren Teller. »Er schien nett zu sein«, sagte sie, doch ich kaufte es ihr nicht ab.

»Nett? Du hast mehr verdient als nur *nett*, Franks.«

Unsere Blicke begegneten sich wieder. Ich bemerkte, wie sie scharf die Luft einzog und sich auf ihren Lippen Tausende Fragen tummelten. In meiner Magengegend flatterte etwas, und so langsam hatte ich das Gefühl, dass es schon seit Längerem darauf hindeutete, dass Frankie für mich mehr war als nur eine beste Freundin.

»Ich weiß, Ty. Natürlich will ich auch mehr als nur einen netten Kerl, aber so leicht ist das nicht. Die gibt's nicht an jeder Ecke.«

Nur hier um die Ecke deines Tischs, dachte ich, doch behielt es lieber für mich.

»Was wünschst du dir denn?«, fragte ich stattdessen. Es konnte nicht schaden, mich ein bisschen vorzutasten. Auch wenn wir vorhin ein wenig geflirtet hatten, wusste ich nicht sicher, ob das hier für sie mehr war als eine Freundschaft.

Du hast sie fast geküsst ...

Aber nur fast. Bis mich eine innere Stimme davon abgehalten hatte. Oder vielmehr waren es zwei gewesen. Die Stimme, die unsere Freundschaft nicht aufs Spiel setzen wollte, und eine andere, die verdächtig nach Lauren geklungen hatte.

Stopp. Ich bin hier mit Frankie. Dem Mädchen, das mich zum Grinsen bringt wie kein anderes.

»Eigentlich bin ich leicht zufriedenzustellen«, murmelte sie und zuckte mit den Schultern. »Ich wünsche mir einfach nur eine Person, auf die ich mich verlassen kann, die Verständnis für meine Ängste hat und mit der ich Spaß habe. Ich weiß, dass ich manchmal ein bisschen überdreht oder anstrengend bin und seltsames

Zeug von mir gebe, mein Leben ein einziges Chaos ist …
Trotz allem könnte ich mir vorstellen, dass es vielleicht
irgendwo jemanden gibt, der damit klarkommt und mich
vielleicht auch genau deshalb …«, sie räusperte sich, »lieben könnte.«

Wärme rauschte durch meine Glieder, weil ich ihr so
gerne sagen wollte, dass ich womöglich diese Person für
sie sein könnte – auch wenn sie vielleicht noch nie so
über mich gedacht hatte.

Willst du mich verlieren, Ty? Endgültig?, hallte Laurens
Stimme durch meinen Kopf, doch ich versuchte, sie zu
ignorieren.

»Das ist das Mindeste, Frankie. Wenn du mich fragst,
kann sich jeder Kerl, der es schafft, dein Herz zu erobern,
mehr als glücklich schätzen. Wirklich.« Ich hielt ihren
Blick fest, während sich ihre Augen weiteten und sie
dann einige Male blinzelte. Aber ich meinte diese Worte
genauso, wie ich sie gesagt hatte. Und selbst wenn dieser
Kerl nicht ich war, hoffte ich, dass er sie verdammt noch
mal zu schätzen wusste. Mein Herz zog sich zusammen,
weil ich nicht daran denken wollte, dass sie jemals einen
anderen Typen lieben könnte.

Ich beugte mich ein Stück nach vorne. Unterm Tisch
berührten sich für den Hauch einer Sekunde unsere Knie.
Blitze zuckten durch meinen Körper, als mein Herz stolperte. Frankie zog sich erschrocken zurück, doch im
nächsten Augenblick legte sich etwas Weiches auf ihre
Züge, und sie entspannte sich wieder. So sehr, dass sich
unsere Knie erneut streiften, doch mit dem Unterschied,
dass wir nun den Kontakt nicht mehr abbrachen. Einer
meiner Mundwinkel hob sich, als sie tief ein- und aus-

atmete. Sie war so schön. Immer. Wieso war mir das in all den Jahren nie so richtig aufgefallen?

Vielleicht, weil es da noch diese andere Person gibt, die an deinem Herz festhält und nicht loslassen will.

»Und was wünschst *du* dir?«, holte Frankie mich zurück in die Gegenwart.

»Puh …« Ich fuhr mir durchs Haar und wandte kurz den Blick ab, um mich auf meine Gedanken zu konzentrieren. Mich nicht von ihren wunderschönen Augen ablenken zu lassen. »Ich schätze, ähnlich wie bei dir. Es muss eine Frau sein, der ich vertrauen und bei der ich mich fallen lassen, ich selbst sein kann. Die für mich da ist, aber für die ich ebenso da sein darf, und die mit meiner manchmal auftretenden Sturheit umgehen kann.« Ich schnaubte, dann blickte ich wieder zu ihr. »Außerdem müssen wir denselben Humor haben, und ich will mit ihr Gespräche bis tief in die Nacht führen können, sodass man die Zeit vollkommen vergisst und nur im Moment lebt.«

Ob ich soeben erfolgreich Frankie beschrieben hatte? Möglich.

Ihre Lippen öffneten sich ein Stück, während wieder diese süße Röte auf ihre Wangen wanderte. »Scheint, als ob wir uns ganz gut ergänzen, oder?«

Hat sie das gerade wirklich gesagt?

Ich schluckte und versuchte, Ruhe zu bewahren. »Ich glaube, das scheint nicht nur so.«

Es kam mir vor, als ob sie den Blick nicht mehr von mir lösen könnte, und mir ging es da ganz ähnlich. Mein Herz schlug schneller, während ich mein Bein noch näher an ihres heranschob, um ihren Körper enger an meinem zu spüren.

Was stellte ich mich so an? Normalerweise umarmten wir uns ständig, wieso war das jetzt so ein riesiges Ding, ihr Knie mit meinem zu streifen?

Vermutlich, weil du Angst hast, dass sie plötzlich realisiert, dass sie sich lieber von dir fernhalten sollte. Weil sie keine Gefühle für dich hat. Oder weil sie merkt, dass du viel zu kaputt bist, und zu ihrer eigenen Sicherheit einen Rückzieher macht.

Ich biss die Zähne aufeinander und näherte mich ihr noch ein wenig. Ganz langsam. Ich konnte den Blick nicht von ihren Augen lösen. Es war ganz ruhig; ich hörte nur mein Herz, das mir bis in die Ohren schlug. Immer schneller, während die Luft zwischen uns dünner wurde und ich das Gefühl bekam, dass nur noch wir beide existierten. Ihr Brustkorb hob und senkte sich unregelmäßig, während sie mich einfach nur anstarrte.

Und dann – ging das Licht aus.

KAPITEL 21

FRANKIE

Dunkelheit.

Alles verschluckende Dunkelheit.

Ich sah nichts mehr. Schwarzes Nichts. Überall um mich herum. Ich blickte mich hektisch um, konnte jedoch nichts mehr erkennen. Innerhalb von Sekundenbruchteilen hörte ich nur noch, wie es in meinen Ohren rauschte. Hörte meinen Herzschlag, der immer schneller wurde. Immer schneller und schneller. Lauter und lauter. Ich schnappte nach Luft, klammerte mich am Holz der Tischplatte fest.

Scheiße, scheiße, scheiße. Nein, nein, nein.

»Frankie«, erklang aus dem Nirgendwo Tylers Stimme. Dann spürte ich seine warme Hand an meiner eiskalten, als er meine verkrampften Finger umschloss. »Ganz ruhig.«

»Ty, ich …« Mehr bekam ich nicht raus.

Hitze stieg in mir auf, während sich alles drehte, obwohl ich doch rein gar nichts sehen konnte. Ich krallte mich in Tys Hand, als plötzlich die Taschenlampe seines Handys aufleuchtete.

Zu wenig Licht. Zu wenig. Viel zu wenig.

Immer mehr Hitze, die in mir aufstieg. Durch meinen Körper raste. Meine Kehle schnürte sich zu, und ich spürte heiße Tränen, die mir aus den Augen rannen.

»Ty, ich …«, fing ich noch mal an, doch meine Stimme brach.

»Shit«, fluchte er leise. »Warte …« Im Licht des Handys konnte ich nun ein bisschen mehr von ihm erkennen. Aber nicht genug. Ich konzentrierte mich auf diesen kleinen Lichtstrahl, der mein Anker sein könnte. Mein Licht in der Dunkelheit.

»*Francine! Wehe, du kommst nicht sofort her. Du weißt, was dir blüht, wenn du nicht rauskommst …*«, drängten sich Stimmen in meinen Kopf.

Gänsehaut legte sich auf meinen gesamten Körper, als ich zu zittern begann und mich gedanklich krampfhaft an allem festklammerte, was ich erkennen konnte. Wieder sah ich mich hektisch um.

Tisch. Holz. Teller. Taschenlampe. Licht.

»Frankie, versuch, langsam zu atmen.«

Ich konnte nicht. Nicht, wenn jede Sekunde die Tür aufgehen könnte …

Heiße Tränen perlten über meine Wangen. Ich schluchzte auf. Mein ganzer Körper bebte.

»Fuck, okay warte …« Ty rückte näher zu mir und schloss mich in seine Arme, drückte mich so fest an sich, dass ich das Gefühl hatte, keine Luft mehr zu bekommen. »Ganz ruhig, shhh … Gleichmäßig atmen, ich bin da, Franks, ich bin da!« Seine warme Hand glitt in kreisenden Bewegungen über meinen Rücken, doch auch das half mir nicht dabei, die Stimmen loszuwerden.

»*Wir finden dich, Francine. Und wenn wir dich haben, dann kannst du was erleben ...*«

Ich klammerte mich noch fester an ihn, aus lauter Angst, die Tür könnte aufgehen.

Bitte nicht. Bitte bleib zu. Bitte, bitte, bitte.

Mir entfuhr ein Schluchzen. »Kann ... nicht mehr.«

»Du schaffst das. Komm schon. Dir kann nichts passieren, ich bin bei dir. Langsam atmen.«

Mein Magen drehte sich um, alles in mir verkrampfte sich. Es tat weh. Alles tat so unfassbar weh. Mein Herz explodierte, und ich hatte das Gefühl, ich würde beobachtet werden. Mit letzter Kraft hob ich den Kopf und sah mich erneut hektisch um, drängte mich an Tys Oberkörper, sah mich wieder um. Meine Finger bohrten sich in seine Seiten, während ich ruckartig auf meinem Stuhl hin und her rutschte.

Bitte nicht. Bitte tut es nicht. Bitte nicht heute.

Ich hörte ein leises Fluchen, dann schob Ty mich ein paar Zentimeter von sich weg. Er starrte mir fest in die Augen, und im Licht des Handys konnte ich große Sorge auf seinen Zügen erkennen.

Wieder fuhr ich hektisch herum, sah zur Tür und krallte mich in den Stoff seines Hoodies.

»Schau mich an«, flüsterte er und legte eine Hand an meine Wange, um meine Aufmerksamkeit auf sich zu lenken.

Tys Augen. Tys Augen. Tys Augen.

Ich konzentrierte mich auf seine Augen, seine Nase, seinen Mund, alles an ihm.

»Dir kann nichts passieren. Ruhig atmen, ganz ruhig.«
Er machte es mir vor, und ich versuchte, ihn zu imitie-

ren, doch wieder überkam mich Hitze, und dicke Tränen verschleierten mir die Sicht. »Fuck, okay, ich habe eine Idee ...«

Und dann ... küsste er mich.

Weich spürte ich seine Lippen auf meinen. Kurz riss ich die Augen auf, nur um sie eine Sekunde später wieder zu schließen und den Kuss zu erwidern. Hitze verwandelte sich in Wärme. Seine Hände wanderten in meinen Nacken, und ich hielt mich an seiner Brust fest. In mir zog sich alles zusammen, doch dieses Mal auf eine wohlige Art und Weise. Alles kribbelte, und kleine Schauer liefen mir über den Rücken, als seine Zunge meine Lippen teilte. Ich atmete stockend aus, dann schmeckte ich ihn. Ty. Alles, was ich in diesem Moment wollte. Mein Herzschlag beruhigte sich nach und nach, doch das Kribbeln breitete sich nun auch auf meiner Haut aus. Auf allen Stellen, die er berührte. Im nächsten Augenblick legte er seine großen Hände an meine Hüften und zog mich mit einem Ruck auf seinen Schoß. Sofort wanderten meine Hände in seine Haare, während wir die Lippen nicht voneinander lösen konnten. Als ich mich ihm entgegenwölbte, um ihn näher an mir zu spüren, entfuhr ihm ein leises Stöhnen. Seine Fingerspitzen glitten an meinem Rücken hinauf, und er vertiefte den Kuss und ...

Licht.

Der ganze Raum erhellte sich wieder.

In der nächsten Sekunde löste sich Ty sanft von mir. Seine Lippen waren gerötet, die Haare durcheinander, während er außer Atem zwischen meinen Augen hin und her blinzelte. »Äh ...«

Was. Zur. Hölle. War. Das.

Ich auf Tys Schoß. Die Hände an seinen Schultern, seine an meinen Hüften.

Oh mein Gott … Mein Kiefer klappte herunter, und ich starrte ihn an. Wir hatten uns geküsst. Nein. Er hatte mich geküsst. Wie war das möglich? Was … Warum … Wie …

Ich schluckte. »Was …«

»Geht's dir besser?«, fiel er mir ins Wort. Seine Stimme klang heiser, während ich dem Ausdruck in seinen Augen nicht entnehmen konnte, was gerade in ihm vorging.

»Ja«, wisperte ich und nickte.

»Gut. Ich …« Er schüttelte leicht den Kopf, sah zu meinen Lippen, dann wieder hoch in meine Augen. »Ich hab das mal bei *Teen Wolf* gesehen. Also, dass … bei einer Panikattacke ein Kuss, also … ähm … Ablenkung … helfen kann. Da dachte ich, ich probiere es mal. Ich hoffe, das … das war in Ordnung.«

Mein Herz stolperte. Hatte es ihm nichts bedeutet, war es nur als Ablenkung gedacht gewesen? Dafür hatte es sich zu echt angefühlt. Zu perfekt.

»Oh. Ja. Ähm … Ja, war okay.« Dann riss ich die Augen auf. »Also … nicht nur okay. Super. Klasse.« *Chill, Frankie, Chill!* »Super. Es war super, also gut, aber ja … auch in Ordnung. Also für mich.« Ich redete mich hier um Kopf und Kragen. Und ich saß verdammt noch mal nach wie vor auf Tys Schoß.

Seine Mundwinkel zuckten. Als ihm auffiel, dass ich immer noch ein wenig zitterte, zog er mich wieder in eine Umarmung. Sein Herz klopfte an meinem. Immer schneller und schneller. Ich atmete den Duft seines Aftershaves ein und schloss die Augen. Mit den Händen wanderte er an meinem Rücken auf und ab, um mich zu beruhigen. Es tat so gut, Tyler so nah bei mir zu spüren. Es half mir, nicht den Verstand zu verlieren und erneut in ein dunkles Loch zu fallen.

»Lass dir alle Zeit der Welt, Franks«, hörte ich seine tiefe Stimme, die rau in meinem Nacken kitzelte.

Ich nickte, schlang die Arme noch enger um ihn und wollte ihn nicht mehr gehen lassen. Nie wieder.

So saßen wir einige Minuten da, bis mein Herzschlag sich einigermaßen normalisiert hatte. Ich lehnte mich auf seinem Schoß ein wenig zurück, um ihm in die Augen sehen zu können. Darin lag so viel Mitgefühl und Wertschätzung, dass mein Herz vor Glück überlief.

»Gott sei Dank dauern die Stromausfälle meist nicht so lange. Aber gerade abends oder nachts ist es … übel, wenn das passiert.«

Draußen donnerte es erneut.

Wieder trat Sorge in Tys Augen. »Muss am Gewitter gelegen haben.«

»Gut möglich.« Dann wandte ich den Blick ab. »Tut mir leid, das mit der … Das war jetzt echt ein bisschen … unangenehm.«

»Wehe, du entschuldigst dich noch mal dafür, dass du Angst hattest, Franks. Und es muss dir auch nicht unangenehm sein.« Er legte eine Hand an meine Wange und streichelte sie leicht mit dem Daumen, während sein Blick eindringlich auf mir lag. »Hey, schau mich mal an …«

Ich ahnte schon, dass meine Wangen wieder glühten. Verdammt. Dennoch sah ich wieder zu ihm. In seine Augen, die so viel Zuneigung ausstrahlten.

»Hast du vergessen, wen du hier bei dir hast?«

»Nein, natürlich nicht, aber es war schon ein bisschen viel.« Ich presste die Lippen aufeinander.

»Mach dir wegen mir keine Gedanken. Ich mag dich, wie du bist, und will nur, dass du dich gut fühlst. Ehrlich gesagt …« Er atmete schwer aus und fuhr sich durchs Haar. »Ehrlich gesagt, tut es mir echt weh, wenn du solche Angst bekommst, weißt du? Ich frage mich immer wieder, was passiert sein könnte, dass du … dass Dunkelheit so was in dir auslöst. Und ob ich etwas hätte tun können, um deine Panikattacke zu verhindern.«

Ich biss die Zähne aufeinander, weil ich nicht wieder anfangen wollte zu weinen. Dann wischte ich mir über die heißen Wangen, während meine Hand an den Anhänger meiner Kette wanderte. Unruhig wippte ich mit dem Fuß hin und her.

Das hier war Ty. Ich konnte es ihm erzählen. Er würde mich verstehen und mir helfen wollen. Doch ich wollte kein Mitleid. Das hatte ich nie gewollt, weshalb ich auch nie mit jemandem außer Tatum darüber gesprochen hatte. Mein Herz fing wieder an, schneller zu schlagen, als es draußen donnerte und der Regen wie Fingernägel an die Fenster klopfte.

»Sorry, du musst es mir nicht sagen, Franks. Alles gut, wirklich.« Ty wandte gerade den Blick ab, da legte ich meine Hände in seinen Nacken und hielt ihn fest. Seine Haut an meiner schenkte mir Wärme. Seine Finger an meinen Hüften. Ein fragender Blick legte sich auf seine Züge.

»Doch. Ich würde es dir gerne erzählen.«

Es war richtig. Das hier war Ty. Mein Ty. Ich wusste,

dass ich ihm vertrauen konnte und er immer für mich da sein würde. Ich konnte ihm meine kaputte Seite zeigen, und er würde mich trotzdem noch mögen.

»Bist du dir sicher? Du musst nicht, wenn es zu persönlich ist.«

Ich nickte. »Ich bin mir sicher.«

Doch wo soll ich anfangen?

»Okay, wollen wir … Sollen wir rüber ins Wohnzimmer gehen? Ist vielleicht gemütlicher als hier am Tisch? Falls du dich dort wohler fühlst, meine ich.« Sein Mundwinkel zuckte hoffnungsvoll nach oben.

»Gute Idee«, flüsterte ich und rutschte von seinem Schoß.

Ty schnappte sich die Gläser, und wir liefen ins angrenzende Wohnzimmer rüber. Nachdem er sie abgestellt hatte, ließen wir uns auf das Sofa sinken.

Stille legte sich über den ganzen Raum, während ich meine Hände fixierte, mit denen ich am Saum meines Shirts herumspielte. Der Regen war immer noch zu hören, inzwischen plätscherte er jedoch nur noch leise, wenn auch unaufhörlich auf die Veranda.

Ich straffte die Schultern. »Alles hat mit Moms Tod angefangen. Alles ging ab da bergab.« Als meine Stimme brach, räusperte ich mich und zog die Knie an, umschlang sie mit meinen Armen. »Ähm … Da war ich fünf. Ich … Davor ging es mir gut. Ich kann mich nicht mehr an so viel erinnern, aber ich weiß, dass ich glücklich war und viel gelacht habe. Mit Mom. Und auch mit Dad. Aber er kommt einfach nicht mit ihrem Verlust zurecht. Sie war die Liebe seines Lebens und er ihre. Ich kann mich noch daran erinnern, dass sie jeden Sonntag beim Kochen in der Küche getanzt und gelacht haben … glücklich waren. Bis heute fällt es Dad unheimlich schwer, mich nur anzusehen, glaube ich. Vermutlich, weil dann alles wieder hochkommt. Ich weiß nicht so genau. Er redet ja nicht darüber und ist so oft weg.« Ich holte Luft und bohrte die Finger in meine Beine. »Ich hab sie damals so vermisst. Heute natürlich auch. Jeden Tag. Es hat einfach nicht aufgehört, und hinzu kam, dass ich schon immer ein ziemlich aktives Kind gewesen war. Keine Ahnung, ich war nie still, bin rumgesprungen und, wie heute noch, allen auf die Nerven gegangen …«

»Franks, du gehst niemandem auf die Nerven«, sagte Ty mit ernster Miene. »Wir lieben dich alle so, wie du bist.«

Ich warf ihm einen kurzen Blick zu. Sofort wurden seine Züge weicher, und ich konnte Mitgefühl darin erkennen. Zuneigung. Also rang ich mir ein kurzes Lächeln ab. »Mein Dad hat das wohl anders gesehen. Er war komplett überfordert mit mir. Hat mich immer wieder angeschrien, und als das nichts brachte, ist er vor mir geflüchtet. Relativ bald nach Moms Tod war er plötzlich andauernd auf Geschäftsreisen und hatte keine Zeit mehr für mich. Ich glaube, er wollte nur noch weg von mir und dachte, dass ihm das helfen würde, Moms Verlust zu verkraften.«

»Dann warst du ganz auf dich gestellt? Mit … fünf?« Irritiert blickte er mich an.

Ich atmete tief durch und spürte, wie mir wieder heiß wurde und hinter meinen Lidern etwas brannte. »Das wäre mir lieber gewesen«, flüsterte ich und biss mir auf die Lippe.

Jetzt kam der wirklich harte Part. Der unschöne. Und doch wollte ich, dass Ty es wusste. Es fühlte sich richtig an, hier mit ihm zu sitzen und ihm von der Sache zu erzählen, die wie eine dunkle Gewitterwolke über mir schwebte und jederzeit wie ein Blitz einzuschlagen drohte.

»Was ist passiert?«

Ich holte Luft. »Meine Tante und mein Onkel …« Gänsehaut breitete sich auf meinen Armen aus, und ein Zittern glitt durch meinen Körper. »Ähm … Die … Die haben ganz früher auch hier in Golden Oaks gelebt. Mein Dad hat mich immer bei ihnen abgeladen, damit ich nicht alleine war.« Ich lachte bitter auf, dabei gab es nicht den geringsten Grund zu lachen. »Er hatte keine Ahnung, dass ich mich dort einsamer gefühlt habe, als ich es jemals gewesen wäre, wenn ich alleine im Haus geblieben wäre.«

Tys Kiefer mahlte, er hatte den Blick immer noch auf mich gerichtet. »Frankie …«

»Meine Tante war … Sie hat sich nicht besonders gut mit Mom verstanden, und soweit ich weiß, gab es ganz oft Streit zwischen ihnen. Mom hatte uns, war glücklich und zufrieden. Sie hatte alles, was ihre Schwester … Angela … nicht hatte. Sie und John konnten keine Kinder bekommen. Sie waren daher vermutlich neidisch auf Mom und unsere kleine Familie. Ähm … Und sie haben nur auf mich aufgepasst, weil sie sich verpflichtet gefühlt haben. Sie wollten das gar nicht wirklich tun, vermutlich weil es immer die Probleme zwischen ihnen und Mom gegeben hatte und sie in mir das Kind gesehen haben, das sie nie haben würden …« Ich versuchte, den Kloß in meiner Kehle hinunterzuschlucken. Meine Finger fingen an zu zittern, während Hitze und Kälte sich in meinen Gliedern abwechselten.

Das Polster bewegte sich, als Ty ein Stück zu mir rutschte. Sein Oberschenkel drückte eng an meine Seite, dann hob er seine Hand, als wollte er mich berühren, nahm sie jedoch sofort wieder herunter. Vermutlich, weil er nicht sicher war, was ich gleich erzählen würde und ob ich dann seine Nähe überhaupt ertragen konnte. Er hatte ja keine Ahnung, dass ich mich danach sehnte.

Meine Unterlippe bebte. Ich wischte mir eine Träne weg, die mir über die Wange kroch. »Ich musste also die meiste Zeit bei Angela und John wohnen, obwohl sie mich nicht mochten. Außerdem waren sie überfordert mit mir. So wie Dad.« Wieder spürte ich, wie heiße Tränen an meinen Wangen entlangliefen, doch ich fixierte nur eins der Gläser auf dem Tisch, konzentrierte mich darauf. »Ich war traurig, aber eben auch ziemlich aufgedreht und … sie wollten mich nicht um sich haben. Sie haben mich gehasst, und das hat sich dann in ihren … ähm … Erziehungsmaßnahmen widergespiegelt.« Meine Stimme brach erneut, und ich wandte den Blick zu Ty. Sein Kiefer war heruntergeklappt, die Augen geweitet. »Ich … ähm … Es gab dort einen Schrank in meinem Zimmer. Einen … Einen begehbaren Kleiderschrank. Und ganz oft … in manchen Wochen sogar jeden Tag«, rang ich nach Worten. Mir entfuhr ein Schluchzen, woraufhin Ty endlich meine Hand in seine nahm und mit dem Daumen über meinen Handrücken kreiste. Ich schniefte. »Die beiden haben mich dort … Also, sie haben mich dann immer gepackt, und ich habe geschrien und

274

wollte, dass sie mich loslassen. Sie haben ... ähm ... Am Anfang haben sie mich nur fest angefasst, aber nach ein paar Wochen haben ... haben sie mir dann ins Gesicht geschlagen und ... in den Bauch getreten. In meinen Ohren hat es immer gepiepst, und ich wusste einfach nicht, was ich tun sollte, außer zu schreien. Es hat so wehgetan. Einmal ... Ich hatte damals noch meine Milchzähne, und Angela hat mir einen ausgeschlagen. An manchen Tagen hatte ich keine Stimme mehr, weil ich so gekreischt habe. Aber sie haben es trotzdem immer wieder gemacht.« Ich holte Luft. »Sie haben mich geschlagen und in diesen Schrank gesperrt. Fast jeden Tag. Der Lichtschalter war draußen, und sie haben das Licht immer ausgemacht, um mir Angst einzujagen. Es war da drin so schrecklich dunkel. Ich konnte nichts erkennen, gar nichts. Sie haben die Türen verriegelt und sind gegangen, haben mich in der Dunkelheit mir selbst überlassen und sich einen Dreck darum geschert, wie es mir ging. Was für eine scheiß Angst ich in dem Schrank hatte und was ich durchgemacht habe. Ihnen war nur wichtig, dass ... dass sie ihre Ruhe vor mir hatten und mich nicht sehen mussten. Manchmal war es nur eine halbe Stunde, aber dann gab es wieder Tage, an denen ich mehrere Stunden in tiefster Dunkelheit dort eingesperrt war und nicht wusste, ob ich ... ob ich überhaupt noch mal rauskomme.« Mein ganzer Körper zitterte, als ich das Gesicht in meinen Händen vergrub und mir wünschte, einfach nur normal zu sein. Nicht all das erlebt zu haben. Nicht zerstört worden zu sein von meiner eigenen Familie.

Ich atmete stockend ein und aus, schmeckte Salz auf meiner Zunge und spürte dann, wie Ty einen Arm um mich legte und mich an seine Brust zog. Ich klammerte mich an ihn in der Hoffnung, er könnte mir den Schmerz nehmen, der durch meine Adern pulsierte. Seine Wärme half mir, nicht komplett durchzudrehen, sondern einen Funken Ruhe zu bewahren. In kreisenden Bewegungen fuhr er über meinen Rücken und drückte mich an seine Brust. Ich spürte seinen Herzschlag, wie er immer schneller wurde und sich dann wieder beruhigte.

»Scheiße, Frankie ... Ich hatte echt keine Ahnung. Das tut mir so unfassbar leid.«

Ich drückte mich von ihm weg, um ihn durch tränenverschleierte Augen anzublicken. »Ich will kein Mitleid, okay? Sei einfach nur da und nett zu mir, aber bitte hab kein Mitleid.«

»Okay.« Schmerz lag in seinem Blick, als er nickte und meine Hand nahm, mich nicht aus den Augen ließ. »Hast du es deinem Dad erzählt?«

Ich schüttelte den Kopf. »Nein, er weiß nichts davon.«

»Was? Wieso nicht?«

»Ich war noch so jung, und wenn dir deine Tante droht, dass du ins Kinderheim kommst, falls du sie auffliegen lässt, glaubst du es. Die haben mir immer wieder solche Sachen eingetrichtert und Angst gemacht. Gesagt, dass Dad mich nicht mehr haben will und es mir im Heim noch schlechter gehen wird. Dass ich selbst schuld an allem bin.«

Ty fluchte leise und fuhr sich übers Gesicht. »Und dann? Also ... Wie bist du da rausgekommen?«

»Mit dreizehn hab ich angefangen, meinen Dad zu fragen, ob ich auch bei einer Freundin übernachten kann, wenn er weg ist. Da war ich ja schon etwas älter, und da

276

er sich sowieso nicht wirklich dafür interessiert hat, was mit mir ist, hat er keine großen Fragen gestellt, sondern einfach zugestimmt.«

»Bei welcher Freundin? Tate? Aber die ist doch erst vor ein paar Jahren hergezogen.«

»Bei keiner«, sagte ich leise und presste kurz die Lippen aufeinander. »Ich hab das nur erzählt; in Wirklichkeit hab ich alleine im Haus gewohnt. Er hat mir ja immer Geld dagelassen, mit dem ich mir Essen und so kaufen konnte. Lieber war ich ganz auf mich gestellt, als nur eine weitere Nacht bei denen zu bleiben.«

»Verständlich. Ich kann mir nicht vorstellen, was das für Menschen sein müssen, die anderen so was antun ...« Abscheu und Hass schwangen in seiner Stimme mit. »Aber warum hast du es deinem Dad auch später nicht erzählt?«

»Ich wollte das alles nur vergessen und nicht mehr daran denken. Da schien mir Verdrängung die beste Lösung. Immer wenn ich kurz davor war, es ihm zu sagen, gab es da eine innere Blockade. Ich ... Ich konnte es nicht tun, weil dann wieder alles hochgewirbelt worden wäre. Das hätte mich aufs Neue zerstört. Da hab ich das alles lieber für mich behalten und erst – Jahre später – Tatum anvertraut, als sie mir ihre Geschichte erzählt hat.«

»Wo leben deine Tante und dein Onkel inzwischen?«

»Sie haben vor einigen Jahren in einer Lotterie gewonnen, ihr Haus verkauft und sind jetzt durchgängig auf Weltreise. Seit damals hab ich sie nicht mehr gesehen; und ich werde sie auch nie mehr wiedersehen, da sie nicht mehr zurückkommen wollen.«

»Sicher? Keine bösen Überraschungen?«

»Nein, ganz sicher, glaub mir. Alles, was ich von denen mitbekomme, sind die Postkarten, die sie uns alle paar Wochen mal schicken. Und jedes Mal bekomm ich 'ne Gänsehaut, wenn eine im Briefkasten ist.«

»Oh shit«, sagte er leise und drückte meine Hand. »Wenn du mal wieder eine bekommst und es dir nicht so gut geht, dann will ich, dass du mich sofort anrufst, okay? Ich bin innerhalb von ein paar Minuten bei dir.«

Wärme floss wie Karamell durch meinen Körper. »Mach ich.«

»Gut.« Er legte den Kopf schief und musterte mich mit sanftem Blick. »Deshalb also die Angst, wenn's dunkel wird.«

»Jap. Deshalb die Angst, wenn's dunkel wird. Damals … Es war ein echter Albtraum, weißt du? Na ja, das ist es bis heute …«

»Verständlicherweise. Und Platzangst hast du nicht?«

Ich schüttelte den Kopf. »Das geht. Klar, gibt es Besseres, als in einem engen Ort eingepfercht zu sein, aber damit komme ich eher klar als mit der Dunkelheit. Das liegt vermutlich auch daran, dass ich diese Sache von damals nicht unbedingt mit wenig Platz, sondern mit der Dunkelheit verbinde. Es ist so ein Mittelding, weißt du? Als Nick mich im Wald zurückgelassen hat, ging es mir auch nicht so gut, aber das war noch einfacher, weil ich nicht Angst haben musste, dass irgendwo gleich eine Tür aufgeht, meine Tante und mein Onkel reinkommen und …«

Er nickte und zog mich wieder näher zu sich, um den Arm um meine Schultern zu legen. Ich lehnte mich an seine Seite, während meine Finger über seine Brust tanzten. Dort, wo sein Herz schneller schlug.

»Ich bin stolz auf dich«, murmelte er in mein Haar. »Dass du dich trotz allem nicht hast unterkriegen lassen und ich Teil deines Lebens sein darf. Du bist ein unglaublicher Mensch, Frankie Davis. So unglaublich stark. Vergiss das bitte niemals. Aber ich erinnere dich auch gerne immer wieder daran, falls es doch mal vorkommen sollte.«

KAPITEL 22

TYLER

»Ich bin auch echt froh, dass ich dich habe, Ty«, erwiderte sie, und ich konnte sehen, wie ihre Mundwinkel nach oben huschten.

»Dann sind wir uns ja einig.« Ich grinste und zog sie noch enger an mich. Zwar zitterte sie nicht mehr so stark, aber ich machte mir trotzdem noch Sorgen. Sie wollte kein Mitleid, und das konnte ich – besser als sie vielleicht ahnte – verstehen. »Danke, dass du es mir erzählt hast.«

»Danke, dass du mir zugehört hast.«

»Immer. Und ich behalte natürlich alles für mich.«

»Ich weiß.« Sie lächelte wieder und strich mit ihren schmalen Fingern über meine Brust.

Ihre Berührungen fühlten sich so gut an. Richtig. So wie der Kuss. Ich hatte ihre Situation in keiner Weise ausnutzen wollen, sondern es tatsächlich mal in einer Serie gesehen; und da ich nicht gewusst hatte, wie ich ihr sonst helfen sollte, war es einen Versuch wert gewesen. Dass es so gut werden und ich nicht genug von ihr bekommen könnte, hatte ich natürlich nicht bedacht …

»Ich dachte nur, ich sag's lieber noch mal. Zur Sicherheit, damit du dir keine Gedanken machst.«

Sie lehnte sich ein wenig zurück, hob den Kopf ein Stück an, um mir in die Augen zu blicken. Ihre Wangen waren immer noch knallrot und ihr Shirt leicht nass von all den Tränen, die sie vergossen hatte. Gott, es tat so scheißweh, sie weinen zu sehen. Ich wollte nicht, dass sie Angst hatte. Ich wollte nicht, dass sie Schmerz empfand. Ich wollte doch nur, dass es ihr gut ging, und vielleicht konnte ich ihr dabei eine Stütze sein.

»Okay, ist registriert.« Lächelnd richtete sie sich ein wenig auf und fuhr sich übers Gesicht. »Das hat jetzt irgendwie den ganzen Abend durcheinandergebracht … Hast du eigentlich noch Hunger?«

Ein Schmunzeln streifte meine Lippen. »Ach was, alles gut. Ich bin satt, und du?«

»Jap, ich auch. Aber das Dessert dürfen wir nicht vergessen!«

»Niemals. So was vergesse ich nicht!«

»Besser so«, sagte sie und hielt wieder meinen Blick fest. Mir wurde warm, und mein Herz begann noch schneller zu schlagen, während es sich so anfühlte, als ob die Luft zwischen uns dünner wurde. Ihre Augen – *shit, diese grünen Augen!* –, sie wirbelten alles in mir auf. Und ihre Lippen, die so gut schmeckten, die ich am liebsten wieder küssen wollte.

Fuck. Ich bin erledigt …

Kam es mir nur so vor, oder trat gerade noch mehr Röte in ihre Wangen?

»Was denkst du gerade?«, fragte ich leise.

Sie blinzelte einige Male und zog scharf die Luft ein.

»Ähm … Ich hab mich nur gefragt, ob … hmm, ob …« Im nächsten Moment wandte sie den Blick ab und erstickte die Funken zwischen uns. »Ob du noch 'nen Film schauen willst oder so?«

Auf seltsame Art und Weise hatte ich das Gefühl, dass sie eigentlich was ganz anderes hatte sagen wollen. Auch wenn ich mich fragte, was ihr auf dem Herzen lag, schien es so, als ob sie es sich anderes überlegt hatte und nicht darüber reden wollte.

Ich nickte. »Gerne.«

»Super. Dann bring ich kurz die Teller in die Küche, danach können wir starten. Überleg dir schon mal, was du gucken willst.« Sie sah überall hin, nur nicht zu mir. War sie nervös?

Rasch stand ich auf und folgte ihr rüber in die Küche zum Tisch, um ihr zu helfen, schnappte mir die Auflaufform und trug sie zur Kücheninsel. »Ich wäre für was Witziges. Kann jetzt nicht schaden, oder?«

»Damit könntest du recht haben, Montgomery«, gab sie zurück und stellte das Geschirr auf der Arbeitsplatte ab. »Vielleicht zur Abwechslung nichts von Marvel?«

»Was?« Mit geweiteten Augen starrte ich sie gespielt entrüstet an und stemmte die Hände in die Seiten. »Frankie Davis. So was aus deinem Mund zu hören, ich glaub's ja nicht. Bin ich hier im richtigen Haus? Bist du's wirklich? Was ist mit deiner *Black Panther*-Obsession?«

»Die ist immer noch vorhanden. Aber weißt du, man muss auch mal über den Tassenrand hinausblicken. Den Horizont erweitern. Ist dir vielleicht ein Fremdbegriff, aber soll einen im Leben weiterbringen.« Sie grinste, lief an mir vorbei und rempelte mich dabei so stark mit der

Hüfte an, dass ich das Gleichgewicht verlor. Bevor ich umfiel, schnappte ich im letzten Augenblick nach ihr und stürzte mich auf sie.

»Hey, nicht so frech! Sonst mach ich einen der trashigen Horrorfilme an, die du abgöttisch liebst.«

Lachend versuchte sie sich aus meinem Wrestling-Klammergriff zu befreien. »Ty, stopp. Lass mich los, du Nervensäge!« Ihre Finger schlossen sich um meinen Unterarm, dann drehte sie sich um und ... leckte mir einmal quer übers Gesicht.

»Was zur Hölle?« Ich prustete los und ließ die Arme sinken.

»Ha! Gewonnen!« Mit in die Luft gereckter Faust sprang sie zum Sofa und ließ sich darauf fallen.

»Mit unfairen Mitteln, das zählt nicht.«

»Pff, unfair. Ja, klar. Würde ich auch sagen, wenn ich verloren hätte ... Ach nein, würde ich nicht. Denn ich bin eine gute Verliererin.«

Ich lachte und lief zu ihr rüber, woraufhin sie mich fixierte und die Fäuste in Kampfposition hob. »Okay, okay, ich gebe mich geschlagen. Du hast gewonnen.« Dann setzte ich mich neben sie und schnappte mir die Fernbedienung.

»Schön, dass du's akzeptiert hast. Und jetzt ... such uns 'nen guten Film raus. Aber zackig. Ich werde auch nicht jünger.«

Grinsend scrollte ich durch die Streaming-Apps, und während wir eine Komödie schauten, snackten wir wenig später unser Dessert und verkrochen uns danach unter der weichen Decke, die Frankie anschleppte. Sie kuschelte sich an mich, und ich genoss jede Sekunde. Jeden verdammten Atemzug, den sie machte und dabei an mich gelehnt dem Film folgte.

Als der Abspann lief und sie den Ton runterdrehte, richtete ich mich ein Stück auf und blickte auf die Uhr. Es war bereits kurz vor Mitternacht, und Frankies ausgedehntem Gähnen entnahm ich, dass sie auch ziemlich müde war.

Ihr Blick huschte zum Fenster, nach draußen in die Dunkelheit, dann wieder zu mir. Es regnete immer noch. »Ich hoffe nur, dass es heute keinen weiteren Stromausfall gibt. Darauf hab ich echt keine Lust.«

»Manchmal passieren die schnell nacheinander. Hoffentlich heute nicht.«

Sie nickte, und ihre Hand wanderte zum Anhänger ihrer Kette. »Ja … Wird schon«, tat sie es mit einem Schulterzucken ab.

»Hmm«, murmelte ich und überlegte hin und her. »Soll ich hierbleiben? Über Nacht. Dann bist du nicht alleine, falls es noch mal passiert.«

Eigentlich war ich noch verabredet. Mit Lauren. Aber jetzt, wo ich hier saß und die Sorge in Frankies Augen erkannte, die sie zu überspielen versuchte, konnte ich nicht anders, als hierzubleiben. Bei ihr zu sein.

»Musst du nicht«, flüsterte sie und legte den Kopf schief.

Ich schmunzelte. »Mir ist klar, dass ich nicht *muss*, Frankie. Aber vielleicht will ich ja.«

»Wenn das so ist … gerne. Dann fühl ich mich auch nicht so einsam.« Obwohl sie sofort wieder ein Lächeln aufsetzte, konnte ich einen Anflug von Traurigkeit in ihren Augen ausmachen.

»Gut. Du kannst ja schon mal hoch und dich fürs Schlafen fertig machen, ich kümmere mich hier unten um alle Lichter und komm gleich nach.«

»So machen wir's«, flötete sie und hüpfte vom Sofa, verschwand dann wenig später nach oben.

Ich löschte überall die Lampen, checkte, dass Fenster und Türen verschlossen waren, und lief dann zur Küche, um uns noch eine Flasche Wasser zu holen. Innerlich machte sich ein mulmiges Gefühl in mir breit. Ich wollte unbedingt hier sein. Bei Frankie. Allerdings wollte ich Lauren nicht enttäuschen, das hatte ich schon viel zu oft in letzter Zeit getan. Sie versetzt und vernachlässigt. Einerseits wollte ich sie sehen, andererseits hatte ich den ganzen Abend nur an Frankie denken können und daran, wie ich mich fühlte, wenn ich bei ihr war – leicht und unbeschwert und glücklich. Gott, das Mädel löste dieses dümmliche Grinsen in mir aus. Es war ganz anders als bei meinen Treffen mit Lauren.

»Willst du mich verlieren, Ty? Endgültig?«

Ich war es Lauren schuldig, sie nicht zu enttäuschen. Nicht noch einmal.

Fuck.

Ich hatte keine Ahnung, wie das weitergehen sollte ...

Frankie kam aus dem Bad getänzelt, als ich in ihr Zimmer trat. Mein Blick huschte direkt in ihre Richtung. Ihr Gesicht glänzte ein wenig, vermutlich weil sie sich gerade eingecremt hatte. Ihr rotes Haar fiel ihr voluminös über die Schultern. Sie trug eins ihrer riesigen Band-Shirts, das gerade so ihren Po bedeckte. Es war klar zu erkennen, dass sie ihren BH losgeworden war, da sich ihre Brüste unter dem Shirt abzeichneten.

Oh, shit.

Ich schluckte schwer und atmete leise und tief aus. Ich hatte sie schon Tausende Male so gesehen. Das hier war nichts Besonderes. Ganz normal. Wie die letzten Übernachtungen in den vergangenen Jahren. Jap, das musste ich mir nur einreden.

»Bist du festgewachsen, Ty?« Grinsend schlüpfte sie unter die Decke und klopfte auf das Laken. »Komm.«

»Ich muss noch kurz ins Bad, bin gleich zur Stelle.«

»Alrighty.«

Im Bad entledigte ich mich rasch meiner Jeans und des Sweaters, meiner Socken und Schuhe, dann wusch ich mein Gesicht. Als ich auf das Bett zulief, wo Frankie gerade an ihrem Handy herumspielte, bemerkte ich sofort, wie sie meinen freien Oberkörper musterte, ihr Blick dann kurz nach unten wanderte, bevor sie schnell wieder auf ihr Handy sah. Checkte sie mich etwa ab? Sofort erfüllte mich Hitze an allen Stellen, wo sie gerade hingesehen hatte.

Ich kniff die Augen zusammen, fuhr mir durchs Haar und legte mich dann zu ihr unter die Decke. Zwar war die Deckenleuchte aus, jedoch brannten überall kleinere Lichter und Lampen, Lichterketten.

»Willst du 'ne Schlafmaske?«, fragte sie und kramte bereits in ihrer Schublade herum, dann reichte sie mir eine pinke mit glitzernden Schafen drauf.

Ich grinste und nahm sie entgegen. »Danke. Die vom letzten Mal hast du nicht mehr?«

»Die mit dem Schriftzug *The Queen is sleeping*?« Lachend rutschte sie weiter runter und legte ihren Kopf aufs Kissen neben mir. »Die hat mir Tatum abgezogen, sorry.«

»Schon okay. Ich werd's verkraften.«

»Bist du sicher? Ich hab vielleicht noch eine Ähnliche mit einem genauso niveauvollen Schriftzug.«

»Ich muss sagen, dass mir die Schafe schon echt gut gefallen. Beim nächsten Mal dann bitte eine mit 'nem versauten Spruch. Danke.« Ich grinste sie an und drehte mich zur Seite, sodass wir uns in die Augen sehen konnten.

Ihre Wangen waren wieder etwas gerötet, hatten fast die gleiche Farbe wie ihr Haar. Sie öffnete die Lippen, wollte gerade etwas sagen, brach ab und lächelte.

»Alles okay?«, flüsterte ich mit rauer Stimme und rückte automatisch noch ein Stück näher.

»Ja.« In ihren Augen glitzerte es.

Ich zog die Brauen zusammen. »Sicher? Ich seh doch, dass was ist.«

»Bin noch am Überlegen.«

»Am Überlegen?«

»Shhh«, sagte sie und legte einen Finger an meine Lippen. »Ich muss mich konzentrieren.«

Skeptisch musterte ich sie und nahm vorsichtig ihre Hand von meinem Mund, legte sie auf das Kissen und drückte sie, ließ sie nicht los.

Nach einigen Wimpernschlägen sagte sie plötzlich leise: »Es ist schon hell hier, oder? Also nicht so wie normalerweise in einem Schlafzimmer.«

»Na ja, erstens: Was ist schon normal? Zweitens: Und wenn schon? Hauptsache, du fühlst dich wohl und kannst gut schlafen.«

»Aber … Vielleicht könnten wir ja eine der Lampen ausmachen. Oder zwei. Es mal probieren oder so.« Ein

Zittern durchfuhr sie, und in ihren Augen glitzerte wieder etwas.

Ich schüttelte den Kopf. »Wie kommst du darauf? Aber nicht wegen mir, oder? Ich schaff es auch, bei Licht zu schlafen.«

»Nein. Ja. Nein. Also ... Eher, weil ich das Gefühl habe, dass ich heute vielleicht in der Lage bin, einen Schritt in die richtige Richtung zu machen. Wir müssen ja nicht alle ausmachen, aber vielleicht die Lampe hinter dem Sessel und die Lichterkette am Bücherregal.«

Ernst blickte ich sie an. »Bist du sicher? Wenn du das willst, bin ich die ganze Nacht für dich da, ist ja klar. Aber fühl dich nicht unter Druck gesetzt.«

»Lass es uns versuchen, okay? Und wenn ich Angst bekomme, machen wir sie wieder an, oder ... ich beiße dir in die Schulter.«

Schnaubend schüttelte ich den Kopf. »So machen wir's.« Ich schälte mich aus der Decke, machte die Lichter aus, die sie erwähnt hatte, und schlüpfte schnell wieder zu ihr ins Bett. Jetzt brannte nur noch der Lichterketten-Sternenhimmel über uns, der von Bettpfosten zu Bettpfosten gespannt war, die kleine Lampe auf ihrem Schreibtisch und die neben dem Bett.

»Geht's dir gut?«, wisperte ich und strich ihr eine Locke aus dem Gesicht.

»Ja. Aber kannst du vielleicht wieder meine Hand halten? Also nur wenn's nicht zu viel verlangt ist.« Sie biss sich auf der Innenseite der Wange herum und setzte ein entschuldigendes Lächeln auf. »Das hilft mir.«

»Ne, also das geht mir jetzt zu weit, Frankie. Da bin ich raus«, sagte ich mit sarkastischem Unterton und lachte. Als sie die Augen verdrehte und ausholte, um mir einen Klaps zu verpassen, nahm ich schnell ihre Hand in meine. Unsere Finger verschränkten sich miteinander und schickten Wärme durch all meine Körperteile. Ich zog sie näher zu mir und schlang den Arm um sie, sodass sie sich an meine Brust legen konnte. »So besser?«

Sie nickte und ließ ihre warmen Finger über meine nackte Brust wandern.

Uff.

Ich musste mich echt zusammenreißen. Vor allem, als ich ihre seidigen Beine an meinen spürte. Wie sie plötzlich und ganz automatisch eins über meins schob – als wäre es eine Selbstverständlichkeit.

Chill, Ty. Chill. Wenn sich jetzt da unten jemand selbstständig macht, wäre es dein sicheres Ende. Ruhe bewahren.

Wenn das doch nur so einfach gewesen wäre. Mit Frankie in meinen Armen, ihre nackte Haut an meiner. Das war reine Folter. Ihr Herz schlagen zu hören, ihren warmen Körper zu fühlen, sie aber nicht *anders* berühren zu dürfen – das war unmenschlich. Doch ich musste für sie da sein und durfte jetzt nicht an solche Dinge denken. Auch wenn es mir unsagbar schwerfiel. Und außerdem war da immer noch diese Stimme in meinem Kopf, die mir beharrlich zuflüsterte, dass ich es bereuen würde, wenn es über eine Freundschaft hinausging.

»Du lässt mich im Stich, Tyler, merkst du das eigentlich?«

Für einen kurzen Moment verkrampfte ich mich, lockerte dann wieder meine Muskeln und atmete aus. Ich wollte hier sein. Wirklich. Doch da war diese andere Verpflichtung, die mich nicht losließ. Und vermutlich niemals loslassen würde.

Frankie wackelte plötzlich leicht hin und her, dann legte sie ihren Kopf in den Nacken, um mir in die Augen sehen zu können. Ihre Mundwinkel umspielte ein leichtes Lächeln, als unsere Gesichter nur noch wenige Zentimeter voneinander entfernt waren. Ihr Atem kitzelte an meinem Kinn, während Hitze in mir aufstieg. Verlangen nach ihren Lippen. Doch ich konnte es nicht. Das vorhin war schon zu viel gewesen. Ich wollte es, aber durfte nicht.

Frankies dunkler Blick wanderte von meinen Augen zu meinem Mund, dann wieder zu meinen Augen.

Fuck, fuck, fuck.

Sie reckte sich mir ein paar Millimeter entgegen und … öffnete die Lippen.

Etwas sagte mir: *Küss sie. Jetzt. Sofort. Du willst es doch. Du willst dieses Mädchen.*

Eine andere Stimme flüsterte: *Wehe, du tust das! Du wirst es bereuen und mich nie wiedersehen.*

Gerade als sie meine Lippen mit ihren streifte, ich es am liebsten erwidert hätte, zuckte ich zurück und schluckte hart.

Frankies Augen weiteten sich, und sie nahm sofort Abstand, schälte sich aus meinen Armen. »Ähm, sorry. Das war blöd. Vergiss es einfach, okay?« Schmerz lag in ihrem Blick und tauchte mein Herz in Dunkelheit. Ihre Wangen waren knallrot, sie sah zur Decke und rollte sich auf den Rücken, wollte mir ihre Hand entziehen, doch ich ließ sie nicht los.

»Frankie … Es tut mir leid, du …«

»Nein, egal. Passt schon. Vergiss es einfach. War 'ne doofe Idee, keine Ahnung wie ich darauf gekommen bin, also lass uns schlafen.« Ihre Kiefer mahlten, und ich sah, wie sich etwas Glitzerndes in ihren Augenwinkeln sammelte.

Verdammte Scheiße.

Ich wollte sie gerade wieder in meine Arme ziehen, da drehte sie sich von mir weg und schüttelte den Kopf. »Nein, lass gut sein. Gute Nacht, Ty.«

Mir entfuhr ein gequältes Stöhnen, als ich mich auf den Rücken legte. Am liebsten hätte ich mir selbst eine verpasst. Was war ich nur für ein Volltrottel. Für heute hatte ich es definitiv vermasselt und konnte das hier nicht mehr retten, ohne noch mehr Schaden anzurichten.

Offensichtlich.

Ich drückte ihre Hand, sodass sie wusste, dass ich trotzdem für sie da sein würde. »Gute Nacht, Frankie.«

KAPITEL 23

FRANKIE

»Es ist einfach viel zu krass, dass du bei dem Wettbewerb so gut abgeschnitten hast, Tate. Ich freu mich so für dich!« Ich schenkte Tatum ein breites Grinsen, während ich im gemütlichen Ledersessel im Wohnzimmer der Chestnut Flower Lodge förmlich versank. Dabei kraulte ich Sherlock am Kopf. Pausenlos. Denn wenn man einmal aufhörte, schnaubte er nur verächtlich und fing an, mit mitleidigem Blick auf sich aufmerksam zu machen. Gerade hatte ich Mittagspause und verbrachte sie nur zu gern mit meiner besten Freundin.

»Ich kann's auch nicht so richtig fassen. Überleg mal, da wird eins meiner Fotos einfach im *National Geographic* abgedruckt«, entgegnete sie und schüttelte ungläubig den Kopf, wobei sich ihre dunkelbraunen Haare im Dutt verselbstständigten und nach und nach einige Strähnen herausfielen.

»Der dritte Platz ist schon was. Und meiner Meinung nach hättest du sowieso den ersten verdient, aber na ja, die haben wohl nicht so viel Ahnung wie ich.«

»Ja, Franks, ganz genau.« Sie lachte und warf eins der Kissen in meine Richtung, das neben ihr auf der Couch gelegen hatte.

Ich fing es ab, bevor es mich am Kopf treffen konnte, und streckte ihr die Zunge heraus. »Ich kaufe mir alle Ausgaben, die ich finden kann.« Und als Dash gerade durch die Tür ins Wohnzimmer kam, eine Flasche Dr Pepper in der Hand, fügte ich noch hinzu: »Du auch, DJ-Boy?«

Er lachte und schenkte uns nach. »Was hab ich schon wieder getan?« Dann ließ er sich zurück aufs Sofa neben Tatum fallen und legte den Arm um ihre Schultern.

»Zur Abwechslung mal nichts«, entgegnete sie und gab ihm einen Kuss auf die Wange. »Ausnahmsweise.«

»Glück gehabt.«

Schmunzelnd nahm ich mir mein Glas vom Tisch und trank einen Schluck. »Ich hab nur erwähnt, wie stolz ich auf meine beste Freundin bin.«

»Zum tausendsten Mal, Franks. Mindestens.«

Dash lachte auf und spielte an den Ringen an seinen Fingern herum. »Bin ich auch.« Dann wandte er sich Tatum zu. »Aber ich glaube, das wurde schon einige Male deutlich.«

Zur Antwort biss sie sich anzüglich grinsend auf die Lippe. »Mhm. Jap. Definitiv.«

»Oh Jesus, Leute. Nehmt euch ein Zimmer. Ach, wartet, wir sind hier ja in einem Bed and Breakfast. Da habt ihr wohl noch mal Glück gehabt. Auf geht's, ab geht's, packt die Gummis aus und tanz Limbo mit …«

»Frankieee«, prustete Tatum los und krümmte sich vor Lachen, in das Dash einfiel.

»Sorry, der musste sein. Bei mir gibt's kein Erbarmen,

das wisst ihr doch.« Schulterzuckend verzog ich keine Miene, musste mich aber zusammenreißen, nicht laut loszulachen.

»Ist mir schon aufgefallen«, erwiderte Dash mit gerunzelter Stirn. »Was steht bei dir heute an, nachdem wir uns oben ins Zimmer verzogen haben?«

Tate grunzte schon fast vor Lachen und versetzte ihrem Freund einen kleinen Klaps auf den Hinterkopf. »Für heute hab ich erst mal genug von dir.«

»Als ob.« Ich verzog amüsiert das Gesicht. Dann sah ich wieder zu Dash. »Hmm … Gleich geh ich zurück in die Bäckerei; ich will ein paar neue Kreationen ausprobieren. Die letzten Tage ist das ein wenig auf der Strecke geblieben, weil ich mich nicht gut konzentrieren konnte … Na ja, irgendwie war der Wurm drin.«

»Im Teig? Ihhh.« Tatum rümpfte grinsend die Nase.

»Ruhe auf den billigen Plätzen.« Ich funkelte sie gespielt böse an. »In meinem Kopf wohl eher. Viele Würmer, große und kleine und …«

»Und welche mit Tys Gesicht?«, kam es von meiner besten Freundin. Ihr gerade noch amüsierter Ausdruck hatte sich in Sorge verwandelt.

Schmerz wanderte durch meinen Körper, und ich biss die Zähne aufeinander, brummte nur ein »Hmmm« und sah zu Sherlock, der mich freudig anhechelte.

»Hat er sich immer noch nicht gemeldet?«

Ich schüttelte den Kopf. »Nö. Antworten tut er mir sowieso nicht.«

»Euer Date ist jetzt … vier oder fünf Tage her, oder?«, fragte Dash.

»Jap. Wobei ich es nicht unbedingt Date nennen

würde. Aber … ja. Und seitdem kein Zeichen von ihm. Keine Antwort auf meine Nachrichten. Kein Besuch in der Bäckerei. Nichts.«

Tate schüttelte grimmig den Kopf. »Was fällt ihm eigentlich ein?«

»Ich kann's ihm nicht mal verübeln«, murmelte ich und nahm noch einen Schluck, bevor ich das Glas wieder abstellte. »Es war so so so unfassbar awkward. Wirklich.«

Dash kniff die Brauen zusammen. »Was, wieso?«

»Hast du's ihm nicht erzählt?«, wandte ich mich meiner besten Freundin zu.

»Quatsch. Ich erzähl deine Geheimnisse doch nicht weiter.«

»Vielleicht willst du es mir trotzdem sagen? Möglicherweise kann ich ja helfen.«

Ich seufzte. »Hmm, okay. Also die Kurzversion: Er hat bei mir übernachtet, und wir haben irgendwie … gekuschelt, aber vermutlich nur wegen meiner Angst. Ach, wie auch immer … Es war so dumm, aber ich hab dann …« Ein Schauer der Peinlichkeit huschte mir den Rücken hinunter, und ich verzog gequält das Gesicht. »Ich hab knallhart versucht, ihn zu küssen, und er wollte nicht. Das war mehr als offensichtlich.«

»Na ja, das ist nicht die ganze Geschichte, Franks …«

Ich rollte mit den Augen. »Das andere ist dadurch hinfällig geworden.«

»Ne, ne, ne. Frankie hat dir, mein lieber Freund, verschwiegen, dass es früher am Abend beim Stromausfall zu einem Kuss kam, der wiederum von Tyler Montgomery höchstpersönlich inszeniert wurde!«

»Was? Wie? Jetzt bin ich verwirrt … Dann habt ihr

euch doch geküsst?« Dashs Blick huschte irritiert von Tate zu mir und wieder zu Tate.

»Ja. Aber nur, weil ich Angst hatte und er mich ablenken wollte. Er meinte, dass er das mal bei *Teen Wolf* gesehen hat.«

»Und dann habt ihr ganz schön wild rumgemacht, Franks.«

In mir zog sich alles schmerzhaft zusammen, als ich mich daran erinnerte. An den wunderschönen Kuss, wie sich seine Hände auf meinem Körper angefühlt hatten und wie ich ihn nicht mehr hatte loslassen wollen. »Von mir aus. Aber das lag nur an dem Ablenkungsmanöver. Immerhin hat er nur wenige Stunden später einen Rückzieher gemacht. Ist doch logisch, dass er nichts von mir will.«

»Bist du sicher, dass es ein Rückzieher war?«, fragte Dash leise.

»Was denn sonst? Nervöse Zuckungen, weil er so verliebt in mich ist und sein Herz auf und ab hüpft und ihn erschreckt hat? I doubt it. Vermutlich ghostet er mich jetzt, weil ihm die ganze Geschichte aus meiner Vergangenheit too much ist.«

»Du hast es ihm erzählt?« Dash legte den Kopf schief.

»Jap. Er war auch echt lieb zu mir und alles, aber … Ich könnte mir vorstellen, dass es einen Tick zu krass für ihn war.«

Dash musterte mich. »Ich weiß ja nicht, was bei dir damals so los war, und du musst es mir auch gar nicht sagen, aber … wenn jemand mit heftigen Dingen umgehen kann, dann Tyler. Ich glaube nicht, dass ihn das – was auch immer es ist – abgeschreckt hat.«

Hinter meinen Lidern brannte es, doch ich blinzelte weg, was aufzusteigen drohte. Es war komisch, vier Tage lang nichts von Ty zu hören. So untypisch. Ich vermisste ihn, auch wenn ich das Gefühl hatte, dass ich mit meinem versuchten Kuss alles nur noch schlimmer gemacht hatte. »Das ist doch Mist. Ich hab alles kaputtgemacht. Unsere Freundschaft ist im Arsch, weil ich die Idee hatte, ihn mit allen Mitteln dazu zu bringen, sich in mich zu verlieben. Dieser Plan ... Das war die dümmste Idee, die ich jemals hatte.« Ich war so unfassbar sauer auf mich, dass ich mich von einem bescheuerten YouTube-Video hatte beeinflussen lassen, unsere Freundschaft zu ruinieren. »Ich wünschte, ich könnte die Zeit zurückdrehen und das Video einfach schließen. Nicht angucken. Dann wäre das alles nicht passiert und es jetzt nicht so seltsam zwischen uns.«

»Es war vielleicht nicht unbedingt deine größte Glanzleistung, aber ich glaube nicht, dass er eure Freundschaft killen will. Dafür mag er dich zu gerne, Franksy-Panksy.«

Ich zuckte die Schultern. »Bestimmt hat ihn der Plan eher von mir weggetrieben, als dass er was gebracht hat. Durch diese ganzen Aktionen hat er vermutlich gemerkt, dass ich nichts für ihn bin. Gott, ich hab mich wie eine durchgeknallte Trottelina verhalten. Ohne Spaß, das war einfach nicht ich.« Mir entfuhr ein genervtes Stöhnen, weil mir nun nach und nach die Dinge einfielen, die ich gebracht hatte, um ihm zu gefallen. »Das alles war so falsch. Ich ... Ich ... Ich bin ein echter Clown. Kauft mir eine rote Nase, oder nein ... Schenkt mir ein paar Shots ein, dann hab ich auch 'ne rote Nase. Boah, ich ... Wieso war ich so dumm?«

»Du bist verliebt, da macht man dumme Dinge«, flüsterte Dash mitfühlend.

»Alles, was ich getan habe – diese ganzen Aktionen –, nichts davon hat gefruchtet. Es ist immer nur schiefgegangen. Gnadenlos eskaliert. Ich meine ...« Ich lachte hysterisch auf und fuchtelte mit den Händen vor meinem Gesicht herum. »Ich bin fast an einem verdammten Kirschenstängel erstickt, nur um ihm deutlich zu machen, wie gut ich küssen kann. Das war nicht ich. Der Plan ... Das war nicht Frankie, sondern irgendein Girl, das sich verzweifelt an den letzten Hoffnungshalm geklammert hat, um einem Typen zu gefallen, der sie vermutlich nie als mehr ansehen wird als seine beste Freundin.«

»Frankie!«, sagte Tatum ernst. »Sei nicht so streng zu dir. Jeder baut mal irgendeinen Mist, aber man lernt daraus, okay? Und verurteile dich nicht für etwas, das du aus Verzweiflung gemacht hast, weil du wolltest, dass sich Ty in dich verliebt. Wirklich.«

»Keine Ahnung. Ich bin gerade einfach nur wütend auf mich.«

»Und ich auf Ty. Ich find's ultrascheiße, dass er sich nicht meldet. Hast du was von ihm gehört, Dash?«

Er presste die Lippen aufeinander und überlegte. »Tatsächlich hat er sich in den letzten Tagen auch in der Bar etwas ... rar gemacht.«

»Heißt?« Tatum kniff misstrauisch die Augen zusammen.

»Ehrlich gesagt, hab ich die letzten Tage nicht viel von ihm gehört. Wir haben vorgestern ein wenig geschrieben, aber er ist am Wochenende nur kurz bei der Arbeit aufgetaucht und dann gleich wieder verschwunden. Ich hab mir nicht wirklich Gedanken deswegen gemacht, weil ich selbst viel zu tun hatte, aber …« Er fuhr sich durch die blonden Haare. »Ähm, heute Morgen hat er sogar einen Termin mit einem Lieferanten verpasst. Deshalb musste ich auch so schnell zur Bar.«

Tatum nickte. »Stimmt, da war was.«

»Ich hab ihn angerufen, aber nicht erreicht. Als Antwort kam eine kurze Nachricht mit einer Entschuldigung.« Er seufzte. »Wenn du mich fragst, ist bei ihm momentan einiges los. Ich versuche, ihn später noch mal zu erreichen, falls er wieder nicht in der Bar auftaucht, versprochen. Und dann fühl ich mal ein bisschen vor, woran es liegt, dass er sich in den letzten Tagen so zurückgezogen hat.«

Ich schluckte, während mein Herz einen Satz machte. »Das wäre toll. Ich mach mir irgendwie echt Sorgen, wisst ihr?«

Tatum nickte. »Verständlich.« Sie sah zu Dash.

»Ich rede mit ihm. Und, Frankie?«

»Hm?« Nervös biss ich auf meiner Lippe herum.

Er überlegte, setzte mehrere Male an, um etwas zu sagen, brach wieder ab.

»Was?«

»Hör zu«, fing er an und wirkte ernst. »Er mag dich. Aber er tut sich nach allem, was damals passiert ist, auf ungesunde Weise schwer damit, Beziehungen einzugehen. Vertrau mir, der Kerl mag dich wirklich.«

KAPITEL 24

TYLER

Gedankenverloren brauste ich die schmale Straße hinauf. Zu einem Ort, der in mir nichts als Magenkrämpfe auslöste. Dabei wollte ich in diesem Moment viel lieber zu Frankie. Und doch fuhr ich diesen Berg hinauf.

Ich brachte es nicht übers Herz, das hier noch länger zu tun. Diese Treffen. Ich hatte Lauren ein Versprechen gegeben, aber jedes Mal, wenn ich mich auf dem Weg zu ihr befand oder gar in ihrer Nähe war, fühlte ich mich wie leergesaugt. Schlecht. Miserabel. Hundselend. Bei Frankie dagegen fühlte ich mich lebendig. Sie war die Sonne, die meine Dunkelheit durchbrach, und genau deshalb musste ich Lauren und mir ein Ende setzen. Ich konnte nicht mehr. Es war alles zu viel, und Lauren würde es hoffentlich verstehen. Was machte ich mir vor? Sie würde ausrasten, wütend werden und es nicht nachvollziehen können. Aber die Hoffnung starb ja bekanntlich zuletzt. Sie bedeutete mir immer noch unfassbar viel, aber ich konnte das mit ihr nicht mehr. Ich wollte Frankie nicht wehtun. Sie war jetzt meine Priorität. Sie glücklich zu machen. Ihr ein Lächeln zu entlocken. Und selbst wenn sie nicht mit mir zusammen sein wollte, würde das unsere Freundschaft nicht zerstören. Ich würde alles dafür tun, dass wir Freunde blieben.

Wenige Augenblicke später hielt ich am Straßenrand, wo sich unweit des Aussichtspunktes einige Parkplätze befanden. Dann lief ich runter zur Wiese mit dem Felsen, wo Lauren und ich uns immer trafen. Mit jedem Schritt verkrampfte sich mein Inneres mehr und mehr. Sie war noch nicht da, also ließ ich mich auf den kalten Stein sinken und blickte nach vorne, der gerade untergehenden Sonne entgegen. Saugte den letzten kleinen Sonnenstrahl am Horizont in mich auf, während ich wartete.

Mein Handy klingelte. Rasch kramte ich es aus meiner Hosentasche und hob ab.

»Hallo?«

»Ty?«, hörte ich Dashs Stimme laut und eventuell auch leicht angepisst durch den Hörer.

Shit.

Ich hatte gar nicht drangehen wollen, aber nachdem ich die letzten Tage Abstand gebraucht hatte, war mein schlechtes Gewissen so groß, dass ich mich vor meinem besten Freund nicht mehr verstecken konnte. Er hatte es schon den ganzen Tag immer wieder bei mir versucht, doch mein Handy war aus gewesen. Ich wünschte mir, es gar nicht erst wieder eingeschaltet zu haben.

»Yo, Mann, wo bist du?«

»Unterwegs. Sorry, ich kann nicht so lange.«

Stille.

»Was ist los?«

»Nichts, Dash. Alles gut.«

»Wieso verpasst du dann Termine? Kreuzt nicht in der Bar auf? Nimmst meine Anrufe nicht entgegen?« Er klang vorwurfsvoll, gleichzeitig hörte ich Sorge in seiner Stimme mitschwingen.

»Ich hatte in den letzten Tagen viel um die Ohren und bin ab … morgen wieder am Start, okay?«

Er seufzte. »Ty.«

»Dash.«

Wieder Stille.

»Wir machen uns Sorgen um dich.«

Ich fuhr mir mit der Hand übers Gesicht. *Wir.* Meinte er damit auch Frankie? Was machte ich mir vor, natürlich tat er das.

Mein Herz zog sich schmerzhaft zusammen, während ich meine freie Hand zu einer Faust ballte. »Schon okay. Braucht ihr nicht. Mir geht's gut.«

»Es geht dir nicht gut. Irgendwas ist los, du willst nur nicht darüber sprechen.«

»Warum lässt du mich nicht einfach in Ruhe?« Im nächsten Moment ruderte ich zurück. »Sorry, Mann. Ich wollte dich nicht anpampen. Es ist nur … Ich … Es ist alles krass viel.« Ich biss die Zähne aufeinander und starrte auf die Stadt hinunter.

»Bist du bei Lauren?«, flüsterte er.

»Nicht mehr lang.«

»Ty, was ist los? Kann ich dir irgendwie helfen?«

Ich schüttelte den Kopf, merkte dann, dass es sinnlos war, weil er mich ja gar nicht sehen konnte. »Ne.« Bitter lachte ich auf. »Keine Ahnung, ob das überhaupt jemand kann.«

Shit, ich durfte nicht so zynisch klingen. Die letzten Tage waren einfach zu viel gewesen.

Erneute Stille.

»Vielleicht kann dir Frankie helfen.«

Ich schloss die Augen, und sofort tauchte das Bild von dem Mädchen auf, das mein Herz in Besitz genommen hatte. Jedoch nicht auf diese schwere, schuldbeladene Art und Weise, die mich zerstörte, sondern auf die, bei der ich mich leicht und gut fühlte und frei von all meinen scheiß Problemen.

»Hast du … Hat sie mit dir … Wie geht's ihr?«

»Wie soll es ihr schon gehen, Mann?«

»Es tut mir so leid.«

»Sag das ihr und nicht mir.«

»Ich weiß«, murmelte ich gequält und fühlte mich noch schlechter als zuvor. Zu Recht.

»Du kannst nicht einfach abhauen und dich nicht mehr bei ihr melden. Es ist verdammt noch mal Frankie, Ty.«

»Ich weiß, dass das scheiße war. Fuck, ich … ich will mit ihr reden, aber davor muss ich erst noch was klären.«

»Klingt, als ob du Drogengeschäfte machst. Und soweit ich weiß, hast du noch nie was genommen, also reiß dich am Riemen und brich ihr nicht noch mehr das Herz. Es geht ihr nicht gut.«

Meine Muskeln verkrampften sich, während Kälte meinen Körper durchfuhr wie ein wütender Wirbelsturm, der alles mit sich riss. »Wie schlimm ist es?«

»Sie macht sich die größten Vorwürfe. Am liebsten hätte ich sie geschüttelt und ihr gesagt, was los ist, aber … dazu hab ich nicht das Recht, das musst du tun.«

Ich atmete tief ein und aus. »Ganz bald. Sag ihr nichts. Ich … Ich rede mit ihr.«

»Gut. Und wehe, wenn nicht. Du bist mein Bro, aber du weißt auch, dass ich ehrlich zu dir bin, wenn du Mist baust und … Mach es einfach wieder gut bei ihr, okay? Und zwar schnell.«

»Jap. Mach ich. Versprochen. Und danke, Dash.«

»Immer. Wir sehen uns morgen?«

»Ja. Bis dann.«

»Bis dann.« Er legte auf, und ich schob mein Smartphone zurück in die Hosentasche.

Shit.

Ich war der wohl größte Volltrottel auf diesem Planeten. Frankie zu verletzen war nie meine Absicht gewesen – aber sagten das nicht alle Volltrottel, die anderen wehtaten? Ich musste mit ihr sprechen. Nicht in diesem Moment, zuerst musste ich meine Aufgabe hier bewältigen. Aber direkt morgen. Morgen würde der Tag sein, an dem ich mein Glück bei ihr versuchte. Doch bevor ich das wagen konnte, hatte ich die vermutlich schwierigste Sache überhaupt zu erledigen. Allein beim Gedanken daran kroch Gänsehaut über meinen Körper, woraufhin ich meine Hände in der vorderen Tasche meines Hoodies vergrub.

»Hey.«

Aus dem Augenwinkel nahm ich wahr, wie sich jemand neben mir auf den Felsen sinken ließ. Ein Lächeln lag auf Laurens vollen Lippen, die sie heute mit rotem Lippenstift angemalt hatte. Ihr blondes Haar trug sie glatt, es wehte im leichten Abendwind um ihr kantiges Gesicht.

»Hi, Laur«, sagte ich leise, und mein Mundwinkel zuckte nach oben. »Geht's dir gut?«

»Jetzt geht's mir besser.« Sie schlang ihre Hand um meinen Arm und lehnte sich an meine Seite. »Schön, dich zu sehen.«

Jede Faser meines Körpers verkrampfte sich. »In den letzten Tagen hab ich mir ein paar Gedanken gemacht.«

»So?«

Ich nickte und warf ihr einen kurzen Blick zu. Auch wenn es hart war, musste ich es durchziehen. Das Pflaster abreißen.

»Vielleicht sollten wir uns weniger sehen.«

»Wie meinst du das? Wir treffen uns doch sowieso schon nur ein paarmal die Woche.«

»Vielleicht ist es einfach an der Zeit, nach vorne zu sehen«, flüsterte ich und spürte, wie sich eine eiskalte Faust um mein Herz schloss. »Jeder geht seinen eigenen Weg und … Wir sehen uns vielleicht noch ab und zu. Aber eben nicht mehr ganz so oft.«

Ihre Augen weiteten sich, während sie meinen Arm losließ. Sie schob ihren Kiefer vor und überlegte. Währenddessen starrte sie mich eindringlich an. Mit jeder weiteren Sekunde schien sich immer mehr Bitterkeit in ihr aufzubauen. »Was willst du mir hier gerade sagen, Ty?«

Ich rang nach Worten, wollte ihre Hände nehmen, doch sie entzog sie mir rasch.

»Ich will damit sagen, dass wir … Lauren, wir waren einmal ein Paar, und es war wunderschön. Aber … es ist vorbei. Schon lange. Das wissen wir beide. Wir wollten es nur nie wahrhaben. Manchmal glaub ich, dass es uns guttun würde, wenn wir nicht mehr …«

»Willst du mich verarschen, Tyler? Wir sind perfekt. Wir beide. Wir gehören zusammen.«

»Wir *waren* perfekt. Bis wir es nicht mehr waren.«

Sie schüttelte den Kopf, und eine einzelne Träne lief ihre Wange hinunter. »Spar dir deine Sprüche. Du weißt genauso gut wie ich, dass du ohne mich nicht leben kannst. Du brauchst mich, wie ich dich brauche. Wir sind ein Team.«

Scheiße. Mir war klar gewesen, dass es hart werden würde, aber das hier tat unfassbar weh.

In meinen Augen brannte es. Ich schluckte hart, doch sofort verschleierten mir Tränen die Sicht. »Es tut mir unendlich leid. Wirklich. Aber uns beiden war von vornherein klar, dass wir keine Zukunft haben. Dass unsere Treffen irgendwann enden würden. Es tut mir weh, genau wie dir ...«

»Ty, das kannst du mir nicht antun.«

Ich biss die Zähne aufeinander und warf ihr einen entschuldigenden Blick zu. »Es muss sein. Zusammen werden wir nicht mehr glücklich.«

»Aber wir ... wir gehören doch zusammen. Ich dachte, ich bedeute dir noch etwas.« Schmerz lag in ihren Augen, gepaart mit unbändiger Enttäuschung und Wut.

»Natürlich bedeutest du mir etwas«, flüsterte ich, »aber wir haben uns damals geschworen, dass wir Verständnis haben würden, wenn wir das hier eines Tages beenden müssen. Weißt du noch?«

»Was interessiert mich, was ich vor drei Jahren gesagt habe? Alles, was zählt, ist das Hier und Jetzt. Wir beide. Du hast mich geliebt, Ty.«

»Lauren ...«

»Du hast es versprochen«, zischte sie. »Du hast es mir damals versprochen. Dass du mich nicht im Stich lässt. Du trägst genauso die Schuld daran wie *er*. Daran, dass wir nicht zusammen sein können ...«

Schuldgefühle, die an mir nagten. Mich zerfraßen, bis ich mich irgendwann auflösen würde. Ich fuhr mir übers Gesicht, über die heißen Tränen, durch die Haare und schüttelte den Kopf. In mir brannte alles lichterloh. Doch nicht vor Verlangen, sondern vor Schmerz und Angst. Was ich auch tat, es würde immer falsch sein. Irgendjemand würde verletzt zurückbleiben, und ich wünschte mir viel zu sehr, dass ich es sein würde. Derjenige, der selbst schuld an der Scheiße war, in der er hier steckte.

»Es tut mir wirklich leid. Wenn ich könnte ... Ich würde alles dafür tun, die Zeit zurückzudrehen, glaub mir. Ich weiß selbst, dass ich mich wie ein Arsch verhalte und dir wehtue, aber ... Ich kann das nicht mehr, Lauren. Es ist besser für uns beide so. Vertrau mir.«

»Du kannst das nicht mehr? Wow ...« Sie schluchzte und blickte mich kurz darauf hasserfüllt an. Diese Augen, die früher mein Zuhause gewesen waren und die heute nur noch Unbehagen in mir auslösten.

Ich sah weg. Stellte mir vor, wie Frankie sich gerade fragte, was mir auf der Seele lag. Sobald ich an sie dachte, flatterte es wieder in meiner Brust, und ich wollte so schnell zu ihr wie nur möglich. Mich bei ihr lebendig fühlen. Grinsen und lachen und Witze machen. Ich wollte sie. Nur sie. Bei ihr fühlte ich mich wohler als bei jedem anderen Menschen. Ihr gehörte mein Herz, und ich war mir sicher, dass ich es nie wieder zurück wollte.

»Lauren. Es tut mir wirklich ...«

»Spar es dir.« Sie sprang auf und verschränkte die Arme vor der Brust. Wieder krochen Tränen über ihre Wange. »Unsere gemeinsame Zukunft könnte so schön sein. Davon haben wir doch schon vor etlichen Jahren geträumt, und du weißt so gut wie ich, dass ich niemand anderen will.« Dann wandte sie sich zum Gehen, lief ein paar Schritte und blieb stehen. Sie drehte sich um, legte den Kopf schief und funkelte mich an. »Wir beide … Wir sind noch lange nicht fertig miteinander.«

KAPITEL 25

Heute war mein freier Donnerstagnachmittag, den ich zum Teil mit Serien schauen, aber auch mit ein paar neuen Rezepten verbringen wollte, die ich auf einem Back-Blog gefunden hatte. Mit meinem Laptop bewaffnet, machte ich mich von meinem Zimmer auf den Weg in die Küche, als mein Handy klingelte. Ich zog es aus der hinteren Tasche meiner Jeans und schaute aufs Display.

Tyler.

Ein Kribbeln wanderte durch meinen Körper, das sogleich von einem bitteren Gefühl der Traurigkeit abgelöst wurde. Mein Daumen schwebte über dem Display. Unsicher, ob ich abheben wollte, schlich ich in die Küche und stellte dort meinen Laptop ab. Überlegte hin und her, während Sekunde um Sekunde verstrich. Er würde sicher gleich auflegen, wenn ich nicht ranging. Mir entfuhr ein gequältes Knurren. Ich vermisste ihn so sehr, wollte aber eigentlich nicht mit ihm sprechen, weil mir die ganze Sache so peinlich war. Jedoch war es Ty. Mein Ty. Und ich hatte mir die letzten Tage genug Sorgen um ihn gemacht, mich gefragt, was hinter seinem Verschwinden steckte. Also hob ich ab.

»Hey«, sagte ich und schlug mir die freie Hand vor die Augen.

»Frankie! Ich ... Es ... Es tut mir echt so unfassbar leid, dass ich mich nicht mehr gemeldet habe. Ich kann dir alles erklären, wirklich«, stammelte er. »Aber ich ... Hör zu, ich ... hab gerade ein Problem. Ein großes. Ich ... Ich meine, ich hab es den ganzen Vormittag schon probiert, aber ... Oh Gott, was ist das jetzt? Heilige Scheiße, wieso riecht das so? Fiona, hast du was angezündet?«

Irritiert zog ich die Brauen zusammen. »Ty? Was ist bei dir los?«

»Öhm ... Sagen wir, ich hab den Bäckerei-Notruf gewählt?« Ich konnte förmlich hören, wie seine Mundwinkel nach oben zuckten. »Meine Schwester hat doch morgen Geburtstag, Mom wollte einen Kuchen backen, schafft es aber nun doch nicht, und jetzt muss ich herhalten und mich darum kümmern. Du kennst Emma, du weißt, dass sie austickt, wenn sie keinen Kuchen bekommt. Und das, was ich hier fabriziere, das ... glaub mir, das willst du nicht essen.« Im Hintergrund hörte ich ein Pferd wiehern.

»Ist da ein Pferd in deiner Küche, Pippi Langstrumpf?«

Er ächzte. »Ne, ne. Das war Fiona.«

»Seit wann ... Ach, vergiss es.« Ich verlagerte mein Gewicht von einem Bein aufs andere. »Kannst du keinen kaufen?«

»Emma würde mich lynchen. Er muss immer selbst gebacken sein.«

Stille.

»Franks. Ich weiß, dass du vielleicht nicht so gut auf mich zu sprechen bist, aber … Ich würde dich nicht um Hilfe bitten, wenn es nicht wichtig wäre.«

Mir entfuhr ein Brummen. »Hast du alles da, oder soll ich noch was mitbringen?«

Er atmete erleichtert aus. »Ich hab alles. Danke, du bist die Beste! Bis gleich, ich muss jetzt diesen Haufen in den Müll verfrachten.«

»Bis gleich.« Ich legte auf, dann blickte ich rasch an mir herunter. Oversized Shirt vom letzten Harry-Styles-Konzert, verwaschene Mom-Jeans, Socken mit Weihnachts-Rentieren drauf – das würde schon passen. Innerhalb weniger Minuten hatte ich mir meinen Rucksack geschnappt, mich in mein Auto geschwungen und war rüber zu Ty gefahren. Gerade wenn ich alleine unterwegs war, verzichtete ich darauf, Wege zu Fuß zu laufen, da ich nicht wusste, ob ich später durch die Dunkelheit nach Hause musste. Da war mein Auto viel sicherer.

Ohne lange zu überlegen, klingelte ich, und wenige Sekunden später ließ Ty mich mit einem Knopfdruck rein. Ich stiefelte die Stufen hoch zu seiner WG. Die Tür war einen Spalt geöffnet, und es roch schon im Treppenhaus nach Weltuntergang. Verbrannt gemischt mit purer Verzweiflung und Tyler mittendrin. In einem schwarzen Shirt, das seine athletischen Oberarme umspielte, zu einer grauen Jogginghose, die ihm tief auf den Hüften hing. Verwuschelte Haare, in denen ich am liebsten meine Finger vergraben wollte. Mein Herz explodierte fast, aber hey, jetzt musste ich mich erst mal um den Kuchen kümmern, den Ty wohl verkackt hatte.

»Hi«, sagte ich und schloss die Tür hinter mir.

Sofort fuhr er herum. Seine Mundwinkel zuckten nach oben, als ich neben ihn trat und das Chaos aus verschiedenen Schüsseln, Mehl, Milch, Karotten und leeren Verpackungen in Augenschein nahm. Dann wanderte mein Blick zu ihm. Ich hob die Hand zu meiner Nase und fächelte damit herum. »Riecht nach Opfer.«

»Gleich nicht mehr«, erwiderte er trocken, und im nächsten Moment hatte er mir eine Handvoll Mehl ins Gesicht gerieben.

Ich fing an zu husten und dann zu lachen, holte aus und verpasst ihm auch eine Ladung, um bittere Rache zu nehmen. »Wow, so dankt man mir für meine Rettung in der Not.«

»Noch hast du mir nicht geholfen, Davis.« Grinsend wischte er sich mit dem unteren Teil seines Shirts das Gesicht ab. Dabei entblößte er einen Teil seines definierten Oberkörpers.

Holy Crap.

Keine Ahnung, wie das noch werden sollte, wenn mir jetzt schon das Wasser im Mund zusammenlief und es nicht vom Kuchen herrührte.

Rasch griff ich nach einem Tuch und beseitigte das Mehl. »Dann zeig mir mal, was du backen willst. Kann ja nicht so schwer sein«, zog ich ihn auf.

»Für dich vielleicht nicht. Kochen – kein Ding, mach ich. Aber Backen? Das ist 'ne Wissenschaft, wenn du mich fragst.« Er holte sein Tablet und öffnete das Rezept. »Den hier will ich backen.«

»Karottenkuchen. Meine Spezialität. Das kriegen wir hin. Hast du 'ne Schüssel? Eine, in der nicht unbedingt dein Teufelszeug klebt, wenn's geht.«

Er schüttelte lachend den Kopf, dann spülte er eine der Schüsseln ab und reichte sie mir. »Und jetzt? Sag mir, was ich tun soll, ich mach alles, was du willst.«

Mein Herz machte einen Satz. Küss mich, wollte ich sagen, doch es reichte nur für: »Besser so.«

Als er mir ein paar Zutaten gegeben hatte und ich dabei war, die Karotten zu schälen und fein zu reiben, lehnte er sich mit dem Rücken neben mich an die Arbeitsplatte. Er schob seine Hände in die vorderen Taschen seiner Jogginghose und beobachtete mich.

»Franks«, sagte er leise.

Ein Schauer kroch über meinen Rücken. Hoch und runter und hoch und wieder runter. Einzig und allein der Klang seiner Stimme löste das in meinem Körper aus. Ich wollte mir gar nicht vorstellen, was seine Hände …

Nein. Frankie, nein.

Ich schob den Gedanken beiseite und räusperte mich. »Hm?«

»Ich wollte eigentlich schon heute morgen bei dir vorbeischauen und mit dir reden.«

»Hast du aber nicht, oder hab ich was verpasst?«

Er atmete aus. »Nein. Hab ich nicht. Tut mir leid. Ich wollte wirklich, aber dann kam das mit dem Kuchen dazwischen und hat meine Pläne durchkreuzt.«

»Okay.« Ich rieb fester und schneller, versuchte meinen Schmerz an den Möhren auszulassen, auch wenn die das am wenigsten verdient hatten.

»Ich bin froh, dass du jetzt hier bist.«

»Nur, weil ich dir beim Backen helfen soll, kannst es ruhig zugeben.« Ich setzte ein Grinsen auf und zuckte mit den Schultern, dann gab ich die feinen Karotten zu den anderen Zutaten in die Schüssel und vermischte alles. Immer fester und fester rührte ich um, krallte mich an den verdammten Kochlöffel.

»Franks«, flüsterte er wieder und legte eine Hand auf meinen Unterarm. Meine Haut kribbelte unter seiner Berührung, Wärme stieg in mir auf und kroch bis in meine Wangen. »Der Teig kann nichts dafür. *Ich* bin der Trottel. Ich hab mich nicht bei dir gemeldet, und das war scheiße.«

Unter Strom biss ich auf der Innenseite meiner Wange herum und vermied den Blickkontakt mit ihm, versuchte gleichmäßig ein- und auszuatmen. »Jap, das war es.«

»Es tut mir leid.«

»Sagtest du bereits, aber ist angekommen, Ty.«

Er fluchte und nahm seine Hand von meinem Arm. »Ich … Ich hab Zeit gebraucht. Um über alles nachzudenken, Dinge zu verarbeiten und zu klären und … Wenn es dir hilft: In den letzten Tagen hab ich mich selbst auch nicht so wirklich gemocht.«

»Ein bisschen vielleicht«, erwiderte ich kühl und sah zu ihm.

Als sich unsere Blicke kreuzten, stieg in mir wieder dieser Schmerz auf. Dieses Gefühl von Vermissen und die Angst, dass nichts mehr so sein würde, wie es einst zwischen uns gewesen war. Ich wollte ihn so sehr. So unfassbar sehr. Aber wollte er mich auch?

»Das an dem Abend bei dir, dieser …« Er fuhr sich wieder durchs Haar und verteilte einen kleinen Rest Mehl darin, ohne es zu ahnen. »Ich hab einen Fehler gemacht.«

Scheiße. Sagte er mir jetzt, dass der Kuss beim Stromausfall dieser Fehler gewesen war? Verdammter Mist.

»Ach ja? Was für einen denn?«

Gerade als er ansetzen wollte, etwas zu sagen, schloss jemand die Tür auf, und wenige Sekunden später betrat ein seelenruhiger Chase die Wohnung. »Hey, Leute, alles klar?«

»Hi, Chase.« Ich atmete die Luft aus, die sich bei meiner Anspannung aufgestaut hatte, und widmete meine Aufmerksamkeit wieder dem Teig.

»Hey, Mann«, sagte Ty und schlug mit ihm ein. Dann warf er mir einen Blick zu und kratzte sich am Hinterkopf, während Chase rüber zum Kühlschrank lief, sich ein Bier holte und aufs Sofa fläzte.

Fürs Erste war diese Unterhaltung dann vermutlich beendet. Einerseits war ich froh, mir nicht anhören zu müssen, dass es ein Fehler gewesen war, mich zu küssen. Andererseits fragte ich mich, ob er nicht vielleicht doch etwas anderes meinte. Wie dem auch war – solange sich Chase mit uns in einem Raum befand, hatte ich mich auf den Kuchen zu konzentrieren. Ty ging mir hier und da zur Hand, reichte mir Zutaten oder wog sie ab, während ich tunlichst zu vermeiden versuchte, ihn zu berühren oder gar anzusehen. Mein Herz hätte das sonst nicht überlebt.

»Alles klar, der Kuchen ist im Ofen«, sagte ich nach einiger Zeit und stemmte die Hände in die Taille. »Ich geh dann mal.«

»Willst du nicht bleiben? Ich brauch doch gleich noch Hilfe beim Verzieren.«

Ich trat von einem Bein aufs andere, sah zu Chase, der ein Müsli mümmelte und sich auf seinem Handy irgendwelche Sportberichte ansah, und dann wieder zu Ty. Eine stumme Bitte lag in seinen braunen Augen.

»Komm schon, Franks, gib dir 'nen Ruck.« Er setzte dieses schiefe Lächeln auf, bei dem seine Grübchen zum Vorschein kam, die ich so gerne mochte. Wie eigentlich alles an ihm. Bis auf die Tatsache, dass ich ihn nicht einfach küssen konnte, wann ich wollte, ohne für eine Irre gehalten zu werden.

»Na schön, ohne mich bist du ja sowieso aufgeschmissen.«

»Goldrichtig.« Er legte seine großen Hände auf meine Schultern und schob mich in Richtung seines Zimmers. Dorthin, wo ich schon etliche Male gewesen war. Und doch fühlte es sich dieses Mal anders an.

Nachdem wir die Tür hinter uns geschlossen hatten, ließ ich mich auf sein Bett mit dem schwarzen Bezug sinken, das in der Ecke unterm Fenster stand.

Tys Zimmer war gemütlich und doch cool eingerichtet. Dunkelgraue Wände, an denen irgendwelche abstrakten hellen Bilder befestigt waren, ein dunkelbrauner Schreibtisch mit einigen Pflanzen und über der Tür ein Basketballkorb aus dem gleichen Holz. Früher hatte er im Schul-Team gespielt und war sogar echt gut gewesen. Auf dem Tisch stapelten sich ein paar seiner Shirts, die er vermutlich frisch gewaschen hatte; und an der Kleiderstange, die daneben stand, hingen einige seiner absoluten Lieblingsstücke. Da ich mir vorhin an der Tür schon die Schuhe ausgezogen hatte, krabbelte ich ein Stück nach hinten aufs Bett und zog die Beine in einen Schneidersitz.

»Weihnachtssocken?« Er lächelte mich warm an und setzte sich zu mir, lehnte sich ans Kopfteil seines Bettes. »Perfekt für den Mai.«

»Na klar«, sagte ich und grinste. »Für mich ist das ganze Jahr Weihnachten.«

Er griff nach dem kleinen Basketball auf seinem Nachttisch und warf ihn nach oben. Fing ihn auf, ließ ihn auf seinem Zeigefinger kreisen und manövrierte ihn wieder nach oben, um ihn erneut aufzufangen.

Was machte ich hier eigentlich? Das war eine der seltsamsten Situationen, in denen Ty und ich uns je wiedergefunden hatten.

»Wird es jetzt immer so komisch sein, wenn wir uns sehen?«, entfuhr es mir.

Er sah mich an, und ich bemerkte, wie seine Kiefer mahlten. Seine Finger tippten unruhig gegen den Basketball, so als ob er ... *nervös* war?

Als er nichts sagte, mich nur aufmerksam anschaute und den Ball beiseitelegte, trat ein ekliger Geschmack in meine Kehle. Mir wurde schlecht, Tränen brannten in meinen Augen. Shit, ich wollte nicht heulen. Unsere Freundschaft war komplett im Arsch und ich daran schuld. Ich hatte ihn verloren. Die unbeschwerte Zeit, die wir gehabt hatten, gehörte der Vergangenheit an. Wieso sagte er nichts? Er richtete sich nur auf und rückte ein Stück näher zu mir, sodass wir uns gegenübersaßen. Dann legte er seine Hände auf meine Knie.

Sanft ruhte sein Blick auf mir, dann holte er Luft. »Denkst du, dass es komisch ist?«

Ich schluckte die Tränen herunter – oder versuchte es zumindest. »Denkst du das nicht?«

»Ein wenig, vielleicht.«

»Siehst du? Frankie hat immer recht. Immer, immer, immer.«

Ein Schmunzeln umspielte seine Lippen. Doch als mir eine einzelne Träne die Wange hinunterrann, weiteten sich seine Augen, und sogleich fing er sie auf halbem Weg mit seinem Daumen auf. Eine Hand in meinem Nacken, strich er über meine Wange. Sein Blick verschränkt mit meinem. Mein Herz, das komplett eskalierte.

»Wir sind Freunde, Frankie. Das werden wir immer sein, und ich will nicht, dass es komisch zwischen uns ist. Das muss es auch nicht. Ich will dich nicht verlieren, nicht nach allem, was wir zusammen erlebt haben. Du bist Frankie, die coolste Person, die ich kenne, und überhaupt die Person, die ich am allerliebsten mag. Unsere Freundschaft ist mir wirklich …«

Ich stöhnte auf. Langsam reichte es mir. Ich konnte so nicht weitermachen. Dieser verdammte Plan war so was von in die Hose gegangen und hatte womöglich alles noch schlimmer gemacht. Unsere Freundschaft war kaputt – das bemerkte ein Blinder mit Krückstock –, und zu allem Übel sah er mich anscheinend nur als eine Freundin. Was hatte ich also zu verlieren? Was konnte ich noch verlieren, wenn ich ihm die … Wahrheit sagte? Jetzt oder nie.

Ich riss mich im nächsten Augenblick aus seiner Berührung und funkelte ihn an. »Du bist ein verdammter Volltrottel. Und dumm und blind bist du noch dazu, weißt du das?«

Vollkommen verdattert starrte er mich an, doch ich ließ ihm keine Sekunde Zeit, auf meine rhetorische Frage zu antworten.

»Du sagst mir, dass wir Freunde sind. Wow, toll, cool, hammer, super! Wirklich. Schön. Aber weißt du was? Du checkst gar nichts. Verdammt noch mal gar nichts!«, redete ich mich in Rage und holte kein einziges Mal Luft. Ich stand vom Bett auf und fixierte ihn immer noch, warf die Hände in die Luft. »Wann zur Hölle kapierst du eigentlich, dass ich nicht nur mit dir befreundet sein will? Wann machst du mal die Augen auf? Wann? Wann? Wann? Hm? Wann?« Ich schritt auf die Tür zu, wollte nur noch raus hier. »Muss ich es mir erst auf die Stirn tätowieren oder es ... Ha! Ich schreib es auf Emmas Geburtstagskuchen. Das wär doch mal was!«, murmelte ich vor mich hin, während ich die Hand auf den Türknauf legte.

Gerade als ich ihn drehen und in den Flur treten wollte, spürte ich eine warme Hand an meinem Oberarm, die mich zurückhielt.

Mein Herz setzte für einen Schlag aus, und ich hielt inne. Dann schlug es weiter. Doppelt so schnell. Und noch schneller, als ich mich dazu überwand, mich langsam umzudrehen und in ein Paar braune Augen zu schauen. Und dann – als ob das nicht schon reichte – zog er mich im nächsten Moment an sich und legte seine Lippen auf meine.

Oh. Mein. Gott.

Bevor ich überhaupt verstand, was gerade geschah, schloss ich die Augen und ließ mich fallen. Er schmeckte süß nach Kuchenteig und Vanille und entlockte mir mit seiner Zunge ein leises Stöhnen.

Ich schlang die Arme um seinen Nacken, zog ihn enger zu mir. So nah, dass meine Brüste gegen seinen Oberkörper drückten. Langsam wanderten seine Hände über meinen Körper, während er die Lippen für einen kurzen Herzschlag zu einem Lächeln verzog, den Kuss dann wieder vertiefte, bis meine Knie weich wurden. Ich vergrub die Hände in seinen weichen Haaren und wollte das hier für immer. Zum ersten Mal fühlte es sich an, als ob wir den richtigen Zeitpunkt erwischt hätten und keiner einen Rückzieher machen würde. Es fühlte sich nach allem an, was ich mir gewünscht hatte.

Unterhalb meines Bauchnabels zog sich etwas angenehm zusammen, als sich seine Finger in meine Seiten bohrten und er anfing, an meiner Lippe zu knabbern. *Puhhh.* Ich konnte mich bald nicht mehr auf den Beinen halten, also lehnte ich mich ein Stück nach hinten, landete mit dem Rücken an der Tür und zog Ty mit mir. Sofort stützte er sich mit einer Hand neben meinem Kopf ab, kam näher und ließ keinen Hauch Luft zwischen uns. Zwischen unseren Körpern, die wie füreinander geschaffen waren, sich ergänzten wie Licht und Dunkelheit. Seine Hand wanderte von meiner Taille quälend langsam nach oben an meinen Hals, strich sanft mit dem Daumen über die empfindliche Haut und blieb dann dort liegen, während er den Kuss weiter vertiefte und mich gegen die Tür drückte.

Ich schnappte nach Luft, weil mir schon ganz schwindlig war, und versuchte, mit dem hier klarzukommen. Sein Blick lag dunkel auf mir. Huschte von meinen Augen zu meinen Lippen und dann wieder zu meinen Augen, bevor er stockend ausatmete.

»Tut mir leid, dass ich das nicht schon früher getan habe.«

KAPITEL 26

TYLER

»Ich war so blind«, wisperte ich und konnte den Blick nicht von ihren wunderschönen Augen lösen. Von dem Verlangen darin, das vermutlich auch in meinen lag, aber auch von der Überraschung.

»Was? Ich … Wieso? Also«, stammelte sie, und ich musste grinsen. »Du hast mich geküsst.«

»Deine schnelle Auffassungsgabe beeindruckt mich immer wieder.«

Lachend boxte sie mir leicht in den Bauch. »Sei still. Ich … Ich bin noch etwas verwirrt.«

»Merkt man gar nicht.« Ich legte den Kopf schief und meine Hände auf ihre Hüften, zog sie etwas näher zu mir. »Sorry, dass es so lang gedauert hat. Was du mir an den Kopf geworfen hast …«

»Oh!« Erschrocken zuckte sie zusammen.

»Nein, nein. Schon gut. Du hattest mit allem recht.«

Sie zog misstrauisch eine Braue nach oben. »Hatte ich?«

»Hast du das nicht immer?« Lachend hauchte ich ihr einen Kuss auf den Mundwinkel.

»Klar. Aber ...«

»Ich weiß nicht, warum es mir nicht schon früher aufgefallen ist, Franks. Tut mir echt leid.«

»Besser spät als nie«, flüsterte sie und jagte mir damit eine Gänsehaut über den Körper. Ihr Grinsen war selten breiter gewesen und steckte mich nur noch mehr an. »Und was machen wir jetzt?«

»Alles, was du willst.« Ich gab ihr noch einen Kuss, den sie erwiderte. Vertiefte ihn. Dabei wanderte ich mit einer Hand in ihre Haare, woraufhin sie den Kopf in den Nacken legte und sich an mir festhielt.

Plötzlich klingelte mein Handywecker.

Völlig atemlos lösten wir uns voneinander. Mein Herz galoppierte, als ich in ihre Augen sah und meine Mundwinkel nach oben zuckten. »Meinst du, es ist schlimm, wenn wir den Kuchen noch ein wenig im Ofen lassen?«

Sie schnaubte leise. »Ty, du machst mich ganz kirre.« Dann stemmte sie sich gegen meinen Oberkörper und drückte mich von sich, um durch die Tür zu schlüpfen.

Ich folgte ihr.

In der Küche angekommen, konnte ich nicht aufhören, sie anzusehen. Ich versuchte es wirklich, doch da lag dieses dümmliche Dauergrinsen auf meinen Lippen und schien nicht mehr zu verschwinden. Es war unglaublich lange her, dass ich mich so gefühlt hatte. Jahre. Und jetzt stand dieses Mädchen in meiner Küche, das meinen Tag jedes Mal verschönerte, wenn ich sie nur ansah, und das zudem auch noch meine beste Freundin war. Besser konnte man es gar nicht treffen.

Ich half ihr, den heißen Kuchen auf die Arbeitsfläche zu verfrachten, dann verzogen wir uns wieder in mein

Zimmer und machten es uns auf dem Bett gemütlich. Draußen dämmerte es schon, daher schaltete ich meine indirekte Beleuchtung an, die den ganzen Raum in ein dezentes, aber stimmungsvolles Licht tauchte. Frankie saß mir im Schneidersitz gegenüber, ihre Hände lagen in meinen. Unsere Blicke miteinander verschränkt.

»Okay. Ich muss das jetzt erst mal verstehen, Ty.«

Meine Mundwinkel zuckten nach oben. »Frag mich mal.«

»Du ... stehst auf mich.«

»Und du auf mich.«

»Aber bist du dir sicher? Ich meine, als ich versucht habe ... ähm ... bei mir im Bett ... Du weißt schon ... Du wolltest nicht. Und gerade hast du noch davon gesprochen, dass wir *Freunde* sind.«

»Wie könnte ich mir bei dir nicht sicher sein? Und ja, ich habe das mit uns als Freunden gesagt, weil mir deine Freundschaft nach wie vor wichtig ist und ich will, dass wir ... beides sind.« Ich musste schmunzeln und strich mit dem Daumen über ihren Handrücken. Sofort stellten sich die feinen Härchen an ihren Armen auf.

Was passiert erst mit ihrem Körper, wenn ich sie an anderen Stellen berühre?

Ich schüttelte den Kopf, um mich wieder auf unser Gespräch zu konzentrieren. »Das bei dir ... Das, was beinahe in deinem Bett passiert wäre ... Ich wollte es genauso. Ich wollte es wirklich. Aber ... auch wenn es nur wenige Menschen gibt, die mich besser kennen als du, solltest du noch etwas wissen.«

»Ich bin ganz Ohr.« Aufmerksam folgte sie jedem meiner Worte.

»Du bist der tollste Mensch überhaupt. Und ich will, dass das hier zwischen uns«, ich drückte ihre Hände, »funktioniert. Allerdings brauche ich bei solchen Dingen immer ein bisschen Zeit, um mich emotional darauf einzulassen. Am Wochenende war ich hin- und hergerissen, dabei hätte ich es einfach tun und dich küssen sollen. Aber weil ich früher …« Ich presste die Kiefer aufeinander und hielt inne. »Seit der Sache, die damals vor drei Jahren …«

Ihre Augen weiteten sich. »Ich weiß, Ty …«

Ich nickte. »Ich hoffe, es ist in Ordnung für dich, wenn wir es langsam angehen lassen? Es nicht überstürzen, sondern uns Zeit lassen?«

Mehr schaffte ich nicht ihr zu erzählen. Das hier musste fürs Erste reichen.

Ihr Gesichtsausdruck war weicher geworden. Wärme lag in ihrem Blick. »Na klar. Ganz wie du dich wohlfühlst. Du hast Verständnis für die Dinge, die ich mit mir rumschleppe; da ist es doch nur selbstverständlich, dass ich das auch bei dir habe. Mach dir keinen Kopf, okay?«

»Danke, Franks.« Wärme strömte durch meinen Körper, dann verwandelte sie sich in Hitze. Ich zog sie etwas näher zu mir und lehnte mich ein Stück vor, sodass ich ihren Kiefer mit meinen Lippen streifen konnte. »Das heißt natürlich nicht, dass wir das hier nicht tun können.«

Sie kicherte und legte die Hände an meinen Nacken, lehnte den Kopf etwas zurück. »Gut. Das find ich nämlich ziemlich toll.« Dann kicherte sie wieder, schloss die Augen und murmelte: »Ich stehe sowieso noch unter Schock, weil das hier … real wird, und ich dachte, dass der Plan komplett in die Hose gegangen wäre.«

Sofort hielt ich inne, zog die Brauen zusammen und musterte sie. »Was für ein Plan?«

»Oh, oh, nein, haha. Ach Ty, du … du hast dich verhört. Ich meinte …«

»Davis. Was hast du zu verbergen?«

»Ich sage nichts ohne meine Anwältin Tatum Sullivan.«

»Was für ein Pech, dass sie gerade nicht hier ist. Was hast du zu deiner Verteidigung zu sagen?«

Sie zog den Kopf ein und wand sich. »Ganz eventuell, aber wirklich nur eventuell, hab ich … Oh Gott, Ty, ne, also echt nicht. Das kann ich dir nicht sagen, ne. Ha, du hältst mich ja für komplett durchgeknallt.«

Ich grinste. »Du kannst mir alles sagen. Egal, was. Also hau raus. So schlimm kann es nicht sein.«

Hysterisch lachte sie auf, während ihr Gesicht von Sekunde zu Sekunde immer stärker glühte. »Ich stehe schon 'ne Weile auf dich, und vor ein paar Wochen hab ich aus einer leichten Verzweiflung und Frustration heraus … ähm … Also da gab es so ein Video auf YouTube, das … haha witzige Geschichte … Da hat eine Frau den ultimativen Plan erklärt, wie es Mädels bei Jungs aus der Friendzone schaffen. Na ja, und schwuppdiwupp dachte ich mir, dass ich das doch mal versuchen könnte. Bei dir. Aber jedes Mal ist was schiefgelaufen. Ich bin davon ausgegangen, dass das nichts mehr wird, weil ich mich so zum Deppen gemacht habe. Aber anscheinend hat der Plan Früchte getragen.« Sie zwinkerte mir gespielt anzüglich zu, und ich fing an zu lachen.

Mein ganzer Körper bebte. Ich konnte mich nicht mehr zusammenreißen. »Du hast echt einen Plan verfolgt? Nein, oder? Und … wie sah der aus?«

»Ich hab versucht, super gechillt und locker zu sein. So wie beim Filmabend und am See. Dann hab ich mich für Chase' Party richtig heiß rausgeputzt und probiert, mit dir zu flirten. Mit Nick wollte ich dich eifersüchtig machen; und als ich für dich gekocht habe, wollte ich dir meine Küchen- und Girlfriend-Skills nahebringen. Und jetzt sitzen wir hier, und du bist unsterblich in mich verliebt. Hat also doch geklappt.«

Mit offenem Mund starrte ich sie an und ließ die letzten Wochen Revue passieren. All die seltsamen Dinge, die sie gebracht und über die ich mich gewundert hatte.

»Frankie ... Ich glaube, du solltest wissen, dass gerade *das* nicht die Dinge oder Momente waren, in denen ich Gefühle für dich entwickelt habe, sondern eher die dazwischen.«

Sie kniff die Brauen zusammen. »Was?«

»Du musst nicht extra locker sein oder dich schminken, heiß anziehen, mich eifersüchtig machen oder die perfekte Hausfrau spielen. Ich mag dich so, wie du bist. Manchmal ein bisschen überdreht, aber immer witzig und liebevoll. Ungeschminkt oder geschminkt. Ganz egal, Hauptsache du fühlst dich wohl. In deinen normalen Klamotten und mit einem trockenen Sandwich oder Essen vom Lieferservice. Du bist toll, wie du bist, und musst dich nicht verstellen, um mir zu gefallen, das tust du doch sowieso. Am besten gefällst du mir, wenn du einfach du selbst bist, okay?«

Ihr Kiefer war heruntergeklappt, und sie blinzelte mich ungläubig an. »Dann ist der Plan also doch in die Hose gegangen.«

Grinsend fuhr ich ihr mit einer Hand übers Bein.

»Letztendlich ist das egal, oder? Wir sitzen jetzt hier, und das ist alles, was zählt.« Als sie nickte und mich gerade küssen wollte, fiel mir wieder etwas ein, das sie gesagt hatte. »Warte. Wie lange stehst du schon auf mich?«

»Nicht lange.«

»Definiere *nicht lange.*«

Sie wandte den Blick ab und tat so, als ob sie überlegte. »Nur seit wir uns kennen. Also sieben Jahre oder so. Kein Ding. Die Zeit ging schneller rum, als man denkt. *Easy peasy lemon squeezy.* Hast du Hunger? Willst du was essen? Willst du mich essen? Oh, warte, das nehm ich wieder zurück ... oder doch nicht? Haha Ty, wieso glotzt du mich so an?«

»Ist das dein Ernst? Sieben Jahre? Und du hast nie was gesagt?«

Wie konnte mir das nicht aufgefallen sein?

Vermutlich, weil du andere Dinge im Kopf hattest.

»Bild dir bloß nichts darauf ein, sonst nehme ich alles wieder zurück.«

Ich lachte. »Dafür ist es jetzt zu spät. Krass. Ich hatte keine Ahnung.«

»Ich weiß. Und deshalb müssen wir jetzt die ganze Zeit aufholen, die wir durch dich Nullchecker verloren haben«, erwiderte sie grinsend.

Sie befeuchtete ihre Lippen mit der Zunge, dann kam sie mir ein wenig näher. Ihre Lider flatterten, als ich meine Hände über ihren Körper wandern ließ. Dann legte ich meine Lippen auf ihre und zog sie rittlings auf meinen Schoß. Endlich konnte ich sie küssen, wann ich wollte. Dinge mit ihr tun, von denen ich schon geträumt, die ich mir vorgestellt hatte. Das hier fühlte sich richtig an. Gut. Mehr als gut. Perfekt. Ich konnte mich bei ihr fallen lassen und sie sich bei mir. Mein Herz machte einen Satz.

Sie vertiefte den Kuss, atmete stockend an meinem Mund aus und presste sich an mich. Irgendwann würde sie mich noch um den Verstand bringen. Ich schlang meine Arme um sie und wollte sie nie wieder loslassen. Ihre Hände griffen in meine Haare, und mir entfuhr ein Ächzen. Mit einer schwungvollen Bewegung legte ich sie auf den Rücken, stützte mich über ihr ab und betrachtete sie. Die geröteten Wangen, den warmen Blick und ihre Haare, die kreuz und quer auf meinem Kissen ausgebreitet waren. Mein Lächeln wurde breiter, je länger ich sie ansah und je mehr Funken zwischen uns die Luft in unbändige Hitze verwandelten. Ihre Lippen waren leicht geöffnet, als sie mich zu sich herunterzog, die Beine um meine Taille schlang und wir uns wieder küssten. Mein ganzer Körper brannte von dem Feuer, das sie mit ihren Berührungen bei mir hinterließ. Wieder vertieften wir den Kuss. Immer schneller und leidenschaftlicher, bis uns beiden die Luft wegblieb und sich in meiner Hose jemand verselbstständigte. Ich ließ meine Hand ganz langsam unter ihr Shirt wandern, strich über ihre warme Haut, auf der sich sofort eine Gänsehaut bildete, wanderte immer weiter nach oben, bis sie sich sanft von mir löste und stockend an meinem Mund ausatmete.

»Ty … Warte.«

Ich hielt abrupt inne und zog meine Hand unter ihrem Shirt hervor. »Alles okay?«

Sie nickte und sah mir geradewegs in die Augen. »Lass es uns hierbei belassen, okay? Noch nicht weitergehen.«

»Na klar, sorry, wenn ich zu schnell war«, wisperte ich und legte mich neben sie.

»Nein, alles gut. Das war schön.« Sie lächelte. »Du weißt, dass ich noch nicht so viele Erfahrungen sammeln konnte. Mit Typen. Klar, da war der eine aus der Highschool, aber ... seitdem nichts mehr.«

»Das versteh ich voll und ganz. Fühl dich nicht unter Druck gesetzt, irgendwas zu tun, das du nicht willst. Wir gehen weiter, wann auch immer du dich danach fühlst. Ich bin bereit, wenn du bereit bist.« In ihren Augen glitzerte etwas, also strich ich ihr mit dem Daumen über die Wange und lächelte sie vorsichtig an. »Okay?«

»Okay«, flüsterte sie, und ein Lächeln zupfte an ihren Mundwinkeln. »Wenn du mich so anschaust, könnte es aber auch recht schnell gehen, Montgomery.«

»Danke für den Kuchen.« Emma nickte mir anerkennend zu, nachdem sie den ersten Bissen hinuntergeschluckt hatte. »Ich hatte ja keine Ahnung, dass mein Bruder backen kann.«

»Tja, ungeahnte Talente«, entgegnete ich schulterzuckend. »Aber ich hatte zugegeben etwas Hilfe. Freut mich, wenn er dir schmeckt.«

Nachdem Frankie die Nacht bei mir verbracht hatte, heute Morgen allerdings schon früh zur Arbeit hatte gehen müssen, war ich irgendwann mit dem Kunstwerk von Kuchen bewaffnet zu meiner Familie gefahren. Nun saßen wir im Garten, aßen Geburtstagskuchen, und Emma packte währenddessen immer wieder Geschenke aus.

Das Dauergrinsen von gestern Abend klebte mir nach

wie vor im Gesicht. Ich hatte noch nicht mal ansatzweise gecheckt, dass zwischen mir und Frankie jetzt was lief. Nachdem sie mir gestanden hatte, dass sie schon seit Ewigkeiten in mich verschossen war, hatten wir gar nicht mehr aufhören können rumzumachen. Es hatte nur für einen kurzen Snack zum Abendessen gereicht, danach waren wir sofort wieder übereinander hergefallen. Sie war unglaublich. Ihr Lachen machte mich glücklich. Sie einfach nur zu sehen, zu riechen, zu schmecken verwandelte jeden Tag in meinen Lieblingstag. Ich war hoffnungslos in sie verliebt, und tief in mir drin keimte das Gefühl auf, dass ich das schon lange gewesen war, mein Kopf es aber nicht hatte zulassen können. Irgendwann waren wir unter die Decke gekrochen und hatten uns noch lange weitergeküsst, bis sie an meiner Brust in den Schlaf gedriftet war. Wenn ich nur daran dachte, flatterte alles in mir, und Lebendigkeit flutete meinen gesamten Körper. Dieses unglaubliche Mädchen, das so wunderschön, witzig, intelligent und liebevoll war, stand auf mich und ich auf sie. Dass sie mit dem Sex noch warten wollte, hatte ich mir fast schon gedacht, weil ich ja wusste, dass sie noch nicht so viele Erfahrungen gesammelt hatte. Ein Problem war das keinesfalls. Mir reichte es, wenn ich sie um mich hatte – auch wenn ich gleichzeitig den Moment herbeisehnte, in dem ich ihr ein Kleidungsstück nach dem anderen ausziehen würde …

»Wie sieht's aus, Ty?«, riss mich Mom aus meinen Tagträumen. Alle Blicke waren auf mich gerichtet.

»Ähm«, fing ich an und setzte mich im Stuhl auf. »Was hast du noch mal gefragt?«

Sie musterte mich neugierig und zog sich dabei ihre leichte Übergangsjacke aus. »Wie es in der Bar läuft.«

»Ach ja. Gut. Unsere Einnahmen erhöhen sich mit jedem Monat, und es macht superviel Spaß. Klar, manchmal ist es auch etwas stressig, gerade wenn irgendwelche aufdringlichen Gäste am Start sind, aber sonst kann ich mich nicht beklagen.«

Emma riss gerade die Verpackung einer Lidschattenpalette auf, die ich schon vor einiger Zeit bestellt hatte. »Ahhh, danke, Ty! Die haben die ganzen Beauty-Gurus auch. Oh mein Gott. Mein Make-up-Game wird so was von aufs nächste Level gehoben werden!« Strahlend sprang sie auf und fiel mir so stürmisch um den Hals, dass ich mich beinahe an meinem Kuchenstück verschluckte.

»Schon okay, gerne, gerne.«

Sie ließ sich zurück auf ihren Stuhl plumpsen, während Dad sich räusperte. »Super, wenn's in der Bar gut läuft. Das freut uns. Falls wir dir irgendwie unter die Arme greifen können, sag Bescheid.«

»Danke, mach ich.« Meine Wangen taten schon weh vom ganzen Grinsen, das fast bis zu meinen Augenwinkeln reichte. Ich musste aussehen wie der Joker höchstpersönlich. Mir entfuhr ein amüsiertes Schnauben.

»Was ist los?« Mom schob sich eine Gabel Kuchen in den Mund und beäugte mich fragend. »Du siehst heute so glücklich aus. Gibt's einen bestimmten Grund?«

Jap, man sah es mir also auch an.

»Meinen Geburtstag natürlich«, sagte Emma und rollte mit den Augen, dann wandte sie sich ihrem Geschenk zu.

»Den sowieso«, gab ich lachend zurück. Dann ließ ich den Blick wieder zu Mom gleiten. »Ist es denn so ungewöhnlich, dass ich gut gelaunt bin?«

»Nein, nein. Aber heute fällt es mir besonders auf. Dieses Grinsen und das Glitzern in deinen Augen. Warte …«

»Mom!«, stöhnte ich gequält. »Okay, ja. Ja, es ist das, was du jetzt denkst. Können wir es dabei belassen?«

»Was ist hier los, Erica?« Dad lehnte sich vor und schaute zwischen uns hin und her.

»Ich hab … jemanden kennengelernt.«

Es war noch viel zu früh, um zu verraten, dass es sich dabei um Frankie handelte. Meine beste Freundin, die auf einmal mehr war als nur das.

»Oh, wow!« Ein Strahlen legte sich auf das Gesicht meiner Mom, während Emma ebenfalls interessiert zu mir rübersah und Dad mir zuzwinkerte. »Wen?«

»Erzähl ich euch irgendwann noch. Aber … Sie ist echt toll.« Ich geriet wieder ins Schmunzeln. »Ihr werdet sie lieben.«

Tut ihr ja sowieso schon.

»Das freut mich unglaublich für dich, Schatz! Hoffentlich lernen wir sie bald kennen.« Ihre Hand ruhte auf meiner, und sie drückte kurz zu. Ich quittierte die Geste mit einem Lächeln.

»Bestimmt. Es ist alles noch sehr frisch und neu und ach … Sie bringt mich einfach zum Lachen.«

»Nach allem, was du durchgemacht hast«, fing Mom leise an und schenkte mir einen verständnisvollen Blick, »hast du es mehr als verdient, zum Lachen gebracht zu werden. Wenn sie dich glücklich macht, sind wir auch glücklich.«

Nach allem, was ich durchgemacht hatte. Und heute noch durchmachte.

»Danke, Mom. Ich bin auch froh, glaub mir. Ab jetzt wird alles anders.«

Ich hatte einen Schlussstrich gezogen, der schon lange nötig gewesen war. Mich von etwas getrennt, das mir Energie geraubt statt geschenkt hatte. Was früher ein Strahlen auf mein Gesicht gezaubert hatte und heute nur noch für dunkle Gefühle sorgte. Alles, was ich zu tun hatte, war, den Gedanken wegzuschieben, dass auch auf den hellsten Sonnenschein irgendwann wieder ein Gewitter folgen würde, dessen Blitze einschlagen und alles in Schutt und Asche legen könnten.

KAPITEL 27

FRANKIE

»Du musst mir alles erzählen!« Tatum war gerade zur Tür hereingekommen, um mich an der Verkaufstheke abzulösen, damit ich den restlichen Tag wieder hinten in der Backstube verbringen konnte. Mit geweiteten Augen schritt sie auf mich zu, ein erwartungsvolles Grinsen auf den Lippen. »Frankie. Ich mein es todernst. Ich hab mich vorhin fast an meiner Waffel verschluckt, als ich deine Nachricht gelesen habe.«

»Mit Waffel meinst du Dashs Sixpack, oder? Hast du das nicht auch mal mit Waffeln verglichen und Karamellsoße draufgeschmiert?«

Sie verkniff sich ein Lachen und umarmte mich. »Hat gut geschmeckt.«

Als ich mich wieder von ihr löste, grinste ich noch breiter als sowieso schon den ganzen Tag. »Ich erzähl dir alles. Keine Panik auf dem Kreuzfahrtschiff.«

»Das will ich für dich hoffen. Und der Bericht muss genauso detailliert ausfallen wie damals, als ich dir von Dash erzählt habe.«

»*Damals*, als ihr jung und knackig wie Radieschen wart«, schnaubte ich. »Das ist gerade mal ein paar Monate her. Auch wenn ihr mir vorkommt wie ein altes Ehepaar in Rente, das sich über den letzten Klecks Marmelade streitet.«

»Frankie. Nicht abschweifen. Hau die Fakten auf den Tisch!«, ermahnte sie mich, während wir nach hinten in den Mitarbeiterraum liefen und sie sich rasch für den Verkauf fertig machte.

Nachdem ich bei Tyler übernachtet hatte, war ich kurz zu mir nach Hause gefahren, um zu duschen, mich umzuziehen und anschließend zur Arbeit zu hechten. Zwischen Einseifen und »Oh mein Gott, ich komme zu spät«-Gedanken hatte ich Tatum ein kurzes *Tyler und ich sind jetzt irgendwie ein Ding, glaube ich* geschickt, ihr auf die ganzen schockierten GIFs aber nicht mehr antworten können.

»Wo fange ich an?« Ich verlagerte mein Gewicht von einem Bein aufs andere und tippte mir gegen das Kinn. »Ich war eigentlich angepisst, wie du weißt. Auf mich, aber auch auf ihn, weil er sich nicht mehr gemeldet hat. Gestern hat er dann angerufen und gefragt, ob ich ihm beim Geburtstagskuchen für Emma helfen könnte. Erst wollte ich nicht, aber na ja … du kennst mich. Ich hab natürlich trotzdem Ja gesagt.«

»Mal wieder viel zu lieb für diese Welt. Ich hätte ihm eine Stinkbombe vor die Tür geworfen.«

»Ich kann nicht bestreiten, dass mir die Idee zwischenzeitlich auch gekommen ist, aber …« Ich machte eine theatralische Pause, um für die passende Dramatik zu sorgen. »Ich bin hin, es war super awkward, und irgendwann bin ich dann ausgerastet und hab ihm gesagt, dass er dumm und blind ist, weil er nicht checkt, dass ich auf ihn stehe.«

»Was?« Tatum starrte mich mit offenem Mund an, während sie sich eine Schürze um- und die Haare zusammenband. »Du hast es ihm einfach so an den Kopf geknallt? Du? Frankie Davis, die sich jahrelang davor gedrückt hat?«

»Ja. Ich meine, ich hatte nichts mehr zu verlieren, und nachdem ich gemerkt hatte, dass der Friendzone-Plan einfach nur Mist ist, bin ich zu der Erkenntnis gekommen, dass ich mich wohl oder übel überwinden und es ihm sagen sollte. Und ich war wütend. Jap, das hat auch ziemlich stark dazu beigetragen.«

»Du krasses Chick! Ich bin schockiert und stolz. Du hast dich getraut, Frankie. Endlich.«

»Ich kann's selbst noch nicht so ganz glauben. Es hat mir einfach gereicht. Dieses dauernde Grübeln, ob vielleicht was daraus werden kann. Ne, da hatte ich keine Lust mehr drauf.«

»Verständlicherweise.« Auf Tatums Miene lag Stolz, als sie zu mir rüberkam und mich drückte. »Du bist einfach die coolste Person, die ich kenne. Was ist dann passiert?«

»Es war crazy. Er ist aufgesprungen und hat mich geküsst, aber so richtig hot. Uff, Tate, ich musste mich zusammenreißen, dass ich ihn nicht gleich anspringe.« Allein beim Gedanken daran zog sich alles in mir lustvoll zusammen. »Und dann hab ich bei ihm übernachtet, wir haben die ganze Nacht geredet und … es war so schön.«

»Der gute Ty hat's wohl faustdick hinter den Ohren. Miteinander geschlafen habt ihr aber noch nicht, oder?«

»Ne, das wäre mir zu schnell gegangen.«

»Kann ich verstehen.« Sie zuckte mit den Schultern, dann gingen wir nach vorne in den Kundenbereich.

»Wenn ich ehrlich sein soll, glaube ich allerdings nicht, dass das noch allzu lange dauert. Ich meine, es ist bei mir echt ein paar Jahre her. Das letzte Mal war mit dem Kerl aus der Highschool, mit dem ich die paar Monate zusammen war, bevor du hergezogen bist. Stewart. Aber der Burner war das nicht gerade.«

»Stimmt, von dem hattest du mir erzählt. Der Süße mit der Brille.«

Ich nickte. »Ich dachte immer, dass ich superlange brauche, um wieder mit jemandem zu schlafen. Einfach, weil ich nicht so viele Erfahrungen sammeln konnte und Angst habe, was falsch zu machen. Aber ich glaube, mit Ty ist das anders. Wir kennen uns schon so lange, und ich vertraue ihm, fühle mich sicher bei ihm, und ich hab das Gefühl, dass ich mich schon ziemlich bald darauf einlassen kann.«

»Hört sich danach an. Und wie du sagst: Ihr kennt euch schon ewig und vertraut euch. Das ist doch eigentlich die perfekte Basis.«

»Glaub ich auch.« Ich musste noch breiter grinsen. »Er ist so toll, Tatum. So lieb und so heiß. Er will, dass das funktioniert. Mit uns. Gott, das hört sich so seltsam an. Aber schön. Ungewohnt, aber … aufregend und ahhh … Ty einfach. Ty. Ich meine, wir sind noch nicht fest zusammen oder so, aber es klingt schon echt vielversprechend.«

Es fühlte sich nach wie vor unwirklich an. Als ob ich träumte.

»Du hast echt keine Ahnung, wie sehr ich mich für dich freue, Franks. Nach den ganzen Jahren war es echt Zeit, dass er den Arsch hochbekommt.«

»Danke, Tate.« Ich umarmte sie noch mal. »Er meinte, er will es wegen seiner Vergangenheit langsam angehen lassen.«

»Ist das cool für dich?«

»Auf jeden Fall. Ich bin mir sehr sicher zu wissen, wovon er gesprochen hat. Du weißt schon, die Sache mit seiner Exfreundin. Lauren. Nach ihr war er mit niemandem mehr zusammen. Oder zumindest hat er mir nichts davon erzählt.«

Tate nickte. »Gut möglich. Das damals mit ihr war ziemlich …«

»Heftig?«, vervollständigte ich ihren Satz, und als sie nickte, sagte ich: »Ja, absolut. Daher kann ich das auch vollkommen verstehen. Ich gebe ihm die Zeit, die er braucht, und versuche, ihm das Gefühl zu geben, dass er sich auf mich verlassen kann.«

»That's my girl. Du machst alles richtig, da bin ich mir ganz sicher.« Sie schenkte mir noch mal ein aufmunterndes Lächeln, dann wandte sie sich einer Kundin zu, die soeben die Bäckerei betreten hatte.

»Bin dann mal hinten«, rief ich ihr zu und verschwand in die Backstube.

Während sich Eve um die Baguettes kümmerte, hatte ich endlich etwas Zeit, mich auf eine neue Kreation zu stürzen, zu der mir heute Nacht die Idee gekommen war. Inspiriert vom Geburtstagskuchen für Emma, rührte ich die Zutaten zusammen und gab noch ein paar Frankie-Geheimzutaten hinzu, bis ich eine Weile später den wohl leckersten Schokoladenteig überhaupt fabriziert hatte. Ich verlieh normalem Teig immer gerne meine eigene Note, um ihn zu etwas ganz Besonderem zu machen. Nachdem er eine Weile im Ofen gebacken hatte, holte ich ihn heraus und ließ ihn etwas abkühlen. Doch fertig war er noch lange nicht. Und viel zu rund. Ich blendete alles um mich herum aus und konzentrierte mich darauf, ihn in Form zu bringen. Schnitt fein säuberlich Kanten hinein, bis ich zufrieden auf einen Schokokuchen-Stern blickte.

Wenn ich an Ty dachte, waren da immer Sterne. Hell leuchtende Sterne, die mir Hoffnung schenkten. Ich schichtete noch einen weiteren Kuchen aus Vanilleteig und einen aus Himbeerteig, alle natürlich in der gleichen Form, darüber, nachdem ich die Zwischenräume mit einer Sahnecreme bestrichen hatte, in der ich am liebsten baden wollte. Im Laufe des Mittags verzierte ich meine Torte noch, sodass sie am Ende einen dunkelblaulila Überzug hatte und von endlos vielen kleinen Glitzersternchen gesäumt war. Zufrieden betrachtete ich mein Kunstwerk und ließ den Spritzbeutel sinken.

»Wow«, sagte Eve, die gerade den Boden fegte. »Sieht super aus. Glaube, das ist die schönste Torte, die du bisher gemacht hast. Kompliment.«

Ich strahlte sie an. »Oh, danke! Ich war voll drin und konnte gar nicht mehr aufhören.« Mein Blick huschte zur Uhr an der Wand, und ich riss die Augen auf. »Was? Schon kurz vor sechs?«

»Bei dem ganzen Spaß hast du wohl die Zeit vergessen.«

»Scheint so. Ups. Aber … War das jetzt doof? Sorry.«

Sie winkte ab. »Nein, schon in Ordnung. Ist ja auch wichtig, dass du dich als Bäckerin ein bisschen ausprobierst, und heute war sowieso nicht viel zu tun.«

»Okay, gut. Dann räume ich jetzt …« Weiter kam ich nicht, da Tatum die Backstube betrat und mir ins Wort fiel.

»Du hast Besuch. Eigentlich hatte ich ja schon abgeschlossen, aber für ihn hab ich mal eine Ausnahme gemacht. Ich hoffe, das ist in deinem Sinne.« Ein neckisches Augenzwinkern löste in mir ein Kribbeln aus, da ich mir schon vorstellen konnte, wer auf mich wartete.

»Gleich wieder da«, rief ich Eve zu, dann hüpfte ich an Tatum vorbei nach vorne.

Mit den Händen in den Hosentaschen stand da dieser Kerl, der mein Herz dazu brachte, fünfzig Purzelbäume auf einmal zu schlagen. Mein Grinsen wurde noch breiter, als ich auf ihn zulief. Sein braunes Haar fiel ihm verwuschelt in die Stirn, auf den Wangen zeichneten sich wieder seine Grübchen ab, und er trug den grauen Sweater, den ich so an ihm mochte. Seine Mundwinkel zuckten nach oben, als er mir entgegenkam. Ich fühlte mich wie in eine Wolke gehüllt. Eine Wolke, in der es nur Ty und mich gab.

»Hey«, raunte er, schlang seine Arme um mich und gab mir einen Kuss, bei dem meine Knie weich wurden.

Lächelnd fuhr ich über seine Schultern und lehnte mich dann in seiner Umarmung zurück. »Hi.«

Er grinste mindestens genauso breit wie ich. »Ich dachte, ich schau kurz vorbei, um dir zu sagen, wie schön ich es gestern mit dir fand.«

Wärme durchströmte mich. »Ich fand es auch sehr schön.«

»Und zudem bist du ganz schön süß, Davis.«

»Immer her mit den Komplimenten, die gehen runter wie Zucker.«

Lachend warf er seinen Kopf in den Nacken. »Öl, Frankie.«

»Oh. Egal, Zucker schmeckt besser.«

Dann legte er seine warmen Lippen wieder auf meine und küsste mich sanft. »Wenn das so ist … Du bist wunderschön und intelligent, schlagfertig, witzig, heiß, verbreitest immer gute Laune, bist voller Liebe und …«

»Okay, okay, reicht«, unterbrach ich ihn. Meine Wangen glühten.

»Ich dachte, du magst Komplimente, Franks.« Eine seiner Augenbrauen huschte herausfordernd nach oben.

»Jap, tu ich auch, aber ich muss mich erst mal dran gewöhnen. Das kam gerade wie eine Lawine – bam!« Ich machte eine Geste, als ob ich mir ins Gesicht hauen wollte. »In mein Gesicht. Und wenn man diese … Lover-Sache … nicht gewohnt ist, löst das Hitzewallungen aus.«

»*Lover*-Sache?« Er lachte los. »Oh Gott, du solltest dich darauf einstellen, dass ich dir ab jetzt ganz viele und auch ganz oft Komplimente machen werde. Immerhin bin ich dein …«, er machte eine Pause und zog eine Schnute, »Lover.«

»Okay, stopp, mir fehlt hier die Ernsthaftigkeit, Montgomery«, sagte ich im Scherz und stemmte mich gegen seine Brust, konnte mein Lachen aber nun auch nicht mehr unterdrücken. »Mann, ich muss mich wirklich erst daran gewöhnen, dass wir keine Freunde mehr sind.«

»Wie jetzt? Du kündigst mir die Freundschaft?«

»Nein, also … Ty, du bist schrecklich, weißt du das?

Quäl mich doch nicht so. Ich dachte, du magst mich und willst mich nicht leiden sehen.«

Seine Mundwinkel zuckten wieder, als er meine Arme entlang nach oben fuhr und seine Hände in meinen Nacken legte. »Tut mir leid, okay? Ein bisschen zumindest.«

»Wieso glaub ich dir das nicht?«

»Ich hab nicht die geringste Ahnung. Dabei wirke ich doch so unschuldig.«

»Vielleicht muss ich mir das mit dir noch mal überlegen«, erwiderte ich gespielt ernst. »Du hast heute echt 'nen Clown gefrühstückt.«

Ty beugte sich ein Stück zu mir herunter, streifte mit seinen Lippen meine Wange und löste eine Gänsehaut auf meinem gesamten Körper aus. Dann hörte ich seine tiefe Stimme rau an meinem Ohr. »Ich hätte lieber dich zum Frühstück gehabt.«

Ach du heiliges Stachelschwein.

Mein Herz klopfte immer schneller, als er sich wieder ein Stück aufrichtete und mir direkt in die Augen blickte. Ich wollte etwas sagen, allerdings war mein Mund trocken wie eine Wüste, daher brachte ich nur ein »Mhm« hervor.

»Nehmt euch ein Zimmer, Leute«, hörte ich plötzlich Tatum, die sich in mein Blickfeld schob und unsere Blase zum Platzen brachte.

Ich blinzelte ein paarmal, dann drehte ich mich zu ihr. »Das ist mein Spruch!«

»Ich weiß, deshalb musste ich ihn einfach bringen«, gab sie grinsend zurück, bevor sie Ty ansah. »Endlich bist du zur Vernunft gekommen, Montgomery.«

Ein Schmunzeln trat auf seine Lippen. »Jap, sieht so aus.«

Plötzlich legte sich ein ernster Ausdruck auf Tatums Züge. »Ich freue mich echt für euch, Leute. Aber Ty? Wenn du ihr nur ein bisschen wehtust, also nur einen kleinen Hauch von Schmerz zufügst, dann ...«

»Brichst du mir alle Knochen?«

»Das sowieso. Und ich hetze Sherlock auf dich.«

Auch Ty wirkte jetzt ernster. »Ist angekommen. Ich hab nicht vor, sie zu verletzen, und falls doch, darfst du mir gerne die Hölle heißmachen, denn dann hab ich das wohl verdient.«

»Guter Mann.« Tatum zwinkerte ihm kurz zu, bevor sie sich einen Lappen schnappte, um die Café-Tische abzuwischen.

»Ich wollte nur kurz vorbeischauen. Dash wartet auf mich. Aber ...« Er drehte mich wieder zu sich herum. In seinem Blick lag so viel Wärme. »Es war schön, dich zu sehen. Treffen wir uns später in der Bar?«

Ich nickte, dann stellte ich mich auf die Zehenspitzen, um meine Lippen auf seine zu legen. Es war immer noch ein ungewohntes Gefühl, aber definitiv ein gutes. »Jap, ich schau nachher vorbei.«

Er löste sich von mir. Sein Strahlen war unbezahlbar. Er wirkte so unglaublich glücklich, und ich konnte nicht fassen, dass ich es war, die dafür die Verantwortung trug.

»Ich freu mich drauf.«

KAPITEL 28

TYLER

Gerade als ich meine Zimmertür hinter mir zugezogen hatte, klingelte es. Der Moment, auf den ich den ganzen Tag hingefiebert hatte. Hoffentlich würde sie sich freuen.

Mit schnellen Schritten durchquerte ich unseren Flur und lief zur Tür, um aufzumachen. Schon im Treppenhaus hörte ich Frankies Schritte, und nur wenige Augenblicke später stand sie vor mir. Ein Strahlen auf dem Gesicht, das von ihren roten Wellen eingerahmt wurde. In der Hand hielt sie zwei Pizzakartons.

»Hey«, sagte sie und blickte mir in die Augen, während ich meine Arme um ihre Taille schlang und sie schließlich küsste. Ihr warmer Vanilleduft umspielte meine Nase und brachte mein Herz zum Stolpern.

»Hab ich dir schon mal gesagt, wie schön du bist?« Als ich mich wieder von ihr löste, ließ ich ihre Hand nicht los und zog sie mit mir ins Apartment.

»So ungefähr um die hundert Mal. Aber ist okay für mich.« Sie kicherte und drückte meine Hand. »Und wo ist jetzt meine Überraschung?«

»Immer mit der Ruhe. Die kommt noch früh genug.«

Nachdem wir in den letzten Tagen nicht die Hände voneinander hatten lassen können, sie immer wieder bei mir übernachtet hatte oder ich bei ihr, hatte ich mir eine Kleinigkeit überlegt, um sie zu überraschen. Nichts Großes, aber etwas, das ihr möglicherweise helfen würde.

»Wie jetzt? Du weißt doch, dass ich die Ungeduld in Person bin.« Sie stellte die Pizzakartons auf der Arbeitsfläche der Küche ab und drehte sich zu mir.

»Das ist mir vollkommen neu«, erwiderte ich und zwinkerte ihr zu, woraufhin ich einen Seitenhieb mit dem Ellenbogen kassierte. »Sind wir heute auf Krawall gebürstet, Miss Davis?«

»Nur wenn ich nicht bekomme, was ich will.«

Meine Brauen huschten herausfordernd nach oben. »Ach, und was willst du? Natürlich abgesehen von der Überraschung, meine ich.«

Ich konnte ihr ansehen, dass sie überlegte, und hatte so eine leise Ahnung, was in ihrem Kopf vor sich ging. Hitze stieg in mir auf, als ich auf sie zulief und sie ihre Lippen öffnete.

»Pizza.«

»Ach? Nichts anderes?«

Sie zuckte mit den Schultern. »Ich wüsste nicht was.« Dann schlang sie grinsend die Arme um meinen Oberkörper und legte den Kopf in den Nacken, um mir in die Augen zu sehen. »Oder an was hast *du* gedacht?«

»Natürlich nur an Pizza.« *Und an sie in meinem Bett.*

»Mhm, ich glaub dir kein Wort, Montgomery.« Sie biss sich leicht auf die Unterlippe und grinste dabei, dann strich sie mit ihrer Hand über meine Brust.

»Gut, wenn wir jetzt essen, wirst du deine Überraschung wohl oder übel innerhalb der nächsten paar Minuten sehen. Irgendwie habe ich aber das Gefühl, dass das kein Problem für dich ist.«

»Damit kann ich leben.«

Wir schnappten uns die Pizzakartons und etwas zu trinken, dann führte ich sie zu meinem Zimmer. Bevor ich die Tür öffnete, hielt ich inne. Mein Herz raste. »Bereit?«

Als sie nickte, eine stumme Frage in den Augen, öffnete ich die Tür, und wir traten ein. Rasch stellte ich die Pizzen auf dem Schreibtisch ab.

»Was? Ähm … ich … Ty!«

Ich beobachtete, wie sie sich im Raum umsah, wie sich der irritierte Ausdruck auf ihrem Gesicht in ein Grinsen verwandelte, das immer breiter wurde. Immer strahlender.

Die letzten Nächte hatten wir Licht angelassen, zumindest einige Lampen. Noch fühlte sie sich etwas unsicher bei Dunkelheit, doch ich hatte mir ein paar Artikel dazu durchgelesen und wollte versuchen, ihr ein wenig zu helfen. Heute Mittag hatte ich angefangen, alles vorzubereiten. Hatte etliche Lichterketten kreuz und quer unter der Decke meines Zimmers aufgehängt. Große und kleine Kerzen standen auf dem Schreibtisch, den Fensterbrettern und auf den Regalen und hüllten den Raum in warmes Licht. Zudem hatte ich mir eine Art Projektor besorgt, der mit winzigen Lichtpunkten einen Sternenhimmel an Wände und Decke zauberte.

Unwillkürlich blieb Frankie stehen und schüttelte den Kopf, als ob sie nicht fassen könnte, was sie sah. »Ty …«

Ihr Blick huschte zu mir, während sich leichte Röte auf ihre Wangen legte. In ihren Augen glitzerte etwas, als sie zu mir lief. »Was ist das? Also ich meine ... Ich weiß, was das ist, aber ... Warum?«

Ich nahm ihre Hände und zog sie an mich, dann drückte ich meine Lippen auf ihre. Atmete ihren süßen Duft ein und musste grinsen. »Das ist dein eigenes ... Sternenparadies? Keine Ahnung, wie du es nennen willst.« Meine Stimme wurde leiser, als ich ihr eine Strähne aus dem Gesicht strich. »Weißt du, ich dachte, es könnte dir ein wenig helfen, wenn wir von den ganzen Lampen auf kleinere Lichtquellen umsteigen und dir die Dunkelheit so ein bisschen näherbringen. Du weißt schon, ganz viele Sterne am Himmel. Und wenn du das auf Räume überträgst, funktioniert es vielleicht besser ... das mit der Dunkelheit und ...«

Weiter kam ich nicht, denn im nächsten Herzschlag schlang sie ihre Arme um meinen Nacken, zog mich zu sich herunter und küsste mich.

»Danke.« In ihren Augen spiegelte sich so viel Wärme. »Ich weiß echt nicht, was ich sagen soll. Das ist ... krass.«

»Zu krass? Also ... zu viel?«

Ihre Brauen zuckten nach oben. »Nein! Ich ... Das ist nur das Romantischste, was jemals ein Kerl für mich gemacht hat.«

Meine Hände wanderten über ihren Rücken. »Du verdienst das jeden Tag.«

»Hör auf, ich ... Mein Gesicht ist jetzt schon knallrot.« Schmunzelnd tastete sie nach ihren Wangen. »Ich muss mich erst an dieses Zeug gewöhnen.«

»Dieses Zeug?« Ich lachte.

»Na«, fing sie an und fuchtelte mit den Händen herum. »All das hier. Und dich. Und uns. Und …« Ihr Kiefer klappte herunter, als sie an die Wand hinter mir blickte. »Ty? Dein Ernst? Hast du etwa diese kleinen Sterne an die Wände geklebt, die im Dunkeln leuchten? Oh Gott, no way!«

»Eventuell waren die im Baumarkt im Angebot. Echt keine große Sache, Franks.«

Ihre Augen weiteten sich. »Keine große Sache, sagt er. Keine große Sache. Mhm. Ja. Klar. Ich hab das schon etliche Male für Tatum gemacht. Easy. Sicher. Jap, jap, jap.«

Ich lachte und schob sie an den Schultern zum Bett. »Hinsetzen. Durchatmen. Beruhigen. Okay?«

Sie nickte und ließ sich auf die Kante sinken, rutschte mit knallroten Wangen ein Stück nach hinten, um sich gegen das Kopfteil zu lehnen.

Ich stellte die Pizzakartons aufs Bett und setzte mich neben Frankie. »Das Essen ist angerichtet!«

»Du bringst mich echt noch um den Verstand, Montgomery«, murmelte sie, als sie nach einem Stück mit extra vielen Champignons griff und hineinbiss.

»Tu ich das?«, fragte ich neckisch grinsend und schnappte mir ein Stück Salamipizza.

Ihr Blick verdunkelte sich. Sie fixierte mich. »Wird sich nachher zeigen.«

»Nimm nur den Mund nicht zu voll … Wir wollen doch nicht, dass du dich verschluckst.«

»Ach, Ty, zerbrich dir darüber mal nicht dein hübsches Köpfchen«, flötete sie mit einem engelsgleichen Lächeln, dann steckte sie sich den noch recht großen Rest des

Pizzastücks in den Mund und kaute darauf herum. Sie sah aus wie ein Hamster kurz nach seiner Weisheitszahn-OP und kämpfte mit jedem Biss darum, nicht daran zu ersticken. Es wirkte fast so, als wollte sie mich mit dem Fassungsvermögen ihres Munds beeindrucken, was nur leicht nach hinten losging. Gott, dieses Mädel …

Mir entfuhr ein belustigtes Schnauben. »Sieht vielversprechend aus, Franks. Ich kümmere mich mal um einen Film, bis du fertig bist.«

Zur Antwort bekam ich nur ein mürrisches Brummen.

Ich schnappte mir die Fernbedienung und öffnete am Fernseher gegenüber meinem Bett die Streamingdienste meines Vertrauens und scrollte das Programm durch. Nachdem Frankie ihre Beute verschlungen und einen Schluck getrunken hatte, suchten wir uns einen Film heraus und starteten ihn, während wir weiter unsere Pizza vertilgten.

Nach einer Weile kuschelte sich Frankie an mich. Sie in meinen Armen zu halten und zu wissen, dass sie zu mir gehörte, war das Schönste überhaupt. Mit der Zeit brach die Nacht an, die Dunkelheit lugte durch die Fenster, während der Abspann lief.

»Der war echt gut, wir müssen bald den zweiten Teil schauen«, murmelte sie an meiner Brust und ließ ihre Fingerspitzen über meinen Oberkörper tanzen.

»Stimmt. Ich glaube, der ist auch schon draußen.« Ich schmunzelte und presste meine Lippen auf ihren Scheitel. Dann wanderte mein Blick durch den Raum. »Ist das mit dem Licht okay für dich? Oder sollen wir die Lampen anmachen?«

»Es ist … Es geht eigentlich. Du kannst ja … mal den

Fernseher ausmachen, dann schauen wir, wie es ohne den ist?«

Ich betätigte einen Knopf auf der Fernbedienung. Sofort schwand eine der Lichtquellen, und übrig blieben die paar Lichterketten an der Decke, einige Kerzen, der Projektor und die Leuchtsterne, die gelinde gesagt überhaupt nichts brachten. Ich verband rasch mein Smartphone mit meiner Anlage und startete meine Lieblingsplaylist mit chilligen RnB-Songs. »Passt das?«

Ihre Wange rieb über mein Shirt, als sie nickte. »Das ist so schön, Ty. Wirklich. Ich fühle mich echt wie unter einem Sternenhimmel. Nur eben noch viel heller und … in einem Zimmer. Danke, dass du mir die Sterne hier reingeholt hast.« Sie lehnte sich nach hinten, sodass wir einander in die Augen sehen konnten. »Das klang jetzt ein bisschen kitschig, oder?«

»Nur ein bisschen«, gab ich grinsend zurück. »Aber hab ich gern gemacht. Und wenn es dir hilft, dann hat es seinen Zweck erfüllt.«

»Gut gemacht, Kleiner.«

»Kleiner?« Ich schnaubte und strich ihr über den Rücken.

»Hey, Ty?«

»Hm?«

»Als du mich das erste Mal gesehen hast, was hast du gedacht?«

Ich überlegte. »Du meinst damals beim Football-Spiel, als du den Captain-America-Vergleich mit einem der Spieler gebracht hast?«

»Ganz genau. Ich weiß noch, dass du zwei Plätze weiter saßt und dich direkt zu mir gedreht und gelacht hast.«

»Jap, weil ich das nämlich zwei Minuten früher auch gedacht hatte. Und dann kamst du daher und hast es einfach ausgesprochen.«

»Der Beginn einer wunderbaren Freundschaft.«

Ich grinste. »Das hab ich doch damals gesagt, oder?«

»Ja, hast du. Und ich war direkt in der Friendzone«, erwiderte sie schmollend.

»Tut mir leid, Franks.« Dann überlegte ich wieder. »Damals musste ich sofort grinsen, als ich dein Lächeln gesehen habe. Ich dachte mir, dass du sicher einer dieser Menschen bist, deren Nähe einfach nur guttut und die jeden Tag besser machen, allein dadurch, dass man sie um sich hat.«

»Und, hat sich das bestätigt?«

»Klar, doppelt und dreifach. Hinzu kam damals, dass wir über die gleichen Dinge lachen mussten und du das vermutlich witzigste Mädchen auf diesem Planeten bist. Du brauchst eine eigene Comedy-Show.«

Sie haute mir lachend gegen die Brust. »Quatsch, übertreib nicht.«

»Mach ich nicht, aber okay. Dann keine Show für dich. Schade. Was hast du damals gedacht? Abgesehen davon, dass ich unwiderstehlich gut aussehe und du dich im ersten Moment in mich verliebt hast?«

»Immer den Ball flach halten, ja? Ich wünschte, ich hätte dir nicht erzählt, dass ich damals schon auf dich stand. Das muss ich mir jetzt wohl bis zu meinem Lebensende anhören.«

»Ganz richtig.«

»Ich fand dich süß. Und ein bisschen witzig.«

»Ein bisschen?«

»Ja, auch ein bisschen mehr, zufrieden?«

»Jap.«

»Du selbstgefälliges ...«

»Frankie Davis«, ermahnte ich sie und hob den Zeigefinger an ihre Lippen. »Keine Tier-Beleidigungen.«

Sie nahm meine Hand von ihrem Mund und funkelte mich an. »Ausnahmsweise.«

Lange musterte ich sie, studierte jeden Zentimeter ihres zierlichen Gesichts. Die grünen Augen und die Sommersprossen. Die vollen Brauen, die fragend nach oben wanderten. Ihre spitze Nase und den offenen Gesichtsausdruck. »Hättest du gedacht, dass wir irgendwann nebeneinanderliegen und mehr als nur Freundschaft zwischen uns ist?«, flüsterte ich schließlich.

»Ich hab schon damit gerechnet, dass ich dich irgendwann um den Finger wickle.«

»Wow, Frankie. Kauf ich dir fast ab.« Als ich lachte und gleichzeitig den Kopf schüttelte, atmete sie tief ein und aus.

»Um ehrlich zu sein, habe ich das nicht gedacht. Ich hab es ...«, sie wandte den Blick ab, sah mir dann wieder in die Augen. »Na ja ... Ich hab es irgendwie immer gehofft, aber ich hatte auch echt Angst, dich als Freund zu verlieren. Deshalb hab ich auch lang nichts probiert. Überleg mal, sieben Jahre, Ty ...«

»Auch wenn das hier eindeutig über Kumpels hinausgeht, ist mir deine Freundschaft ungeheuer wichtig, Franks. Das will ich nicht verlieren. Ich will dich nicht verlieren und das, was wir haben. Aber weißt du was?«

»Was?«

»Das wird nicht passieren.« Ich schenkte ihre mein

wärmstes Lächeln und hauchte ihr einen Kuss auf die Lippen.

»Gut. Mir ist das echt wichtig, Ty. Auch wenn wir … Also falls wir irgendwann nicht mehr aufeinander stehen. Dann müssen wir trotzdem Freunde bleiben, okay? Können wir uns das bitte schwören? Ich mein es todernst.«

Ich hielt ihr meinen kleinen Finger hin, und sie hakte ihren ein, dann schlossen wir unsere Hände zu Fäusten und blickten uns in die Augen. In mir kribbelte alles, als ihre Lider flatterten. »Hiermit schwöre ich feierlich, dass wir für immer beste Freunde bleiben. Für immer und ewig. Bis wir die Nase voll voneinander haben.«

Frankie sprach mir nach, dann senkten wir unsere Hände und verschränkten die Finger miteinander. »Gut, jetzt bin ich beruhigt.«

Mein Herz klopfte schneller, weil sie so wunderschön war und ich in diesem Augenblick am liebsten jede Stelle ihres Körpers berühren wollte. »Egal, was in der Zukunft passiert, du kannst dich immer auf mich verlassen. Ich werde immer für dich da sein, wenn du mich brauchst, Franks.«

Sie nickte. »Und ich für dich.«

In diesem Moment ging der Projektor aus, und es brannten nur noch die Lichterketten und einige Kerzen.

»Oh shit, ich glaube, das ist der Stand-by-Modus, der sich nach einigen Stunden aktiviert.« Ich wollte gerade aufstehen, um ihn wieder anzuschalten, da hielt sie mich an der Hand fest.

»Schon okay«, wisperte sie. »Ich glaube, ich schaff das.«

»Bist du dir sicher? Ist kein Problem, ihn wieder einzuschalten. Du sollst dich hier wohlfühlen und keine Angst haben.«

Sie musste schmunzeln und zog an meiner Hand. »Ich fühl mich mehr als wohl bei dir, Ty. Und jetzt komm zu mir.«

Ich legte mich wieder neben sie und ließ meine Finger über ihre Seite wandern. Unsere Nasenspitzen berührten sich fast, als ich meinen Kopf auf das Kissen neben sie bettete. Ihr stockender heißer Atem auf meinen Lippen jagte mir einen Schauer über den Rücken. Rasch zog ich sie näher an mich und schob meinen Oberschenkel zwischen ihre Beine, drückte gegen ihre warme Mitte. Ihre Hand wanderte meinen Arm entlang nach oben in meinen Nacken. Ihr entfuhr ein leises Seufzen, als sie ihr Becken an meiner Härte bewegte. Unsere Blicke ineinander verschränkt, konnte ich das dunkle Verlangen in ihren Augen erkennen. Hitze loderte durch meinen Körper, dann entwich mir ebenfalls ein leises Stöhnen. Ihre Lippen strichen sanft über meine, doch es war wie Folter. Eine Qual, sie nicht zu küssen. Abzuwarten und sie den Ton angeben zu lassen. In dieser Minute wollte ich ihr nur die Klamotten vom Körper reißen und mich in ihr versenken, doch ich musste warten. Warten. Warten. Warten. Unerträgliches Warten, während sie zarte Küsse meinen Kiefer entlanghauchte.

»Fuck«, fluchte ich leise und presste sie noch mehr an mich. »Frankie ...«

Ihr entfuhr ein heiseres Kichern, als ihre Lippen über meinen schwebten.

Und dann ... explodierte mein Herz, als sie mich schließlich küsste.

KAPITEL 29

FRANKIE

Tyler zu küssen fühlte sich an, wie nach Hause zu kommen, nur noch viel besser. Tausendmal besser. So, als ob wir nie was anderes getan hätten und das hier das Selbstverständlichste überhaupt wäre. Und je mehr ich mich fallen ließ, desto mehr brodelte die Hitze in mir hoch, waberte durch die Mitte meines Körpers und schürte das Bedürfnis, alles von ihm zu berühren.

Ich saugte an seiner Unterlippe, während er jeden Zentimeter meines Körpers mit seinen Händen berührte. Ein Schauer fuhr mir über den Rücken, gefolgt von vielen weiteren, ausgelöst von seinen Fingern, die sich in meinen Haaren vergruben. Mir entfuhr ein Stöhnen, dann spielte meine Zunge wieder mit seiner, bis ich mich atemlos an ihm festklammerte und mehr von ihm wollte. Immer mehr und mehr und mehr. Er war schon dicht an meinen Körper gepresst, doch selbst das reichte mir nicht. Da wir immer noch auf der Seite lagen, schlang ich ein Bein um seine Hüfte und presste mich noch näher an die Härte zwischen seinen Beinen.

»Frankie«, flüsterte er rau, woraufhin noch mehr Verlangen in mir aufstieg.

Ich vertiefte den Kuss, Zähne prallten auf Zähne, ich konnte nicht mehr aufhören. Bohrte meine Finger in seine Schultern und spürte, wie meine harten Nippel an seinem Brustkorb rieben. Seine Hand wanderte unter mein Shirt. Wie in Zeitlupe strich er an meiner Seite und dem Bauch entlang, wie ein Windhauch. Sogleich bekam ich Gänsehaut und erschauderte. In kreisenden Bewegungen näherte er sich meinen Brüsten, als plötzlich seine Mundwinkel zuckten.

»Gute Idee, keinen BH anzuziehen.« Sein Daumen strich über die Unterseite meiner Brust, woraufhin ich mir fest auf die Lippe biss, um ein Stöhnen zu unterdrücken.

»Mhm«, murmelte ich und machte mich auch an seinem Shirt zu schaffen. Die Haut darunter fühlte sich seidig an. Definierte Muskeln, nicht zu viel und nicht zu wenig, einfach perfekt. »Ty ...«

Er hielt inne. »Alles okay?« Seine Lippen waren gerötet, und er schaute mich unter halb geschlossenen Lidern heraus an.

»Ja, ähm ...« Ich schluckte und fuhr mit den Fingern seinen Kiefer entlang. »Ich ... Wir könnten heute an das anknüpfen, was wir bisher so gemacht haben.«

»Bist du ... Bist du dir ganz sicher? Also, dass du schon so weit bist?«

In den vergangenen Tagen war es unmöglich gewesen, die Finger voneinander zu lassen. Er hatte Dinge für mich getan und ich für ihn, doch weiter als mit der Hand waren wir noch nicht gegangen. Aber ich fühlte mich bereit. Mehr als das. Ich wollte ihn unbedingt in mir spüren. Jetzt. Sofort.

»Ja«, wisperte ich an seinen Lippen, die besser schmeckten als Eiscreme im Hochsommer. »Und du?«

Ein Schmunzeln umspielte seine Züge. »Ich auch.«

Im nächsten Atemzug legte ich meine Lippen wieder auf seine und rollte mich auf ihn, sodass ich rittlings auf ihm saß. Ich beugte mich nach vorne, um ihn wieder zu küssen, während er mich am Hintern packte und gegen seinen Schritt drückte, mich rhythmisch führte, bis ich Sterne sah.

Mir entfuhr ein Stöhnen. »Shit, Ty, ich … puuuh.«

Grinsend richtete er sich ein Stück auf, einen wissenden Ausdruck auf dem Gesicht. »Okay, okay, versteh schon.« Seine warmen Hände wanderten unter mein Shirt und zogen es mir mit einer raschen Bewegung über den Kopf, dann senkte er seine weichen Lippen auf meine Brüste. Seine Zunge hinterließ eine heiße Spur, bis er sie schließlich um meinen Nippel kreisen ließ und ihn in den Mund nahm.

Ich stöhnte auf und vergrub meine Finger in seinen weichen Haaren. »Scheiße, Ty!«

Ohne sich beirren zu lassen, fuhr er fort.

Shit, das fühlte sich so gut an, und in meiner Mitte zog sich etwas lustvoll zusammen. Ich streifte ihm das Shirt über den Kopf und rollte mich auf den Rücken, sodass er nun über mir kniete. Seine Lippen lagen auf meinen, dann wieder auf meinen Brüsten, auf meinem Bauch, wanderten hinab, bis er rasch meine Jeans öffnete und sie mir von den Beinen zerrte. Sofort machte ich mich auch an seiner Hose zu schaffen und schob sie ihm mitsamt seiner Boxershorts nach unten, alles fiel achtlos zu Boden. Mein Herz galoppierte, raste, sprintete, als ich Ty vor mir knien sah. Seine pulsierende Härte. Ich leckte mir über die Lippen, dann sah ich wieder nach oben in seine Augen, verschränkte den Blick mit seinem. Glühend sah er mich an, als ob ich das Schönste wäre, was ihm je begegnet war. Wärme durchfloss mich. Dann strich er vorsichtig über meine Schenkel bis nach oben zu meinem Slip, hakte einen Finger unter den Bund und suchte in meinen Augen ein stummes Einverständnis. Als ich nickte, zog er ihn mir ganz langsam und mit Bedacht herunter, quälend langsam. Viel zu langsam. Ich schluckte, als er zu Boden fiel und Tys Blick wieder zu mir huschte. Über meine Beine zu meiner Mitte, hinauf zu meinem Bauch, meinen Brüsten und Lippen, zurück in meine Augen.

»Du bist so wunderschön, Frankie. Wirklich.«

Ich musste lächeln. Mein Atem ging stockend. »Schaust du mich nur an, oder gibt's heute noch 'n bisschen Action?«

Ihm entfuhr ein kehliges Lachen, dann lehnte er sich über mich und hauchte mir einen Kuss auf die Lippen. »Warte, bleib wo du bist. Nicht bewegen.«

»Schade, ich hatte gerade vor, 'nen Marathon laufen zu gehen. Beeil dich, Montgomery, sonst flitz ich dir noch weg.«

»Ich lass dich nicht mehr gehen«, sagte er lachend. Rasch rollte er sich zur Seite, um aus seinem Nachttisch ein Gummi zu holen. Plastik, das aufgerissen wurde, dann schob er sich das Kondom über und kniete sich wieder über mich, stützte sich mit beiden Händen neben meinem Kopf ab. Ich spreizte die Beine, und er ließ sich auf mich sinken. »Ganz sicher? Wir können auch noch warten, wirklich.«

Kopfschüttelnd grinste ich ihn an. »Ich kann nicht länger warten.« Und als er seine Härte an meinem Schritt rieb, seufzte ich. »Los. Jetzt. Ich …« Ich zog scharf die Luft ein. »Rein in die gute Stube!«

Er lachte los, vergrub sein Gesicht an meinem Hals. »Wow, Frankie …«

»Sorry«, brummte ich und musste nun auch lachen. »Vergiss nicht, dass du mich eigentlich richtig toll findest, okay?«

Dann hob er den Kopf und lächelte mich an. »Nicht nur eigentlich, Franks. Genau wegen solcher Sprüche hab ich mich doch in dich verliebt, du Scherzkeks.«

Mein Herz pochte schneller, während in meiner Magengrube etwas flatterte. Sein Blick war so aufrichtig. So warm, so vertraut und so liebevoll. »Das hier … Ty«, fing ich an und atmete tief durch. »Das bedeutet mir wirklich viel. Ich vertraue dir. Ich weiß, dass ich mich bei dir fallen lassen kann und … ja.«

»Und … ja?«

»Ich will nicht zu viel sagen, nicht dass du noch einen Rückzieher machst, weil ich am Rad drehe.«

Er legte den Kopf schief und grinste frech. »Gut. Dann wird das wohl mein Part sein. Frankie Davis«, fing er an und schenkte mir einen warmen Blick. »Es bedeutet mir auch wirklich viel. Das alles … *Du* bedeutest mir alles. Es fühlt sich so richtig an, bei dir zu sein, dich zu spüren und dich zu berühren. Ich will nie wieder was anderes tun.«

Alles in mir bebte vor Verlangen und Freude. Mir traten Tränen in die Augen, doch ich blinzelte sie rasch weg. Ty fuhr mit seinem Daumen über meine Wange, um eine einzelne wegzuwischen, dann küsste er mich. Erst langsam und zärtlich, dann immer begieriger und wilder, bis ich nicht mehr wusste, wo oben und unten war. Seine Hände, die meinen Körper erkundeten, in mich eindrangen und mich streichelten, um mich auf seine Härte vorzubereiten. Ich hielt mich an ihm fest. Klammerte mich an seinen Rücken.

Seine Schultern spannten sich an, als er meine Beine um seine Mitte legte und mir fest in die Augen sah. Seine Lippen waren leicht geöffnet, sein Blick dunkel und voller Leidenschaft. Und als ich nickte, drang er behutsam in mich ein. Während ich scharf die Luft einzog und aufstöhnte, entfuhr ihm ein Knurren.

»Fuck, Frankie, du fühlst dich so gut an.«

»Ja«, seufzte ich und verzog plötzlich schmerzhaft das Gesicht.

»Hab ich dir wehgetan?«

»Nur ein bisschen, aber ist schon okay. Liegt vermutlich daran, dass es schon länger her ist.«

»Wenn ich aufhören soll, sag es.«

»Mhm«, murmelte ich und schloss die Augen. »Mach. Weiter.«

Vorsichtig schob er sich noch weiter in mich. Immer weiter und tiefer, bis ich ihn voll in mich aufgenommen hatte. Mein Herz raste. Ich reckte ihm mein Becken etwas entgegen und spürte, wie er meinen empfindlichen Punkt traf.

»Oh Gott, Ty«, wisperte ich und genoss es, ihn in mir

zu spüren. Jeden Zentimeter seiner Länge in mich aufzunehmen.

Er zog sich langsam wieder zurück, um dann erneut vorzudringen. Immer wieder und immer wieder. Zuerst noch wie in Zeitlupe und so vorsichtig er nur konnte, doch als ich »Schneller, schneller!« raunte, erhöhte er mit jedem Stoß das Tempo.

Meine Hände waren überall, gruben sich in seinem Rücken, strichen über seinen Hintern und landeten wieder in seinen Haaren, um Halt zu finden. Schweißtropfen liefen an meiner Schläfe hinab, während Ty immer wieder in mich eindrang und mir schwindelig wurde. Seine Lippen auf meinen, die Daumen an meinen Nippeln und seine Hände irgendwann an meinen Beinen. Überall spürte ich ihn mit Haut und Haaren. Alles von ihm. An jeder Stelle meines Körpers. Ich stöhnte lauter auf, während er immer schneller und tiefer, immer süchtig machender und härter in mich eindrang, mich ausfüllte, bis wir miteinander verschmolzen und ich losließ.

Atemlos ruhte ich an Tys Brust. Seine seidige Haut war von einem leichten Schweißfilm überzogen, und ich hörte, wie sein Herz mindestens genauso schnell schlug wie meines. Ich vergrub mein Gesicht in seiner Halsbeuge und atmete tief seinen vertrauten Duft ein und aus.

»Das war echt schön«, flüsterte ich.

Er streichelte über meinen nackten Rücken, malte Kreise auf meine Haut. »Das war es.« Und als ich kicherte, drückte er mich fester an sich. »Alles okay? Hast du Schmerzen oder so? War ich zu hart?«

»Ich mag's, wenn du hart bist.« Ich lachte und zwickte ihn in eine Brustwarze.

Er zuckte zusammen. »Hey!« Dann schüttelte er grinsend den Kopf und gab mir einen kleinen Klaps auf mein Hinterteil. »Du bist mir ja eine. Nur Schandtaten im Kopf.«

»Na klar, du doch auch.«

Lachend hauchte er mir einen Kuss auf die Stirn. »Ich hab das aber ernst gemeint. War es okay für dich, oder soll ich beim nächsten Mal vorsichtiger sein?«

»Ty, du warst schon so supervorsichtig, also alles gut. Ich hatte nur leichte Schmerzen, weil es einfach schon … lange her ist. Und weißt du was?«

»Was?«

»Ich hab kein Problem damit, wenn es beim nächsten Mal … noch ein bisschen härter ist«, flüsterte ich und merkte, wie mir schon wieder Röte in die Wangen schoss.

Tys Mundwinkel zuckten nach oben. »Ach? Das kam unerwartet, ist aber notiert. Find ich gut.«

»Super. Dann sind wir uns ja einig.« Ich seufzte und kuschelte mich noch enger an ihn. »Ty?«

»Frankie?«

»Ich bin echt froh, bei dir zu sein.«

»Ich bin auch echt froh, dass du bei mir bist.«

Mit meinen Fingern fuhr ich die Muskeln an seiner Brust entlang. »Was ist das hier?«

»Was? Meine Brust?«

»Nein«, flüsterte ich schmunzelnd. »Wir. Du und ich. Dein Fleischeclair mit Sahnefüllung und meine Lustgrotte.«

Ty brach in schallendes Gelächter aus. »Das hast du wirklich schön ausgedrückt, Kompliment.«

Ich musste ebenfalls lachen. »Mann!«

Als er sich wieder beruhigt hatte, sagte er schließlich: »Du meinst uns beide, also was das zwischen uns ist, oder?«

»Ja.«

Er zögerte und trommelte mit seinen Fingerspitzen sanft gegen meine Schulter. Ich spürte, wie sich sein Herzschlag beschleunigte. »Sollen wir ...« Ty rollte sich auf die Seite, um mir in die Augen sehen zu können. Ein Kribbeln durchfuhr mich, als er seine Hand an meine Wange legte und mit seinem Daumen über meine gerötete Haut streichelte. »Willst du meine Freundin sein, Frankie Davis? Also Freundin wie in feste Freundin.«

»Das wäre auf jeden Fall eine Überlegung wert«, sagte ich gespielt ernst und verzog nachdenklich das Gesicht. »Okay, ist gebongt.«

»Dann sind wir uns ja mal wieder einig.« Ein Grinsen legte sich auf seine Züge, und er beugte sich zu mir, um mich zu küssen. Küsste mich auf die Lippen, meinen Kiefer und den Hals entlang nach unten, meine Brüste und immer tiefer, sodass ich mir wünschte, dass diese Nacht niemals zu Ende ging.

KAPITEL 30

TYLER

Heute machte mir alles Spaß. Die kleine Reparatur an der Kaffeemaschine, die Kalkulationen für die nächsten Monate und das Aufräumen unseres Büros, das in den letzten Wochen im Chaos versunken war. Alles brachte mir Freude, zauberte mir ein Lächeln aufs Gesicht. Na ja, hauptsächlich war es wohl das rothaarige Mädel, das dafür verantwortlich war, dass ich den ganzen Tag wie ein treudoofer Golden Retriever vor mich hin grinste.

»Alles klar, Mann?« Dash saß mit seinem Laptop am Tresen, schob seine Kopfhörer von den Ohren und musterte mich. »Ich hab noch nie jemanden gesehen, der mit so einer Freude die Gläser abtrocknet.«

Ich warf einen Lappen nach ihm. »Tja, dann ist das eben eine Premiere.«

»Hat das zufällig was mit einer gewissen Frankie Davis zu tun?«

Wieder verbreitete sich mein Lächeln. »Möglich.«

»Läuft's gut?« Er klappte den Laptop zu und legte seine Unterarme darauf ab.

Mit den Händen in den Hosentaschen lehnte ich mich mit dem Rücken gegen die Arbeitsfläche und nickte. »Voll. Die letzten Tage waren der Hammer. *Sie* ist der Hammer.«

»Mein bester Freund ist also verliebt.«

»Ein bisschen. Ich meine, das muss sich alles erst richtig entwickeln, wir stehen ja noch ganz am Anfang.«

»Stimmt … Die letzten sieben Jahre als Kennenlernzeit reichen schließlich nicht.«

Ich musste schmunzeln. »Besser spät als nie.«

»Ich freue mich jedenfalls für euch, Mann. Du hast es echt verdient, mal wieder glücklich mit 'nem Mädel zu sein.«

Mein Herz zog sich zusammen. »Danke. Ja, wurde Zeit. Ich hab das mit ihr früher nie in Betracht gezogen, aber jetzt, wo wir Gefühle füreinander entwickelt haben und ein Paar sind, merke ich erst, wie gut wir zusammenpassen. Ich meine, ich wusste ja schon immer, was für ein toller Mensch sie ist, doch diese Anziehung … die macht mich fertig. Ich kann meine Finger nicht von dem Girl lassen. Ohne Spaß. Ich will sie die ganze Zeit küssen und …«

»Ein Paar? Ihr seid ein Paar, hast du gesagt? Wieso höre ich das zum ersten Mal, Mann?«

Meine Lippen formten ein stummes O. »Ähm. Ja, ups. Sorry. Ich hab sie gefragt, ob sie mit mir zusammen sein will. Vor ein paar Tagen.«

»Was?«

Ich nickte und kratzte mich am Hinterkopf. »Es hat sich richtig angefühlt.«

»Wow, das ist ein echter Schritt. Aber wenn du happy bist, bin ich auch happy, Ty.«

»Ein echter Schritt?«

»Ja, na ja … Du hast jetzt eine Freundin. Nach langer Zeit mal wieder. Und da es Frankie ist, der Sonnenschein unserer Gruppe und deine allerbeste Freundin, ist das schon eine große Sache. Es wird ernst, Mann. Aber das ist wohl normal, wenn man erwachsen wird«, entgegnete er und lachte. »No pressure.«

Ich biss die Kiefer zusammen, während eine Woge der Kälte durch mich hindurchfegte. »Es ist noch ganz frisch. Wir lassen alles auf uns zukommen. Ganz entspannt.«

»Und was ist mit …«, fing er an und senkte die Stimme, warf mir einen eindringlichen Blick zu. »Du weißt schon, was ist mit Lauren? Bist du überhaupt bereit für Frankie?«

»Ich … ähm«, murmelte ich und überlegte, fixierte einen Punkt irgendwo an der Wand. »Ich glaube schon, dass ich bereit für was Neues bin. Das mit Lauren ist lange genug her.«

»Weiß Frankie denn, wie es dir wegen ihr geht?«, fragte er vorsichtig.

Ich wiegte den Kopf hin und her. »Natürlich weiß sie, dass wir ein Paar waren, aber … ich hab ihr nicht gesagt, dass … dass ich Lauren …«

»Ty …«

»Ich dachte … Frankie hat nichts mit Lauren zu tun. Sie … Wir …«

»Aber sie spielt nach wie vor eine Rolle in deinem Leben, oder? Noch immer. Und eine recht große, wenn ich nicht ganz falschliege …«

»Ja, schon, aber …«

»Frankie würde dich nie verurteilen oder deshalb sauer

sein. Du musst es ihr nur erklären. Sie ist deine Freundin, Ty. Sie sollte die Wahrheit erfahren. Und jetzt, wo es ernst wird, wäre vielleicht auch der Zeitpunkt erreicht, an dem …« Er brach ab und schüttelte·den Kopf. »Egal.«

»Was?«

»Es ist dein Leben. Deine Sache. Ich will dir nicht reinreden.«

»Du bist mein bester Freund, sag schon.« Ich spannte den Kiefer an, mein Herz raste.

»Ihr wart ein Paar. Jetzt bist du mit Frankie zusammen. Vielleicht ist nun einfach der Zeitpunkt gekommen, dich endgültig von ihr zu lösen? Manchmal braucht es das, um richtig abschließen und sich auf was Neues einlassen zu können.«

Ich klammerte meine Finger um die Kante der Arbeitsfläche, um mich festzuhalten, während Schauer über meinen Rücken jagten. Mein Herz galoppierte. Kälte und Hitze wechselten sich ab.

Dash hatte recht. Das mit Frankie war eine ernste Sache. Wir führten eine Beziehung. Eine fucking Beziehung. Es war nur fair, ihr die Wahrheit über Lauren zu sagen, doch … Mir drehte sich der Magen um. Übelkeit stieg in mir auf. Das bedeutete, dass ich Lauren wirklich abhaken musste. Ein und für alle Mal. Alles andere wäre Frankie gegenüber nicht fair. Aber konnte ich das wirklich? Die Jahre mit ihr und die Erinnerungen hinter mir lassen? Ein neues Kapitel aufschlagen, in dem Lauren keine Rolle mehr spielte?

Meine Finger fingen an zu zittern; schnell versteckte ich sie hinter meinem Rücken, während ich das Gewicht von einem Fuß auf den anderen verlagerte.

»Ty?«, hörte ich leise Dashs Stimme.

Ich sah ihn wieder an, die Augen geweitet. »Hm?«

»Was meinst du dazu? Du hast nichts gesagt.«

»Ähm, ja, du … du wirst schon recht haben«, tat ich seine Bemerkung von eben ab und stemmte mich mit letzter Kraft von der Arbeitsfläche ab. Meine Hände fühlten sich taub an. Genau wie mein Herz. Schlug es überhaupt noch?

Shit, was tat ich hier? Ich wollte Frankie so sehr. Trotzdem konnte ich Lauren einfach nicht vergessen. Ich war es ihr schuldig, sie nicht im Stich zu lassen. Es gab keinen Ausweg. Ich hatte es ihr versprochen.

Mein Herz raste immer mehr, drohte zu explodieren, als die Tür aufging und ein rothaariges Mädchen eintrat. Mein rothaariges Mädchen.

»Hey, Jungs, hab Essen dabei. Die Mittagspause ruft. Tate kommt auch gleich«, begrüßte Frankie uns und strahlte dabei bis über beide Ohren.

Ich bekam am Rand mit, wie sie Dash drückte und die Tüte mit dem Essen auf dem Tresen abstellte. Doch alles in mir rauschte. Stromabwärts den Wasserfall hinunter. Sie lief zu mir und umarmte mich, legte ihre Lippen auf meine, und ich atmete ihren Vanilleduft ein. Blickte in ihre Augen, in denen das pure Glück vorherrschte, das im nächsten Moment jedoch von Sorge abgelöst wurde.

»Ty? Alles okay?«

Mein Kiefer klappte herunter, dann wandte ich mich von ihr ab. »Ähm …«, fing ich an. »Ja, ähm …« Ich fuhr mir mehrmals übers Gesicht. »Du …«

»Ich lass euch mal kurz allein«, hörte ich Dash, dann stand er auf und lief rüber ins Büro.

Zurück blieben eine verwirrte Frankie und ich. Tyler, der nicht wusste, was gerade mit ihm passierte.

»Was ist los?« Etwas Alarmiertes lag in ihrer Stimme.

Ich konnte sie nicht ansehen, denn das würde meine Gefühlswelt noch mehr auf den Kopf stellen. Nach einigen Momenten der Stille versuchte ich, die richtigen Worte zu finden. »Frankie, ich ... ich glaube, ich brauche mehr Zeit. Das geht gerade alles so schnell. Es wird ... Es ist so ernst mit ... uns. Und ich ...« Mein Herz raste immer schneller. Ich fixierte einen Punkt an der Wand, um ihr nicht in die Augen sehen zu müssen. »Ich bin mir nicht sicher, ob ich das alles kann. Ich meine ...« Ich lachte bitter auf. »Vielleicht hast du auch einfach was Besseres verdient als mich. Ich bin nicht so perfekt, wie du denkst, weißt du. Ich ... bin ein großer Haufen Chaos, und das ... Wir ... Vielleicht ... Vielleicht brauchen wir noch Zeit. Das ... Das ...«

»Ty«, wisperte sie und legte ihre kalte Hand auf meinen Unterarm. »Was redest du da? Wir waren uns doch einig. Du hast diese ganzen Sachen zu mir gesagt und ...«

»Ich will auch nichts davon zurücknehmen ...«

»Aber?«

Ich entzog mich zitternd ihrem Griff. »Ich ... Ich glaube einfach, dass du jemanden verdient hast, der besser für dich ist als ich.« Es zerriss mein Herz, das auszusprechen. Ich wollte sie nicht verlieren. Niemals. Aber war ich schon bereit? Sie hatte keinen Kerl verdient, der sich nicht sicher war.

»Mir fällt niemand ein, der perfekter für mich sein könnte als du, und das weißt du, Ty.«

»Ich brauche Zeit, um mir über einige Dinge klar zu werden. Ich ... Mein Kopf ... Da ist ... Wir ...«

Stille.

Sie schluckte hart. »Schau mich an.«

Ich konnte es nicht. Wollte es nicht. Zu groß war der Schmerz, der mir durch den Körper kroch und alles auffraß, was sich ihm in den Weg legte. Ich verkrampfte mich, spannte mich zum Zerbersten an und starrte ins Leere. Mein Herz zog sich schmerzhaft zusammen, und meine Hände zitterten noch stärker. Ich wollte sie so unbedingt, aber ich war nicht sicher, ob ich der Richtige für sie war. Sie strahlte heller als die Sonne, war der liebevollste Mensch, der mir je untergekommen war, und hatte ganz sicher keinen Kerl verdient, der noch nicht mit seiner Vergangenheit abgeschlossen hatte. Sich nicht von ihr lösen konnte.

»Ty! Sieh mir in die Augen und sag mir das noch mal!«

Es kostete mich einen Haufen Überwindung, mich ihr in Zeitlupe zuzuwenden. Unsere Blicke kreuzten sich, und als ich die Sorge und den Schmerz in ihren grünen Augen erkannte, zog ich scharf die Luft ein. Sie hatte das nicht verdient. Nichts davon. Mich nicht. Das alles nicht. Sie musste doch begreifen, dass ich ihr vielleicht ein guter Freund sein konnte, es für eine Beziehung aber nicht ausreichte. Dass ich nicht ausreichte, weil ich es am Ende nur zerstören würde. Aber sie sah es nicht. Natürlich nicht. Alle sahen nur den Ty, der ich vorgab zu sein, und nicht den, der tief in mir verborgen lag und den ich niemandem zeigte.

»Also?«

»Frankie«, fing ich an und biss die Zähne aufeinander,

um den Schmerz zu verdrängen. »Ich wollte dir nie wehtun.«

Erkenntnis brach über sie herein wie ein Tsunami, der
alles mit sich riss und zerstörte. Bis kein Hauch Leben
mehr übrig war. Ihr Blick verschleierte sich mit jeder
Sekunde, in der niemand etwas sagte. Blässe legte sich
auf ihr Gesicht, als ihr Tränen in die Augen stiegen und
wenig später die Wangen herunterliefen.

Alles in mir tat weh. Es brannte. Mein Herz zerriss mit
jeder Sekunde mehr. Jeder Zentimeter meines Körpers
fühlte sich wie Scheiße an. Wie Abfall.

»Was ist anders als noch vor ein paar Tagen, Ty? Sag's
mir, damit ich es verstehe. Das bist du mir schuldig.« Wütend wischte sie sich übers Gesicht. Ihre Lippen waren
nur noch ein dünner Strich.

»Ich kann nicht. Ich ... Ich stehe zu allem, was ich
gesagt habe, aber ... Es geht nicht, ich ... Da gibt es ...
Ich war nicht ...« Ich schnappte nach Luft und fuhr mir
durch die Haare. Dann drehte ich mich um und steuerte die Tür an. »Ich muss weg. Ich ... Ich ... Ich ... Ich
kann das nicht mehr.« Hitze übermannte mich. Schwin-
del trieb sein Unwesen in meinem Inneren. Ich musste
raus hier, weg von ihr, weg von allem, was ich gut gemacht und kurz darauf eigenhändig zerstört hatte. Weg
von dem größten Fehler überhaupt – sie zu verletzen.

In meinen Augen brannte es, als ich wie in Trance nach
meinem Schlüsselbund griff, mir meine Jacke schnappte
und zur Tür hechtete. Ein Piepsen in meinen Ohren, das
die lauten Rufe von Dash und Frankie zu übertönen versuchte. Und dann rannte ich zu meinem Auto, stieg ein
und brauste davon.

Alles war ein Fehler. Ich hätte es wissen müssen. Ich hätte wissen müssen, dass das passieren würde. Verdammte Scheiße.

Ich fuhr und fuhr und fuhr und fuhr, bis die Dunkelheit anbrach. Bis die Sterne am Himmel klebten. Bis ich Stunden später oben am Aussichtspunkt ankam, mein Auto parkte und über die Wiese zum Felsen lief. Noch war ich allein. Ganz allein mit meinen Gedanken, meinen Gefühlen, dem Gewitter in meinem Inneren, das Blitze in meinem Herzen einschlagen ließ.

»Fuck, fuck, fuck«, fluchte ich leise und barg das Gesicht in meinen Händen. »Was hab ich nur getan?«

Ich hatte niemanden verletzen wollen, niemals. Ich hätte das alles nicht tun dürfen. Frankie hatte diesen Schmerz nicht verdient, den ich in ihren Augen hatte erkennen können. Sie hatte nur das Beste verdient. Alles Gute, was das Leben für sie bereithielt, aber nicht, dass ihr bester Freund ihr das Herz stahl, nur um es kurz darauf zu brechen.

Fuck.

»Ich dachte schon, ich sehe dich nie wieder«, hörte ich Laurens vertraute Stimme hinter mir.

Ich bewegte mich nicht, ballte die Hände an meinem Gesicht zu Fäusten und presste sie auf meine Augen, wollte den Schmerz in meinem Inneren verdrängen. Wollte nichts fühlen und zugleich alles, um eine verdammte Lösung zu finden.

Sie ließ sich neben mich auf den Felsen sinken. Ihr herber Duft jagte mir einen Schauer über den Rücken. »Du siehst nicht gut aus, was ist los?«

Ich hob langsam den Kopf und starrte in die Weite, die

vor uns lag, in der Hoffnung, dort die Antworten auf all meine Fragen zu finden.

»Ich kann nicht mehr. Das … Es ist zu viel.«

»Was ist denn passiert?« Sie legte ihren dünnen Arm um meine Seite, und ich versteifte mich.

»Ich muss eine Lösung für das alles finden, Lauren.« Mein Blick flackerte zu ihr, in ihre kühlen Augen, die vermutlich schon ahnten, was ich ihr sagen wollte. »Ich weiß nicht, was ich tun soll«, flüsterte ich und schüttelte den Kopf. »Das mit uns, das mit … Frankie … Ich … Es geht nicht. Ich hab ihr wehgetan. So sehr, und dabei kann sie nichts für all das.«

Lauren kniff die Augen zusammen. »Frankie? Ich dachte, ihr seid nur Freunde?«

»Das waren wir. Ich wollte es dir schon länger sagen.«

»Was wolltest du mir sagen, Ty?« Verwirrung klang in ihrer Stimme mit, dann zog sie ihren Arm weg.

Ich konnte wieder tief durchatmen. »Ich hab Gefühle für sie, Lauren.«

»Hast du nicht«, schnitt ihre Stimme scharf durch die Stille. »Nein, Ty. Nein, das kann nicht …«

»Doch, hab ich.« Ich seufzte. »Und ich weiß nicht, was ich tun soll. Ich will dir nicht wehtun, ich will dich nicht verlieren, Lauren. Wir sind … Du … Wir … Ich …« Meine Stimme brach, und ich schluckte, wandte den Blick ab.

Stille.

»Du hast keine Gefühle für sie. Das bildest du dir nur ein. Nicht so, wie für mich. Du hast mir ein Versprechen gegeben, erinnerst du dich? Ein Versprechen, das du niemals brechen wolltest.«

Ich bekam eine Gänsehaut, weil plötzlich so viel Wut in ihrer Stimme mitschwang.

»Lauren, das ist nicht so einfach. Ich hab dir schon letztes Mal versucht zu sagen, dass … Sosehr ich dich in meinem Leben haben will, so genau weiß ich auch, dass ich niemals wieder mit dir zusammen sein kann.«

»Doch, das kannst du, und das willst du. Du bist schuld an allem, was damals passiert ist. Du bist *mir* das schuldig! Scheiß auf Frankie! Ich bin die einzige Person, die dich versteht. Sie kennt dich nicht, so wie ich dich kenne.«

»Ich will dich nicht verlieren, und ich will auch mein Versprechen nicht brechen. Aber ich weiß nicht, was ich tun soll, das … Es ist so ein verficktes Chaos, was ich angerichtet habe.« Ich richtete mich auf und sah sie an. »Mir ist eigentlich klar, dass sich unsere Wege trennen müssen. Dass wir einen Abschluss finden müssen. Aber wenn ich daran denke, dass wir uns nicht mehr sehen können, tut es nur weh.«

Sie schob den Unterkiefer vor. »Wenn du das hier beendest, zerstörst du uns aufs Neue. Willst du das wirklich? Nach allem, was du mir angetan hast?« Dann packte sie mich plötzlich am Arm und krallte ihre Finger in meine Haut, als ob ich ihr Anker wäre, der sie davon abhielt unterzugehen. »Du hast es mir versprochen, Ty! Du hast es mir verdammt noch mal versprochen. Dass du immer bei mir bleibst. Dass du mich nicht im Stich lässt. Nicht noch einmal …«

Eiseskälte breitete sich in meinen Gliedern aus. »Es tut mir so leid …«

»Sei still«, zischte sie und fixierte mich. »Du bist schuld daran, dass wir nicht mehr zusammen sein können. Du bist schuld an allem. Und genau deshalb bist du es mir verdammt noch mal schuldig, bei mir zu bleiben. Nichts darf uns trennen. Wir sind füreinander geschaffen. Wir sind Lauren und Ty. Wir sind alles, was du dir je gewünscht hast.«

»Ich …«

»Nein, Ty!«, schrie sie mich an und schüttelte meinen Arm, dann ließ sie ihn los und bedachte mich mit dem vernichtendsten Blick, den ich je an ihr gesehen hatte.

Ich presste meine Lippen aufeinander, fuhr mir wieder durch die Haare. Meine Kehle schnürte sich zu. Luft, ich brauchte Luft. Hitze und Kälte. Schmerz. Alles tobte in mir. Mein ganzer Körper tat weh, und ich senkte mein Gesicht in meine Hände. »Ich weiß nicht, ob ich das noch länger kann, Lauren. Es ist Zeit, Abschied …«

»Wag es nicht, Tyler! Wag es nicht! Nicht nach all dem, was du mir angetan hast! Nicht nach den ganzen Jahren, die wir zusammen hatten. Was bist du denn, wenn du mich nicht hast? Hm? Was bleibt dir dann noch, für das es sich zu leben lohnt?« Tränen quollen aus ihren Augen, strömten ihr Gesicht hinab.

Hinter meinen Lidern brannte es nun auch. Fuck. Es fühlte sich so an, als ob jemand auf mich einschlug. Immer und immer wieder, selbst als ich schon am Boden lag.

»Ich weiß nicht, was ich tun soll«, murmelte ich und merkte, wie sich meine Sicht verschleierte. »Ich weiß es einfach nicht. Ich weiß es nicht. Ich weiß es nicht.« Ich schluckte, schnappte nach Luft.

»Ein Nichts bist du ohne mich, Tyler Montgomery. Das war früher schon so, bis du es zerstört hast. Uns. Du bist abhängig von mir. Schau doch, du kommst immer wieder angerannt und kannst nicht ohne mich … So wird es für immer sein. Willst du unsere Vergangenheit und Zukunft einfach so wegwerfen? Ich gebe dir ein paar Tage, dann kommst du eh wieder angekrochen …« Sie schnappte nach Luft und wimmerte. »Wir gehören zusammen, Ty, und das weißt du!«

Tränen lösten sich aus meinen Augenwinkeln und rannen heiß meine Wange hinunter, während ich mein Gesicht noch tiefer in den Händen verbarg. Mein Brustkorb drohte zu explodieren. Ich bekam keine Luft mehr, alles schnürte sich zusammen und raubte mir das letzte bisschen Leben. Schmerz. Alles tat so weh. Ich ächzte, schnappte wieder nach Luft. »Fuck. Ich weiß nicht, was ich tun soll, ich weiß es einfach nicht.« Meine Stimme brach, und mir entfuhr ein Schluchzen. Ich hatte mich noch nie so gefühlt. So verzweifelt. Wieder schluchzte ich und schlang die Arme um meine Knie, verbarg den Kopf dazwischen und biss mir fest auf die Innenseite meiner Wange. Ich wollte, dass es aufhörte.

»Und jetzt sitzt du auch noch hier und heulst wie ein Scheißbaby? Wow, willst du mein Mitleid, Ty? Ernsthaft? Nach allem, was du gesagt hast, willst du, dass ich Mitgefühl zeige, weil du flennst?« Sie lachte bitter auf. »Ha, träum weiter!«

Ich presste die Augen zusammen, während weitere dicke Tränen aus meinen Augenwinkeln quollen. Mein Magen spielte verrückt, ich wollte mich übergeben, konnte nicht. Alles drehte sich. Ich hatte keine Ahnung, wo oben und unten, rechts oder links war. Wusste nur, dass mit den Tränen meine ganzen Gefühle aus mir herausströmten. Es war zu viel, ich wollte nicht mehr. Ich konnte nicht mehr.

»Ich weiß nicht, was ich tun soll«, flüsterte ich mehr zu mir als zu Lauren und konzentrierte mich auf meine Atmung, die unregelmäßig ging. Mein Herz, das immer schneller schlug, und meine Hände, die sich zu Fäusten ballten. Ich konnte meine Augen nicht öffnen, schluchzte und schluchzte, weil alles so wehtat und ich nicht wusste, was ich tun sollte. Das hatte ich nie gewusst. Scheiße, und selbst jetzt hatte ich keine Ahnung, wie das hier für uns ausgehen würde.

KAPITEL 31

FRANKIE

»Ich weiß es nicht, okay? Ich habe keine Ahnung, was mit ihm los ist und warum er all das gesagt hat.« Die Arme um meinen Körper geschlungen, hockte ich auf dem Boden im Büro der Bar und lehnte mich an die kühle Wand. Meine Hände zitterten, und mein Herz schlug viel zu schnell. Tatum saß neben mir. »Er … Er hat gemeint, dass ich was Besseres verdient habe und …« Ich schniefte und wischte mir ein paar Tränen vom Gesicht. »Scheiße, das kann doch echt nicht wahr sein!«

Vor etwa zehn Minuten war Ty nach seiner Rede aus der Bar gestürmt und mit dem Auto davongebraust. Ohne ein Wort des Abschieds. Ohne mir zu erklären, was in ihm vorging.

Ich spürte jetzt noch seine Lippen auf meinen, schmeckte sie und wünschte mir, dass das vorhin nicht das letzte Mal gewesen war, dass ich ihn hatte küssen können. In meiner Brust zog sich alles zusammen, und wieder perlten Tränen meine Wange hinab, tropften auf mein Sweatshirt.

»Ich weigere mich zu glauben, dass er nicht mit mir zusammen sein will. Ich kauf ihm das nicht ab.«

Tatum seufzte und drückte mein Knie. »Tu mir nur einen Gefallen, Franks.«

»Hm?«

»Ich weiß, dass du schon immer Gefühle für ihn hattest und unbedingt willst, dass das mit euch was wird, aber bitte, bitte, bitte verschwende keine Tränen an einen Kerl, der dich nicht verdient hat.«

»Aber er hat mich verdient. Ich hab ihn verdient. Wir …« Ich seufzte und zuckte mit den Schultern. »Ich glaub nicht, dass es das gewesen sein soll. Er hat mich gefragt, ob wir zusammen sein wollen, wir haben miteinander geschlafen.«

»Ich schwöre, wenn ich den in die Finger kriege, kann er echt was erleben, dieses Würstchen«, brachte Tatum zähneknirschend heraus.

Ein halbherziges Lächeln streifte meine Lippen. »Ich will nicht, dass es vorbei ist, bevor es richtig angefangen hat. Dafür hänge ich zu tief drin. Aber was ist, wenn er jetzt einen Rückzieher macht, weil ihm eine Beziehung zu krass ist und er mich doch nur als gute Freundin betrachtet?« Meine Stimme klang bemitleidenswerter, als ich es beabsichtigt hatte. Ich biss die Zähne zusammen und blinzelte etliche Male, um die scheiß Tränen wegzudrängen, die sowieso schon die ganze Zeit aus mir heraussprudelten wie aus einem Springbrunnen.

»Das glaube ich irgendwie nicht«, sagte Tatum und schüttelte den Kopf.

»Ich hab mir immer geschworen, nicht wegen eines Kerls zu weinen, und jetzt schau mich an.«

»Das ist völlig normal, Franks. Du weißt genau, wie kacke es mir ging, als ich das mit Dashs Vergangenheit herausgefunden habe.«

Ich seufzte und warf ihr einen müden Blick zu.

»Es ist okay zu weinen, wenn es dir schlecht geht. Vor allem, wenn der Wicht erst vor ein paar Minuten abgehauen ist. Was hat er denn genau gesagt?«

Ich atmete tief durch und zuckte mit den Schultern. »Er meinte irgendwas von Chaos und dass ich das nicht verdient hätte. Dass er Zeit bräuchte oder so. Ich versteh es einfach nicht. Es ergibt null Sinn.«

»Hast du versucht, ihn anzurufen?«, fragte Tatum vorsichtig.

»Ja, aber er drückt mich immer weg. Das ist so untypisch. Ich meine, ja, er ist schon das ein oder andere Mal abgetaucht, aber dieses Mal war er so seltsam.« Ich schüttelte ungläubig den Kopf, weil ich es immer noch nicht richtig fassen konnte.

Tatum zog die Brauen zusammen. »Inwiefern?«

»Normalerweise ist Ty die Ruhe selbst. Ich meine, du kennst ihn. Er chillt sein Leben und stammelt nie oder ist aufgeregt oder so. Aber vorhin, das war ein anderer Tyler. Er war supernervös, hat keinen vollständigen Satz über die Lippen gebracht. Er … Keine Ahnung, aber so ist er doch sonst nie. Selbst wenn ein Feuer ausbrechen würde, wäre er noch entspannt. Ich … Ich glaube, dass was nicht mit ihm stimmt. Ich mache mir echt Sorgen, dass er ein Problem hat, über das er nicht mit mir spricht.«

»Meinst du, er nimmt Drogen?«

»Was?« Ich starrte Tatum an. »Wie kommst du darauf?«

»Keine Ahnung, war nur das Erste, was mir in den Sinn kam.«

»Das glaube ich nicht. Es muss an etwas anderem liegen.«

»Wie können wir dir helfen, Franks?« Tatums Hand lag auf meinem Knie, und sie sah mich mitfühlend an.

»Er hat nicht wie er selbst gewirkt, und jetzt geht er nicht ans Handy, mir ist nicht wohl dabei. Wie wär's, wenn wir … Ich weiß nicht, ob das jetzt komplett blöd klingt, immerhin ist er kein entlaufenes Haustier, aber …«

»Wir helfen dir beim Suchen, Franksy-Panksy.«

Ein Felsen krachte von meiner Brust, während sich meine Sicht gleichzeitig wieder verschleierte. Ich schniefte. »Danke.«

»Ich rufe Chase und Fiona an«, sagte Tate und stand auf, kramte ihr Handy aus der schwarzen Handtasche. »Die beiden können zusammen los, Dash soll alleine fahren, und du nimmst mich mit in dein Auto?«

Ich nickte. »Guter Plan.«

So einfach es klang, so schwer war es, Tyler zu finden. Wir teilten uns auf drei Autos auf, fuhren durch ganz Golden Oaks und die Umgebung in der Hoffnung, irgendwo seinen Wagen zu erspähen. Doch nichts. Die Dunkelheit brach an, und es gab immer noch keine Spur von ihm. Niemand hatte eine Ahnung, wo er sich aufhalten könnte. Mittlerweile schien sein Handy ausgeschaltet zu sein, es sprang immer gleich die Mailbox an. Stundenlang düsten wir herum, gaben uns gegenseitig Updates, doch ohne Erfolg.

»So langsam müssten wir jede Ecke abgegrast haben«, sagte Tatum leise und gähnte.

Mit geweiteten Augen starrte ich durch die Windschutzscheibe nach draußen ins Dunkel der Nacht. Immerhin brannte hier im Wagen Licht, und Tatum war bei mir, was sowieso alles einfacher machte. Mit meinen Fingern trommelte ich auf dem Lenkrad herum. »Aber das kann doch nicht sein. Er *muss* irgendwo sein. Irgend-fucking-wo!«

»Irgendwo ist er auch, Franks, okay? Wir werden ihn finden.«

»Wir haben überall gesucht. Ich hab echt Angst.« Der Kloß in meiner Kehle schwoll immer mehr an, ich versuchte, ihn hinunterzuschlucken, kämpfte gegen die Tränen an. »Bitte. Ihm darf nichts passiert sein oder … Ich weiß auch nicht, es ist einfach so untypisch.«

Plötzlich klingelte Tatums Handy. »Dash«, sagte sie und ging ran, stellte ihn laut. »Hey! Habt ihr was von ihm gehört? Ihn gefunden?«

Stille. Und dann: »Nein, tut mir echt leid. Chase und Fiona sind unter anderem auch in die Wälder gefahren, aber wir können ihn einfach nicht finden.«

Ein mulmiges Gefühl machte sich in mir breit, und ich schlug gegen das Lenkrad. »Verdammte Scheiße!«

»Fahr mal ran, Frankie«, flüsterte Tate und zeigte auf einen freien Parkplatz vor dem Kino.

»Frankie?«, kratzte Dashs Stimme durch die Freisprechanlage.

»Hm?«

»Hat er dir gegenüber mal was erwähnt – dir irgendeinen Hinweis gegeben –, wo er sein könnte? Vielleicht fällt dir doch noch was ein.«

»Ich überlege, auch wenn ich das schon den ganzen

Abend mache.« Ich seufzte. »Wir haben ganz oft zusammen … Oh mein Gott!«

»Was?« Tatum starrte mich an.

»Ich hab noch eine letzte Idee. Wenn er da nicht ist, dann weiß ich wirklich nicht mehr weiter.«

Ich startete den Motor und fuhr los, übertrat vermutlich diverse Geschwindigkeitsbegrenzungen. Ich hatte einen Ort vor Augen, an dem Ty vielleicht sein könnte und den die anderen vermutlich nicht kannten. Die Wahrscheinlichkeit, dass er tatsächlich dorthin gefahren war, war vermutlich nicht allzu groß, doch sie war da. Mit klopfendem Herzen drückte ich das Gaspedal weiter durch, heizte die Straße entlang, den Berg hinauf, weiter und weiter und weiter. Bis die Lichter der Stadt nur noch kleine Punkte in der Ferne waren.

»Franks, du weißt, was du tust, oder? Ich muss mir keine Sorgen machen, ja?«

»Hab alles im Griff. Ich glaube, Ty ist … Oh, mein Gott! Da, guck!«

Mein Puls schoss in die Höhe, als ich am Straßenrand, nur einige Meter vor uns, Tys Wagen stehen sah. Ich fuhr rasch ran, sprang aus dem Auto und rannte zu seinem. Tatum folgte mir. Als ich nur einen leeren Fahrersitz vorfand, fluchte ich leise.

Das wäre zu einfach gewesen.

»Okay, aber irgendwo hier muss er sein«, sagte Tate, und ich nickte.

»Jap. Ich weiß auch, wo.«

»Tust du?« Verblüffung spiegelte sich in ihrem Gesicht.

»Er liebt die Sterne«, sagte ich leise. »Und ich weiß, dass das hier der Ort in Golden Oaks ist, an dem man die schönste Aussicht auf den Nachthimmel hat. Das hat er mal erzählt.«

»Dann lass ihn uns suchen, auf geht's.«

»Nein, ich … Wäre es okay, wenn du im Wagen bleibst? Ich … Ich würde gern alleine zu ihm gehen.«

Sie nickte und drückte mich fest. »Klar. Ich ruf Dash und die anderen an.«

»Okay, danke.« Ich atmete tief durch, und während meine beste Freundin zurück zum Auto lief, näherte ich mich mit klopfendem Herzen der riesigen Wiese, auf der Büsche und hohe Gräser wuchsen und die von Bäumen umstanden war. Schon von Weitem sah ich über den Rand eines kleinen Felsens Tys Hinterkopf hervorlugen. Er saß vermutlich am vorderen Rand, den Rest seines Körpers konnte ich von meinem Standort aus noch nicht erkennen. Hitze schoss durch meine Adern, als ich losrannte. Ich wollte bei ihm sein. Ihn in die Arme schließen und fragen, was los war. Zugleich wollte ich ihn zur Rede stellen. Ich fühlte viel zu viel auf einmal. Wut. Sorge. Traurigkeit. Alles zur selben Zeit.

»Ich weiß doch auch nicht, was ich tun soll«, hörte ich leise seine Stimme, als ich mich dem Felsen bis auf wenige Meter genähert hatte, und blieb abrupt stehen. »Aber ich … ich kann einfach nicht mehr.« Ein Schluchzen entfuhr ihm, und ich schlug mir die Hand vor den Mund.

Scheiße, scheiße, scheiße.

Mit wem sprach er? Ich konnte immer noch nur seinen Hinterkopf erkennen, mehr nicht. Aber er hielt sich kein Telefon ans Ohr, daher musste wohl jemand bei ihm sein.

Ich näherte mich ihm Schritt für Schritt. Langsam und

vorsichtig, während sich mein Körper wie betäubt anfühlte. Das durfte nicht wahr sein. Bitte nicht.

Natürlich war es falsch zu lauschen, aber ich wollte auch nicht durch die Dunkelheit schreien, und außerdem war ich viel zu neugierig.

Als ich seine Stimme erneut wahrnahm, hielt ich inne. »Was soll ich tun? Was soll ich nur tun? Ich weiß, was du mir sagen willst, aber es geht nicht, okay? Ich … Das ist zu viel. Ich …« Wieder schluchzte er und hörte gar nicht mehr auf.

Shit. Mir zerriss es das Herz. Ich kannte das nicht von ihm. Wer war bei ihm? Mit wem redete er? Als ich daran dachte, dass es eine andere Frau sein könnte, zog sich alles in mir schmerzhaft zusammen, und Tränen bahnten sich wieder ihren Weg an die Oberfläche.

Ich atmete tief durch, dann näherte ich mich ihm ganz leise noch ein Stück. Kletterte am kalten Gestein hinauf und kam ein paar Meter hinter ihm zum Stehen. Mein Herz drohte zu zerspringen. Ich hörte nur noch ein Rauschen in der Dunkelheit.

»Mit wem sprichst du, Ty?«

KAPITEL 32

TYLER

Ich zuckte zusammen und sprang auf, fuhr mir übers Gesicht, während mein Herz immer schneller schlug. Durch tränenverschwommene Augen konnte ich sehen, dass Frankie vor mir stand. Geweitete Augen, ihr Mund war leicht geöffnet

»Was? Ich …« Meine Hände zitterten und waren kalt. Eiskalt.

Sie machte einen Schritt auf mich zu. »Ty, mit wem hast du gerade gesprochen?«

Hitze schoss mir in den Kopf, während sich mein Brustkorb unregelmäßig hob und senkte. »Ich … Was? Was machst du hier? Wie hast du mich … Ich … Du … Gerade … ähm …« Ich fuhr herum. Drehte mich zu allen Seiten um. Wischte mir wieder übers Gesicht, vergrub eine Hand in meinen Haaren. Mein Puls schoss immer höher. Und höher. Und höher. »Ich … Frankie … Was … Du bist … Ich habe … Lauren … Wo ist sie? Ich …« Wieder sah ich mich zitternd um.

Doch ich war allein.

»Ty ...«

Ich fuhr zu Frankie herum und starrte sie hilfesuchend an. »Ich ... Gerade ...«

Im Bruchteil einer Sekunde verwandelte sich ihr Ausdruck von Verwirrung in Schmerz. Dann trat sie ganz vorsichtig ein Stück näher. Sie sah blass aus, in ihren Augen glitzerte es verdächtig. »Was hast du gerade gesagt?«

»Ich ... Ähm ...«, stammelte ich, bekam jedoch kein anständiges Wort über die Lippen.

»Ty, hast du ...« Sie schluckte hart. »Hast du gerade *Lauren* gesagt?«

»Ja. Gerade war sie noch ... Wo ist ... Ich ...«

Tränen traten ihr in die Augen. Dicke, schwere Tränen, so schwer wie mein Körper sich gerade anfühlte. Ganz vorsichtig kam sie noch näher, bis sie direkt vor mir stand. Sie zitterte. Unsere Blicke kreuzten sich.

Sie legte ihre kalte Hand auf meinen Unterarm. »Ty«, flüsterte sie und atmete stockend aus. »Lauren ist seit drei Jahren tot.«

Nein. Nein. Nein. Nein. Nein. Nein. Nein. Nein. Nein.

»Nein«, wisperte ich und schreckte zurück. Übelkeit erfasste mich, und ich erstarrte. Konnte mich nicht mehr rühren. Ich hörte, wie mir das Blut in den Ohren rauschte. »Nein, ich hab ... Ich hab gerade mit ihr gesprochen. Das ... Sie war eben noch ...«

Im nächsten Augenblick legte Frankie ganz langsam ihre Arme um meinen Körper. »Ty, ganz ruhig. Entspann dich. Alles wird gut.« Ihre Stimme brach. »Alles wird gut. Ich verspreche es dir. Alles wird gut.«

Tränen quollen aus meinen Augenwinkeln, als mich

die Erkenntnis traf. Der Schmerz mich übermannte und meinen gesamten Körper in Beschlag nahm.

Lauren war tot.

Lauren. War. Tot.

»Nein!«, schrie ich und riss mich von ihr los. »Nein, lass mich in Ruhe!«

»Ty«, sagte sie sanft. »Ich bin für dich da.«

»Nein! Mir geht's gut! Ich … Ich brauch dich nicht!«, fuhr ich sie an und machte mich von ihr los, während es in meinem Inneren brodelte. Meine Kehle schnürte sich zu. »Lass mich! Wirklich, Frankie! Ich mein das ernst. Es ist alles in Ordnung.«

»Bitte, Ty«, flehte sie mich an und streckte eine Hand nach mir aus. Verzweiflung lag in ihrer Stimme. »Bitte, ich … Wir müssen nicht darüber reden. Ich möchte einfach nur für dich da sein.«

»Ich will das nicht! Verstehst du mich nicht? Hörst du, was ich sage?!« Ich ballte meine Hände zu Fäusten und drehte ihr den Rücken zu. »Das ist nicht wahr. Das ist nicht wahr. Das ist nicht wahr«, murmelte ich, mehr zu mir selbst, und hielt mich an diesen Worten fest. Daran, dass das alles nicht real war. Oder war es das doch? Mir wurde schwindelig. Alles drehte sich. Ich schnappte nach Luft, als sich ein Kloß in meiner Kehle bildete. Schluckte. »Nein, nein, nein, nein, nein!« Eine Hand legte sich auf meine Schulter, doch ich schüttelte sie ruckartig ab. »Lass mich in Frieden! Du … Ich …« Ich fuhr mir übers Gesicht. »Nein! Mir geht es gut! Ich brauche niemanden. Mir geht es gut.«

»Ty! Schau mich an!« Frankie packte mein Handgelenk und drehte mich mit einer schnellen Bewegung zu sich herum. Ihr Gesicht war nass, sie unterdrückte ein Schluchzen und hielt meinen Blick fest. »Tyler Montgomery, hör mir zu! Du musst dich verdammt noch mal beruhigen, sonst klatsch ich dir gleich eine.« Angst und Wut und ein wenig Hoffnung klangen in ihrer Stimme mit. »Ich mein das wirklich ernst. Du bist gerade nicht bei dir. Du bist irgendwo, aber nicht hier … bei mir.« Mehr Tränen liefen über ihr gerötetes Gesicht, aber ich wollte weder das sehen noch hören, was sie sagte. Wollte es nicht realisieren. Nicht zulassen. Nichts. Nichts. Nichts davon. »Tyler, du musst verstehen, was los ist. Ich hab Angst. Und es ist okay, wenn du die auch hast! Aber bitte, schau dich um. Was siehst du? Lauren? Mich? Wen siehst du? Wer ist hier?«

Hektisch blickte ich mich um. Nein. Ich hatte es nicht sehen wollen. Die ganze Zeit nicht. Nein, nein, nein.

Sie packte mich an den Händen. »Was siehst du, Ty?«

Ich starrte sie an, atmete stockend ein und aus und biss die Zähne aufeinander. Schmerz fraß sich in Sekundenschnelle durch meinen Körper, in mein Herz. Fraß es auf, bis kein Stück mehr übrig war und ich zusammenbrach. Quälende Dunkelheit um mich herum, in meinem Kopf, meinen Gedanken, meinem Herzen. Ich schlang meine Arme um Frankie und drückte mich fest an sie. So fest. Klammerte mich an ihren Körper und versuchte, meine Erinnerungen in Tränen zu ertränken. Allesamt, um zu vergessen. Zu vergessen, was geschehen war. Zu vergessen, dass es nie wieder so sein würde, wie es einmal gewesen war. Ich schluchzte und krallte mich noch fester an Frankie, bekam nichts mehr mit. Blendete alles aus, was sie sagte oder tat.

Ich bin schuld. Ich bin schuld. An allem.
Wieder strömten heiße Tränen über mein Gesicht. Ich schluckte und schnappte nach Luft.

»Lass es aufhören«, krächzte ich und spürte, wie sie mich noch enger an sich zog. »Bitte, ich ... Bitte mach, dass es vorbei ist.«

»Lass es raus, Ty, ich bin da.«

Mein Körper zitterte heftiger. Dunkelheit ummantelte mich. »Ich bin schuld.« Ich schniefte und vergrub mein Gesicht an ihrem Hals. »Frankie, ich bin an allem schuld. Ich ... Ich kann das nicht mehr. Ich weiß nicht, was ich ...«

»Shhh, alles gut. Beruhig dich. Alles kommt wieder in Ordnung. Versprochen.« Ihr Herz klopfte gegen meins. So schnell. So laut. So heftig. »Ich verspreche es dir, okay? Nur bitte beruhig dich. Bitte, Ty«, flehte sie mich mit brüchiger Stimme an. »Komm schon, ich weiß, dass du das schaffst. Langsam ein- und ausatmen.«

Ich versuchte, mich ihrer Atmung anzugleichen. Einatmen. Ausatmen. Einatmen. Ausatmen. Langsam. Immer wieder krochen Tränen aus meinen Augen, selbst wenn ich sie zukniff, war ich nicht vor diesen verdammten Sturzbächen sicher. Doch mit jedem Atemzug hatte ich das Gefühl, der Realität wieder näher zu kommen. Immer näher. Frankie war bei mir. Ich spürte sie an meinem Körper. Das hier war real. Sie war real. Ich war real.

Lauren war es nicht.

Nicht mehr.

Ich vergrub mein Gesicht im süßen Duft ihrer Haare, konzentrierte mich auf diesen Geruch und nichts anderes. Mein Gefühl von zu Hause. Frankie. Frankie. Frankie. Frankie.

Irgendwann schaffte ich es, wieder regelmäßig zu atmen. Ich holte Luft und löste mich von ihr. Unsere Blicke kreuzten sich, und ich erkannte, dass ihr Gesicht knallrot, die Augen tränenverhangen und ihre Miene von Schmerz überzogen war.

Sie ließ meine Hände nicht los, klammerte sich fest. »Lass uns … Willst du dich setzen?«

Als ich nickte, ließen wir uns auf den Felsen sinken. Mein Herz schlug wieder schneller, weil ich diesen Ort mit einem ganz anderen Menschen in Verbindung brachte, der nicht mehr hier war und es niemals wieder sein würde. Erneut brannte es hinter meinen Lidern, doch ich war leer. Tränenleer. Keine einzige war mehr übrig.

Frankie schlang ihren Arm um meine Seite und legte den Kopf an meine Schulter, während ich in die Weite blickte. Die Sterne nach Antworten absuchte. Sie sagte nichts, gab keinen Ton von sich, war nur für mich da, bis ich irgendwann seufzte.

»Frankie, ich … Das alles …« Mir entfuhr ein erstickter Laut, und ich spürte, wie sie ihren Griff festigte.

»Was fühlst du? Kann ich dir helfen?«

Ich schüttelte den Kopf. »Ich weiß es nicht. Ich weiß gar nichts. Ich habe keine Ahnung, was ich fühle. Was ist mit mir los? Lauren … Sie … Sie ist schon seit Jahren tot. Warum nimmt mich das so mit? Ich kann … Ich verstehe es nicht.«

Stille. Nur unsere Atemzüge in der Dunkelheit und das Rauschen der Blätter im Wind.

»Willst du darüber reden? Oder lieber nicht? Vielleicht hilft es dir zu verstehen?«

Ich starrte vor mich hin, unfähig, einen klaren Gedanken zu fassen.

»Vielleicht.«

Wieder Stille.

Behutsam strich sie mir über den Rücken und suchte nach den richtigen Worten. »Lauren.«

»Ja ... Ich weiß.« Ich wusste es wirklich. Doch wenn ich etwas in den letzten drei Jahren perfektioniert hatte, dann war es die Kunst der Verdrängung.

»Du sagtest, dass du ... dass sie eben noch hier war.«

Ich nickte. »Ich weiß, wie sich das anhört, Frankie.«

»Wie denn?«

»Als ob ich durchgeknallt bin. Ein Freak.«

Sie legte ihre freie Hand an meine Wange und drehte mein Gesicht zu sich, um mir in die Augen blicken zu können. Darin lag so viel Mitgefühl. Kein Mitleid. Nur Wärme. »Tyler Montgomery, du bist nicht durchgeknallt oder ein Freak. Hört auf, so was zu sagen. Ich glaube ...« Sie holte Luft. »Wenn es zu viel wird, sag es, okay? Du warst immer für mich da, jetzt bin ich es für dich.«

»Okay.«

Sie biss sich auf die Unterlippe, suchte wieder nach Worten. »Seit ihrem Unfall hast du nicht mehr über sie gesprochen, oder?«

Schmerz durchflutete mich und schnürte mir die Kehle zu, doch ich versuchte, die Fassung zu bewahren, indem ich mich auf Frankie konzentrierte. »Nein, nie.«

»Und dann hast du angefangen ... stattdessen mit ihr zu sprechen?«

»Ich weiß nicht«, sagte ich und schluckte den Schmerz weg. »Ja. Damals hat das … ähm … Ich … Frankie, wieso fühle ich das erst jetzt? Warum tut es erst jetzt so weh?«

Wieder glitzerte etwas in ihren Augen. »Weil du ihren Verlust nie verarbeitet hast, glaube ich. Kann es sein, dass du …« Sie hielt inne. »Dass du dich in diese Gespräche mit ihr geflüchtet hast, damit du sie nicht gehen lassen musst?«

Mein Herz. Ich hatte das Gefühl, es würde gleich zerspringen. In so viele Teile, dass es niemand je wieder würde zusammensetzen können. Daher nickte ich nur. »Ich bin schuld daran, dass sie … dass sie nicht mehr hier ist.«

»Quatsch, Ty. Es war ein Unfall. Du kannst nichts dafür.«

»Doch. Diesen Tag werde ich wohl nie vergessen. Es lief zu dem Zeitpunkt nicht mehr so gut zwischen uns, wir haben fast nur noch diskutiert. Und … Ich … Wir waren bei mir zu Hause und haben uns gestritten. Es ging um eine Kleinigkeit; ich hatte keine Lust, auf die Party von ihrer Freundin zu gehen, und sie wollte unbedingt, dass ich mitkomme. Und dann … Letztendlich bin ich mitgegangen, hatte aber total schlechte Laune. Und im Laufe des Abends … Gott, wenn wir uns doch nur nicht gestritten hätten.« Ich fuhr mir durchs Haar und schüttelte den Kopf. »Auf der Party hat es sich zugespitzt. Irgendwann sind wir in eins der Schlafzimmer gegangen, um uns nicht vor versammelter Mannschaft anzuschreien, und unser Streit ist total eskaliert. Ich hatte keine Lust mehr, wollte nur noch nach Hause. Wir haben uns … allerhand Dinge an den Kopf geworfen, die wir nicht so gemeint haben. Es war echt schlimm, ich dachte, unsere Beziehung zerbricht jetzt endgültig. Und dann …« Ich holte tief Luft, merkte, wie ich zitterte. »Dann bin ich gegangen. In der Tür hab ich mich noch mal umgedreht und gebrüllt, dass sie selbst schauen kann, wie sie nach Hause kommt. Scheiße, hätte ich mich doch nur zusammengerissen. Ich … Lauren ist nie wieder nach Hause gekommen. Der Streit, das alles … Das war das letzte Gespräch zwischen uns. Sie war meine erste Liebe und … Hätte ich sie doch nur gefahren. Dann wäre sie noch hier und nicht …«

»Gib dir bitte nicht die Schuld an etwas, für das du wirklich nichts kannst.« Frankies Stimme brach, und sie atmete tief durch. »Ty, bitte. Der Fahrer des Wagens trägt die alleinige Schuld. Der Unfall hätte auch an jedem anderen Tag passieren können. Bitte glaub nicht, dass sie wegen dir gestorben ist. Bitte.«

»Ich weiß nicht, ob ich das kann«, wisperte ich und schüttelte fassungslos den Kopf. »Hätte ich auf sie aufgepasst, wie ich es als ihr Freund hätte tun sollen … Hätte ich sie nicht sich selbst überlassen, sondern dafür gesorgt, dass sie sicher zu Hause ankommt … Dann hätte dieses beschissene Auto sie nicht in der dunklen Seitenstraße erwischt. Es ist meine Schuld. Ich … Mir ist bewusst, dass das hier nicht normal ist. Dass etwas falsch läuft, aber … Ich … Frankie …« Erneut traten mir Tränen in die Augen. Vermutlich war mein Tank wieder voll und bereit, aus meinen Augen zu fließen. Meine Sicht verschleierte sich. Ich ließ mein Gesicht in die Hände sinken und schluchzte. »Fuck!«

»Wir müssen nicht darüber reden, wenn es zu viel ist. Ich bin auch einfach nur so für dich da.«

»Nein«, sagte ich schnell und hob den Kopf wieder. Ich wollte es verstehen. Ich wollte wissen, was mit mir falsch lief. Ich konnte so nicht weitermachen. »Ich will darüber reden.«

»Okay.« Sie schlang den Arm enger um mich und spendete mir Trost, während ich Träne um Träne in ihren Sweater heulte. Ich konnte nicht mehr aufhören. Minutenlang klammerte ich mich an ihr fest und wollte einfach nur, dass es vorbeiging. Nichts mehr fühlen. So tun, als ob alles normal war. Alles wie immer.

Aber das war es nicht.

»Ihr seid zusammengekommen, als ihr noch ziemlich jung wart, oder?«, flüsterte Frankie irgendwann.

»Ja«, krächzte ich. »Wir … Wir waren zwölf, als wir uns kennengelernt haben, mit fünfzehn waren wir dann ein Paar.« Als säße ich in einem Zug, brausten die letzten Jahre an mir vorbei. »Ihre Eltern waren damals so streng, wir mussten uns anfangs immer heimlich treffen, weil sie sonst Hausarrest bekommen hätte. Sie wollten nicht, dass Lauren einen Freund hat, weil sie sich auf die Schule konzentrieren sollte. Irgendwann, als wir älter waren, haben sie es dann akzeptiert. Aber davor wussten nur unsere Freundinnen und Freunde davon, meine Eltern und die Leute in der Schule.«

Sie nickte. »Deshalb auch dieser Ort, oder?«

»Nach Einbruch der Dunkelheit haben wir uns von zu Hause weggeschlichen und sind dann mit den Fahrrädern hier hochgekommen, haben …«, ich räusperte mich, »haben stundenlang geredet. Das war unser Treffpunkt, weil wir uns sicher waren, dass uns hier niemand finden würde; und außerdem hab ich es schon immer geliebt, unter den Sternen zu sitzen. Nacht für Nacht haben wir uns auf diesem Felsen getroffen, bis wir einige Zeit vor unserem Abschluss auch von ihren Eltern aus zusammen sein durften.«

Frankies Hand umschloss meine und drückte meine Finger. »Du wolltest sie nie loslassen und hast dich an diese Treffen geklammert, oder? Für dich war sie nicht tot. Nicht wirklich.«

Nachdenklich blickte ich über die kleinen Lichtpunkte in der Weite vor uns. Fühlte mich taub und leer. »Schätze schon. Mir war bewusst, dass sie nicht mehr da ist, aber …« Ich brach ab. »Ich hab nicht hingesehen. Es verdrängt. Mich in eine Traumwelt geflüchtet, denke ich.«

Frankie atmete ruhig neben mir, während ich immer noch mit wild klopfendem Herzen vollkommen überfordert einen Punkt in der Ferne fixierte.

Was war nur los mit mir? Warum war es so weit gekommen? Wieso hatte ich alles verdrängt? Nie um sie getrauert?

Frische Tränen traten mir in die Augen. Lauren war nicht mehr da. Ich hatte es gewusst, aber es nicht sehen wollen. Hatte es verdrängt und mich auf meine Erinnerungen an sie konzentriert. Ihr Lachen. Den Klang ihrer Stimme. Ihren Duft. Unsere erlebten Momente. Mich daran festgehalten, um die ganze Scheiße nicht fühlen zu müssen. Sie nicht zu vermissen. Innerlich zerriss es mich wieder, wenn ich daran dachte. An unsere gemeinsame Zukunft, die es nicht mehr gab. Die vor drei Jahren in dieser Seitenstraße mit ihr gestorben war, als dieser Arsch sie überfahren hatte.

Die Lichtpunkte verschwammen vor meinen Augen. Ich blickte zu Frankie. In ihre Augen, die mir Halt gaben. »Es tut mir leid.«

»Es muss dir nicht leidtun. Du kannst nichts für all das. Glaub mir, ich weiß, wie schlimm es ist, wenn man einen Menschen verliert, den man über alles liebt.« Sie wischte sich ein paar Tränen von der Wange und atmete durch. »Ich verstehe, dass du es nicht wahrhaben wolltest. Dass du es lieber verdrängt und dir vorgestellt hast, wie es wäre, wenn sie noch leben würde. Sie jeden Tag zu sehen, mit ihr zu sprechen und so weiterzumachen wie zuvor. Ich verstehe, dass du keinen Abschied nehmen wolltest, weil es so leichter war. Weil es leichter war, nichts zu fühlen und die Trauer nicht zuzulassen, weil sie einen letztendlich zerstören würde. Ich weiß, wie das ist, okay? Und deshalb kann ich auch nachvollziehen, dass du das alles nicht fühlen, sondern so weitermachen wolltest wie davor. Dich da reingeflüchtet hast. Aber ...« Ihre Stimme brach, und ich konnte den tiefen Schmerz in ihren Augen erkennen. Fühlte mit ihr, während sie mit mir fühlte. »Aber man muss es irgendwann zulassen, Ty. Verstehst du? Sonst lernt man niemals, damit zu leben und weiterzumachen. Und ich habe das Gefühl, dass dieser Moment gekommen ist. Dass dir bewusst wird, was du verdrängt hast, und dass deine Trauer zu stark ist, um nicht gefühlt zu werden. Es ist okay, traurig zu sein. Du hast jemanden verloren. Und auch wenn es schon ein paar Jahre her ist, hast du auch jetzt noch das Recht dazu.«

Ich schlang die Arme um ihren Körper und presste mein Gesicht in ihre Haare, während mein ganzer Körper wieder zu zittern begann. Frankie entfuhr ein

Schluchzen, und sie klammerte sich noch fester an mich. So saßen wir hier. Keine Ahnung, wie lange. Minuten. Stunden. Tage. Monate. Jahre. Wer wusste das schon? Bis wir uns schließlich gegenseitig etwas Ruhe schenkten, uns voneinander lösten, die Blicke miteinander verschränkten.

»Es ist einfach so viel gerade«, wisperte ich heiser.

»Das verstehe ich.« Sie strich mir mit den Fingern über die Wange, wischte eine Träne mit dem Daumen weg. »Brauchst du etwas? Kann ich dir irgendwie helfen?«

»Ich weiß es nicht, Franks. Ich hab keine Ahnung. Ich weiß nicht, wie es weitergehen soll …«

Einen Moment schloss sie die Augen, dann öffnete sie sie wieder. Ich sah ihr an, dass sie sich zusammenriss. »Ich bin immer für dich da, ich hoffe, das weißt du. Egal, ob das mit uns …« Traurigkeit schwemmte ihre Augen. »Auch wenn wir das hier jetzt beenden müssen, weil es besser so ist. Ich … Ich bin trotzdem noch deine beste Freundin, okay? Glaubst du mir das, Ty? Bitte …« Ihre Stimme brach. Sie zitterte am ganzen Körper. »Bitte glaub mir das.«

Es durfte nicht vorbei sein. Niemals. Dafür hatte ich zu starke Gefühle für sie. Dafür bedeutete sie mir zu viel. Die Welt. Alles. Sie war alles für mich.

Und dennoch war mir gerade *alles* zu viel.

»Fuck«, fluchte ich und merkte, wie mir wieder Tränen in die Augen traten, die Wangen herunterliefen, weil ich ihren Schmerz fühlte. Ich fühlte ihn, weil er mich auch übermannte. »Frankie, ich will dich nicht verlieren. Niemals in meinem verflucht kaputten Leben.«

»Das wirst du auch nicht«, schluchzte sie und drückte

meine Hände. »Wenn du willst, bin ich jeden Tag für dich da. Für immer. Wirklich. Auch wenn wir nicht mehr ...«

»Ich weiß. Und ... das bin ich doch auch für dich. Das hier ...« Ich biss die Zähne aufeinander und atmete tief durch. »Das bedeutet mir so viel. Du bedeutest mir so viel. Aber vielleicht ...«

»Ja«, wisperte sie und brach wieder in Tränen aus.

»Ich denke, ich brauche erst mal Zeit für mich, um alles zu verstehen und herauszufinden, wie ich weitermache. Scheiße, Franks, ich ...« Ich gab ihr einen Kuss, schmeckte das Salz auf ihren Lippen und die Traurigkeit. Die Angst, dass es ein *Uns* vielleicht nicht mehr geben würde.

Wir klammerten uns aneinander, voller Verzweiflung. Meine Zunge an ihrer, unser Atem, der sich vermischte. Bis sie sich wieder von mir löste. Das durfte kein Abschiedskuss gewesen sein. Kein letzter Kuss. Aber irgendwie fühlte es sich danach an.

»Ich will eine Zukunft mit dir«, fing ich an und nahm wieder ihre Hand. »Aber dafür müssen wir jetzt vermutlich erst mal ohne einander sein.«

Sie nickte. »Ich verstehe das. Wirklich. Ich unterstütze dich bei allem. Das hier mit uns ... das soll gesund sein; und wir beide haben es verdient, erst mal über alles nachzudenken und zu verarbeiten, wie wir uns fühlen. Und dann ... dann finden wir womöglich wieder zueinander zurück, wenn es so sein soll. Auch wenn ...«

»Es wehtut, ohne dich zu sein.«

»Ja«, sagte sie und setzte ein müdes Lächeln auf. »Auch wenn es uns das Herz zerreißt.«

KAPITEL 33

FRANKIE

»Hier«, sagte Tatum und reichte mir ein Glas Wasser. »Oder doch lieber was Hochprozentiges?«

Ich rang mir ein Lächeln ab und nahm den Pfirsich-Eistee entgegen. »Passt schon.«

Sie ließ sich neben mich auf die Bankschaukel auf der Veranda der Chestnut Flower Lodge sinken. Da es heute ein recht warmer Tag war, war ich froh um die kleine Abkühlung. Sherlock sprang vor uns im Garten herum. Und ich saß hier auf dem dunkelgrünen Polster und versuchte, nicht komplett den Verstand zu verlieren.

Tatum sah mich mit zusammengezogenen Brauen an. »Wie geht's dir?«

»Gut.«

»Frankie.«

»Nicht gut.«

Sie seufzte. »Konntest du heute Nacht überhaupt schlafen? Immer wenn ich aufgewacht bin, hast du dich wie ein Aal herumgewälzt.«

Nach Tys und meinem Gespräch gestern auf dem Felsen war ich mit Tatum zu mir gefahren; sie hatte bei mir übernachtet, war für mich da gewesen. Ich war so dankbar für sie und ihre Freundschaft. Dafür, dass sie die Schwester war, die ich mir immer gewünscht hatte.

»Ein bisschen, vielleicht zwei Stunden.«

»Hab ich mir schon gedacht.« Sie nahm einen Schluck. »Wie hast du den Tag überstanden?«

»Die Arbeit in der Bäckerei hat mir einigermaßen geholfen, nicht durchzudrehen. Ich hab mich darum gekümmert, dass alles gut aussieht, wenn Mathieu morgen wiederkommt.«

»Ach, morgen schon?«

Ich nickte. »Ja. Eigentlich sollte ich mich freuen, nicht mehr so viel Arbeit zu haben, aber die Ablenkung tut mir gerade echt gut. Also mal sehen, vielleicht schubs ich ihn auch wieder aus dem Laden, damit ich mehr zu tun habe.«

»Der ist doch sicher happy, wenn du ihm Arbeit abnimmst, oder nicht?«

»Kann schon sein, ja. Ich wollte sowieso mal mit ihm über alles reden. Über die letzten Wochen und meine Zukunft.«

»Du meinst, weil du im Backen so aufgehst wie ein guter Hefeteig?«

Ich musste schmunzeln. »Genau. Es macht mir unfassbar Spaß, neue Kreationen auszuprobieren. Ich kann alles um mich herum vergessen, wenn ich Teig knete oder Tartes verziere.«

Ein Lächeln legte sich auf Tatums Lippen. »Hört sich toll an, Franks. Rede unbedingt mit ihm. Der wird sich bestimmt freuen.«

»Ich hoffe es«, erwiderte ich leise und nahm einen Schluck Eistee. »Tate?«

»Hm?«

»Ich drehe echt bald durch.«

Mitgefühl breitete sich auf ihrem Gesicht aus, dann verzog sie den Mund und legte ihren Arm um mich. »Franksy-Panksy, ihr schafft das. Ihr seid Frankie und Tyler, vergiss das nicht.«

»Ich weiß, aber ich hab das Gefühl, dass das alles nicht so einfach ist. Wir reden hier ja nicht von einem kleinen Streit wegen einer Flasche Ketchup, sondern von viel tiefschürfenderen Dingen.«

Als wir gestern zu mir gefahren waren, hatte ich sie auf den neusten Stand gebracht, die wichtigsten Dinge erzählt, zu mehr hatte meine Kraft nicht ausgereicht.

Sie nickte und drückte meine Schulter. »Kanntest du sie näher?«

»Nur recht oberflächlich. Als ich mich mit Ty angefreundet habe, waren die beiden schon zusammen. Ich hab sie nicht so viel miteinander erlebt, hin und wieder eben. Sie wollte, glaub ich, Medizin studieren, und Ty hat immer erzählt, dass sie von gemeinsamen Surfurlauben träumen, aber oft hab ich das ausgeblendet. Ich hatte ja damals schon Gefühle für ihn; es hat einfach wehgetan, über solche Dinge mit ihm zu sprechen.«

»Ja, klar, kann ich mir vorstellen. Ich hab sie nur ein paarmal gesehen, weil ich ja damals noch nicht wirklich Teil eurer Clique und eigentlich nur mit dir befreundet war. Und dann …«

»Dann waren alle Zeitungen voll mit ihrem Gesicht. Irgendein alkoholisierter Trottel, der sie in der Dunkelheit umgefahren hat, als sie zu Fuß unterwegs war. Ich hoffe einfach, dass Ty so langsam versteht, dass nicht er der Schuldige ist, sondern der Autofahrer.« Ich schüttelte den Kopf. »Das ist alles so unwirklich. Ich hätte mir denken müssen, dass bei Ty irgendwas im Busch ist.«

»Wieso das?«

»Damals hat er von einem auf den anderen Tag nicht mehr von ihr gesprochen. Also gar nicht mehr. Ich hab ihn keine einzige Träne vergießen sehen. Er hat ihren Tod scheinbar komplett verdrängt. Einfach in eine Schublade gepackt und sie verschlossen.« Ich seufzte. »Ich hätte nachfragen sollen, auch wenn er nicht über sie reden wollte. Was war ich nur für eine beschissene beste Freundin.«

»Du hättest ihn nicht zwingen können, Franks. Nichts hätte etwas ändern können. Er hat es nie verarbeitet, damit war klar, dass irgendwann alles über ihm zusammenbrechen wird und er die Dinge fühlen muss, die er weggeschlossen hatte.«

»Ich weiß, Tate. Es tut nur so weh. Ich vermisse ihn. Ich will für ihn da sein. Aber er braucht jetzt Zeit für sich. Ich möchte nicht, dass er sich bedrängt fühlt, und ihn auch nicht davon abhalten, sich über alles Gedanken zu machen. Nur, wenn er noch zu sehr an Lauren hängt, dann … dann ist es auch fraglich, ob er aktuell überhaupt mit mir zusammen sein will oder kann. Was, wenn das, was wir hatten, auch nur ein Traum war?« Ich atmete tief durch, wollte nicht schon wieder in Tränen ausbrechen.

»Das war kein Traum. Ihr habt Gefühle füreinander, das steht fest.« Sie lehnte ihren Kopf an meinen. »Es ist hart, ich weiß. Wir müssen jetzt einfach hoffen, dass die nächsten paar Tage Abstand helfen. Euch beiden. Und ihr dann vielleicht gemeinsam eine Lösung findet.«

»Ich hoffe es so sehr. Am liebsten würde ich sofort zu ihm fahren, um für ihn da zu sein, einfach nur als beste Freundin, aber ich glaube, das ist gerade keine gute Idee.«

»Gib ihm die Zeit, die er braucht, und nimm dir die, die du vielleicht auch nötig hast, okay?«

»Okay.«

Sie drückte mich fester. »Ihr bekommt das wieder hin, ich bin mir ganz, ganz sicher.«

Nach einer weiteren mehr oder weniger schlaflosen Nacht nahm ich im Le Petit Pain die letzten Handgriffe für Mathieus Rückkehr vor. Heute Morgen war sein Flug gelandet, und gegen Nachmittag wollte er in der Bäckerei vorbeisehen und mit mir sprechen. Ich sortierte gerade ein paar Eclairs ein, als die Tür aufschwang und er im Stechschritt auf mich zutrat.

»Mademoiselle Francine, wie schön, wieder hier zu sein.«

»Bonjour Mathieu«, rief ich ihm zu und grinste. »Toll, dass du wieder hier bist. Wie geht's deinem Dad?«

Er fuhr sich durch das speckige Haar und lehnte sich gegen einen der Tische. »Viel besser, viel besser. Er ist aus dem Gröbsten raus, das wird wieder. Jetzt bin ich nur froh, wieder in Golden Oaks zu sein.«

»Schön, zu hören!«

Er ließ den Blick durchs Geschäft wandern. »Sieht gut aus. Ich rede kurz mit Eve, danach würde ich mich gerne mit dir zusammensetzen.«

»Klar, gerne.«

Er drehte sich rasch um und schritt nach hinten in die Backstube.

Das konnte ja was werden. Immerhin hatte er mir auf meine Mail, in der ich ihm geschrieben hatte, dass ich Nicolas rauswerfen musste, nie geantwortet. Hatte er sie überhaupt bekommen?

Ich straffte die Schultern, als er wenig später wieder nach vorne zu mir kam und mich in sein Büro bat. Mit klopfendem Herzen folgte ich ihm.

Auf in die Schlacht!

Während er hinter seinem Schreibtisch Platz nahm, setzte ich mich auf den gepolsterten Stuhl ihm gegenüber und schlug die Beine übereinander. »Also, wie ist es euch ergangen? Hat alles geklappt?«

»Einigermaßen, ja. Alles, was du mir aufgeschrieben hattest, habe ich genauso umgesetzt, wie du es wolltest. Mit den Lieferanten gab es auch keine Probleme. Anfangs war es etwas ... holprig, aber dann hat sich alles eingerenkt.«

»Ach? Was ist denn vorgefallen?«

Ich atmete tief ein und aus. »Nicolas ist ... Hast du meine Mail nicht bekommen?«

»Ah, doch, natürlich. Ich hatte nur keine Zeit zu antworten. Nicolas hat sich ebenfalls bei mir gemeldet und gemeint, dass du dich unprofessionell verhalten hast.«

Mein ganzer Körper spannte sich an. Es war klar gewesen, dass Nick mich bei Mathieu schlechtmachen würde. »Es tut mir leid, Mathieu, aber ich musste ihn entlassen. Er hat nur Schaden angerichtet, war unhöflich zu Kunden, hat ungenau gearbeitet und ... und keinen Respekt vor mir gehabt. Und da ich deine Vertretung war, hätte ich zumindest das vorausgesetzt, aber er hat mich nicht ernst genommen.«

Mathieu musterte mich mit zusammengekniffenen Brauen, während ich auf eine Antwort wartete. Auf eine gute hoffte.

Er fuhr sich übers Kinn und wiegte dann nachdenklich den Kopf hin und her. »Nun gut, wenn er mehr Hindernis als Hilfe war, wirst du schon die richtige Entscheidung getroffen haben, Francine.«

Mein Herz machte einen Satz. »Ähm, ja! Das … Das glaube ich auch.«

»Aber wie habt ihr das denn dann hinbekommen, ganz ohne seine Hilfe?«

Ich richtete mich ein Stück auf. »Wir haben uns zusammengerissen und es auch ohne ihn geschafft. Meine Freundin Tatum hat uns ein wenig beim Verkauf unter die Arme gegriffen, aber das meiste haben wir auch so hinbekommen.«

Er spitzte die Lippen. »Das überrascht mich keineswegs.«

»Hä?« Ich schlug mir die Hand vor den Mund. »Entschuldige. Wie bitte? Was meinst du?«

»Ich wusste, dass auf dich Verlass ist, Francine. Was denkst du denn? Dass ich auch nur eine ruhige Nacht gehabt hätte, wenn ich befürchtet hätte, dass hier alles drunter und drüber geht?« Er lachte auf. »Non, non, non! Ich war mir natürlich sicher, dass du jedes Problem in den Griff bekommst.«

Meine Mundwinkel zuckten nach oben. »Wirklich? Oh, wow, äh … Danke, Mathieu. Es freut mich, dass du an mich geglaubt hast.«

»Natürlich, natürlich. Und dass ihr das Problem mit Nicolas gelöst habt, spricht nur für euch. So wie es aussieht, lief in meiner Abwesenheit alles rund. Eve hat mir erzählt, dass du dich auch hinten in der Backstube ausgetobt hast.«

»Ja, ich habe ein paar neue Handgriffe von ihr gelernt und mich außerdem an einigen neuen Kreationen versucht, die ...« *Jetzt oder nie, Frankie, jetzt oder nie.* »Die wirklich gut geschmeckt haben, super aussahen und auch bei anderen Leuten gut angekommen sind.«

»So? Hast du sie verkauft? Hier? Eve hat erzählt, dass sie ihr geschmeckt haben.«

Ich schüttelte rasch den Kopf. »Nein, nein, das hätte ich ohne dein Einverständnis nie gemacht. Aber ich habe Eve probieren lassen, genau, und meine Freunde und einige Stammkunden. Ich hoffe, das war in Ordnung.«

»Ja, definitiv.« Er überlegte und spielte an einem seiner Manschettenknöpfe herum. »Beim nächsten Mal möchte ich bitte auch ein Stück probieren.«

»Aber klar, natürlich. Auf jeden Fall.«

»Dann wäre das geklärt. Wirklich tolle Arbeit.«

Ich nickte und hielt den Blick fest auf ihn gerichtet. »Ähm ja, ich ... Es gibt da noch etwas, das ich gerne mit dir besprechen würde.«

»Schieß los.«

»Du weißt sicher noch, dass ich nach der Highschool nicht so richtig wusste, was ich mit meinem Leben anstellen sollte, und daher diesen Job angenommen habe. Nicht, dass ich das hier lieblos gemacht hätte, aber ... Du weißt schon. Die Zeit nach der Schule, man weiß nicht so ganz, wo die Reise hingeht.«

»Oui, oui.«

»Die Arbeit hier, vor allem aber das Backen, macht mir mittlerweile unglaublich viel Spaß. In deiner Abwesenheit habe ich gemerkt, dass ich ohne diesen Job sehr unglücklich wäre. Ich hätte selbst nicht gedacht, dass ich das mal sagen würde, aber er ist zu meiner Leidenschaft geworden. Ganz heimlich hat er sich in mein Herz geschlichen.« Ein Lächeln zuckte über meine Lippen. »Und ich würde wahnsinnig gerne mehr lernen, mich noch stärker einbringen, vielleicht auch irgendwann meine eigenen Kreationen zum Verkauf anbieten, wer weiß. Das ist natürlich alles deine Entscheidung. Aber ich habe das Gefühl, hier etwas gefunden zu haben, nach dem ich mein Leben lang gesucht habe. Etwas, worin ich aufgehe und das mir Freude bringt, auch wenn es mir sonst vielleicht gerade nicht so gut geht. Und komplett talentfrei bin ich anscheinend auch nicht; das ein oder andere tolle Rezept kam bei meiner Ausprobiererei auf jeden Fall schon raus.«

Stille.

Mathieus Blick ruhte auf mir, während er nachdachte. »Interessant, was du da alles sagst. Du würdest dich also im Le Petit Pain gerne mehr einbringen, richtig? Langfristig?«

Ich nickte. »Das wäre schön.«

»Verstehe.« Er atmete aus. »Weißt du, Francine, als ich in *Nice* war, da ist mir auch einiges klar geworden. Ich, der ewige Junggeselle …« Lachend winkte er ab. »Egal, eine andere Geschichte. Ich habe jedenfalls festgestellt, dass ich Golden Oaks zwar liebe, aber die Côte d'Azur nun mal mein Zuhause ist und immer sein wird.«

Ich musste schmunzeln.

»Irgendwann in den nächsten fünf Jahren würde ich sehr gerne zurückgehen. Zurück nach Südfrankreich und zu meiner Familie. Ich wollte das alles auf mich zukommen lassen und nach einem Ersatz für mich suchen, wenn es so weit ist, aber da du sehr motiviert klingst, die letzten Wochen ohne mich gut gemeistert hast, den Laden kennst und im Laufe der nächsten Jahre noch besser kennenlernen wirst … Da wäre es doch eine Überlegung wert, ob das nicht in der Zukunft eine Aufgabe für dich sein könnte?«

Ich starrte ihn an, mir war der Kiefer heruntergeklappt. »Ähm, wie? Also … Was?«

»Nicht heute, nicht morgen, ma chère, du brauchst noch ein wenig mehr Erfahrung. Aber wenn wir jetzt schon wissen, dass du das Le Petit Pain irgendwann übernehmen wirst, dann können wir darauf hinarbeiten.«

»Können wir?« Ich blinzelte ungläubig. Mein Herz pochte schneller. »Ähm, ja! Können wir. Mathieu, ich weiß gar nicht, was ich sagen soll. Ich … Es würde mich unglaublich freuen, in ein paar Jahren in deine Fußstapfen zu treten. Egal, ob es noch drei oder fünf oder zehn dauert, aber …«, ich versuchte, die Tränen wegzublinzeln, die in meine Augen getreten waren, »ich möchte das unbedingt machen. Ich werde alles tun, mich weiterzuentwickeln und gut genug in allem zu werden, um irgendwann die Bäckerei zu übernehmen.«

Er lachte. »Oui, das hört sich doch wundervoll an – und schreit geradezu nach einer kleinen Geschäftsreise an die Côte d'Azur, um französische Bäckerei-Luft zu schnuppern. Ich packe dich nächstes Jahr in meinen Koffer; dann probieren wir dort ein paar Leckereien, damit du noch mehr über die Kultur lernst. Was sagst du?«

Ach du heilige Scheiße.

Ich konnte nicht fassen, was hier gerade passierte. Nach all dem Herumeiern, was ich mit meinem Leben anfangen wollte, hatte ich endlich eine Richtung gefunden. Einen Weg für mich. Einen Traum, für den es sich lohnte, jeden Morgen aufzustehen.

Ich nickte und war kurz davor, meinem Chef heulend um den Hals zu fallen. »Danke, Mathieu. Wirklich. Ich danke dir von Herzen und freue mich schon auf alles, was kommt!«

»Sehr schön. Dann halten wir das doch mal fest.« Sein Blick wanderte zur Uhr. »Ah, jetzt ist es glatt schon sechs Uhr. Geh und genieß den Feierabend, Francine. Stoß auf dich an. Wir sehen uns morgen früh wieder, d'accord?«

»D'accord«, erwiderte ich grinsend. Dann stand ich auf und tänzelte rüber in den Mitarbeiterraum, um mein Zeug zusammenzupacken. Eve hatte sich schon ums Aufräumen gekümmert und alles für den nächsten Tag vorbereitet, daher gab es für mich nichts mehr zu tun.

Auf dem Nachhauseweg bekam ich trotz allem, was in den letzten Tagen geschehen war, das Lächeln nicht von meinen Lippen. Das hier war mein Anker. In einer Welt, in der ich nicht wusste, wohin ich eigentlich gehörte, hatte ich endlich meinen Platz gefunden. Ich wusste, was ich wollte, und wenn ich nur daran dachte, wie mein Leben in ein paar Jahren aussehen würde, schäumte mein Herz vor Glück über. Das Gespräch mit Mathieu hatte gutgetan. Ich war motiviert. So motiviert, in mein neues Leben zu starten, dass mir später, als ich auf meinem Bett lag und in den Lichterkettenhimmel blickte, der Gedanke kam, dass mein Dad sich vielleicht auch für mich freuen würde.

Ich griff nach meinem Handy und tippte seine Nummer an. Mehrere Male tutete es, bis er plötzlich abhob.

»Frankie? Hey Kleine, geht's dir gut?«

Ich musste lächeln. »Ja! Und dir?«

»Na klar, einiges zu tun, aber ist ja nichts Neues.« Er lachte. »Gibt's einen Grund für deinen Anruf?«

»Den gibt es. Mathieu, mein Chef, kam vorhin wieder zurück, und na ja … ich will mich kurzfassen: Irgendwann in den nächsten Jahren geht er zurück nach Südfrankreich, und ich soll seine Bäckerei übernehmen. Ich werde dann der Big Boss sein, Dad!«

»Wow, Schätzchen, das ist ja toll. Ich freu mich für dich. Ich wusste immer, dass du zu was Großem bestimmt bist.«

Ich lachte auf. »Ach, Quatsch. Ich wusste das ja selbst nicht.«

»Ich bin stolz auf dich, Frankie.«

»Danke, Dad«, erwiderte ich und atmete aus. »Wann kommst du wieder her?«

»Das dauert noch eine Weile, um die fünf Wochen. Aber du vermisst mich sowieso nicht, wie es mir scheint«, gab er lachend zurück. Es wirkte wie ein Scherz, jedoch schwang auch ein wenig Traurigkeit mit.

»Dad, nein. Ich … Ich vermisse dich immer. Denkst du, es ist toll, hier dauernd allein zu sein?« Ich lachte bitter auf – irgendwie war das wohl unser Ding. Schmerz mit einem Lachen zu kaschieren.

»Du brauchst mich nicht. Du hast mich nie gebraucht.«

In meinem Hals bildete sich ein dicker Kloß. »Nein, Dad. Das denkst du vielleicht. Aber ... das stimmt nicht.«

»Lüg mich doch nicht an, Schatz.«

»Mach ich nicht.« Ich atmete tief durch. »Ich hab mir immer gewünscht, dass du öfter hier bist.«

»Wieso hast du denn nichts gesagt?«

»Hab ich. Aber ... dir ist es vielleicht nicht aufgefallen.«

Er hielt inne. »Ach, Frankie. Hätte ich das gewusst. Aber nichtsdestotrotz hattest du ja trotzdem immer Unterstützung von Tatum oder deiner Tante und deinem Onkel. Ob du mich da gebraucht hättest ... Ich weiß nicht.«

Ich schluckte hart, während mein Puls in die Höhe schoss. »Ähm, Dad? Ich ... Vielleicht ...«

Jetzt oder nie.

Manchmal musste man springen. Ins Ungewisse. Aber auch über die Komfortzone hinaus, um eventuell mit Dingen abschließen zu können. Oder wenigstens Frieden zu finden.

Jetzt oder nie.

»Vielleicht sollte ich dir etwas sagen, Dad. Etwas, das John und Angela betrifft.«

»Ja? Schieß los, Schatz.«

Und dann erzählte ich ihm alles. Von den acht Jahren, in denen ich mir gewünscht hätte, meine Mom, aber auch meinen Dad bei mir zu haben. Von der Zeit, die ich am liebsten vergessen wollte und die mich gleichzeitig zu dem Menschen gemacht hatte, der ich heute war. Von der Dunkelheit und dem Geschrei und der Gewalt. Von allem, was mir damals Angst eingejagt hatte, aber auch davon, wovor ich mich heute fürchtete.

Ich weinte. Er weinte. Wir weinten gemeinsam. Er machte sich Vorwürfe. Er entschuldigte sich etliche Male, dann sprachen wir wieder über alles, was schiefgelaufen war. Nur um festzustellen, dass wir jahrelang aneinander vorbeigeredet hatten.

»Ich dachte immer, dass du mich nicht bei dir haben willst. Mich nicht brauchst«, sagte er leise, und ich schüttelte den Kopf.

»Und ich dachte bis gerade eben, dass ich nur eine Last aus einem früheren Leben für dich bin.« Ich schniefte und fuhr mir über die nassen Wangen. »Ich bin froh, dass wir das geklärt haben, Dad.«

»Frankie, es tut mir so leid. Ich mache mir schreckliche Vorwürfe … Wir sollten zur Polizei gehen … Irgendetwas tun.«

»Nein, Dad. Es ist okay. Na ja, nein, das ist es nicht. Aber … Ich will damit einfach nur abschließen und nach vorne blicken. Auf keinen Fall will ich diese Menschen jemals wiedersehen, also belassen wir es dabei.«

»Ich weiß nicht, ob ich das kann, Schatz.«

»Bitte versuch es, wir können darüber reden, wenn du wieder hier bist. In Ordnung?«, flüsterte ich heiser.

Stille. »Was das betrifft … Ich rede mal mit meinem Chef, eventuell lässt er mich schon früher nach Hause fliegen. Und vielleicht ja auch für länger.«

Mein Herz machte einen kleinen Hüpfer. »Wirklich?«

»Wir haben viel aufzuholen, Frankie. Es tut mir leid, dass ich nicht für dich da war, aber das wird sich ab jetzt ändern. Ich werde mein Bestes geben, versprochen.«

Wieder strömten Tränen meine Wangen hinab. Ich rollte mich auf dem Bett zusammen. Die letzten Tage hatten mir einiges abverlangt. Gutes wie auch Tragisches. Mein Herz war zerbrochen, nur um im nächsten Moment weiterzuschlagen. Es ging jeden Tag weiter. Auch wenn es manchmal wie das Ende der Welt schien, wachte man doch wieder auf. Und wenn es etwas gab, das mir in diesen dunklen Momenten half, dann war es, daran zu glauben, dass ein Lächeln auf den Lippen alles besser machte.

KAPITEL 34

TYLER

Nachdem ich die letzten Tage überwiegend in meinem Zimmer, besser gesagt in meinem Bett verbracht hatte und die Zeit an mir vorbeigerannt war, mindestens so schnell wie die Gedanken durch meinen Kopf geschwirrt waren, würde ich heute wohl aus meinem Loch kriechen. Mit Menschen sprechen. Chase und Fiona hatten mir regelmäßig Essen und Trinken vor die Tür gestellt, hatten versucht, mich rauszukriegen, waren allerdings kläglich gescheitert.

Nach zwölftausend Anrufen hatte ich einen von Dash gestern angenommen, und jetzt saß ich hier auf meiner Bettkante, atmete tief ein und aus und versuchte, mich für den heutigen Tag zu wappnen. Es hatte keinen Zweck, weiter in dieser Gedankenspirale aus Schuldgefühlen, Traurigkeit und Schmerz zu verharren. Daraus auszubrechen, dabei würde mir mein bester Freund womöglich helfen können.

Ich sprang also zur Abwechslung mal wieder unter die Dusche, zog mir Jeans und meinen grauen Hoodie über und traf mich schließlich mit Dash draußen am Waldrand, um ein wenig frische Luft zu schnappen.

»Hey Mann«, sagte er und schlug mit mir ein.

»Hi.« Meine Mundwinkel zuckten nach oben, als er mir einen betretenen Blick zuwarf. »Guck mich nicht so an, okay?«

Er hob verteidigend die Hände. »Sorry. Alles klar, ist angekommen.«

Wir setzten uns in Bewegung, spazierten in den Wald hinein. Es roch nach Moos, frischen Blättern und Blüten, und aus jeder Ecke zwitscherte uns ein Vogel entgegen, irgendwas raschelte im Gebüsch und in den Bäumen.

»Wie geht's dir heute?«

»Den Umständen entsprechend ganz gut, schätze ich. Immerhin hab ich mich zum ersten Mal wieder aus meinem Zimmer gewagt. Dafür bekomme ich hoffentlich 'nen Orden.«

»Du musst keine Witze reißen, wenn dir nicht danach ist, Ty.«

Ich nickte. »Schon okay. Ich weiß selbst noch nicht so ganz, wie es mir geht. In der einen Minute ist es okay. Da kann ich lächeln oder muss nicht daran denken, dass ich mir die letzten drei Jahre was vorgemacht habe. Aber dann überfällt mich diese verdammte Traurigkeit wieder, ein bisschen wie aus dem Hinterhalt.«

»Weil du das alles nie zugelassen hast.« Er hielt inne. »Du hättest es mir sagen können, Mann. Das weißt du, oder? Ich dachte die ganze Zeit, du besuchst sie immer wieder auf dem Friedhof. Hätte ich geahnt, wie es dir tatsächlich geht, ich … Fuck, ich hätte dir natürlich geholfen.«

Mein Herz wurde wieder schwer, als ich seine betrübte

Miene sah. »Ich hatte Angst, dass mich alle für durchgeknallt halten. Ich meine ...« Ich seufzte. »Mir war klar, dass sie tot ist, aber ich hab es ignoriert und mich daran festgehalten, dass ich sie trotzdem sehen kann. Irgendwie waren meine Erinnerungen viel zu stark. Und ... jetzt, wo ich alles klar sehen kann, frisst mich diese fucking Schuld so krass auf. Die ganzen letzten Jahre habe ich mich schon auf eine seltsame Weise schuldig gefühlt, aber erst jetzt wird mir das alles so richtig bewusst.« Ich biss die Zähne zusammen. In den vergangenen Tagen hatte ich genug geheult. So langsam reichte es.

»Ty«, sagte Dash leise. »Es ist vollkommen verständlich, dass, wenn du dir die Schuld am Tod deiner ersten Liebe gibst, na ja ... dass dein Kopf es dann automatisch verdrängen will, um diese Schuld nicht zu fühlen. Du wolltest es nicht zulassen, zumindest unterbewusst. Du wolltest nicht schuld daran sein, sondern sie noch um dich haben – dabei spielt es nicht mal eine Rolle, ob du wirklich schuld daran bist. Und glaub mir, das bist du nicht, Mann. Ich weiß, wie das ist. Ich kenn das doch. Diese ganze Schuldsache. Damit hab ich mich auch ewig herumgeschlagen, wie du weißt.«

Ich nickte. »Wie hast du es aus dieser Spirale rausgeschafft?«

»Klar, es war ein wenig anders als bei dir, aber ... mir hat Tatum sehr geholfen. Dass sie für mich da war, nachdem ich es zugelassen habe. Aber auch die Therapie. Es ist hart, jede Woche in meiner Vergangenheit herumzukramen, es tut manchmal echt weh, aber es hilft.«

»Glaub ich dir«, murmelte ich und kickte einen Stein aus dem Weg.

»Vielleicht wäre das ja auch was für dich?«

»Was? Eine Therapie?«

Er zuckte mit den Schultern. »Ja. Wenn du mich fragst, sollte jeder Mensch 'ne Therapie machen, das schadet niemandem. Aber gerade in deinem Fall ... Ich weiß nicht, ich bin ja auch kein Profi oder so, aber was ich gelernt habe, ist, dass man diese Trauer nicht verdrängen darf. Das bringt nichts, denn irgendwann bricht sie über dir ein, und dann wird es umso schlimmer. Und wenn du das alles wirklich richtig verarbeiten willst, dann könnte es schon eine gute Idee sein, sich Hilfe zu suchen.«

Meine Schultern sanken herab, als ich die Hände in der Tasche meines Hoodies vergrub. Ich atmete tief ein und aus, dachte über Dashs Worte nach. Ihm half die Therapie. Tatum auch. Mir war bewusst, dass ich ein Problem hatte. Ein monströses. Seitdem mir das alles klar geworden war, Frankie mich gefunden hatte, hatte ich auch Lauren nicht mehr gesehen. Sie war tot, inzwischen hatte ich das realisiert. Ich hatte es noch nicht verarbeitet, aber war Erkenntnis nicht grundsätzlich der erste Schritt zur Besserung? Die letzten Tage hatte ich Zeit gehabt, um über alles nachzudenken. Darüber, was schiefgelaufen war und wo ich mir hätte Hilfe suchen sollen. Nachdem ich in jener Nacht den Anruf von ihren Eltern erhalten hatte, sie mir erzählt hatten, dass sie auf dieser dunklen Straße gestorben war. Ich war damals in kein Loch gefallen. Mich hatte kein Mantel der Traurigkeit umhüllt. Ich hatte den ganzen Scheiß nicht wahrhaben wollen, hatte mich daran festgehalten, dass es nicht wahr sein konnte. Dass sie noch lebte. Das erste Mal, dass ich deshalb geweint hatte, war dort oben auf dem Felsen gewesen, als Frankie mich gefunden hatte. Als mich die Erkenntnis getroffen und nicht mehr losgelassen hatte.

»Vielleicht ist das echt keine schlechte Idee«, sagte ich leise und räusperte mich. »Ich meine, dir hilft eine Therapie. Und etlichen anderen Menschen auch.«

»Du kannst es dir ja mal durch den Kopf gehen lassen. Keiner sagt, dass du das sofort angehen musst. Nimm dir einfach die Zeit, die du brauchst, aber … ja, ich denke, es würde dir definitiv helfen. Du musst Abschied von ihr nehmen, auch wenn es unvorstellbar erscheint. Das Ding ist …« Er wiegte den Kopf hin und her. »Du darfst sie vermissen und an sie denken. Das ist vollkommen normal. Aber du musst lernen, einen gesunden Umgang mit ihrem Verlust zu finden.«

»Du hast recht. Danke, Mann. Je früher ich mir Hilfe suche, desto besser, schätze ich.«

Wir liefen ein Stück weiter am Fluss entlang, der an uns vorbeirauschte. Wie gut ein bisschen frische Luft doch tat, nachdem man fast eine Woche im Bett verbuddelt gewesen war.

»Du und Frankie … Ähm, ich hab kurz mit ihr gesprochen, und Tatum meinte auch, dass ihr erst mal Abstand wollt?«

Eine kleine Messerspitze bohrte sich in mein Herz. Wie sehr ich sie vermisste. Auch an sie hatte ich die letzten Tage immer wieder denken müssen. An ihr Lächeln. Die grünen Augen, die mich anstrahlten. Ihre Nähe und das warme, wohlige Gefühl von einem Zuhause, das sie in mir auslöste.

»Es war schrecklich«, fing ich an und merkte, wie ich schlucken musste, um nicht an dem Kloß in meiner

Kehle zu ersticken. »Wir haben uns darauf geeinigt, dass sie mir die Zeit gibt, die ich brauche, um mir über alles klar zu werden. Für sie ist es sicher auch nicht leicht, dass ich mir das mit Lauren … Na ja, ich denke, dass ich sie damit verletzt habe.«

»Hmm«, brummte Dash und starrte den Fluss entlang. »Es geht ihr nicht besonders gut, aber sie macht das Beste aus der Situation.«

Ich nickte. »Es fühlt sich verdammt beschissen an, nicht zu wissen, was gerade bei ihr abgeht, mit was sie sich rumschlägt, wie es ihr geht, was sie macht, ob sie heute genug gelächelt oder nur geweint hat. Ich vermisse sie so sehr. Ich vermisse alles an ihr.«

»Verständlich.«

»Was feststeht, ist, dass ich sie nicht verlieren will. Ich weiß nicht, wie fair es ihr gegenüber ist, wenn mein Kopf noch in der Vergangenheit hängt. Sie hat wegen mir genug gelitten, sie soll nicht noch mehr durchmachen.«

»Ich glaube, sie erwartet gar nicht viel von dir, sondern will nur für dich da sein. So wie wir alle. Wenn dir was an ihr liegt – und davon bin ich überzeugt –, darfst du sie nicht von dir wegstoßen. Das macht alles nur noch schlimmer. Ihr seid doch ein tolles Team, was spricht dagegen, sie an dich ranzulassen?«

»Ich habe Angst, sie zu enttäuschen oder ihr noch mal wehzutun, indem diese ganze Lauren-Sache aufgewirbelt wird. Das hat sie nicht verdient. Vielleicht muss ich das erst alles verarbeiten, bis ich in der Lage bin, mich auf was Neues einzulassen.«

Dash verzog das Gesicht und schüttelte dann den Kopf. »Ganz ehrlich, Mann?«

»Hm?«

»Ich wünschte, ich hätte damals, vor all den Jahren, eine Frankie gehabt. Du weißt, wie ich den Scheiß verdrängt habe, oder? Und als mir Tatum letztes Jahr begegnet ist, hat sich alles verändert. Ich wollte es nicht, aber sie hat mir trotzdem geholfen. Nur, weil dein Kopf noch in der Vergangenheit hängt, heißt das nicht, dass du die Augen vor der Gegenwart oder Zukunft verschließen sollst. Du musst sie ja nicht gleich heiraten, Mann. Lass sie einfach nur für dich da sein und dich unterstützen.«

»Ich fühle mich mies. Sie soll nicht denken, dass sie meine Nummer zwei ist.«

»Ty«, sagte er und lachte auf. »Sag ihr das. Sag ihr, dass du sie vermisst. Sag ihr, was du denkst und was du fühlst. Ich schwöre dir, sie wird dir guttun. Du brauchst jetzt Menschen, zu denen du gehen kannst, wenn alles über dir einbricht. Ich bin immer für dich da, genau wie Tate, Chase und Fiona, aber wenn du ganz ehrlich zu dir bist, dann weißt du auch, dass dein Herz nur für Frankie schlägt.«

»Ja«, entgegnete ich wie aus der Pistole geschossen. »Natürlich. Sie bedeutet mir alles. Ich fühle mich besser, wenn ich sie um mich habe. Und jedes Mal, wenn sie über einen meiner dämlichen Witze lacht, zerspringt mein Herz fast vor Glück. Sie zu küssen und …«

»Okay, Mann, mehr Infos brauche ich nicht.« Er grinste und schlug mir auf die Schulter. »Mal ganz sachlich betrachtet, denke ich, dass sie dir bei der ganzen Sache eher helfen könnte, statt dir zu schaden.«

Ich musste schmunzeln. »Jap. Du hast recht. Danke,

Mann. Ich werde mit ihr reden. Aber davor muss ich noch was anderes tun.«

Schwere in meinen Beinen. Schwere, die an meinem Herz zerrte. Alles zog mich nach unten, als ich das große Eisentor öffnete und den Ort betrat, den ich seit drei Jahren nicht betreten hatte. Den Friedhof von Golden Oaks. Doch ich schüttelte mich einmal kräftig durch und versuchte, das Gewicht loszuwerden. Der Kies unter den Sohlen meiner Sneakers knirschte bei jedem Schritt. Krähende Raben in der Ferne und hier und da ganz leises Stimmengewirr, das zu mir herüberschwebte. Menschen, die an Gräbern standen und mit ihren Liebsten sprachen.

Ich rollte die Schultern zurück und stiefelte den Weg entlang, konzentrierte mich auf meine Atmung und darauf, nicht die Fassung zu verlieren.

Einige Minuten später erreichte ich mein Ziel.

Lauren Carmichael

Es war real. Das hier war real. Ihr Tod war real. Realer als alles, was ich mir in den letzten Jahren vorgemacht hatte. Ich hatte vorhin noch eine pinke Orchidee besorgt, die ich nun vor dem Kreuz auf dem Gras ablegte. Orchideen waren ihre Lieblingsblumen gewesen. Dann atmete ich tief durch und trat einen Schritt zurück. Hier zu sein ließ Kälte durch meine Glieder rasen wie ein eisiges Feuer. Schmerz erfasste mich, doch ich riss mich zusammen.

»Lauren«, fing ich leise an, und meine Mundwinkel sackten nach unten. »Es tut mir leid, dass ich nicht schon früher gekommen bin. Aber … Na ja, falls du noch hier irgendwo bist«, ich sah mich um, »dann wirst du vielleicht mitgekriegt haben, dass ich eine harte Zeit durchgemacht habe. Wobei ... immer noch durchmache. Und dass ich vermutlich auch noch eine Weile daran zu knabbern haben werde.« Ich hielt inne. »Ich weiß, dass ich mir nicht die Schuld geben darf, aber ich tu es.« Tränen kitzelten hinter meinen Lidern. »Vielleicht werde ich das auch noch eine ganze Weile tun. Keine Ahnung. Aber ... Du brauchst dir keine Sorgen machen. Wirklich. Ich werde mir Hilfe suchen. In Therapie gehen. Was immer ich brauche, um wieder auf die richtige Spur zu kommen.« Ich schluckte hart, als mir eine einzelne Träne die Wange hinunterlief. »Ich werde dich nie vergessen. Auch wenn ich weitermachen werde, Dinge erlebe, die wir zusammen erleben wollten, und meine Zukunft anders gestalte, als wir beide es damals geplant haben. Auch wenn ich mich neu verliebe, neue Beziehungen eingehe, womöglich sogar heirate, wirst du immer einen Platz in meinem Herzen haben. Was wir hatten, war wunderschön, und nur weil du nicht mehr hier bist, heißt das nicht, dass diese Zeit in Vergessenheit gerät. Ich werde die Erinnerung an dich in Ehren halten. Ich werde immer wieder an dich zurückdenken, aber ...« Ich wischte mir ein paar Tränen vom Gesicht. »Aber ich glaube, ich muss mich hier und jetzt von dir verabschieden, um weitermachen zu können. Ich brauche diesen Abschluss. Dieses Lebewohl, zu dem wir nie die Chance hatten, es uns zu sagen, weil alles so schnell gegangen ist und du ... plötzlich nicht mehr da warst. Wo du auch immer bist, ich hoffe, es geht dir dort gut. Ich hoffe, wir sehen uns irgendwann womöglich wieder und können über alles lachen. Ich weiß, dass du dir wünschen würdest, dass ich mein Leben genieße und mich neu verliebe.« Ich lachte leise auf und atmete tief durch. »Ich brauche das hier. Ich muss dir all das sagen, damit Frankie und ich eine Chance haben. Ich muss mich von einer Zukunft mit dir verabschieden, um eine mit ihr haben zu können. Du kennst sie, sie ist einer der liebevollsten Menschen, die ich kenne, und ich fühle mich wirklich gut aufgehoben bei ihr. Sie bedeutet mir so unglaublich viel, und wenn du an meiner Stelle wärst und ich dort oben … Ich würde mich für dich freuen. Ich würde mit einem Drink auf dich anstoßen und dir zuwinken, dich feiern und dir nur das Beste wünschen. Deshalb halte ich mich an dem Gedanken fest, dass du das auch tun würdest … *tust*. Vielleicht jetzt gerade. Ich weiß, dass du mich anfeuerst und an mich glaubst. Deshalb … Danke. Danke für die schönen Jahre mit dir. Für die Erinnerungen, die ich immer in meinem Herzen tragen werde. Für deine Liebe. Danke für alles. Doch jetzt ist es Zeit.« Ich schluckte hart, als der Wind ein einzelnes Blatt herbeitrug und es direkt vor meinen Füßen auf den Boden segelte. Ein Schmunzeln umspielte meine Mundwinkel. »Mach's gut, Lauren.«

KAPITEL 35

FRANKIE

»Bis morgen, Mathieu!« Die Tür fiel hinter mir ins Schloss, und ich hüpfte nach draußen, um den Nachhauseweg anzutreten.

Die Sonne schien hell und verhieß einen goldenen Untergang im Laufe der nächsten Stunden. Vielleicht würde ich später noch zu Tatum gehen und mit ihr auf der Veranda abhängen. Doch davor wollte ich zu Hause noch ein wenig das Internet nach Weiterbildungen durchforsten. Ein paar Orte weiter fanden ab und an Konditoreikurse statt, und da ich hochmotiviert war, mich zu verbessern, wollte ich mich für einen einschreiben.

»Franks!«, hörte ich plötzlich eine Stimme hinter mir. Eine vertraute Stimme, die Wärme in mir auslöste.

Rasch drehte ich mich um. Mein Herz schlug mir bis zum Hals, als ich nur wenige Meter von mir entfernt den Menschen sah, den ich so sehr vermisst hatte. Tyler trug seinen grauen Hoodie, den ich so sehr liebte, weil er viel zu weich war, ein leichtes Lächeln auf den Lippen und die dunklen Haare wie immer verwuschelt in der Stirn.

»Hey«, sagte ich vorsichtig. Ich hatte keine Ahnung, was mich erwartete. Wusste nicht, ob das hier ein gutes oder ein schlechtes Zeichen war.

»Bist du ...«, fing er an und hielt inne. »Kann ich dich nach Hause bringen?«

Ich nickte, woraufhin er zu mir aufschloss. Sofort spürte ich, wie meine Wangen sich röteten. Wir liefen eine Weile nebeneinander her, die Straße und an den parkenden Autos und kleinen Geschäften entlang.

»Wie geht's dir?«

Ich blies die Wangen auf und atmete aus. »Es schwankt ziemlich. Mal ganz okay, dann besser, dann wieder richtig mies. Und dir?«

»Ähnlich. Aber jetzt ...« Er sah zu mir, und unsere Blicke begegneten sich. »Jetzt geht's mir gerade ganz gut. Ich hab dich vermisst.«

»Ja?« Ich musste lächeln. »Ich dich auch.«

»Ja«, sagte er. »Ich hab die letzten Tage nachgedacht und versucht, alles einigermaßen zu verdauen. Heute bin ich zum ersten Mal aus meinem Zimmer gekommen und hab mit Dash geredet.«

Wenn ich nur daran dachte, dass er die letzte Woche ganz alleine gewesen und sein Herz vermutlich etliche Male aufs Neue zersplittert war, zog sich alles in mir schmerzhaft zusammen.

»Wir haben über alles Mögliche gesprochen. Irgendwann, da hat er erzählt, dass ihm seine Therapie echt hilft.«

»Tatum meinte das auch schon.«

»Ich weiß nicht, vielleicht ... Keine Ahnung.«

Ich warf ihm einen seitlichen Blick zu, weil ich genau wusste, was er dachte. »Ty?«

»Hm?«

»Du hast dein Päckchen zu tragen, ich meins. Auch wenn du mir hilfst, dass ich im Dunkeln nicht mehr komplett ausflippe, sondern das Gute darin erkenne und meine Sichtweise ein bisschen verändere, bin ich noch nicht komplett über den Berg, wenn wir ehrlich sind. Ist ja auch logisch nach allem, was … Na ja, was eben passiert ist. Ich hab auch schon über eine Therapie nachgedacht, wenn ich ehrlich bin. Gerade weil es Tatum mittlerweile so gut geht. Was ist … Was ist, wenn wir einen Deal machen?«

»Einen Deal?« Seine Mundwinkel zuckten nach oben.

»Ich mach eine Therapie, wenn du auch eine machst.«

Er hielt inne und beobachtete mich. »Das würdest du tun? Aber nicht nur wegen mir, oder?«

»Nein, nein. Also, auch. Weil ich dich unterstützen und dir zeigen will, dass das was ganz Normales ist. Aber auch, weil ich gemerkt habe, dass ich mich weiterentwickeln muss. Es ist nicht schlimm, Angst im Dunkeln zu haben. Viele haben das und gehen deshalb nicht in Therapie, aber … Das bei mir ist noch mal eine andere Geschichte. Es würde mir bestimmt nicht schaden, alles aus meiner Vergangenheit aufzuarbeiten, um es abhaken und nach vorne sehen zu können.«

»Klingt vernünftig«, sagte er leise und legte den Kopf schief. In seinen Augen so viel Hoffnung. »Lass uns … Lass uns das wirklich tun, Franks.«

Ich grinste. »Ja, unbedingt.«

Dann spürte ich seine Hand an meiner. Wie er seine Finger um meine schloss und sanft drückte. »Du bist ganz schön toll, weißt du das?«

»Ist nichts Neues«, sagte ich, und meine Brauen zuckten herausfordernd nach oben. »Du bist auch nicht schlecht, Montgomery.«

Seine Mundwinkel hoben sich. »Was hab ich in den letzten Tagen verpasst, Franks?«

»Einiges. Ich wollte dich am liebsten direkt anrufen, dir schreiben oder zu dir gehen, aber ... Na ja, also Mathieu hat mich ziemlich gelobt und will mich pushen. Außerdem zieht er irgendwann in den nächsten Jahren zurück nach Südfrankreich und ... Auch wenn es noch sehr unwirklich klingt, aber ich soll dann die Bäckerei übernehmen. Darauf arbeiten wir hin, also dass ich, wenn es so weit ist, ready bin.«

Ihm klappte der Kiefer herunter. »Was? Oh, wow, das ist ja der Oberhammer. Heftig. Ich freu mich unglaublich für dich. Dein eigener Laden, krasser Scheiß!«

»Es dauert noch ein bisschen, aber, ja, sieht wohl ganz gut aus. Und mit meinem Dad hab ich auch gesprochen und ihm von ... den Dingen erzählt, die in seiner Abwesenheit früher passiert sind.«

Seine Augen weiteten sich. »Dein Ernst?«

Ich nickte, und im nächsten Wimpernschlag blieb er stehen und zog mich an seinen Körper. Ich schlang die Arme um ihn und atmete seinen Duft ein, schloss die Augen und genoss seine Wärme. Seine Nähe. Alles, was ich in den letzten Tagen so sehr vermisst hatte. Mein Herz schlug gegen seins, während er über meinen Rücken strich.

»Ich bin so stolz auf dich, das weißt du gar nicht. Wirklich. Du ... Du bist unglaublich.« Er löste sich von mir und sah mir tief in die Augen. Ein Kribbeln durchfuhr meinen ganzen Körper. Am liebsten wollte ich ihn sofort küssen, ihn erneut an mich ziehen und nie wieder loslassen.

»Ihm tat alles so unfassbar leid; wir reden noch mal, wenn er von seiner Reise zurück ist«, sagte ich und seufzte. »Das wird alles wieder, ich bin mir sicher.«

»Ich mir auch.« In seinen Augen glitzerte etwas. »Ich … Ich war auch … ähm … Ich war vorhin auf dem Friedhof und hab mich verabschiedet. Ich hatte das Gefühl, dass das nötig war. Und ich wollte, dass du das weißt.«

»Wie geht es dir damit?«

»Ich fühle mich jetzt ein wenig freier. Klar, es ist gerade alles noch ziemlich frisch, und es wird weiterhin oft Momente geben, in denen mir vielleicht alles zu viel wird, aber ich will nach vorne sehen, Franks.«

»Das schaffst du, Ty. Ich glaub an dich.«

»Und ich glaube, dass es mir leichter fällt, wenn ich … dich an meiner Seite habe.«

Mein Herz machte einen Satz. »Als beste Freundin, meinst du?«

»Auch. Aber ich möchte zudem mit dir zusammen sein. Ich bin in dich verliebt, und ich hab da so eine leise Ahnung, dass du mich auch ganz gut findest.« Seine Lippen umspielte ein Lächeln, schickte Blitze durch meinen ganzen Körper.

»Denkst du wirklich, dass das eine gute Idee ist? Also, dass du schon bereit dafür bist?«

»Ich will es sein. Weil ich mir mein Leben nicht ohne dich vorstellen kann. Es wird sicher Zeiten geben, in denen es hart wird und ich Zeit für mich brauche, aber du kannst dir nicht im Ansatz vorstellen, wie sehr ich dich vermisst habe.« Er legte eine Hand an meine Wange und flutete mich mit Wärme. »Wir lassen es langsam angehen, okay? Ich will dich und keine andere, keiner Sache bin ich mir mehr sicher.«

In meiner Brust pochte es immer schneller, als sich mein Grinsen verbreiterte. »Ty, ich will dich auch. Ich richte mich beim Tempo ganz nach dir. Ich hab sieben Jahre gewartet, ich hab Geduld. Lass mich nur für dich da sein und dich unterstützen. Bei allem. Egal, um was es geht, du kannst dich auf mich verlassen.«

»Wir schaffen das. Ich bin mir sicher. Ich möchte neben dir einschlafen, neben dir aufwachen, dich küssen und … Frankie, ich gehöre ganz dir, wenn du das willst.«

»Wenn ich das will?« Grinsend schlang ich die Arme um seinen Nacken und zog ihn zu mir herunter, legte meine Lippen auf seine und küsste ihn, bis wir beide keine Luft mehr bekamen. Mein Herz zersprang fast vor Freude und Glück, ihn wieder in meinem Leben zu haben. Ich zog mich zurück und lachte. »Das ist wohl Antwort genug, oder?«

»Mhm«, brummte er, während seine Mundwinkel unaufhörlich nach oben zuckten. »Ich lass dich nie wieder gehen. Nie wieder.«

EPILOG

DREI MONATE SPÄTER

FRANKIE

»Wie lange soll ich noch auf dich warten? Ich hab mal irgendwo gelesen, dass ein paar Frauen an der Westküste tatsächlich Wurzeln gewachsen sind, weil sie zu lange auf ihre Männer gewartet haben. Also im Ernst. Vielleicht war aber auch die Rede von diesen riesigen Spinnen, die ihr Netz um die Füße der Frauen und zusätzlich einen Widerstand im Boden ...«

Lachend kam Ty aus meinem Badezimmer gelaufen, nur ein Handtuch um die Hüften. Feine Wassertropfen perlten ihm über die nackte Brust. »Du laberst wieder mal nur Mist, Davis.« Er fuhr sich durch das nasse Haar, kam zu mir herübergeschlendert und presste seine Lippen auf meine. Ihn zu küssen gehörte definitiv zu meinen Highlights jeden Tages. »Aber deshalb bist du auch mein Lieblings-Chaoskopf.«

Ich grinste und riss mit einem Ruck sein Handtuch herunter. »Schöner Knackarsch!« Dann gab ich ihm einen kleinen Klaps. »Beeil dich jetzt mal, die anderen warten sicher schon. Oder soll ich dir helfen?«

»Hmm, nicht unbedingt beim Anziehen, aber heute Nacht dann gerne beim Ausziehen.«

»Wir verstehen uns«, sagte ich und gab ihm ein High Five.

Für den heutigen Abend hatten wir uns mit Tatum und Dash, Fiona und Jenn am See verabredet, um den ein oder anderen Marshmallow zu grillen. Chase wollte später auch noch dazukommen und seine neue Freundin Abby mitbringen, die inzwischen regelmäßig im Golden Hour an der Bar aushalf.

Ty zog sich gemächlich seine Boxershorts und die Hose über, während ich mich auf mein Bett warf und ihm zuschaute. Sein Blick huschte zu mir, seine Brauen nach oben. »Hey, wie war's heute mit deinem Dad? Du hast noch gar nichts erzählt.«

»Gut! Er lässt dich grüßen. Eigentlich wollte er dir Hallo sagen, aber er hatte dann doch noch einen Termin.«

»Ich sag ihm morgen früh Hallo«, gab er lachend zurück. »Richtig gut, dass ihn seine neue Firma auch hier vor Ort einsetzen und er von zu Hause aus arbeiten kann, wodurch er jetzt dauerhaft hier wohnt.«

»Total. Ich freu mich wahnsinnig, ihn um mich zu haben. Manchmal nervt er auch, aber im Grunde ist er echt ein lustiges Würstchen.«

Nachdem ich meinem Dad noch einmal ausführlich von allem erzählt hatte, was im Haus von Angela und John passiert war, hatte er sich darum bemüht, einen Job in der Nähe zu finden. Er wollte aufholen, was wir in all den Jahren versäumt hatten. Erst hatte ich es gar nicht glauben können, aber er meinte es wirklich ernst. Und wie sich in den letzten Wochen herausgestellt hatte, war er als Mitbewohner gar nicht mal so übel.

Ty musste schmunzeln. In seinem Blick lag so viel Wärme, und sofort musste ich grinsen. »Das lustige Würstchen. Weiß er, dass du ihn so nennst?«

»Klar! Aber er ist ein bisschen neidisch auf den Spitznamen, den ich für dich habe.«

»Was zur …? Wieso kenn ich den nicht?«

»Tja, der bleibt wohl für immer ein Geheimnis.«

Ungläubig schüttelte er den Kopf, dann zog er sich sein Shirt über und kam zu mir herübergelaufen, gab mir einen flüchtigen Kuss und richtete sich wieder auf. »Musst du morgen früh raus, oder hat dir Mathieu den Vormittag freigegeben? Hast du ihn gefragt?«

Ich nickte. »Jap, hab frei. Die letzten Wochen waren super anstrengend mit der Fortbildung, da meinte er, er schenkt mir den Tag. Richtig nett, der Süße.«

»Absolut. Dann kann die Party-Nacht ja kommen.«

»Party-Nacht«, grunzte ich amüsiert. »Genau. Aber ich freu mich! Auch wenn es hart wird, von den Girls Abschied zu nehmen, feiern wir das und Tatums Uni-Start.«

Heute würden wir nicht nur einen schönen Abend mit unserer Clique verbringen, sondern uns auch von Fiona verabschieden. Sie hatte ihren Abschluss in der Tasche und würde am Wochenende mit Jenn in die Nähe des Campus in Harvard zusammenziehen. Und während für sie die Uni geendet hatte, startete sie nächste Woche für Tatum. Die Golden Oaks University hatte sie angenommen, und am Montag begann das erste Semester ihres Fotografiestudiums. Eine aufregende Zeit stand bevor. Und während ich mich fortlaufend mit neuen Bäckerei-

Kniffen vertraut machte, Mathieu mich darauf trimmte, immer besser zu werden, um irgendwann das Le Petit Pain im Schlaf zu leiten, tobten sich Ty und Dash in ihrer Bar aus. Mittlerweile waren sie im ganzen Umland bekannt und ergatterten viele coole Acts und vor allem reichlich neue Gäste, die mit Begeisterung immer wieder-kamen – und das ein oder andere Mal meinen Lieblings-Meerestrunk probierten.

»Also, ich bin fertig. Oder muss ich noch länger auf dich warten, du Trödel-Schlumpf?«

»Du spinnst ja«, sagte ich lachend und stand auf. Dann schlang ich meine Arme um seinen Nacken und zog ihn zu mir herunter, presste meine Lippen auf seine. Sofort flatterten tausend Schmetterlinge durch meinen Körper, und unbändige Wärme stieg in mir auf.

Ich liebte diesen Kerl so sehr. Jeden Tag ein bisschen mehr. Unser Anfang war vielleicht etwas holprig gewe-sen, wir hatten mit Hindernissen zu kämpfen gehabt, doch gemeinsam hatten wir es geschafft. Wir gingen beide seit einigen Wochen regelmäßig zur Therapie, und auch wenn es jedes Mal hart war, spürten wir, dass es uns besser ging. Tyler war auf dem besten Weg, mit Lau-ren abzuschließen und einen gesunden Umgang mit sei-ner Trauer zu erlernen. Ich setzte ihn dabei null unter Druck. Für mich war selbstverständlich, ihn zum Fried-hof zu begleiten und für ihn da zu sein, wenn wieder alles hochkam. So wie er für mich da war, wenn mich meine Erinnerungen in der Dunkelheit übermannten. Doch es wurde besser. Immerhin konnte ich mittlerweile beim Schlafen die ein oder andere Lampe auslassen, und noch leichter fiel es mir, wenn er bei mir war. Weil ich ihm vertraute. Weil wir ein Team waren. Beste Freunde und noch ganz viel mehr. So viel mehr, dass mein Herz immerzu Sprünge machte, wenn ich in seine Augen sah und darin all die Liebe erkannte.

Ich wusste, dass wir alles schaffen würden. Alles. Auch wenn wir beide mit etwas zu kämpfen hatten, war es wichtig, sich niemals davon unterkriegen zu lassen. Wir mussten nach vorne sehen. In die Zukunft, die ich mir mit niemand anderem als Tyler Montgomery wünschte. Er half mir, das Gute im Dunkeln zu sehen, das Strahlen der Sterne, die die schwärzeste Nacht ein bisschen heller machten, während ich immer an seiner Seite sein würde, wenn die Dunkelheit ihn einzuholen drohte. Diese Momente würden uns stärken. Uns enger zusammenschweißen und das Licht am Ende des Tunnels sein. Der helle Silberstreif am Horizont.

DANKSAGUNG

Frankie und Tyler haben mir beim Schreiben so viel Spaß bereitet, dass der Schreibprozess mit gefühlt einem Wimpernschlag schon wieder vorüber war. Nun heißt es Abschied nehmen von meiner liebsten Kleinstadt – ich vermisse Golden Oaks jetzt schon!

In den vergangenen Monaten haben mir jedoch viele tolle Menschen bei der Entstehung geholfen, denen ich nicht genug danken kann.

Zuerst danke ich meiner tollen Agentur, Langenbuch & Weiß, die mich auf meinem Weg begleitet und immerzu unterstützt.

Ein riesiges Dankeschön geht an meine tollen Lektorinnen Diana Keller und Melike Karamustafa, die mir mit ihren wertvollen Tipps und Ratschlägen geholfen haben, das Beste aus dieser Geschichte herauszuholen. Ich liebe die Zusammenarbeit mit euch!

Außerdem danke ich dem gesamten Team des Blanvalet Verlags für die Begeisterung und die tolle Arbeit an meinen Büchern.

Bedanken möchte ich mich bei Cornell Armstrong für die ausführliche Hilfe beim Umgang mit Frankies und Tylers Traumata.

Emily – Ich will wirklich nie wieder ein Buch ohne unsere täglichen Co-Working-Sessions schreiben. Danke für alles!

Tine – Danke, dass du immer ein offenes Ohr für mich hast.

Felix – Danke, dass wir seit über 13 Jahren beste Freunde sind und immer noch über die gleichen dummen Witze lachen können wie damals schon.

Lucy – Du bist die Leche zu meinem gestiefelten Kater, und ich bin so froh, dich als beste Freundin zu haben.

Xenia – Es ist so schön, dich in meinem Leben zu haben (wir sagen uns das ja sowieso viel zu oft, ne?).

Philipp – Danke, dass du immer für mich da bist!

Ein riesiges Dankeschön geht zudem an all meine anderen wunderbaren Freund:innen, die immer an mich glauben und mir den Rücken stärken, aber auch meine Tanzschul-People, die mich zurück in die Realität holen, wenn ich mal Abstand zu meinen fiktiven Welten brauche. Ich bin sehr froh, euch alle zu haben.

Bedanken möchte ich mich bei meinen großartigen Testleserinnen Franka, Jule, Lilly und Marie für das Feedback und die wertvollen Anmerkungen. Ihr seid die Tollsten!

Danke an all meine Autorenkolleg:innen für den Zuspruch, die Mut machenden Gespräche und den Austausch. Ohne euch wäre mein Leben deutlich einsamer.

Ich danke meiner Familie dafür, dass sie immer an mich glaubt, mich unterstützt und sich mit mir freut.

Zudem danke ich meinem ultimativ genialen Blogger:innen-Team. Charleen (@charlie_books), Julia (@nothingbetterthanbooksandtea), Lena (@bookwormiii), Mandy (@authors_road), Maren (@readingwithmaren) und Miri (@miris.momente) – danke für eure tolle Unterstützung, das Mitfiebern und euer Engagement. Ganz viel Golden-Oaks-Liebe an euch!

Danke an meine wundervollen Leser:innen für die lieben Worte und Fotos. Ich weiß jede Story und Nachricht, jeden Post und Kommentar zu schätzen und bin überglücklich, dass ihr meine Geschichten so gerne lest. Danke für alles!

Ein riesiges Danke an alle Buchhändler:innen und Blogger:innen, die über meine Bücher sprechen, sie rezensieren, empfehlen und so schön präsentieren. Ihr seid toll!

Und danke an dich, dafür, dass du zu diesem Buch gegriffen, Frankies und Tylers Geschichte eine Chance gegeben und sie hoffentlich genossen hast. Ich hoffe, wir lesen uns ganz bald wieder!

Auf Instagram bin ich unter @marenvivienhaase erreichbar und freue mich sehr auf den Austausch mit dir.

Jade und Austin: Sie will die
Vergangenheit hinter sich lassen,
doch mit ihm kann sie den Neuanfang
wagen und wieder vertrauen.

496 Seiten. ISBN 978-3-7341-1002-3

Jade hat ein schlimmes Jahr hinter sich und ist erleichtert,
ihrer Heimatstadt den Rücken kehren zu können. In New
York will sie einen Neuanfang wagen und heuert in einem
Café an, wo sie schließlich Olivia kennenlernt. Jade fällt es
schwer, sich auf die junge Tänzerin mit den blauen Haaren
einzulassen, sie lässt sich dann aber doch überreden, an
einer ihrer Hip-Hop-Classes im Move-District-Studio teilzu-
nehmen – ohne zu ahnen, dass sie dabei auf Austin treffen
wird. Der gut aussehende Tänzer ist zwar ein Sprücheklop-
fer, dabei aber sympathisch und witzig. Jade und Austin
merken schnell, dass es zwischen ihnen knistert, doch
dann droht Jades Vergangenheit sie wieder einzuholen …

Lesen Sie mehr unter: **www.blanvalet.de**

Der zweite Band der heißerwarteten
New-Adult-Trilogie der bekannten
Bookstagramerin Maren Vivien Haase!

464 Seiten. ISBN 978-3-7341-1003-0

Olivia lebt für Hip-Hop und will als Bühnentänzerin Fuß
fassen – auch wenn ihre Eltern sie lieber Jura studieren
sähen. Als sie einen Job bei einer Konzert-Tour ergattert,
scheint der ersehnte Durchbruch nah. Doch der Choreograf
ist ausgerechnet Dax, der nach einem tragischen Unfall
seine eigene Karriere als Tänzer beenden musste und
Olivias Kumpel Austin die Schuld daran gibt. Verbittert
hatte Dax sich damals von der Clique im Move District
zurückgezogen, und so liegt nun wieder reichlich Spannung
in der Luft. Doch bald wird deutlich, dass dabei nicht nur die
Geschehnisse aus der Vergangenheit und der Erfolgsdruck
eine Rolle spielen, sondern auch aufkeimende Gefühle …

Lesen Sie mehr unter: **www.blanvalet.de**

Mackenzie und Brody: Sie verkörpert alles, was er hasst, und dennoch kann er sich ihrem Feuer nicht entziehen.

448 Seiten. ISBN 978-3-7341-1004-7

Für die Kooperation mit einer Sportmarke wird die erfolgreiche Tänzerin und Influencerin Mackenzie nach New York geschickt. Den Content für ihre Videos soll sie ausgerechnet im Move District einstudieren – ihrem ehemaligen Tanzstudio, das sie seit einem Eklat nicht mehr betreten hat. Auch ihre alte Clique ist wenig begeistert über das Wiedersehen und gibt Mackenzie keine Chance, ihre Sicht auf die damaligen Vorfälle zu schildern. Nur Brody, der ihr als Videograf für den Job zur Seite gestellt wird, weiß zum Glück von nichts. Denn Mackenzie mag den zurückhaltenden und kreativen Brody auf Anhieb. Allerdings gefällt Mackenzies Management gar nicht, dass die beiden miteinander anbandeln …

Lesen Sie mehr unter: **www.blanvalet.de**

Liebe Leserinnen und Leser,

ihr liebt Bücher und verbringt
eure Freizeit am liebsten
zwischen den Seiten? Wir auch!
Wir zeigen euch unsere liebsten
Neuerscheinungen, führen euch
hinter die Verlagskulissen und
geben euch ganz besondere
Einblicke bei unseren
AutorInnen zu Hause.
Lasst euch inspirieren, wir
freuen uns auf euch.

Euer

Blanvalet Verlag

🏠 blanvalet.de

📷 @blanvalet.verlag

f /blanvalet